大方
sight

Washington Black

a Novel by Esi Edugyan

少年华盛顿·布莱克
云船漂流记

[加] 艾西·伊杜吉安 ——— 著

姚向辉 ——— 译

中信出版集团 | 北京

图书在版编目（CIP）数据

少年华盛顿·布莱克云船漂流记 /（加）艾西·伊杜
吉安著；姚向辉译 . -- 北京：中信出版社，2021.7
书名原文：Washington Black
ISBN 978-7-5217-3124-8

Ⅰ．①少… Ⅱ．①艾… ②姚… Ⅲ．①长篇小说 - 加
拿大 - 现代 Ⅳ．① I711.45

中国版本图书馆 CIP 数据核字（2021）第 088710 号

少年华盛顿·布莱克云船漂流记

著　　者：［加］艾西·伊杜吉安
译　　者：姚向辉
出版发行：中信出版集团股份有限公司
　　　　　（北京市朝阳区惠新东街甲4号富盛大厦2座　邮编　100029）
承 印 者：浙江新华数码印务有限公司

开　　本：880mm×1230mm　1/32　印　张：12.25　字　数：275千字
版　　次：2021年7月第1版　　　　印　次：2021年7月第1次印刷
京权图字：01-2021-3069
书　　号：ISBN 978-7-5217-3124-8
定　　价：69.00元

献给克里奥和麦多克斯

目 录

第一部

信念种植园，巴巴多斯

1830 年

1

~~~

第一个主人死去的那年，我大概十岁还是十一岁，不过我没法
确定。

没人为他哀悼；田地里，我们垂首痛哭，为我们自己哀悼，也
为必定随之而来的庄园转手。他死的时候非常老了。我只远远地见
过他；弯腰驼背，枯瘦，在草坪上一把有凉篷的椅子里睡觉，大腿
上盖着一块毯子。现在想来，他就像保存在瓶子里的标本。他比发
疯的国王活得久，比奴隶贸易本身活得久，见证了法兰西帝国的衰
败、大不列颠的崛起和工业时代的黎明，而他的用处，毫无疑问，
已经成了历史。最后那天傍晚，我记得我光脚蹲在信念种植园的砂
土地上，一只手掌贴着大凯特的小腿，感觉她皮肤的热量烘烤我的
手，感觉她的力量和能量，而血红色的阳光落在我们四周的甘蔗
上。我们一起默默望着监工们扛着棺材走出主宅。他们把棺材推进
铺着干草的车厢，发出刺耳的摩擦声，然后砰的一声合上横栏，驾
着马车离开。

一切就是这么开始的：我和大凯特，望着死者奔向自由。

十八个星期后的一天上午，他的侄子来了，他们从桥镇的码头
直接赶来，积着灰尘的马车排成一队，他在第一辆车厢里。当时我

们以为，庄园还没有被卖掉算是一种恩惠。车队吱吱嘎嘎地行驶在稀软的路基上，棕榈树为他们遮阴。车队末尾的一辆平板车上有个奇怪的东西，它上面盖着帆布，尺寸和小园子里供鞭笞用的那块石头差不多。我无从想象它的用途。这一切我都记得很清楚，因为当时我还是和大凯特（那段时间我很少会离开她的左右）在甘蔗田的边缘干活，我看见盖乌斯和伊曼纽尔打开车厢门，放下脚踏梯。我望向大屋，看见了漂亮的艾米丽，她和我年龄相仿，有些晚上我看见她把一盆盆脏水倒在洗涤室外的草丛里。她走下晒台的前两级台阶，抚平围裙，站住不动了。

第一个现身的男人用双手拿着帽子，头发是黑色的，有个马一样的长下巴，浓密的眉毛让双眼变得幽深。他走下马车时抬起脸，扫视庄园和聚集起来的男男女女。然后我看见他大步走向那个奇怪的东西，绕着它转圈，检查绳索和帆布。他笼起一只手护住眼睛，转过身，有一个恐怖的瞬间，我感觉到他的目光落在我脸上。他在嚼某种柔软的东西，下巴微微翕动。他没有转开视线。

但吸引我注意力的是第二个男人，身穿白衣的阴森男人。这是我们的新主人，所有人一眼就看明白了。他高大、暴躁、病快快的，两条罗圈腿像卡规似的彼此远离。他白色的三角帽底下，一撮白发向前挺出。我似乎看见了白色的睫毛，他的皮肤有着生肉的那种惨白。当一个人属于另一个人，他从小就会学着观察主人的眼睛；我在这个男人的眼睛里见到的东西吓坏了我。他拥有我，正如他拥有我与之生活的其他所有人，他不仅拥有我们的生命，还拥有我们的死亡，而这一点让他快乐得过分。他名叫伊拉斯谟·王尔德。

我感觉到一个寒战传遍大凯特的全身。我能理解。他光滑而苍

4

白的脸闪闪发亮，他干净而雪白的衣物耀眼得不可思议，他就像一个 duppy[1]，也就是鬼魂。我害怕他能随心所欲地消失和显形；我害怕他必须喝血以保持体温；我害怕他会无处不在，而我们看不见他，于是我默默地去做手上的活儿。我目睹过许多死亡：我认识邪恶的本质。它白得像个 duppy，一天上午它飘出马车车厢，走进热浪中惊恐的种植园，眼睛里什么都没有。

现在我相信，就是在那个时刻，大凯特怀着爱意，冷静地下定决心，要杀死她自己和我。

---

1 加勒比海地区用语。

2

整个童年我都没有亲近的人；除了大凯特，她在甘蔗田里就叫这名字。我爱她，我也怕她。

五岁左右时，我惹怒了管宿舍的女人，被打发住进死棕榈树底下的简陋小屋，也就是凯特的窝棚。我去那儿的第一个晚上，晚饭被人偷了，木碗摔裂了；一个不认识的男人给了我脑袋侧面重重的一巴掌，打得我踉跄跌倒，什么都听不见了。两个小女孩朝我吐唾沫。她们的老祖母按住我，两只铁爪抠进我的胳膊，剥掉我脚上的手制凉鞋去割皮子。

然后我第一次听见了大凯特的声音。

"这个不行。"她的声音很柔和。

就这么一句。转瞬之间，黑色的能量发起磅礴的冲锋，巨大而无法阻挡，就像一个大浪，它朝我们涌来，抓着头发举起老妇人，就好像她是一堆没骨头的破布，把她扔到一旁。我瞪大眼睛，惊恐万状。大凯特只是用她橙黄色的眼睛俯视我，像是觉得嫌恶，然后回到暗沉沉的角落里，坐在她的高脚凳上。

但第二天清晨，我发现她在苍白的光线中蹲在我身旁。她把自己的一碗麦糊递给我，看我手掌上的线条。"孩子，你会有壮阔美好的一生，"她喃喃道，"许多条河流的一生。"然后她朝我手里啐了一口，合上我的拳头，让唾液从指节之间淌出来。"这是第一条，就在这儿。"她说，然后大笑。

我仰慕她。她比所有人都高，身形硕大，性情暴烈。由于她的块头，也由于她在被掳走前是个咸水人，也就是在故地达荷美[1]的女巫，别人都畏惧她。她能把诅咒编进窝棚里的土床。人们会发现掏空内脏的乌鸦吊在门口。她曾一连三个星期每天清晨和晚上抢走强壮的铁匠学徒的饭食，当着他的面吃掉，她用手指从他碗里挖食物，直到两人达成某种共识。在闷烧的田地里，她会闪闪发亮，就像涂过油膏，她撕裂遭殃的田地，低声哼唱奇异的歌曲，肌肉波澜起伏。有些夜晚在窝棚里，她会在睡梦中喃喃自语，用她的王国那低沉而浑厚的语言，她会大喊大叫。没人敢议论这种事，第二天她在田地里会向庄稼发泄怒火，就像一把钝斧头，毁坏的和收割的一样多。她曾经悄悄对我说，她的真名是纳薇。她有过三个儿子。她有过一个儿子。她没有儿子，连个女儿都没有。她的说法会随着月相改变。现在我还记得，有时候在日出时，她会抓起一把灰土，撒在刀刃上，喃喃吟唱咒语，嗓音嘶哑，像是被情绪征服。我爱那个声音，它就像原始的音乐。她会从齿缝里吸气，眯起眼睛看天空，开口说"那时我是达荷美的皇家卫兵"或"然后我用双手压碎了羚羊，就像这样"。于是我会停下手里的所有活计，站在那儿，听得聚精会神。因为她是个奇人，见识过我无从想象的世界，窝棚和信念种植园的有毒田地之外的世界。

信念种植园在新主人的掌管下变得更加阴森。第二周，他遣散

1　非洲贝宁的旧称。

了以前的监工。取代他们的是一些粗野的男人，他们来自码头，刺着文身，红脸膛，在炎热中龇牙咧嘴。他们是退伍的士兵或昔日的奴隶主，或仅仅只是岛上的穷人，他们的证件塞在一个口袋里，有着魔鬼的深陷眼睛。然后他们开始残害人。我们被伤害成那样，还能有什么用处呢？我看见男人跛着脚走进田地，鲜血顺着腿流淌；我看见女人耳朵上缠着浸透血液的绷带。爱德华因为顶嘴被割掉舌头。伊丽莎白被迫吃掉满满一夜壶的屎尿，因为前一天没倒干净。詹姆斯企图逃跑，为了以儆效尤，主人命令一名监工在我们的注视下烧死他。事后，他们用烧他的柴堆加热烙铁，我们列队走过他焦黑的恐怖残骸，一个一个被打上第二个烙印。

詹姆斯是新一场杀戮的开始，其他的杀戮随之而来。生病的男人被鞭笞成肉酱，或者吊死在田地里，或者被枪决。我还是个男孩，我在夜里哭泣。但每死一个人，大凯特只是无情而满足地冷哼一声，橙黄色的眼睛眯成一条缝，射出凶狠的光芒。

死亡是一扇门。我认为她希望我理解的是这个。她并不害怕死亡。她信奉深植于非洲河流高地的古老信仰，在那个信仰中，死者会重生，会完整地回到故土，再次自由行走于大地之上。白衣男人带给她的想法就是这个，仿佛毒药注入了井里。

一天夜里，她把她的意图告诉我。她说我们可以快快了事。一点都不疼。

"让你害怕吗？"她悄声说，我们躺在窝棚里。"去死？"

"只要你不害怕。"我勇敢地说。我能感觉到她的手臂盖在我身上，在黑暗中保护我。

她哼了一声，那是胸腔深处悠长而幽深的隆隆巨响。"要是你死了，你会在故乡重新醒来。醒来你就自由了。"我轻轻耸了一下一侧肩膀，她感觉到了，用手指把我的下巴扳过去。"怎么？"她问我，"你不相信？"

我不想告诉她，我害怕她会生气。但我还是压低声音说了："凯特，我没有故乡。我的故乡就在这儿。所以我会在这儿醒来，再做一个奴隶？只是这儿没有了你？"

"你会和我一起去达荷美，"她坚定不移地喃喃道，"就是这样的。"

"你见过他们吗？死者醒来？你在达荷美的时候？"

"我见过，"她悄声说，"我们全都见过。我们知道他们是什么。"

"他们快乐吗？"

"他们是自由的。"

我能感觉到白天的疲惫渐渐压了下来。"那是什么感觉，凯特？自由？"

我感觉到她在土床上翻身，然后她把我搂进怀里，她炽热的呼吸打在我耳朵上。"唉，孩子，那和这个世界里的一切都不一样。假如你是自由的，就能做一切事情。"

"想去哪儿就去哪儿？"

"对，想去哪儿就去哪儿。想什么时候起床就什么时候起床。假如你是自由的，"她耳语道，"有人问你事情，你不是非得回答不可。你不想干完的活儿不是非得干完不可。你可以扔着不管。"

我合上我沉重的眼皮，讶异道："真的吗？"

她亲吻我耳后的头发。"嗯哼。你可以把铲子一扔，转身就走。"

那么，她为什么迟迟不动手呢？日子一天天过去；信念种植园变得越来越严苛，越来越野蛮；但她还是没有杀死我和她。某些预感——也许是什么警告——拖住了她的手。

一天晚上，她领着我走进她的小菜园，这里只有我们两人。我看见她手里拿着锄头，锋刃生锈但依然锋利，我开始颤抖。但她只是想让我看胡萝卜开始发芽了。另一个晚上，她弄醒我，默默地领着我走进黑暗，穿过草地，来到死棕榈树下，但依然只是命令我别把我们的意图说出去。"要是被人听见了，孩子，咱们就肯定会被分开。"她从牙缝里说。我不明白我们为什么要拖延。我想见到她的故乡，我对她说。我想和她在达荷美自由自在地行走。

"但必须做得对才行，孩子，"她对我耳语道，"在合适的月相下。说出正确的词句。否则就无法唤来诸神了。"

但这时其他人开始自杀。柯西莫用斧子割了喉咙，亚当用他从铁匠那儿偷来的钉子刺穿双腕。两人都在清晨被发现，他们在窝棚后的草丛里流血而死，一个接着一个。他们和凯特一样，都曾经是咸水人，相信他们会在祖先的土地上重生。但随后年轻的威廉在洗衣房吊死了自己，他是在种植园出生的，伊拉斯谟·王尔德亲自来到我们中间。

他慢慢地走过草坪，身穿白得耀眼的衣服，一名监工落后几步跟着他。监工戴一顶破草帽，推着独轮车。车斗里是一根木柱和一堆灰色的麻布。他们在炽烈的阳光下走过草地，在甘蔗田的边缘停下，而我们聚集在那里。炎热的空气中，明亮的光线下，我们的新主人打量着我们。

我能看见他脸上和手上的肉：光滑如蜡，没有血色。他的嘴唇是粉红色的，眼睛是锐利的蓝色。他沿着我们躯体排成的那条线向前走，审视我们每个人的面容。我听见大凯特在我头顶上呼哧呼哧喘息，我明白她和我一样害怕。主人看我的时候，我感觉到他的视线在烧灼我，我立刻颤抖着垂下眼睛。凝滞的空气中散发着汗味。

然后白衣男人朝背后的监工打了个手势。监工转动独轮车的把手，把里面的东西倒在地上。

喃喃低语从我们中间穿过，就像一阵风。

威廉的尸体躺在泥土中，一堆灰色的衣物包围着他。痛苦使得他龇牙咧嘴，他眼珠突出，黑色的舌头伸在外面。他已死了好几天，尸体已经起了奇异的变化。他看上去肥胖而肿胀；皮肤变得斑驳松软。恐惧慢慢充盈了我。

主人终于开始向我们训话，他的声音冷静、干涩、厌倦。

"你们都看见了，这个黑鬼杀死了自己，"伊拉斯谟·王尔德说，"他是我的奴隶，他杀死了自己。因此他偷走了我的东西。他是个贼。"他停顿片刻，双手叠放在后腰上。"我知道你们有些人相信，你们死后会在故乡重生。"他似乎还想说些什么，但他沉默下去，突然转身，朝推独轮车的监工打了个手势。

男人拿着一把剥皮用的大弯刀，跨过尸体蹲下。他把胳膊伸到尸体的头部前方，用长满老茧的手掌垫住威廉的下巴，然后开始锯。我们听见血肉撕裂的可怕声音、骨头断裂的脆响，看见取走头部后，威廉的尸体变成一堆没有生命的怪异肉块。

监工站起来，用双手捧着断头。他回到独轮车旁，取出木柱。他把木柱钉在干裂的土地上，把威廉的脑袋插在削尖的桩头上。

"没有脑袋的人无法重生，"主人大声说，"以后无论是谁自杀，我都会这么做。记住我的话。你们继续杀死自己，就再也不会有人见到你们的故乡了。让你们的死亡自然到来吧。"

我抬头看凯特。她盯着木柱上威廉的头颅，阳光照着它变软膨胀的血肉，我在她脸上见到了从未见过的东西。

绝望。

3

~~~

但这并不是开头。请允许我重新开始，正式一点。

我已经在地上行走了十八个年头。现在我是个自由人了，我是我自己的主人。

我生于 1818 年，生在巴巴多斯那个被烈日炙烤的庄园里。反正别人是这么告诉我的。也有人告诉我，说我生在一艘荷兰非法运奴船上了锁的货舱里，而且是在疯狂跨越大西洋的途中。那样的话，我就生于 1817 年秋天了。在后一种叙述中，我母亲死于难产。有很多年，我并不偏爱两者中的一个多过另一个，但刚获得自由的那几年里，我开始受到怪梦的侵袭，画面在我脑海里闪现：高耸削尖的木栅栏，外面是繁密如墙的黑森林。赤裸的男人被枷锁连在一起，跟跄着爬上朽烂的木板，走进一条黑色帆船的货舱。我梦见的是黄金海岸吗，安纳马波[1]的贩奴要塞？你会问，那怎么可能？你该问自己，你对自己的起源知道些什么，还有你的人生真有什么不同吗？我们必须对自己的诞生故事怀有信心，因为尽管我们活在其中，却还没有登上舞台。

1　黄金海岸边的一处英国要塞，原是小渔村，后成为奴隶贸易中的重要港口。

我是个田地里的黑奴。我砍甘蔗，只有我的汗水才有价值。我两岁就开始挥锄头了，还有除杂草，还有为牛搜集饲料，还有用双手把粪肥舀进种甘蔗的坑洞。我九岁时得到一顶草帽和一把铲子，我只能勉强抱动那把铲子，而我因为被当作成年男人而自豪。

我父亲？

我不知道我父亲是谁。

我的第一个主人给我起名，就像他给我们所有人起名那样。我的教名是乔治·华盛顿·布莱克——但人们都叫我华什。他怀着巨大的嘲讽，声称他在我身上看见了一个国家的诞生、一位斗士总统和一片美好与自由的土地。当然了，这些都是在我的脸被烧伤之前。在我乘船驶入夜空之前，在我逃离巴巴多斯之前，在我知道被剥头皮悬赏追杀是什么意思之前。

在那个白人死于我脚下之前。

在我认识蒂奇之前。

4

蒂奇。

我第一次遇见他就是在那天晚上，威廉遭受亵渎的那天晚上，大凯特和我被叫进大屋，伺候主人吃晚饭。

这个命令来得奇怪，因此让人警觉：在田里干活的奴隶是黑皮肤的野人，生来只配做苦工，绝对不是你应该带进家门的东西。我们不知道主人为什么叫我们来。我们对他来说是什么？凯特的绝望在几个小时之后变成了沉默的愤怒，因为她再也不能对她自己和我做那件事了。现在她开始害怕，担心主人已经发现她的意图，他打算给我们一些残酷而凶暴的惩罚。

伊曼纽尔和小艾米丽走下缓坡，身穿他们白色与灰色的干净家居服，来到杂乱无章的窝棚区叫我们。凯特坐在我们窝棚前的一块石头上，她站起来，恼怒地摇着头。

"别让华什去屋里，"她说，"我去。孩子留下。"

"主人他说得很清楚，"伊曼纽尔说，"你们俩。"

"你好，华什。"艾米丽羞怯地说。

"你好。"我说，面颊开始发烫。

"他们在天黑前吃饭，"伊曼纽尔说，"你们快点过去。别让他俩等急了。"

我整个童年从来没有穿过树荫下的鸡蛋花树丛，靠近过主人的晒台。我在暮霭中跟着凯特走上缓坡，踩着卵石，凉凉的草叶第一次扫过我的脚。凯特冷冷地望着上方的大屋。

门开着。一块肌肉在我的喉咙里扑腾，像是我咽下了一只蛾子。有一次我钻到洗衣房的大烟囱底下，弯曲脖子，顺着烟道仰望那一方天空和匆匆经过的云朵。然而比起这里的天花板，那个高度似乎算不了什么；天花板最顶上的窗户是个巨大的玻璃穹顶，傍晚的微光像长绳似的落向地面。尘埃悬浮在空气中。我看见门上有雕刻的涡卷花纹，看见厚实的紫红色窗帷，有软垫的绿色椅子带着弧形椅腿。它们让我感觉美得不可思议。

"多么美好的寂静啊，"大凯特耳语道，点了点头，"你听。"

我们不敢进去，因为我们的脚和衣服都很脏，散发着——现在回想起来——汗水和泥土的臭味，头发里有虫子。我们站在那儿，犹豫，悲伤。因为我们是被召唤来的，所以不能回窝棚去，但我们也不敢敲门，通报自己的姓名。我和大凯特面面相觑。

终于，盖乌斯绕过屋角来了，他是屋里的男佣。自从伊拉斯谟·王尔德到来，这几个星期我越来越熟悉他，因为他带着主人的命令去找监工的次数比以前多了。盖乌斯又高又瘦，老得像一块漂浮木。他的举止仔细而缓慢，拥有某种风度，我们窝棚里的人都很倾慕，因为倾慕而模仿他。他曾经英俊，你能从他有力的颧骨和光亮的额头瞥见某种帝王气度，这是一个被提升得超越凡俗的人。在我看来，他是主人的某种化身，他有着白人的说话方式和教养。我害怕他。

他板着脸，并不友好。但也不算不和善。"晚上好，凯瑟琳。

小华盛顿。"

"盖乌斯，"大凯特提心吊胆地说，"艾米丽和伊曼纽尔叫我们来，"她踌躇片刻，"他叫我们来干什么？"

"主人？"

"就是他。"

"伊曼纽尔没说吗？"

大凯特把一只巨手放在我的头顶上。我能感觉到她绷紧了肌肉；我知道她害怕主人的怒火。"他说要我们伺候他吃晚饭。"

盖乌斯皱起眉头，望向我们背后的暮色，像是还有别人等在那儿。"那你们就按他说的做吧，"他说，"我肯定他有自己的理由。你们在厨房里等着，直到有人叫你们。"

但我和大凯特都没动弹。

最后凯特说："我们的脚。"

盖乌斯低头，看见我们光着的脚和板结的泥垢。他不紧不慢地拉开衣襟，从马夹内袋里取出一块白色大手帕递给大凯特。"擦干净脚，"他说，"你们两个。别在主人的大理石上留下脚印，否则你们会后悔的。"

我们擦干净脚，他转过身，领着我们穿过宽阔的门厅。来到门厅的另一头，我们从冰凉的大理石踏上镶嵌的木地板；我这辈子从没见过这样的东西，木块以斜角彼此交搭，织出奇异的图案。空气凉丝丝的，飘着薄荷的香味。我感觉到恐惧消退了一点点。大凯特，没错，她非常不自在。但我想看见一切，记住一切，带着这些奇迹一起回我住的窝棚。白色饰带，银色烛台，抛光的木头散发光彩，仿佛刚出炉的面包。我们走过一个个房间，房间里铺着古老的地毯，摆着高大的旧钟，怪异的野兽凝固在墙上，它们有着茶褐色

16

的钩爪和狂怒的眼睛。我看得目不转睛，几乎不敢眨眼。

"是真的吗，盖乌斯？"我悄声说，"那些动物？"

盖乌斯停下脚步，望向踞伏在一个壁龛里的巨大的白色猫头鹰。它瞪着黄色的眼睛，却什么也看不见。它一动也不动。"它们曾经活过，"他喃喃道，我几乎听不见，"现在死了，被做成标本。主人也一样。"

"他曾经活过？"我悄声说。

盖乌斯停下，用他难以看透的表情审视我。就在我以为他要转开视线的那一刻，他露出了最细微的一丝笑容。"据说如此，小华盛顿。"

我知道凯特是一股爆炸性的凶蛮力量。但来到这儿，走在王尔德庄园的厅堂里，连她也显得卑微、怯懦和紧张。她的变化比走廊里凝固的野兽更让我害怕，比包围我们的奇异而闪亮的奢华之物更让我害怕。我慌忙赶上去，盖乌斯领着我们走向大屋深处。

我们终于来到了厨房。这是个宽敞的房间，银色的大桶里煮着沸水，墙壁般的热气在空中微微发亮。厨子玛利亚转过来，吃惊地看着我们，她脸上沾着面粉，袖子高高挽起。后面还有两个女仆，正在和一个巨大的圆筒搏斗。我寻找艾米丽，但在漫天飞舞的面粉、一摞摞沾着肉汤的碗碟和摆着一格格胡椒和甘薯的大木柜之间，我没看见她的身影。开放式的大火灶里烧着好大一把火，一只油光闪烁的鸟儿在烤钎上缓缓转动。我愕然盯着那猎物，感觉到一种陌生的情绪席卷而来——欲望。

"黑鬼，你想都别想。"玛利亚厉声道。我的眼睛盯住了门口的一盘糕点。

我被逮了个正着，恐惧地望向她。她的面容起了变化，表情变得柔和。

"那个是晚些时候上的，"她用更和缓的声音说，"你们打扫卫生的时候，可以舔一舔剩下的东西。"

"是吗？"我说。

"但只能碰吃过的食物，只能在你们刮他们的盘子的时候，"盖乌斯帮腔道，"你们可不能吃没碰过的食物。"

"凯特，咱们能舔盘子了哎。"我说，惊讶地仰起头来对她微笑。

我们走进去的时候，他们两人正在交谈，大凯特和我端着托盘，上面是面包卷和装着蒸蔬菜的滚烫盘子。后墙旁有个低矮的餐台，根据盖乌斯的描述，那里摆着供上菜用的盘子。他提醒我们必须保持麻利、专注和沉默。我们戴着奇异的白手套的手永远要摆在看得见的地方，我们的身体永远要隐没在视线之外。

我看得出大凯特有多么不自在；她站在那儿，静静地喷发怒火，像是在诅咒她的身躯为何如此显眼，她攥紧又松开双手。她知道，对于我们企图杀死自己的惩罚，绝对不可能轻松。她尝试让面容变得平静，视线变得迟钝和内敛。

我也非常害怕，但我忍不住要去看主人吃饭的盘子，琢磨他盘子里的酱汁，他漫不经心地泡进去的热烘烘的黄色面包皮。

我从未这么接近过主人的身体。在烛光之下，他看上去和在田地里一样——苍白，病恹恹的，脸色就像他们面前桌上的硬奶酪皮。他肌肉松弛、疲软。我俯身倒水，我的双手在颤抖，他似乎散发出一股纸泡水的气味。我注意到他的指甲缝里有干血。

然而我的视线不停地飘向另一个男人。我想象那会是个阴郁、可怕的男人。但他不是。他的头发长到肩膀上；他穿深蓝色的礼服大衣。他的手指又细又长，双手的食指上各戴一枚镶宝石的戒指。他的双脚在座位底下分开，牢牢地钉在地上，就好像他随时都有可能站起来。但我把温水倒进他的杯子时，他坐得一动不动，而且还暂时停止说话，对我露出一闪而逝的笑容。他那仿佛蜘蛛腿的手指从上到下摸过鼻梁，他有个拱起的大鼻子，鼻翼有点像纽扣眼，然后他用低沉的声音继续说话："我试过用硫酸冲铁屑。我试过动物膀胱和丝袜。纸垫。甚至一些更荒谬的东西，就想看看有没有什么别人没发现的优点。但是，伊拉斯谟，它们被放弃都是有道理的。我认为没什么比氢气更好用，纯氢气，还有帆布。你该看看我们能达到的高度——天哪，一万、两万英尺 [1]。真是太壮观了。从上面看见的世界，哎——朋友，那是上帝的土地。"

主人在咀嚼，甚至没有从他在吃的肉上抬起眼睛。"但你并没有上去过。"

"呃，对。我本人没上去过。还没有。"

"因此你并不真的知道。"

"我读过其他人的报告。"

"而你认为你能靠那东西横渡大西洋。"

"我会先试飞几次，不过，是的，我这么认为。"

主人哼了一声。"乌鸦山爬起来很费劲的。大热天去爬，你不会喜欢的。"

另一个男人没有接话，他的眼睛是纯粹的绿色。

主人终于抬起了脸。"你大概是想要我派几个奴隶去帮你扛东

---

1 英尺，英制单位，1 英尺约等于 0.3 米。

西。对吧?"

黑发男人皱起眉头。

"怎么?朋友,说出来吧。"

男人犹豫片刻,刀叉悬在餐盘上方。他迎上主人的视线。"这些甘薯,"他换了个话题,"非常不寻常,你不觉得吗?味道还过得去,但我更喜欢汉普郡的白色品种。"

"哎,你愿意打破传统,在这张次一等的餐桌前吃饭,我真是太荣幸了。"主人用桌布的边缘擦嘴。

"伊拉斯谟,你也太容易被冒犯了。只是甘薯而已。"

"是**我的**甘薯,"主人愠怒道,"**我**亲自挑选的甘薯。你最爱做的一向就是对我的喜好挑三拣四。你和父亲在这方面确实很像。该死的指手画脚。"

听到他这么提起一位父亲,我吃了一惊,望向另一个男人。先前我没想到他和主人能有任何血缘关系,但现在知道了答案,相似之处立刻浮现出来,就像水印:视线锐利、瞳色明亮的眼睛,饱满得异乎寻常的下嘴唇,他们在特定字句末尾会用一挥手来加强语气,却都没精打采得像是在水下做这个手势。

主人注意到男人不安地瞥了一眼大凯特,他发出尖利的笑声。"怎么?那头母猪?我的语言不可能冒犯她。克里斯托弗,她缺乏感性,无法被冒犯。"

另一个男人轻轻地放下刀叉。

"算了,"主人慢悠悠、不耐烦地挥挥手,"你说你改进了父亲的气球,你能升上可观的高度。"

"呃,不完全是**气**球。但是,对——"

"所以现在你想要可观的重量。"

他的兄弟愉快地大笑，这是个奇异的声音。"我确实需要再找一个人，和我一起登上这个装置。为了压舱，明白吧？一个人的分量不够。"

"所以你要的是我可观的重量了？"主人的眼神变得凶狠。

"伊拉斯谟，你的伟大遍及你的一切品质。"

"所以你是在说我胖，对吧？"

男人停了下来，看着主人的眼睛。

"也许你需要一个重量没这么大的东西。"主人突然转过来，指着站在一旁的我。我感觉到手里的水壶开始颤抖。我不敢和他对视。"你带个小黑崽子上天如何？他的分量应该足够轻。"

"别这样，伊拉斯谟。"

"你这是建议，还是命令？"

男人慢慢地做了个深呼吸。"我永远也没法理解，为什么无论我说什么，你都觉得我是在冒犯你。这儿就咱们两个人，我来只会待有限的一段时间。要是能尽量理解彼此，咱们岂不是能过得更加愉快吗？"

"我难道缺乏理解能力？"

"你缺乏的是，"他的兄弟说了个开头就停下，没有继续这条思路，他改变方向，说，"这会儿我不想说这些，当着用人的面。"

"它们不是用人，蒂奇。它们是家具。"

他的兄弟长出一口气，微微翻个白眼。

"你太软弱了，弟弟。你连在黑鬼面前说脏话都要掉眼泪，怎么可能在这儿熬过一整年呢？我的天。要是父亲看见你变得这么软弱，他对你的所有期待都会立刻消散。说起来，考虑到你的信念，你为什么非要跟着我来这个倒霉地方？你想趁我睡觉的时候偷走我所有的奴隶？"

男人气得笑了。"我说过了，咱们别说这个了。"

我诧异地看见主人突然也露出微笑，继而大笑。"看来你身体里终究还是有个男子汉的。再来点红酒？"

我觉得他的笑声发自肺腑。就在那个瞬间，我明白了自己为什么永远也不可能理解主人的逻辑，因为他身上不存在能供我理解的逻辑。

主人拿起装红酒的醒酒瓶倒酒，在白色的桌布上洒下了一块慢慢扩散的红色污渍。它就像鲜血，我看着它向外渗透，变得越来越大。这个颜色，这种深沉的红色，在我看来既令人畏惧又美丽。大凯特悄无声息地上前，就像一团巨大的黑影，用一块白色毛巾吸走那块污渍。

主人只当她不存在。

他的兄弟清清喉咙。"我今天已经换第三件衬衫了。真是魔鬼的天气。"

主人只是稍微鼓了鼓面颊。他刚才的思路还没中断。

"这是个艰苦的活儿。需要钢铁般的血管。复活节起义才是多久以前，十四、十五年？黑鬼把整个该死的岛都点着了。警醒是至关重要的，蒂奇。哎，今天下午我和约翰·维拉德去了桥镇，他和我一起去俱乐部。"

"那天晚上一起吃饭的家伙？那个胖子，有一张爱流汗的红脸？"

"不是，是比较矮的那家伙，黄头发，戴眼镜。他以前在德拉克斯当会计，结果发现处境很尴尬——我猜他追捕黑鬼的工夫比做账的都多。他对那儿的管理还是很有意见。为什么要养一个几乎站不起来的五十岁男人，而一个十岁男孩能砍的甘蔗比他多一倍？他说。我看维拉德是特别有经济头脑的那种人。他说这是个损耗问题。没错。最受尊敬的种植园主肯亲自夹着账本走到奴隶堆里，光是看见他，黑鬼就能吓得把屎拉在裤裆里。他亲眼看见过。你，孩子。你告诉我，你看见我弟弟夹着账本，会吓得大小便失禁吗？"

我感觉到主人浅蓝色的眼睛盯着我。

"孩子！"他吼道。

我不敢抬起脸。"是的，先生。"

主人发出我听不懂的怪声，我的答案似乎没有让他感到满意。"我的重点是，要是缺了秩序，我这儿就会陷入混乱。克里斯托弗，我的任务就是维持秩序。我不关心你的科学，只要它别干扰我管理庄园就行。"

"咱们离海地有多远？"他的兄弟问，漫不经心地刮着餐盘。"第一个比空气轻的载具就是从那儿起飞的，我记得那应该是美洲第一个这种载具。"

主人停下来，皱起眉头。"你以为我就想过这种日子吗？给黑鬼擦屁股，从早到晚一身糖臭？我不想担这个责任，但责任还是找上了我。我和你不一样，我不是父亲最喜欢的孩子，没法就那么在世上混日子，梦想什么愚蠢的装置。我有家族的义务要亲自履行。"

"你是最年长的，"名叫克里斯托弗的男人说，"哥哥，责任确实该落在你的肩膀上。"

"吃早饭的时候"——主人眯起眼睛——"你当时说了些话……我现在才明白。告诉我——母亲知道你来这儿吗？"

他的兄弟停下来，目不转睛地盯着桌子对面的主人。

"你知道她会急得失魂落魄，对吧？咱们在一起的所有时间里，你连一个字都没提过。从头到尾。唉，你不能总像这样从她那儿消失。她以为你去了哪儿？"

"我怎么能猜到那个女人在想什么呢？"他的兄弟耸耸肩，"也许巴黎。或者伦敦。我好像提过我要去格罗夫纳。"

主人微微摇头，厌恶地冷笑。

"她肯定会败坏我的念头，对吧？"

"所以你以为你可以在利物浦赶上我，然后乘船出海？就这样？连一句话都不留？"

"有时候一个人就是需要消失一下。对灵魂有好处。"

"谁的灵魂？"

"想必是我的。"

"这么穷折腾一场，只是为了你该死的飞行垃圾。"

男人平静地看着主人。"伊拉斯谟，那不是垃圾，而是云船。"

"它有什么用处呢？能治好人类的疾病？能把我从这个该死的岛上监狱放出去？"大凯特还在吸桌布上的污渍，眼睛小心翼翼地避开他们的视线，主人终于注意到了她。"放着别管了！"他吼道。

大凯特紧张地最后又擦了几下。

"我说别管了！"主人伸手抓起餐盘，然后站起半个身子，把餐盘正面砸在大凯特的脸上。

一声破碎的巨响，鲜血和瓷器碎片四散飞溅。

我的骨头险些从我身体里跳出去，我在水壶从手指间滑出去之前抓住了它。我望着主人的手，他的大拇指沾着鲜血。我想跑到凯特身旁，但只能站在那儿抓着水壶，柠檬籽在水壶里像牙齿似的相互碰撞。

"该死，我割破了手指。"主人说着，在桌布上擦了手。他扔下碎餐盘，转身大步走出房间。"玛利亚！玛利亚！老天在上，你在

24

哪儿？"

随之而来的寂静真是恐怖。大凯特用手捂着脸，我听见血顺着她的手指滴下来。

另一个男人，主人的兄弟，他犹豫了片刻。最后他起身走向凯特，举着手里的餐巾。"来，松开你的手。"

大凯特松开双手。

"头转过去。好，就这样。"

他比我见过的其他白人都高，和大凯特一样高，他擦拭凯特的脸，我感觉到他的视线扫过我。"你叫什么？"他问我。

我无助地望向凯特，看见她坚定的黑眼睛也望向我。

我听见门口传来窸窸窣窣的声音，我跪在地上，开始捡沾血的餐盘碎片。我强迫自己盯着拼花地板上的一片狼藉。

"老天在上，克里斯托弗，你别管了，"主人说，"别把自己弄脏了。他们会收拾干净的。那是他们的活儿。"他的声音很放松，几乎称得上愉快。"哎，很快就要上蛋奶冻和艾菊布丁了。希望它们至少能过得去。来，朋友，坐下。"

大凯特的鼻子断了。

我没哭。我们一起默默地擦干净她的血，我盯着地板，听着主人漫不经心地在拼花地板上刮鞋，蹭掉鞋上的脏东西。

蛋奶冻来了，散发着温暖甜蜜的光彩。主人吃得津津有味，他的兄弟推开餐盘，又要了一杯干红。窗外的夜色已经变深，我抬头望去，看见玻璃上我们光亮而清晰的倒影，就好像对面站着另外两个面如磐石的凄惨奴隶。我搜寻自己的眼睛，但一个戴白手套的男孩一动不动地站在我的位置上，我在他脸上认不出我的双眼。主人和他的兄弟终于结束晚餐，我们在洗涤室帮忙清洗大桶，摞起蒸菜用的盘子沥干水。剩菜被倒在一只大圆盘上，盖乌斯允许我们在里面拣东西吃。我已经失去了胃口，但大凯特恶狠狠地瞪了我一眼，然后开始狼吞虎咽。她用两根手指当叉子，舀起食物塞进嘴里，然后只用半边脸咀嚼。她咀嚼时疼得皱眉眯眼，然后突然气呼呼地睁开眼睛，再次俯下身子，舀起更多的食物。我尝了几口。我盯着她的鼻子，拒绝忘记。

大凯特和我踏着刺眼的月光，下坡走向窝棚，这时她终于开口。"永远不要不拿你该拿的东西，"她从牙缝里说，"别人答应给你吃的，所以你拿就是了。"

"凯特，他不该打你的。"

"这个？"她抬起脸，鼻子又开始淌血了。"我以为他会把咱们扔进火炉，因为咱们企图逃回达荷美。这个，孩子，这啥都不是。你难道没见过几滴血？"

我当然见过血。我们在鲜血里活了好些年，那是我的整个一生。但那天晚上的某些东西——是主人家里炫目的美，是精致的器物，是懒洋洋的优雅风度——给了我一种深入灵魂、不肯安歇的绝望感。绝望不仅来自那天被分尸的威廉，我知道他的头颅直到此刻还在茫然瞪视黑暗。那一刻我感觉到的是——尽管当时我还欠缺必要的语言——一切都是那么彻底而强烈的不公正。

"所以就这样了？"我粗鲁地说。我转过身，在月光下仰望她。"咱们没法一起去达荷美了？"

她停下，看着我，一动不动。

"凯特，所以咱们就屈服了？"

"是的，"她说，"你忘记我说过的话吧。从你心里踢出去。"

我点点头，她的愤怒让我感到困惑，我觉得我大概做错了什么。"凯特，咱们把衣服弄脏了，"我惨兮兮地说，"咱们会因此惹上麻烦的。"

就在这一刻，同一个瞬间，我们听见背后的小径上传来沙沙声。我们同时转身，大凯特跨出一小步，挡在我前面。

但来的只是盖乌斯，他依然穿着漂亮的仆人衣服，迈着僵硬的步子，犹犹豫豫地摸黑向下走。他看见我们，很有礼貌地点了一下头，表情晦涩难懂。

"盖乌斯，"大凯特嘟囔道，"别说他们又坐下吃起来了？"

他摇摇头。"主人已经休息了。他去醉乡了。"他看见我们茫然的眼神，又说："喝醉了。伊拉斯谟主人醉得很厉害。凯瑟琳，你的鼻子怎么样？"

"还长在我脸上呢。"

"那好。"

几秒钟过去了。大凯特说："你下来不是为了问候我的鼻子。你迷路了怎么的？"她用疲惫的手摸过脖子，然后肩膀。

"呃。没有。凯瑟琳，你该回去睡觉了。你今晚没事了。"

她开始转身，我跟着她。但她的大手忽然落在我肩膀上，她又转回去。"**我**今晚没事了？华什还有事？"

盖乌斯用怪异、冰冷、难懂的眼神看着我。"似乎是的。"

"意思是？"

"王尔德先生要见他。华盛顿，他要你去他的房间找他。今晚。现在。你明白吗？"

我不明白。"主人？"我问，害怕地抬头看他。主人找我干什么？

"不是主人，"盖乌斯平静地说，"是主人的兄弟，王尔德先生。今晚吃饭时的另一个人，黑头发的那一位。他要你去他的住处。"

"盖乌斯，你告诉他孩子已经睡下了，"大凯特厉声道，"你就说你没找到他。"

盖乌斯舔了舔嘴唇。"凯瑟琳，我做不到。你知道我做不到。"

她向前走了一步。"他不能上去。"

她瞪着盖乌斯，但盖乌斯没有畏缩，只是冷冰冰地看着她的脸，等待着。最后他轻轻地说："凯瑟琳，咱们没资格拦着他。我要回大屋去了，但你必须让华盛顿上去。"然后他对着我做了一件最稀奇的事：他提起他漂亮的裤子，蹲下看着我的脸。"华盛顿，别让王尔德先生等你。他是主人的兄弟。你不会希望他对你生气的。"

"我不会让他有理由对我生气的。"

"非常好。"

"他找他想干什么？"凯特说。

"他们还能想干什么？"盖乌斯讥讽地轻声说，"他要他按他说的做，什么都别问。"他起身准备离开，却又扭头看着大凯特，神秘莫测地说："凯瑟琳，这是个机会。孩子有机会找到一个避风港。要是王尔德先生喜欢上了他——"

"你敢再往下想一想试试看。"凯特说，但声音低沉而痛苦。

"至少给了孩子一个机会。"盖乌斯说。他的面容消失在暗影中，尽管我无法确定，但他似乎非常悲哀。

"滚吧，盖乌斯，"凯特说，朝他威胁地迈出一步，"你快滚吧。"

盖乌斯离开了。

我站在明亮的月光下，在大凯特身旁伫立良久。最后我们开始往回走。她似乎很烦恼，我以为她在生气，因为她的鼻子，因为她不希望我也挨揍。为了缓解她的恐惧，我说："凯特，你别担心。他打我的鼻子，我不会哭也不会叫。我会和你一样。你等着看。"

但这似乎无济于事。来到窝棚背后的水桶旁，我舀水浇在脸上和胳膊上，揉搓我的头发，感觉到被晚风吹凉的水在皮肤上的舒惬凉意。等我睁开眼睛，我看见凯特，她在窝棚的黑影中庞然耸立。她向前走了一步。

"他敢碰你，华什，"她悄声说，"你就把这东西插进他的眼睛，一直捅到底。"

我感觉到她把什么东西压在我的掌心里。我低头去看。那是一枚钉子。一枚又长又粗的沉重铁钉，是在铁匠那儿打出来的。我摊开手掌站在那儿，钉子热乎乎的，还带着她拳头里的温度。我抬头看凯特，但她已经转过身去。

我把铁钉攥在拳头里，就像那是一块黑暗的碎片。我带着它，就仿佛它是个秘密，仿佛它是一条裂隙，我往里看能看见不可思议的未来。我带着它，就像它是一把钥匙。

我慢慢地向上走，我的心脏怦怦乱跳。我知道大凯特希望我怎么做，但这个念头让我恐惧。小径绕向王尔德庄园背后的田地，通往树林边缘没有光亮的荒地。主人的兄弟占据了监工以前的住处，那是一座低矮而狭长的木屋，有个极深的地窖，曾经用来存放货物，这座木屋好几年没住过人了。有些奴隶会讲述那里发生过的可怕事情。有人说在没有月亮的夜晚，你还能听见从地窖里传来惨叫声。

我在颤抖。晒台边缘点着挂灯，我在敞开的门口停下，我往里看，犹豫着不敢出声。没有仆人出来迎接我。我攥紧铁钉，瞪大眼睛看。用石灰水刷白的宽敞房间里，找不到一块地方没堆着东西。

每一张桌子、每一寸地板上，层层叠叠地放着棍子般的奇怪装置、蚂蚱般有腿的长筒仪器、用铁链吊着的盘子碟子。

我什么都没等到，最后只好轻轻敲门，我的手在颤抖。一只蛾子在从天花板垂下来的一盏挂灯上扑腾。

"是谁？"一个声音吼道，"是你吗，孩子？进来。快进来。"

我犹豫着向屋里走了一步，然后我看见了他。王尔德先生，他站在狭长房间的对面窗户前。他没有面对我，而是弯着腰，拱起肩膀。我放眼扫视他的怪异住所，窗台上摆着垫天鹅绒的盒子，盒盖敞开，里面放着闪闪发亮的器具。有些是木制圆筒，两头都有镜片，就像有段时间在这儿当监工的一个老船长用的望远镜，但他的东西不一样，更加奇异。我经过一张餐桌，看见了装在小瓶里的种子、装在大肚瓶里的普通泥土、撒在桃花心木台面上的粉末。我走向他，地板在我脚下嘎吱作响，到处都扔着纸张。

"先生，您找我？"我说。

我紧紧握住那枚铁钉。

王尔德先生立刻就发现了。他的脑袋在惊人的高处点了点。"你那是拿着什么？刀子？钉子？"他皱起眉头俯视我。

我开始颤抖。他当然知道。主人什么都知道。

"哎，放下，你过来。就放在那儿吧。"他指着我身旁地上的一沓纸说。

我还能怎么做？我放下铁钉。知道光是我拿着铁钉的事实就足以让我送命了。

"过来，"他不耐烦地说，"来，给我稳着点。咱们没多少时间。"

他敢碰你，华什，大凯特的声音又在我脑海里响起，**你就把这东西插进他的眼睛，一直捅到底。**

我想逃跑。但他已经转了过去，注意力放在他前方的什么东西上。

"别磨蹭，"他叫道，"告诉我，孩子，你有没有在反射望远镜里看过获月？"

我的声音似乎粘在了胸腔里。

他从他在做的事情上抬起头，绿眼睛把我钉在地板上。"你必须看见了才会相信。月亮和咱们想象中的不一样。过来。"他让到一旁。金色底座上架着一个长长的木头圆筒，圆筒斜着指向窗外。离我们比较近的一端镶着玻璃。

"把眼睛放在这儿。"

我照他说的做。我看见的是一片可怕的黑暗。我鼓起勇气来这儿的时候，凯特告诉我，监工曾经对男孩们做过无法用语言形容的坏事；我弯下腰，把眼睛贴在那东西冰凉的黄铜边缘上，我感觉自己毫无防备，内心惶恐。我不知道接下来会遭遇什么样的恶行，但我明白大凯特不明白的一点：我不可能反抗这个男人，不但因为他的块头比我大很多，更是因为我的血管里没有暴力。我闭上眼睛，默默等待。

我感觉他的呼吸轻柔地吹在我耳根上。他说："孩子，你看见了吗？"

我能说什么？我不知道他的意思。

"是的，王尔德先生，大人。"我说。

"美极了，对吧？"

"嗯，是的，王尔德先生，大人。"我说。

他发出快乐的喊声。"你看见那些印痕了吗？环形山？那是一整颗星球，孩子，悬浮在我们的重力场里。想象一下在那片土地上行走，在那些环形山的边缘留下脚印。我们之前没有人涉足过那片土地。它是我们所有人的处女地。"

他拍了拍我的肩膀，我退开，他眯起眼睛，凑近目镜。然后这个怪人放声大笑。

"但你什么都没看见。"他说。

他依然皱着脸贴在那个装置上，他把手伸到前面，用指尖转动一个小旋钮。"这是一台反射式望远镜，"他说，"我亲自设计的。当然了，基于16世纪最精良的荷兰制品。但我觉得我的比较紧凑。好了，过来，"他说，向后退开，"你再看一眼。"

天哪，这下我看见了。月亮那么巨大，橙黄色，就像鹅蛋的蛋黄。清晰地刻印在它表面上的是深深的环形山和高高的山脊，正如王尔德先生的描述。后来我会想到，那片土地没有树木、灌木或湖泊，那片土地没有人。那是伟大的上帝还没开始填充之前的世界，是第三天的世界。

我克制不住自己，发出惊异的赞叹声。

王尔德先生再次大笑，这次是因为高兴。"好了，孩子，告诉我。为什么获月每天比前一天晚三十分钟升起，而不是一年中其他时间我们习惯的五十分钟？"

他看着我，面无表情。

"告诉我，你认为这是因为在一年中的这段时间里，它的轨道平行于地平线，因此地球不需要转动那么多吗？"他说。

我瞪着他，心情紧张。我感觉到他在嘲笑我，但非常温和、非常淡然。

"啊哈，"他继续道，"何等的一个谜题。"

我们依然站在敞开的窗口，他忽然转过身，伏在他肘边支架上打开的大记事本上，飞快地写字。他安静了一小会儿，然后边写边说："孩子，你叫什么？"

我垂下脸。"华什，先生。"

"华什？"

"华盛顿。乔治·华盛顿·布莱克，先生。"

他从记事本上抬起头。"我有个叔叔，美国人为他们的共和国而战的时候曾经勒索过他。结果他非常敬仰他们，真的。好了，年轻的乔治·华盛顿，咱们来跨过我们的特拉华河如何？"

我只是瞪着他，不明所以，他继续在记事本上写字，一个人吃吃笑。"我们的特拉华河。"他开心地嘟囔道。他仔细查看望远镜旋钮上的刻度，又写了几个字。他再次抬起眼睛。"克里斯托弗·王尔德，"他说，我知道他这是在自我介绍，"但你可以叫我蒂奇[1]。和我亲近的人都这么叫我。我小时候生过病，明白吧，有段时间个头特别小——反正这个名字就跟着我了。后来这些年，我越来越习惯被这么叫。我知道你刚开始肯定会不习惯，但比王尔德先生更适合我。王尔德先生，那是我的父亲。正如我母亲经常要提醒我记住的，我并不是他。你带着你的东西了吗？还搁在门廊上？"

我无从想象他在说什么。

"那位老兄没告诉你？唉。"他浅浅一笑，从记事本上放下双手，"你肯定在琢磨这个钟点叫你来这儿干什么。华盛顿，你要来这儿和我一起住，当我的仆人。需要收拾的东西可太多了，我向你保证。但你会发现我这个人很容易取悦。你真正的任务会是协助我从事科学探索，明白吗？不过现在你先别操心。今晚用不着。今晚

1　原文为 Titch，有非常小的意思。

33

咱们先帮你安顿下来。明天早晨，你要收拾这儿的所有东西，然后咱们开始工作。"

我脸上肯定露出了困惑莫名的表情，因为他停下了。

"你不反对这些安排对吧？"他说。

反对任何事情的念头自然从没进入过我的脑海。我惊恐地望着他。"不，先生，蒂奇先生，大人。"我喃喃道。

"蒂奇，"他纠正我，"叫我蒂奇就行了。"

"好的，蒂奇，大人。"

"非常好，"他飞快地打量了我一眼，"好。没错，我要的就是你的这个块头。你要明白，重量是云船的关键。"

我几乎不敢呼吸，发疯般地希望他已经忘记了那枚铁钉。然而他刚说完这段古怪的评论，就走过来捡起了铁钉。

"黑色金属，"他嘟囔道，然后用我难以理解的眼神望向我，"别人告诉我，我们直到很晚的时候才学会利用铁。我在皇家学会的一个好朋友认为，我们首先利用的是更纯粹的金属。听起来很有道理，对吧？然而我们不像重视纯金属那样重视铁。"

他把铁钉举到烛火前，优雅地拈着它。"肯定能派上用场，我敢确定。可以把我钉在我的十字架上。"

我没有应声，他微微一笑，这个笑容太奇怪了，其中没有恶意，因而使我感到困惑。由于我无法理解，我感觉到某种深不见底的冰冷恐惧。

"就这样吧，华盛顿。"他漫不经心地说，又转向他的记事本。但转到一半他停下了，他走向我，非常和气地把铁钉还给我。

"华盛顿，最里面的房间有床，"他说，"好好睡一觉，祝你睡得香。"

5

第一天的黎明，我醒来时依然攥着那枚铁钉。

我立刻明白了两件事情。首先，我不能回去找凯特了，不能回我们的窝棚了，不能回到她强有力的黑色怀抱里了。其次，昨晚我被带走的时候她就已经知道了。

半明半暗的光线中，我站在陌生的小房间里，我的皮肤因为寒冷而起了鸡皮疙瘩，我觉得非常渺小和孤独。空气散发着树液的气味，就好像这儿曾经堆放过刚砍伐的木料。我揉搓着自己赤裸的肩膀，觉得关节奇怪地离开了原位。床单拧成灰色的一团。我从小到大只睡过土床，整个夜晚我一次又一次突然惊醒，因为床垫软乎乎地往下塌陷。

陌生的屋子像是荒弃了。我起床，把耳朵贴在门上。我后退一步，在房间中央等待，双臂贴在身体两侧。因为平静让我警惕，我等着门被砰然撞开，等着自称蒂奇的男人朝我吼叫下令。时间一分钟一分钟过去；没人进来。

房门右手边的支架上有一盆水。水面上有星星点点的灰尘，一只银绿色的苍蝇飘在水里。水盆旁有一小块白布，还有一根带毛的小木棍和一个铁皮罐子，罐身上画着漂亮的樱桃图案。我用指甲撬开生锈的盖子，闻了闻：粉末的气味，让我鼻子发痒，就像抓着两块温热的石头互相砸。

我很天真，没错，但我不是傻瓜。我明白我必须洗刷干净，让自己能见人，因为屋里的奴隶就该这样；但这些器物因其神秘而显得像是刑具。最后我拿起那块布，打湿，开始擦脸。

看着擦下来的棕红色泥垢，我惊呆了。我用上更大的力气，擦我的鼻翼、我的耳根，我蹲下，擦洗脚趾缝，我起身，擦拭脖子上的褶皱。水变得非常美丽，黑得惊人。我惊诧地望着它，皮肤感到刺痒。

但还是没人来叫我。我越来越害怕。我肯定应该出现在什么地方，去完成什么任务，我是不是已经迟到了？

我把毒牙般的长钉藏在床垫底下，然后开门走进走廊。

"蒂奇先生，大人？"我喊道，寂静中我的声音过于喧闹。"先生？"

空气凝滞而炙热，散发着某种坚果的气味，土里长的东西，能吃；还有刚洗过的石头的气味。我顺着走廊向前看，见到一个已经充满阳光的明亮房间，尘埃在白光中转动。阳光穿过一扇窗户。我走进房间，赤裸的脚趾底下，破旧的酒红色地毯像是什么僵硬的动物尸体。我打了个寒战，后退一步，悄悄走向旁边的一扇门。

于是我看见了他。

他一个人站在光秃秃的厨房里，没穿外衣，背对窗户。他身旁的桌子上摆着一盘灰色的蛋。他看上去是那么高、那么瘦，肤色是那么粉。他在看一札翻开的文书，他瘦削的双手在转动一个蛋，剥掉蛋壳。他没有觉察到我的出现。我不敢打扰他，因此我站在那儿，张着嘴呼吸，紧张地观察他浓密的黑发、他如何把剥掉壳的蛋塞进嘴里、他迅疾而焦躁的咀嚼动作。我注意到，有一道细细的白色疤痕从他嘴角两侧穿过面颊一直延伸到耳朵，就好像曾经有一根线压在他舌头上，然后猛地向上拉起来。这道伤疤看上去像个裂口。

他突然抬起头。

"华盛顿。"他说。

我不禁畏缩，警惕地对他微笑。

他一拍双手，蛋壳碎片从指尖落在一块案板上。"如何？休息得好吗？"

我刚开始点头说对不起，但他已经说了下去。

"那就好，非常好。来，过来。你知道怎么洗衣服吗？不，我猜不知道。我找了个伊拉斯谟的仆人，叫她今天上午把你的衣服送过来，我要她花点时间教你怎么洗衣服，还有做其他事情。我猜你应该不知道怎么做英国菜吧？哎呀，老天真是眷顾你。那是在开玩笑，华盛顿。我更喜欢法国餐食，但我知道桥镇这儿做不出来。所以咱们就只能凑合吃英国菜了。不过上帝救了咱们，有一道菜的所有材料我都有：今天早上我自作主张为咱们做了一顿荷兰酸辣酱。这是我最拿手的菜谱了。我的秘诀？两个酸橙的果汁和一点点锡兰姜。我敢保证你在阿姆斯特丹都吃不到更好的荷兰酸辣酱了。来，你听好了，我从东方的旅行中带回来很多香料，你打开碗柜就能看见。你必须随意使用。我已经完全依赖它们了，没了它们我什么都吃不下。这儿的东西吃起来都像是拐杖，"他顿了顿，"不过我有个规定。就是你绝对不能用糖。我无法容忍。你在我的储藏室里找不到糖，也不许你从我兄弟的住处拿到这儿来。"

我该怎么去听这滔滔洪流般的语言啊？蒂奇先生抓住我的肩

膀，坚定不移却又很和气地领着我走进相邻的房间，那里放着一张桃花心木的大桌子和六把配套的椅子。我瞪着两个雪白的餐盘，它们面对面摆在桌上。

"坐下，"他打了个手势，看见我困惑的表情，有点气恼地笑了笑，自己过去坐下，"我可不想让你盯着我吃饭，华盛顿，像个杀人犯似的在我背后晃来晃去。坐下。这不是一个请求。"

我舔湿嘴唇，坐进桌边那把柔软得荒谬的椅子，对面是个执掌我生死大权的白人。我仅仅是种植园的一个孩子，我的视线遇上他的视线，恐惧使得我嘴里发酸。

他拿起他的叉子；我也拿起我的。我半松不紧地攥起拳头，笨拙地握着叉子。

我们两个人的餐盘中央各有一团怪异的白色酱汁。

蒂奇先生开始吃，动作非常刻意，像是在教我。"我待在这儿的这段时间里，伊拉斯谟把你借给了我。我觉得这个很适合你。"他停下，严肃地朝我手里的叉子点点头，然后等我开口。

我舀起一坨荷兰酸辣酱，放进嘴里。我没有流露出我的厌恶。

他微微一笑。"要是我母亲见到你和我坐同一张桌子，她该有多么震惊啊。"想到她在他想象中的反应，他发出尖利的一声怪笑。"很好。我叫你来这儿当然不光是为了吃饭。你将成为我的助手。我希望你有足够的智力，能掌握几种简单的技能，从而帮助我工作。"

"好的，蒂奇先生，大人。"我不明白他的意思；我只能给他我认为他想听的答案。

他舀起一大叉子荷兰酸辣酱。"好极了。"他说，他嘴里塞满了食物。

我没有回应。

"你以前的主人，理查德·布莱克，他是我们的舅舅，我们母亲的长兄，"他继续道，"他过世后，他的产业传给我哥哥，包括信念种植园。我猜伊拉斯谟本来希望我父亲能来给他点建议。但我父亲，他是个真正的科学家。他天性就不是管理产业、收租子的那种人。说真的，就算他在格兰伯恩的家里，这些工作也已经落在伊拉斯谟头上了。父亲把大多数时间花在科考旅行上。事实上，此时此刻，他就在前往北极圈的远征途中。他已经离家一年了，至少还要过两年才会回来，"他叹了口气，"我猜伊拉斯谟并不喜欢承担这些责任。但他擅长摆弄数字，也很会和人打交道——前提是他愿意费这个力气，我不得不承认，这种情况非常罕见。"

蒂奇先生飞快地塞了两口食物，边嚼边擦嘴。"理查德舅舅去世后，伊拉斯谟不但要经营我们的格兰伯恩庄园，还有舅舅的桑德利庄园，还有他自己的霍克斯沃思。还有信念种植园。我猜我哥哥的计划是大多数时间待在西印度群岛这儿，只定期返回英格兰看看。他说最需要花工夫照看的是信念种植园。换句话说就是其他地方要靠信念的钱养着。"

我的眼睛眨了又眨，我不敢完全和他对视。他巨大的倾诉欲望让我感到吃惊，就好像他过了好几年没人陪伴的生活。

"我们的家族财产这些年一直在走下坡路，因为我父亲花在追求科学上的开销。但是你看呐，理查德舅舅的遗产重新装满了我们的钱包。"他讥讽地叹了口气。

他说的话我几乎一句都听不懂。蒂奇先生感觉到了，他放下叉子，皱起眉头。

"怎么了？"他问。

我吓得不敢说话。

"说吧。"他换上更和蔼的语气。

我垂下头，但依然没有开口。

"我猜你在琢磨，既然我不是非得来这儿，又为什么要来呢？"他说，但我并没有在琢磨这种事，"好吧，自从来到这儿，每天早上醒来我都在这么问自己，"他微笑，"开玩笑的，华盛顿。说实话，我想逃跑，我需要一个地方供我藏身。于是一天早上，我收拾好东西，没告诉任何人，直接去了利物浦。我知道伊拉斯谟在月底前会出海，于是我冲进他的房间，陈述他为什么应该允许我和他待在一起。西印度群岛——那儿有太多的东西值得我去了解！一个多么罕见的机会，简直就像奇迹！我对北半球西部的大气环流做过大量研究，我忽然想到，那里很可能是个完美的地点，可以用来试飞我半心半意设计的那台飞行器。于是我迫不及待地修订设计，花了几个星期搜集要运到这儿来的材料。"

他又吃了几口，慢吞吞地咀嚼。"还好我过日子在舒适方面没什么要求——只需要我的工具，时不时有口饭吃就行。住所用不着豪华，没有仆人我也一样能过得很好，但我需要身边有个随叫随到的能干助手。说真的，来这儿之前我去过伊斯坦布尔，只雇了个当地年轻人照顾我。知道吗，伊斯坦布尔的女性都蒙面纱？我说真的。非常魅惑人。"

多么奇怪的一个人啊，他有母亲，却不怎么在乎她，然而我依然觉得他这个人有足够多的温情。

"那么，至于比较务实的那些事，"蒂奇先生继续道，瘦削的双手在空餐盘上方一拍巴掌，"做饭，洗衣服——这些当然不能不做。但你真正的工作，就像我说过的，是协助我做实验。你的个头刚好适合我的云船。负载是关键，你要明白。凭你聪明的眼睛我就看得出你能学会一点两点的知识，尽管我明白我的智性问题没那么容易理解。是的，我猜咱们应该能合得来。你会干得很出色。说实话——"他突然起身，走到餐具柜前，抓起一张纸，然后来到我坐的那一侧桌子旁，俯身凑近我。

我能听见他喉咙里呼吸时的嘶嘶声，能闻到他手腕上乌贼汤汁的腥味。我想到那枚黑黝黝的钉子，它像一把小匕首似的藏在床垫底下。

但蒂奇先生只是把那张纸平摊在我面前的桌上，他的手指摸过纸面，葱皮纸发出清脆的飒飒声。然后他做了一件奇妙的事情。

他从衣服里面掏出一个铅笔头。他飞快地画出一个巨大的光滑圆球，它被某种网罩在里面。我从没见过这样的东西。他画出阴影和光线，圆球像是从纸面上浮了起来。它底下吊着一些绳索，他在圆球底下画了一艘奇特的小船，小船有两个船头，桨伸在天空中。

我从没见过这么美的艺术。我惊愕地望着那张纸。忽然间我知道了我想要什么——发疯一般地想要——我也想这么做：我想用我的双手创造一个世界。

等我抬起眼睛，蒂奇先生的眼睛在闪闪发亮。"你觉得呢？"他说。

这是个奇迹，我心想，绝对是个奇迹。但我只是说："很好，先生。"

"我花了三年时间重新设计它，"他从我面前拿起那张纸，举起来对着阳光，"我父亲三十年前想出了一个类似的构造，但仅限于最初的概念，没有继续下功夫。我父亲，怎么说呢，要是他见到了我取得的进展，一定会大吃一惊的。他认为自己的发明太不稳定。因为用的气体，明白吧。然而自他那个时代以来，浮空学已经有了巨大的改变。我认为我这个真的能飞起来，而且能坚持很长一段距离。"

他突然转向我，从喉咙深处发出怪声。"啊哈，但非常可惜——你还不识字。唔，咱们必须想办法补救一下，尽可能吧。要是不识字，你就没法协助我了。我需要你记录测量结果、算式、读数，我需要你在晚上向我复述。"

"好的，蒂奇先生，大人。"

他停下来，皱着眉头看我。"等一等。我怎么说的来着？我叫你怎么称呼我？"

"蒂奇？"

"没错。非常好。"

我仰望他发亮的绿眼睛，他浓密的睫毛——黑得像是苍蝇腿。我的笑容里带着恐惧。

6

就这样，我奇异的第二段人生开始了。

每天早上，蒂奇和我检查前一天的工作，记录细致的计算结果；刚开始由蒂奇记录，随着时间一周周过去，越来越多地由我记录，尽管还非常粗糙。每天下午，我们去种植园外的荒地研究植物，然后他打发我回家打扫卫生和做饭，而他单独继续研究一个小时左右。然后，每天晚上，我必须打开一本简单的书，涨红着脸，磕磕巴巴、可怜兮兮地学习其中的文字，而蒂奇气呼呼地坐在一旁，大声念给我听。

我越来越畏惧那些夜晚；但上午的工作既古怪又奇妙。我们用木桶采集雨水测试酸度，把鳗鱼放进桶里测量电能；从牧场的粪堆上抓绿壳甲虫，扔进装满浆液的浑浊小瓶。蒂奇让我感到困惑。我从没见过如此熊熊燃烧的一个心灵。他在野地里浑身长眼、浑身长鼻子，手指会像小刀似的插进泥土。他回家时会舌头乌黑，牙齿因为品尝草木和泥土而被染绿。他会顺着岩脊飞奔，会爬上正在脱皮的大树，有一次穿着全套衣服走进大海，就为了抓一只罕见的螃蟹，他的衬衫在潮水中鼓成气球。每次有了新的发现，他的眼睛就会眯成缝。一天下午他叫我张开手掌，然后把一只极小的蓝色蜥蜴扔在我的掌心里，你能从侧面看见它的心脏在搏动，我的拳头里攥着一个有生命的艳丽蓝点。

他从没虐待过我。但这并不是一件好事；我知道这种日子终将结束，有朝一日我会回到甘蔗田里，重新面对残酷的生活。因此我不允许自己过得舒服，而是扒拉草丛寻找他随手扔下的温度计，捡起他掉落的望远镜，小心翼翼地把树叶放进他称之为标本箱的长木盒，每天晚上仅仅因为没有受到惩罚就感到松了一口气。

他从没说过自己怎么看待他哥哥对其他奴隶的惩罚。他有时候会站在那儿遥望甘蔗田，看着大砍刀在蓝色的天空下闪光，他面容疲惫，但眼神凌厉。就算见到的东西让他不快，他也没说出来过，只是继续采集标本或计算数字。他只有一次向我表达过感受。那天我们从田地的西侧边缘穿过，一个监工操着生锈的刺棒，朝帮工玛丽的脸上狠狠来了一下。就好像一阵风吹过她的面颊，她的身体一动不动，鲜血却从她嘴里淌了出来。蒂奇用他凌厉的眼神望着这一幕，瞪着眼睛看了很久。我也瞪着眼睛看，回忆中慢慢泛起的惊恐情绪充满心灵。然后他开口了，声音轻得我几乎难以听见："我的上帝啊。"

那天晚上，主人来和他吵了一架，我听见他们刺耳的声音从书房紧闭的大门里传出来。我远远地站在一段距离外，等待被召唤。他们咬牙切齿，声音恶毒，我听见主人在责怪他的兄弟不理解他。然后一切陷入死寂。门开了，主人出来，他身体略微歪斜，眼神充满怒火，他走了。

要问蒂奇喜欢在住处大量囤积什么，那就肯定是纸了。他发狂般地想要拥有纸张，每次下午从桥镇回来，都会带着几个装满纸张的板条箱。因此，纸张的供应永远不会短缺，他每周都给我新的一令纸和一支漂亮的黑色绘图铅笔，然后命令我练习写字。我会回到房间里，点上快烧到根的蜡烛头，然后在朦胧的橙色光晕下，开始画图。

画图的时候，我感觉到某种至关重要、能让我平静的东西贯穿了我的身体。几乎从一开始，画图在我看来就像是神迹，在动的与其说是手指，还不如说是眼睛。我画我手边的所有东西，研究阴影如何用种种方式制造重量感，我不懂方法，也没受过训练，只顾画图。每晚我都把完成的图画卷成一个细长的圆锥，放在火上，看着它烧成灰烬。因为我不敢去想，万一我的主人发现我不服从命令，他会做出什么事情来。

然而没有任何秘密能够长久保持。这是世间的一条真理。

一天晚上，我拿着一张纸正要往烛火上放，蒂奇突然闯了进来。他气恼地皱着眉头问："华盛顿，你为什么要浪费那张纸？你的字不至于那么难看吧。来，给我看看。"

我的心拧成了一团。蒂奇慢慢扳开我无力的拳头，我看着他被晒伤的脸和脱皮的鹰钩鼻。我没有反抗。纸上的画出现在眼前：阳光下斑驳的蝴蝶翅膀，我们那天早些时候的观察对象。

蒂奇瞪着那张画。

"对不起，蒂奇，大人。"我喃喃道，惊恐万状。

蒂奇没有看我。

"卡西乌斯蓝蝶[1]，"他轻轻地说，"华盛顿，这真的是你画的？敬爱的上帝啊。很少能看见有人能这么忠实地描绘大自然。"他低

---

1 Cassius blue，白琉璃小灰蝶的俗称。

头看我，表情像是被雷打了。"你是个真正的神童。"

我脸红得发烫，立刻转开视线。

第二天下午，我们在树木的天篷下查看他用来关蜗牛的小木笼，他忽然停下，走到我面前。他从麻布背包里取出一盒绘图铅笔和一本装订好的绘图硬纸。"我险些忘了，"他说，声音极其严肃，"这是工具。别弄断了。从现在开始，你就是首席绘图师了。要忠实于你看见的东西，华盛顿，而不是你理应看见的东西。明白我的意思吗？"

我坐在一个铁桶上，它滚烫的边缘卡着我的大腿，我站起来，使劲点头，尽管那时候我还不理解他这番话完整的分量。

那天傍晚，我们来到晒台上，栏杆外渐暗的光线让田地的绿色变得柔和。蒂奇抱着一摞好几本厚厚的大书。"咱们今晚感觉怎么样？《浮空学历史与实践》？《浮空大百科》？《自然地理学》？要是你想了解水生动物，我这儿还有两本海洋生物学。这是两本小说。拉伯雷如何，这本——这本真叫一个吓人。好，这本，咱们来读这本。"

和往常一样，我觉得他是在自言自语，而不是在和我说话，因此我没有回答。他把两张椅子拖到一起，把一只印着指印的红酒瓶放在他旁边的小桌上，把一杯芒果汁放在我旁边的小桌上。他把可怕的拉伯雷塞进我张开的手里。

这些字词对我来说真是毫无意义。我讨厌这些课程。但我永远不会忘记刚开始的那几个月里纸张在我手上的感觉：粗糙，一个陌生的东西，仿佛压实的灰土。多么奇妙的感觉。我用手指翻动纸页，一股药味会忽然从书里冒出来，就像药剂师的小包。

那天晚上，蒂奇坐在我对面，颠倒着朗读文字。"这个词是什么意思？咱们昨天刚刚学过。"

我沮丧地盯着那一页，小小的黑色字母就像医务室护士缝出的可怕针脚。

"试试看。"他说。

我看着黑乎乎的墨团，拼命回想。"Es-try。"我说。

"差不多，差不多了。来，慢一点。Es-tu-a-ry。[1]"

"Es-tu-a-ry。"

他往后一靠，愉快地眯起眼睛。"华盛顿，过去这几周你真是给了我一个惊喜。你的脑子。我完全没料到。"

当时我还没想到过要问他，既然他不认为我有学习的能力，又为什么要选我；当时我只听懂了他的夸奖，我感觉到自己的恐惧渐渐没那么剧烈了，我终于敢去听他提问的本意了——它们只是在寻求答案——有时候我甚至能不结结巴巴地回答他了。

然而这一刻没有持续太久。蒂奇合上书，把手夹在里面，标出我们读到的那一页，他坐在那儿，隐约皱起了眉头。"我第一次叫你来的那天晚上，和你在一起的大个子女仆是谁？我忘记她的名字了。"

我愣住了，忽然警觉起来。

"说吧，"他冷冰冰地说，"你肯定知道她叫什么。大个子女人。鼻子断了的那一个。你们两个很亲密，我整个晚上一直在观察。"

"凯特，"最后我喃喃道，"大凯特。"

"大凯特。她是你的什么人？"

"先生？"我慌了。

"她是你的朋友，对吧？"

我不说话，我的脸在发烫。几个星期过去了，但我还没收到她悄悄传来的消息，主人大屋里的奴隶来做杂务的时候没有给我带

---

1 意为"入海口"。

信，我穿过凉爽的草地时田地里的工人也没有给我传话。我觉得她抛弃了我，切断了联系，我感到既受伤，又无比尴尬。

"是的，先生，我的朋友，"我最后说，眉头拧成了一团，"假如我有母亲，她对我来说就像是她。"

停顿片刻。"你肯定很想她。"

我强迫自己盯着膝头。

"好的，好的。"他最后清了清喉咙，给我一点时间来整理心绪。然后他重新打开那本书。"我们的人生，无非就是一连串的告别和重聚，对吧？来，念这个词，对，就这个。很好。"

我想念大凯特吗？我强烈地感觉到了她不在我身边吗？我因为失去她而悲伤吗？

我闭上眼睛，感觉到她的手在黑暗中落在我脸上——凉丝丝的，沉甸甸的。她左手大拇指的指甲发黄开裂，就像一个贝壳，她习惯把那个大拇指蜷起来贴在掌心里，让它刮我的面颊。她的声音低沉而沙哑，她说话时按西非人的古怪方式在句尾压低声音，就好像她找到了什么伟大而睿智的真理。我们吃饭时她会在两口之间咳嗽清喉咙，有些人讨厌她这么做，但我小时候每次听见都会大笑。她总会把最后一口早饭喂给我，而我就着她的手吃，就像一只驯顺的小动物。她会因此咧嘴微笑。她粗鄙，她强大，她会毫不脸红地在我面前排泄。她用一把钝刀把头发剪得很短。她在达荷美戴了很多年沉重的首饰，耳朵因此变形。她的腹部有七道伤疤，来自七支不同的长矛。她的两颗门牙之间有个豁口，她大笑时气息会从中间吹出哨音。但她很少大笑。我知道她迟早会有一天再也无法忍受被奴役，那天她会杀死许多人，然后带我奔向自由。

7

黎明是地平线上的一道白光。早餐前我和蒂奇站在门廊上，望着天空中苍白的颜色，知道在雾霭中这一天只会变得更热。

蒂奇看见了我看见的；他和我一样能感觉到热浪。但他依然对我说——他面对炽热的太阳，没有转过脸来："华盛顿，今天咱们要爬乌鸦山。"

我望着他，等待他说下去。他抬起一条昆虫般的长臂，指着远处朦胧的乌鸦山和它平坦的灰色山顶。大多数主宅都建在种植园的最高点，但在信念种植园不可能，因为乌鸦山是一座陡峭的小山峰，上面几乎没有平地。黄昏时分，乌鸦会发疯似的聚集在这座山上，它因此得名。我们这些田里的工人从来不敢去那儿，它是一座可怕的瞭望台，是监工从天上盯着我们一举一动的地方。它让我们恐惧。

吃过午饭，我们开始收拾各种器物和测量工具，蒂奇解释说他勘察乌鸦山是想在那儿装配和启动他神秘的云船。我看着他涨红的脸，闪亮的眼睛，现在我知道这是他渴望的表情了。我管住了舌头，既没有说我害怕乌鸦山，也没有提醒他今天会多么炎热。

我们艰难地走进被日头烧灼的辽阔荒野。蒂奇穿宽松的长裤、白色亚麻衬衫和薄外套。我和他都在肩膀上挎着几个背包。宝贵的标本箱挂在我的大腿上。通往乌鸦山的小路先绕过甘蔗田，然后穿过灌木丛和密林通往内陆，最后消失在山峰的碎石和干燥岩石之中。锋利的草叶嘶嘶威胁我们的膝头。我们向前走，我在远处看见了大砍刀在热浪中闪光。我想从让我眼花缭乱的光舞中分辨出大凯特，但那是不可能的。

走进树林，热浪减退，但昆虫开始咬人。我们边走边挥舞双臂，拍打脖子。小路到这儿难以称之为路，它只是折断的灌木丛之中被踩出来的一条线。蒂奇给几棵树的树干绑上绿丝带，但他没有解释目的。一个小时过去了。我们似乎终于开始爬坡；树木变得稀疏，热浪再次把它可怖的重量压在我们身上。怪石嶙峋的山脚下，热烘烘的空气有霉味和草木腐烂的气味。我们在这里停下，蒂奇给我一瓶温水，水有一股木头味，我们吃了几块硬饼干。然后我们起身，聊了几句，开始登山。从下往上看，乌鸦山只是一道遍布岩石、长满灌木的陡峭立面。我看不见它所抬升的巨大高度。

刚开始我们爬得挺轻松，脚下踩得很稳当。我跟着蒂奇，看他的落脚之处，先用我的体重试一试，然后再迈步。土很松，而且分层。每走一步，土都会顺着我们的脚踝流下去。偶尔经过草丛或成团的细小树叶时，蒂奇会叫我采集标本，把它们塞进标本箱，我会照他说的做，因为可以暂时喘口气而喜悦。除此之外他一句话都不说，沉浸于自己的计划之中。但我已经不害怕他的沉默了。我把黄色的小花塞进标本箱的小木格，抬起头看见他把温度计插进湿润的泥土，在风中眯着眼睛看越升越高的水银柱。

"三十八点七，"他皱着眉头嘟囔道，"咱们继续。"

刚才还是泥土疏松的地面突然变得陡峭。我们手脚并用往上爬，抓住崩裂的山岩，携带的盒子拍打我们的后背，彼此碰撞。我好几次脚下打滑，落到后面；蒂奇停下，扭头看着底下的我，然后我们继续爬。我用脚蹬住的一块露头岩忽然松脱，标本箱的重量拖着我倒向侧面，我感觉到双手抓不住了。我向下坠落了五英尺左右，重重地摔在一块平坦的岩石上。

我躺在那儿喘息，这一下摔得我险些断气。我用胳膊撑起身体，在大腿和面颊的刺痛之处摸到了鲜血。我的衬衫破了；我的膝盖在流血。我担心自己摔坏了蒂奇宝贵的标本箱，立马整理起了背带。一群水鸟在上方腾空而起，翅膀被天空衬成黑色。

蒂奇小心翼翼地爬回来，看着跪在地上的我。

"没摔坏东西。"我紧张地捧起标本箱给他看。

"我更关心的是你的骨头。"蒂奇在我身旁蹲下，拍掉我肩膀上的灰土。他的皮肤散发薄荷的气味。"想试验牛顿第二定律，有很多不太痛苦的办法。"他细长的手指伸进外衣胸袋，掏出一块红色丝绸手帕。他俯身擦拭我的面颊。隔着我衬衫上的破口，他看见了烙在我胸膛上颜色斑驳的 F 字母。他皱起眉头。

"咱们快到了吗？"我问，主要是为了引开他的注意力。

他的声音平静而温和。"你累了吗？"

"不累，蒂奇。"

他打量我。"还有一段路呢，华盛顿。你想回去吗？"

"不，蒂奇，先生。我很好，真的。咱们继续爬吧。"

他眯起眼睛看太阳，面颊松弛，他自己也在像狗一样喘气。他下嘴唇底下的皮肤冒出汗珠。他左右脸上的细长伤疤变成了亮红色，仿佛一道血线。

我想爬起来，但他按住我的手腕，摇摇头。

"我爬钦博腊索山的时候也摔过，那座山在安第斯山脉，"他说，"你肯定不知道我在说什么。那是一座巨大的火山，也许是最大的。高两万一千英尺。真的很高，所以一年到头都有积雪。我们像傻瓜似的去爬山，没有一个人做过准备。两年前我爬过比利牛斯山，因为高空病险些昏过去。但当时有个理论说，南半球的人不会得这种病。"

他停下，我们在炎热中坐了很久。

"雪是什么？"我问。

"你永远不需要知道的东西，"他微笑着低头看我，"那是结冰的水，像下雨一样从天上掉下来。它非常冷，踩在脚下很不牢靠。"

"于是你滑倒了。"

"爬到一万四千多英尺，搬运工抛弃了我们。我们听说过钦博腊索山的浓雾和悬崖的传说。我们分开器物，各自背上，继续爬山。有些地方的路窄极了，我们只好手脚并用往上爬。我们眼睛里的血管爆开，我们的牙龈在流血。希伯杜，可怜的人，他连水都咽不下去。豪尔赫头疼得看不见了。然后我滑了一跤。我就那么摔下去，坠落，一直坠落。我好不容易抱住一块露头岩，这才挡住自己。断了一根锁骨，这就是结果。我们决定大家一起回去，"他微笑，"乌鸦山应该没那么难爬。"

蒂奇用瘦长的大手抚摸后脖颈，拿开时手上全是汗。我抬头望着雾蒙蒙的天空，光线刺得我眯起眼睛。

"从冷到热。"蒂奇静静地说。他爬了起来。

"蒂奇，等一等。"我打开一个麻布背包，里面塞满了比较大的植物标本，我抽出两把细长的棕榈叶。蒂奇看着我，眼神既温和又困惑。我举起双手。

"放在你的帽子里。很有用的。"

"我帽子里？什么有用？"

"热气，先生。蒂奇。热气。"

他又看了我几秒钟，半信半疑地思索着。然后他从被汗水打湿的头上摘掉帽子，翻过来，把树叶垫在帽子里。

下午三四点以后的某个时候，我们终于爬上了乌鸦山顶上平坦的红土地。

但山顶并不真的平，而是点缀着粗糙断裂的板状石块；被阳光烤焦的黄色杂草覆盖山顶，炽热的风吹得它们趴在地上。这儿没有树木。

哎呀，从高处看见的世界是多么不一样。想象一下：我的整个人生都在那座粗蛮的小岛上度过，我连一次都没见过它的边缘，没见过一望无际的大海，白色的碎浪涌向海滩。我也一次都没见过道路，没见过路上小小的人影和小小的马匹，王尔德庄园的屋顶在阳光下闪耀。小岛从四面八方铺向远方，绿色的、闪闪发亮。乌鸦山的草丛里藏着鸟，我走动时它们腾空而起，四散飞向天空，叫声犹如波浪。太阳已经开始下沉，我们背后的影子渐渐拉长。我走到南面的峭壁边缘，望着波光粼粼的蓝色大海，海面上的光点仿佛千万把砍甘蔗的大刀。蒂奇站在东面的边缘，我走到他身旁。阳光穿过尘土，我看见信念种植园正待收割的田地，白色线条切入土地。我站在那儿颤抖，不容否认的美丽征服了我。

"咱们不能磨蹭，华盛顿，"蒂奇说，在奇观面前像是不为所动，"否则咱们就得摸黑下山了。"

他走到我们放下器物的地方，在一个背包里翻找。他朝我挥舞绘图本和铅笔。

"快来，"他喊道，"我要你把你见到的景象画下来。地形是最重要的。你要从几个不同的角度绘图。"

蒂奇从包里取出最长的测量杆。他来回走动，就像圈里的动物，他嘟嘟囔囔，记录距离。"二十步乘十七步。对，没错，"他自言自语，"非常合适。南角高十六英寸[1]，北角低三英寸。算是平地。她能顺利起飞的。"

然而就在我扫视地形的时候，某种感觉在我内心缓缓生长，我难以描述这究竟是一种什么感觉。我望着蒂奇忙碌。就在我开始明晰而准确地绘制我所见到的景象时，我意识到让我烦恼的是这片土地的宏大和美丽，是我们脚下宝石般的田地，但在我的了解之中，那里遍地都是打断的牙齿。炽热的风抓住我的绘图纸，底下飘来幽魂般的声响，我觉得我在其中听见了婴儿的哭声。有几个女人刚刚分娩就被赶回地里，她们会把皮肤娇嫩的婴儿放在犁沟里，让他们在滚烫的阳光下哭嚎。我抻着脖子望甘蔗田，但什么都看不见。远处的海面上，一大群海鸥起飞转向，下午的阳光把它们翅膀的底部照得像是着了火。

---

1 英寸，英制单位，1英寸约等于2.54厘米。

8

蒂奇还缺最后一样东西才能开始做他的实验，他说。

"工人，华盛顿，"他向我解释，"搬东西，拖东西，抬东西，拉东西，强壮的胳膊，有力的手腕。咱们两个人可没法把装置弄上山，对吧？"

于是我们来到了王尔德庄园的门厅里，站在那儿默默地流汗。空气中弥漫着茶叶的气味，屋里的地毯大概刚刚清洗过。蒂奇越来越不耐烦；我看着他在有磨痕的拼接地板上踱来踱去，木板在他脚下吱嘎作响。他偶尔转向我，停下，试探着把手轻轻地搭在我的肩膀上。他的视线一次又一次飘向最远处的走廊。时间似乎变得很慢，在我们四周扩张。

我不知道我们等了多久。终于，一条人影远远地快步穿过走廊。蒂奇朝人影喊了一声。

他的声音像是飘进了黑暗中。人影突然停下，然后盖乌斯从某个不可见之处冒了出来，身上的制服干净得像个英国人的信封。看着他，我觉得他身体里的骨头肯定比一般人多，上上下下到处都是骨节和凸起。他走向我们，我觉得我甚至能听见关节发出的微弱脆响。

他仰视蒂奇，面容优雅而冷淡，没有泄露任何内心活动。

"怎么这么久，朋友？"蒂奇说，他的脸膛发红、绷紧，"我们已经等了十五分钟，一句解释都没有。也不给一口水喝。我的兄弟不舒服吗？"

"没有，先生。"

蒂奇从鼻孔里出气。"所以？"

"我不知道您在这儿，先生。我敢说伊拉斯谟主人也不知道。没人接待您吗？"

"要是有，我为什么会站在这儿？他在哪儿？"

盖乌斯望向我，有好几秒他像是没认出我来。我和蒂奇在一起待了几个星期，我在他眼中变成了什么样子，我难道变了很多吗？他没有任何表示。我想问他大凯特的情况，但那是不可能的。盖乌斯突然朝我挑了挑下巴，动作轻微得几乎看不见。他对蒂奇说："非常抱歉，伊拉斯谟主人今天下午有事。他吩咐我们，不见任何访客——"

"我不是访客，"蒂奇吼道，"我是他的弟弟。去告诉他我来了。"

"先生。"盖乌斯说，恭谨地低下头。

"告诉他，要是他不来见我们，下次和我吃饭的时候一定会后悔的。"

"好的，先生。"盖乌斯说。

但他一动不动，他站在那儿，不敢抬起脸。我知道他不想冒险，因为主人会迁怒于他。随之而来的是一段漫长的寂静。

"唉，算了，"蒂奇嘟囔道，"他在哪儿？楼上吗？华盛顿，跟我来。"

他迈开大步，从前厅走向屋子的深处。我小跑跟上他，经过一间会客室，这里挂着厚厚的天鹅绒窗帘，椅子比一般的小，非常精致，餐具柜大得出奇，雕着细密的涡卷图案。

我们登上宽阔的回转楼梯，走进半明半暗的走廊。一面墙边有一张小桌，桌边有个女孩攥着一块抹布，正在擦拭被熏黑的烛台。刚开始我没认出来，因为她的身体线条变得柔和了，然而当她转过身，我看见了她浅褐色的光滑皮肤和显眼的颧骨。那是艾米丽，一顶白色的无边女帽框住她的脸，帽子像揉皱的纸团似的罩在她头发上。她看见我，停了下来，然后羞怯地垂下视线。

我的脸蛋开始发热，我的视线本能地向下滑去，因此我看见了：她浑圆的腹部，紧贴着洗涤室上过浆的白色制服。

我无法遏制脸上的惊骇表情；我瞪着她，无法移开视线。在信念种植园，女人怀孕是常有的事，但很少有人能生下孩子，因为孕妇也必须在恶劣的环境下艰苦劳作。但我没料到会这样，艾米丽才十一岁，美丽清白得就像上帝的天使。我像是挨了一巴掌，孩子的父亲有可能是这里的任何一个男人，甚至是主人。我看着艾米丽一动不动地抓着黄铜烛台，我感觉到内心一阵翻腾，悲哀强烈得让我不得不望向别处。

蒂奇没有觉察到我们的难过；他很不耐烦，想快点做完今天的事情。"嗯？"他问，"他在哪儿？"

艾米丽扭过头，怯生生地望向背后的一扇门，那扇门开着一条缝，一道光从里面射出来。门里是个狭窄的小房间——一间洗衣房，散发着苏打水和湿羊毛的刺鼻气味。伊拉斯谟·王尔德站在房间的最里面，面对我们，但伏在一张吱嘎作响的台子上。

他手里是个嘶嘶作响的铁家伙，又黑又大，他把整个身体都压在上面。走近他，我发现他把那东西压在一件蓝色棉布衬衫上。他终于抬起头。

看见他这个样子，亲自做这么低贱的活儿，我真是吃了一惊；他的脸因为全神贯注而奇异迷人，他丰满的下嘴唇，他的眼睛没有颜色，就像一杯白水。我在他的脸上瞥见了某种一闪而逝的美，某种优雅的东西。

但主人突然笑了，这是个紧绷的笑容，那个瞬间随即过去。"克里斯托弗，"他轻柔地说，"你等了我很久？"

"是的。"

主人耸耸肩。他用双手抬起铁铸的怪物，移向衬衫的一侧。"我给那个盖乌斯小厮下过命令，叫他打发你走。我该砸烂他的脑袋，换个更听话的用人。"

"他说过你很忙了，"蒂奇皱起眉头，"不是他的错。我没想到你的事情有这么烫手。"

"啊哈，非常好笑，"伊拉斯谟主人说，但他没有笑，"看见我这么忙，你很吃惊对吧？"

"没什么能让我吃惊，"蒂奇说，"这是我铁一般的天性。"

"太棒了，"主人说，"真好笑。"

我们站在那儿，好一阵没人开口。蒸汽从熨斗的底部袅袅升起。

"所以？"蒂奇说。

"我在等你说完你的俏皮话。你这次又要找我干什么？"

"显然不是洗衣服。"

"那是你的小黑鬼的活儿，"主人愉快地说，"否则我把他借给你干什么？"

蒂奇点点头，挑起眉毛，假装吃惊。"你一下子就说中了我的来意。我找你是因为我需要更多的帮手。"

"是嘛，"主人说，"大概是为了你的气球装置吧？"

"对，我的云船。你猜得很准。"

主人把黑色底面的熨斗竖起来，朝上面啐了口唾沫；唾沫落在熨斗上，发出最轻微的嘶嘶声。生锈金属的气味充满了房间。"你害得我的热气都跑完了。"他心不在焉地说。

"我只想借十五个人。掺几个强壮的女人也没问题，全看你方不方便。伊拉斯谟，十五个工人。借不了多久，只需要他们把云船运到乌鸦山上组装起来。一周。顶多两周。"

"乌鸦山？"

"我觉得那儿的海拔正好合适。"

"我的小弟啊，爬乌鸦山可不是简单的郊游。"

"所以我才来求你借我更多的人手。"

主人抿了抿嘴唇。"云船——按你起的名字，现在我想起来了。那东西相当危险，对吧？"

蒂奇犹豫片刻。"危险？"

"嗯。"

"不做适当的预防措施，任何东西都很危险。坐马车也会很危险。"

"程度恐怕不太一样。"

"每次升空的时候它都会拴在地上，伊拉斯谟。只有我本人和这孩子会上去。我觉得对其他人来说，风险都微乎其微。"

"这孩子是我的财产，"主人说，连看都没看我一眼，"你好像对我说过，这个装置有可能会爆炸？"

"以前的型号确实会，"蒂奇说，声音里多了一丝慎重，"我本人的设计不会，现在这个设计绝对不会。用的气体相对稳定，只要处理得当就行。"

"而你相信那些黑鬼能应付得了？"

"兄弟，我会好好监督他们的。"

主人摊开他空着的双臂，耸耸肩。"非常抱歉，但不可能办到，"他淡然道，"我没法分十五个黑鬼给你。光是田里需要的时间就让我不可能分给你了。不行。"

蒂奇似乎并不吃惊。"那多少个？"

"多少个什么？"

"你能借我多少个人？"

"我跟你说，那样会害得我损失相当可观的收益。我大概能匀出一个人来。"

"不够。你不是说过吗？我待在这儿的时候，可以借用你的资源来做我的实验，你不是亲口说过的吗？"

主人没好气地说："但总不能损害我的盈利能力吧。"

"盈利能力。"蒂奇嘲讽道。

伊拉斯谟主人恶狠狠地朝我打个手势。"注意你的语气。"

"所以你相信他们有理解能力了？"

"我相信他们有能力做坏事。我相信他们有能力蓄意犯罪。"

主人开始叠衬衫，熨衣桌的铆钉哀怨地吱嘎作响。我在这个充满尘埃的房间里，却突然听见了艾米丽在外面走廊里干活时哼歌的声音，她的声音尖细而紧张。

"那就十二个。"蒂奇说。

"两个黑鬼，不可能更多了。"

"十个男人。"

主人疲惫地长出一口气，像是在勉强保持耐心。"克里斯托弗，咱们不是在艾琳夫人的果园里交换苹果。咱们不是七岁的孩子了。"

"十个，男女都行，伊拉斯谟，我保证再也不向你借田里的劳力了。"

"唉，十个就十个吧。但只能在他们结束一天的工作之后。"

但那是我们自己的时间啊，我心想。在醒着的时间里，只有那几个小时属于我们自己。我记得那几个短暂的时辰，它们是一天中最平静的时光。我们所有人聚集在窝棚里，吃东西，讲故事。

蒂奇已经在摇头了。"兄弟，那不是基督徒的做法，黑人和其他人一样，也需要休息。他们摸着黑能给我做什么事呢？会有人受伤的。他们一天工作两次，累得半死不活，一半人受了伤，到白天能给你干什么活呢——"

"所以呢？"

"那就九个吧。但我的计划执行期间，要免除他们其他的劳役。"

"蒂奇啊，你似乎对你能把他们使唤得多么狠非常乐观嘛。你著名的良知去哪儿了？"

"我会对得起自己的良知的。你就说你借不借吧？"

"五个，可以了吧？"

"九个。"

主人叹了口气。他皱着眉头看熨斗，迟疑了好一会儿。他似乎在慢慢地回忆某事。最后他清了清喉咙，说："好吧，九个，就这样。我的小弟，别的我不知道，但你真的很执着。听我说，有一件很重要的事，我一直想告诉你来着。"

蒂奇侧着头，望着他的兄长，等他说下去。

"五天前的晚上，我收到一封盖着金斯敦邮戳的信。金斯敦能和我有什么关系呢？我说。唉，信里说菲利普表弟要从金斯敦来。

他扬言自己很快就会到。"

"菲利普?"蒂奇眯起了眼睛,突然陷入沉默。就好像听见通报说有客人来访,但来的不会是活人,而是个幽灵。"菲利普要来?他来干什么?菲利普。我的天。"

"是的。"

"他有没有说他的来意?他不是会出海找乐子的那种人。"

"他在任何事情里都找不到乐子。我相信咱们很快就会知道答案了。"

"菲利普在金斯敦。"蒂奇闭上眼睛,一条细细的忧虑纹出现在两眼之间。他摇了摇头。"这是你第一次听说他的消息吗?他等了这么长时间才通知我们他来了,他这么做冒了很大的风险。"

"啊哈,"主人露出一个残忍的笑容,"几周前他还写过一封信,但我不相信他那是认真的。看来是我弄错了。咱们还小的时候,他的动作可没这么快。"

蒂奇皱着眉头看他的哥哥,一言不发。

"他那会儿肥得像利物浦的码头耗子,"主人大笑,"而且那么阴沉,那么郁闷。上帝啊,真希望那个可怜的家伙不会企图自杀。我宁可让他杀了我——那样我就用不着忍耐他的情绪了。"

"无论如何,他是真的要来了。"蒂奇的声音有点尖利。

"对,"主人说,"等他到了,我想请你去桥镇接他。"

"没问题。还有别的吗?"

"我还想请你给他提供住处。"

蒂奇站在那里,愣了好一会儿。"王尔德庄园有五个侧楼,连一个房间都腾不出来?"

"兄弟啊,它们全都在维修。"

"我明白了。"

"他会吃了又吃，然后阴沉着脸继续吃，每天早上都会不舒服。我没有足够的地方给他演戏。"

"伊拉斯谟。"

"当然了，我也可以让他去和黑鬼一起住。"主人奸笑道。

蒂奇没有被逗乐。"他要住多久？"

"他说三个月。我可不相信。"

"他两个星期都熬不下来，"蒂奇沉思道，"把那九个人派给我，你就当这事已经了结了。我会用装满食物的盘子和一瓶瓶葡萄酒招待菲利普的。"

"咱们这个表弟，他确实喜欢大场面，"伊拉斯谟说，漫不经心地用一只手摸他熨好的衬衫，"好了，现在我是不是可以继续过我没人打扰的小日子了？"

第二天清晨，伊拉斯谟如约送来了九个奴隶——他最衰弱、最病快快的财产。

蒂奇首先放了他们一天假，招待他们吃了顿简单的饭食：玉米、鳕鱼、干净的凉水。第二天上午，他派他们去树丛中砍出一条能够走人的小路，一直通到乌鸦山脚下，然后在岩石中开一条能爬到半山腰的小径。他们搭建了一套粗糙的滑轮系统，就位后把器物和沉重的部件吊上山顶。蒂奇每天都和他们一起干活。我一边照看各种持续进行的实验，一边从眼角盯着他们。我在野地里挖虫子，阳光晒得我后脖颈疼，我从眼角看见男人和女人在山坡上摇摇晃晃，他们把东西顶在头上：一卷卷柳条，一筐筐布料，新铸的铆钉在蓝天下闪闪发亮。尽管他们离我很远，但我觉得自己能听见他们交谈，烈日把他们的声音晒得焦黑。我想到大凯特。但她不在他们当中。

这九个人里，认识我的大多数人见到我就会转开视线，我只和詹姆斯·麦迪逊说话，人们都叫他黑吉姆。然而当我问起大凯特，问她有没有秘密消息要他转告我，他只是用他仿佛石子般的黑眼睛默默地盯着我。这时我明白了，在他看来，我已经被白人的世界彻底吞噬，连盖乌斯和艾米丽都不如我彻底。他的拒绝让我的眼睛冒出羞耻和愤怒的火花，给我造成的痛苦刺激着我。

林间小路渐渐砍了出来，云船怪诞而庞大的部件开始运往乌鸦山。我看着四个人一组搬运沉重的板条箱，装满铁件的麻袋扛在人们的肩膀上。有粗细不同的各种长索，有不能落地的一箱箱玻璃器皿，有防水布、油布和许多大卷的纺织品。我好奇地望着这一切。

然而菲利普先生到来的那天上午，所有工作都停下了；因为工人离开听力所及的范围，他就不再信任他们。前一天晚上吃饭时，蒂奇心事重重，默不作声，然后他喟然长叹，惊讶地看着我，叫我去打扫并布置一间卧室。我突然害怕起来；我从一开始就担心自己和蒂奇这段奇异而平静的共处时光随时都有可能结束。现在我意识到，无论他的菲利普表弟是什么脾气，屋子里多了一个白人主人，对我的容忍都必定会变少，而严苛会随之变多。我感觉到恐惧如绳索般在肚子里展开。

吃过午饭，我们坐上马车出发，蒂奇坚持要我和他一起进车厢。"华盛顿，你又占不了多大地方，没问题的。门别关紧。"他的脸皱成一团，眼神直愣愣的，那是一个人不得不直面惩罚的表情。

"他真的**很**坏吗，蒂奇？"我问。

蒂奇吓了一跳，微笑道："坏？天哪，华盛顿，你难道一直

64

在担心这个？不，绝对不。菲利普人挺好的。不得不说，有点忧郁——好吧，**非常**忧郁——但总的来说，是个相当正直的家伙。"

蒂奇沉默下去，盯着窗外掠过的田地；他似乎非常不自在。马车在公路上颠簸晃动。他用绿眼睛盯着我。"我们三个人，伊拉斯谟、菲利普和我，我们从小一起玩，差不多同时进入社会。但随着生活和责任占据上风，我们之间的距离越来越大。"

马车拐过一个弯，走下一段缓坡，蒂奇的肩膀随之摆动。阳光隔着窗户烘烤我们，窗户没开。

"菲利普非常正派，特别正派，"他自顾自地微笑，那是一个心不在焉的哀伤笑容，"很长一段时间以来，他拒绝和别人握手，无比害怕别人碰他。因为分子，你明白吗？他认为有些传来传去的分子会让他生病。我母亲也是这样。不，总的来说，菲利普挺可爱的。只是也许有点意志消沉，而且胃口特别好。假如我有所疑虑，大概仅仅是因为我天生不喜欢有人做伴。我们孤单时都会渴望陪伴，但在客人到访的前夕，我们都会颤抖。"

他慢慢吐出一口长气，寂静中只能听见马蹄踏在土路上的哒哒声。这是个美丽的日子，炽烈的阳光照在飒飒作响的庄稼上。

"我们家非常奇特，华盛顿，我觉得比绝大多数家庭都奇特。"蒂奇紧扣的双手搁在膝头，帽子倒放在身旁的座位上。他的黑发乱蓬蓬的。我望向窗外掠过的奴隶窝棚：泥土的颜色，没有屋顶。"我好像说过我的父母并不情投意合。出于共鸣而结婚并不是我这个阶层的命运。我们全都有自己的责任，必须为自己的自由而战斗。"他望向我，突然脸红。"唉，"他沉默片刻，"我父亲怀着一种机械的世界观。他相信人能了解一切可知晓的事物，只要他能解开大自然隐藏的秘密。他确实发现了很多东西，但有一样事物超越了他的探究能力，那就是我母亲的心。他连理解她的皮毛都做不到。对此我与他感同身受，因为我同样看不透她。她固执得几乎不可理喻。她声称这是因为她出生在北方，那里的雨特别冷，一整年都不会停。"

我试着想象蒂奇祖国寒冷的北方，但我做不到。"你的表弟也从那儿来吗？"

"啊哈，其实并不是——菲利普是我父亲表兄的儿子，是我们的第二代表亲。家族里他们的那个分支在伦敦定居了几十年。他们的排屋就在格罗夫纳广场。"

"他从伦敦来。"我重复道。

蒂奇俯身，抓住我的肩膀。"你没必要这么烦恼，华盛顿。菲利普是个相当温和的好人。你会看到的。"

马车进入桥镇，我在座位上坐起来，把脑门贴在滚烫的玻璃上。我一次也没踏上过桥镇的街道；这样的特权只有被选中的几位奴隶才能享受，和田地里收甘蔗的工人没关系。我惊异地望着这一切。那么多的建筑物。几十年的飓风天气把墙板磨成银色，建筑物前的街道上，身穿艳丽服装的白皮肤的人们匆忙来去。路面上掀起一团团尘土。马匹小跑着经过，它们在热浪中垂着头，被苍蝇簇拥着。我们经过一个路口，一名水手在吹奏一团古怪的虬结管子，他旁边还有一个人边拉小提琴边跳舞，手指像影子般掠过琴弦。我们在突如其来的车流中停下；熟透的水果装车从码头运往内陆，巨大的金枪鱼肉块在阳光下开始变质，它们的怪味悄然渗入车厢。经过一个货摊时，我瞥见死鱼的眼睛，它们开裂渗血，呆呆地看着树叶铺的垫子。

我想记住这一切，这是我第一次来到镇上；我想把这一切都塞进记忆，供以后慢慢品味。马匹小跑穿过一段木板路，车厢在我们底下发出柔和的哒哒声响。然后这时你不可能看不见它了，你的视线直往上抬：在城区的山丘之上，在黑沉沉的树木之间，白色的巨大风车接连闪过，它们连绵不断，一眼看不到尽头。我坐起来，两只手按在玻璃上。

"但你肯定见过风车，华盛顿，你们糖厂的动力就来自风车，"蒂奇说，惊讶于我的好奇，"我猜大概只是因为你从没一次见到过这么多风车。唔，这个场面确实很惊人。"

在我天真的眼睛看来，桥镇似乎永无止境。我一次又一次试图想象我从乌鸦山看见的那些屋顶，但怎么都想不完全。我们驶向水边，我看见了柠檬、酸橙和橘子树。我望向远方。炮舰在海港的入口处若隐若现。我们终于来到码头，蒂奇推开车门，舒展身体站上街道。他小心翼翼地戴上帽子。

"勒内，你就用不着去流这个汗了，"他对车夫叫道，"我自己去接我表弟。"

说完，他钻进了熙熙攘攘的人群，胳膊肘微微抬起，挤开拦路的其他人。我下车，放下脚踏梯，站在车门旁；我可不能被别人看见待在车里，坐在那儿就像主人的儿子。我发现车停在宽阔的木板路靠陆地的一面。栈桥、平台和跳板沿着港口一字排开，停在岸边的巨大木船高高耸立。到处都有人大呼小叫，声音明快而粗野；行李咚咚地砸在跳板上；汗流浃背的黑人搬运工把浅色新木头钉成的板条箱顶在头上。到处都充满了缤纷的色彩和纷乱的动静。

我们等待着。勒内站在一旁，手握缰绳，贴近马匹。他没有和我交谈。

蒂奇终于穿过人群挤了回来，一条胳膊搂着一个黑发男人的肩膀。我感觉到心脏都快蹿到喉咙口了；我的两条腿似乎在打战。尽管这个男人和蒂奇一样有着轮廓分明的脸、黑色的头发和碧玉色的眼睛，但他的腰部要粗壮得多，他的五官分布也大不相同，因此他显得冷酷而谨慎。我不喜欢他的相貌。

他们背后有两名搬运工，抬着客人巨大的皮箱。我立刻上前，指点他们如何把行李放在车厢顶上的什么地方。蒂奇的表弟看都不看我，径直从我身旁走过，钻进车厢，用帽子在面前扇风。蚊虫在咬人。我注意到尽管他比蒂奇胖，但体型并不庞大。主人和蒂奇总说他喜欢吃东西，因此我以为他会是个高康大¹。结果他的块头都不到大凯特的一半。他的手臂细得可怜，难看地从躯干伸展出来。真是个奇怪的生灵。

我确认了两次绳结，以防菲利普的行李在返回信念种植园的颠簸途中掉下来。然后我爬下来，钻进车厢。我关上门，门发出悦耳的砰然声响。

菲利普先生瞪着我。"他和你一起坐在车厢里？"

"不好意思，"蒂奇朝我打个手势，"这是华盛顿。我的助手。"

"华盛顿？"菲利普先生说，隐约有点不悦，"换了我是你，蒂奇，我会重新想想该叫他什么。简直是在嘲笑这个可怜的小人儿。"

"不是我选的，菲利普。他就叫这个名字。"

"唉，老天在上，那就改个名字呗。他怎么会得到这么个名字的？"

"应该是我舅舅理查德起的，"蒂奇说，"理查德·布莱克。说

---

1 文艺复兴时期法国小说家拉伯雷创作的长篇小说《巨人传》中的主角之一，以食量惊人而闻名。

起来，大多数奴隶的名字都挺正常，但确实有几个被起了古怪的名字。勒内，来自勒内·笛卡尔；伊曼纽尔，来自伊曼纽尔·康德；艾米丽，来自艾米丽·夏特莱。"

听见她的名字，我小小地吃了一惊。自从最后一次在信念种植园见到她，好几个星期已经过去了，然而直到此刻在憋闷炎热的车厢里，我才意识到我已经放弃了寻找她。她显然已经不在王尔德庄园里了。那她去了哪儿呢，一个怀了孕的女人？婴儿生下来了吗？我知道我宁可永远不要找到答案，因为从信念种植园消失的人，都再也没人见过他们的踪影。

"理查德·布莱克，"菲利普先生摇着头说，"我的老天。那家伙是个疯子。"菲利普先生抬起绿眼睛，望着窗外经过的一个女人，一阵大风从她脸上吹开了无边女帽。他突然望向我。"这儿是什么怪味。"

"味道挺正常的。"蒂奇皱眉道。

菲利普先生耸耸肩，跷起腿，改变坐姿。"布莱克那一家，我一直就受不了他们。成天唱赞美诗和布道。我宁可去停尸房，也不愿意再次坐上菲利希亚·布莱克的餐桌。"

"我觉得他们挺有脑子的。是家族里比较好学的一支。"

"哈，他们都归你好了。"

"现在他们都归天堂了。"

"是啊，天堂。希望他们能好好利用他们的来世。上帝知道他们在地上浪费了多少时间。科尼利厄斯·布莱克在他们的小礼拜堂里把他可怜的膝盖都磨坏了。"

"亵渎神圣。"蒂奇微笑道。

"应该磨他老婆的膝盖才对，那才是天堂。至少更神圣。你明白我的意思。"

"我的天，别说了。"

"你少来。你不会嘴硬说你艾米莉亚姨妈的脸蛋不是红扑扑的吧？"

蒂奇非常认真地研究起了咯咯作响的窗玻璃上的灰尘。"是啊，她确实非常有风韵。"

"死的时候像是一口袋菊苣，是么？但她风华正茂的时候？哎呀，"菲利普先生演戏似的闭上眼睛，"我的好表哥，你错就错在永远不懂得欣赏这个世界的慷慨。你宁可忍受稀奇古怪的玩意儿，也不愿意亲自去体验美。"

蒂奇大笑。"稀奇古怪？"

"你那些科学胡话。太可惜了，真的。"

"只是你觉得可惜。我父亲和我就乐在其中。"

"是啊，"菲利普先生说，他的脸色微微一变，很难说得准，但他甚至好像有点愧疚，"好了，总而言之。看见你这么健康我很高兴。伊拉斯谟也挺好吧？我太期待能再次见到他了。"

"伊拉斯谟在另一个种植园有事要办。事实上，他这一整周都不会回来，甚至两周。他确实想来接你的，但我知道他的事情很紧急。"

"我明白了，"菲利普先生说，我觉得我在他轻松愉快的笑容背后看见了一丝焦虑，"好的，"他沉默了一会儿，"好的。"

蒂奇从窗口收回视线，望着表弟说："我母亲怎么样？"

菲利普叹了口气。"克里斯托弗，汉普郡那儿非常想念你。可怜的女人花了一百年才查到你的下落。伊拉斯谟似乎寄了一封信给她。说你一时犯傻，追着他来到这片受诅咒的荒原，还带着一大堆科学工具。我不敢说她接受得有多好。她急得都半疯了。"

"说得好像她平时多正常似的,"蒂奇嘟囔道,但他的面颊慢慢地涨红了,"不过她基本上还算好吧?"

"你母亲永远在生病,但我敢说她会比咱们每一个人都长寿。甚至比英格兰都长寿。"

蒂奇微笑。"你这个评语就下得很好,朋友。你不是和她一样害怕分子吗?"

"已经过去了,"菲利普先生喃喃道,"分子什么的。"

我们驶上宽街,我抬起脸,看见一排硬木笼子,木头在阳光下变色剥落。笼子里,奴隶有的站着,有的在踱步,有的把被晒伤的脸贴在栏杆上。他们脚边的地上扔着丢弃的衣服和他们可怕的排泄物,我们缓缓经过时能闻到黄色秽物的恶臭。

菲利普先生没问他们是怎么一回事。但我知道他们是逃奴。主宅里的奴隶经常谈论这个简易的街头监狱,亲眼看见后的语气里带着阴森的喜悦。他们没人抬起头,不需要和他们对视让我感到松了一口气。我看着一个矮小魁梧的男人,褪色的破布裹着他的肌肉。他面无表情,就仿佛他的渴求已经死亡,或者他失去了欲望的记忆。他的主人也许会把他接回去,把他打残,允许他活下去。

我把手掌平贴在被太阳晒热的车窗上,玻璃上的黑色幽灵属于一个身穿漂亮仆人制服的男孩。

"多么恐怖的地方,"菲利普先生对着拳头打哈欠,"没法想象你怎么能受得了。"

当时我还不知道该如何描述他,但菲利普先生仅仅是他那个阶层的一个普通男人,除此以外就没什么了。他巨大的激情并不是激情，不过是消遣而已；一天只是通往下一天的桥梁。他看待世界的态度略带不满，因为这个世界对他来说并不重要。

　　他确实常常陷入灰暗的情绪无法自拔。在那些日子里，他会一连几个小时悄无声息，像是在沉思艰深得无以复加的难题。我们外出采集标本，他喜欢和蒂奇一起爬上长满灌木的山丘，但他会背着猎枪，企图在途中打猎。这把猎枪没少受蒂奇的奚落，因为菲利普先生对它爱护有加，甚至超过了对他自己的外貌。他的衣服很昂贵，但穿得马马虎虎，永远缺一颗纽扣或多一根线头。他最关心的是他的枪和他的胃，在照顾这两者方面，他近乎狂热。他肚子不大但胃口很大，选择菜式时深思熟虑但坚定果决。他会吃成磅的炸大蕉和甘薯，会大啖腌鳕鱼和炖海龟。他吃生牡蛎浇木薯，吃荷兰酱炖的旗鱼眼肉。他一杯接一杯痛饮甘薯酒，一碗接一碗倒蛋奶冻。他上午睡懒觉，下午往往瘫坐在我们住处晒台上的一把藤摇椅里，手里拿着柠檬水。除了和气地发号施令，他很少和我说话。但有一天，我在蒂奇身旁对着一盘苏格兰女帽海螺写生的时候，他看了一眼我的画，嘟囔一声，拿起那张纸，讶异地举起来。

　　"表哥，你见过这个吗？"他说。

　　蒂奇抬起头，微笑道："华盛顿有一种罕见的天赋，对吧？"

　　菲利普先生摇摇头。"克里斯托弗，你把你的想法塞进了奴隶的脑袋。你该当心一些的。这种事从来不会有好结果。"

　　"你说话很像伊拉斯谟。"

　　"我读过吉本。你应该再读一遍，对你有好处。"

　　蒂奇皱起眉头。"罗马帝国崩溃不是因为他们的奴隶学会了画画。"

菲利普先生把绘图纸还给我。"一切都有它的开端。"

尽管他看上去一团和气，但我当然还是很怕他。他在蒂奇住所的走廊里乱逛，脸上带着鬼魂般的迷失表情，精致的外套勒紧他的胸口，炎热把他的头发贴在额头上。

傍晚我跪在地上，用椰子壳抛光深色桃花心木的地板，他会轻声叫我，"孩子。"我会凝固在身旁窗户射进来的如绳光线中，感觉到他踏在木条上引起的颤动。他从没打过我，但这个可能性像若有若无的一丝音乐般悬浮在我和他之间。"做饭上你可称不上艺术家，"他和蔼地说，像个失望的父亲，"今晚的鸡肉不好吃。怎么说呢，盐太多，姜太多，是么？明天你必须做得好一点。"

我点点头，但他阴沉的身影已经离去。

然而随着日子一天天过去，我渐渐明白了，他不会用拳头去伤害别人，而主人恰恰相反。事实上，有几个下午，见到劳作的奴隶让他感到诧异，就仿佛他们的身影是突如其来的黑暗，遮蔽了他为自己构想的风景如画的小岛假期。"唉，"他的声音里没有喜悦，听上去很勉强，"不流血就不可能发展，大概吧。"然后他会僵硬地转过去不看奴隶，就好像寒风吹进了他的身体，然后他会迈着他深思熟虑的步伐，慢吞吞地返回蒂奇的住所。

几个星期过去，我对菲利普先生的恐惧慢慢减退，但我对他的警觉依然如故。有些夜晚，进食过度之后，菲利普先生会单独坐进面向东方的会客室，瘫倒在一把躺椅上。每当这些时候，我会带着铅笔和破旧的写生簿溜进房间。看，他躺在那儿，嘴唇松弛张开，露出暗粉红色的食道，喘息时吐出甜牛奶的气味。然后我就开始画他，从他恶心的趾根开始画，他不穿袜子的脚别扭地落在地毯上。然后我往上画，一直往上，结束于他鬓角小鸡般的白色绒毛。

那是我画过的最温柔的一批速写。没错，从技法上说，我有更优秀的作品，画里的花朵显得那么粉嫩，轻轻碰一下那张纸似乎就会崩裂。然而我偷偷描绘暴食者的这些画，它们出奇的栩栩如生，带着我自己也无法理解的某种温柔。我没有给任何人看，尤其是蒂奇。

　　每天夜里我在自己的房间里撕碎它们，在烛火上一片一片地烧掉。

9

就这样，时间一个星期一个星期地过去，我们的生活基本上和以前一样，只是多了一个以活人形态出现的食欲化身。主人终于从岛屿的另一头办完事回来，但他病得浑身颤抖，把自己关在王尔德庄园里。来访的表弟和他的亲兄弟前去探望，却被盖乌斯和善地拒之门外。有传闻说主人在发斑疹伤寒，还说他搞不好会死。我祈祷，希望传闻能成真。

我继续每晚和蒂奇一起读书，但偶尔会被菲利普先生阴沉的身影打断，我努力学习，但依然没法毫无困难地辨认出一个个词语。我在外面只能做些最基础的听写记录工作，但蒂奇已经对我的进展很满意了。后来我意识到，他选我的时候对我能取得成功只抱着最少的一丝希望，现在看见我的能力，他感到高兴，这证明了他的选择有多么明智。

男女奴隶继续在乌鸦山上做苦工，他们把板条箱、木材和绳索运上岩石崩裂的山坡。我们每天去检查他们的进展，有些下午菲利普先生会冒着烈日陪我们去，蒂奇的肩膀上挎着装工具的背包，我带着我们的口粮跟在后面。终于，在一个焦热如炼狱的下午，装置的所有部件都运上了山顶，一切就绪，只待装配。

蒂奇的情绪好极了。他特地带了一块布，不停擦拭后脖颈的汗水。"表弟，咱们应该庆祝一下，"他上气不接下气地对后面的菲利普先生喊道，"你看看这个景象，"他扭头咧开嘴对我微笑，"等着看我父亲听到这个消息吧。他发誓说这是不可能做到的。"他用湿乎乎的大手抓住我的肩膀。"多么伟大的冒险在等我们去完成。"

"天杀的傻瓜的冒险。"菲利普先生爬上山顶，气喘吁吁地说。

看哪，乌鸦山的山顶上，几十个板条箱、盒子和一捆捆绳索摆在地上。有闪亮的柳条框架，就像一个倒放的巨型帽架；有一堆米色的奇怪布匹；有一卷又一卷的新木头，颜色浅得像是撇下来的奶油，那是用来搭吊篮的。我蹲在炽热的土地上，卸下装干粮的口袋，开始按摩肩膀。所有东西都有条理地摆放成一个半圆形，围绕着山顶上最平坦的一块空地，空地中央是浮空器那涂过橡胶的巨大本体。前几天我们仔细检查了它的每一寸表面，蒂奇和我寻找的是瑕疵和可能漏气之处。说实话，我并不完全理解云船的原理，但他的指示我每一句都能听懂。

我走向蒂奇，压低声音。"我敢保证，你父亲肯定会被深深地打动的。"

菲利普先生站在一旁，一只手按住胸口，带着一丝兴趣扫视周围。他擦了擦脸上的汗。"伊拉斯谟见到这堆破玩意儿，你猜他会怎么说？"

菲利普先生似笑非笑，轻轻喘息着走开了，去山顶西面的边缘看风景。蒂奇开始踱步，在可怕的烈日下嘟嘟囔囔，皱眉思考。那天没有风，山顶的热气像浓烟一样呛人。他用一块黑斑点点的手帕擦拭汗津津的眉头。

"北极离这儿很远吗？"我问。

蒂奇又踱了几步，阳光换了个角度落在他身上，因此炫目的蓝天把他衬托成一团黑影。"是的，非常遥远，"他咳嗽一声，"父亲因为搜集标本而闻名，绝大多数都捐赠给了蒙塔古楼[1]。"我在他的声音里听出了按捺不住的自豪。"你要知道，他是皇家学会的院士，科普利奖章和贝克尔演讲者的双料得主。那是非常非常高的荣誉。"

蒂奇从我身旁走过，跪在涂过橡胶的布匹旁。"咱们要把伞衣蒙在那头的框架上，然后把吊篮挂在框架底下，再装上导航翼和桨叶。"

"它们能让它浮在空中。"

"它们能让它转向，让它在航行中能够被操纵。让它浮在空中的是气体。氢气。"

我好奇地看着他。他很少提到氢气。

蒂奇在框架的浅色木头构件里翻捡，木杆像指节似的彼此咔咔碰撞。我摸着硬邦邦的布料。棉布上涂了厚厚的一层橡胶，摸起来仿佛某种动物的尸体。

"这是气囊，我们要用氢气充满它。氢气的分子重量低于我们身边的大气，这就是东西能够浮起来的关键，"他发际线上的皮肤被持续不断的阳光晒成了瘀伤般的紫色，"需要我演示一下吗？菲利普！"他喊道。

他的表弟转过身，抬起一只手遮住双眼。

"要我演示一下氢气吗？"蒂奇喊道。

菲利普先生挥挥手，迈着沉重的步伐走了回来。

"你在那儿等着，"蒂奇对表弟说，"你，华盛顿，你过去陪他。"

---

1 大英博物馆所在地。

我走到十五步外，站在菲利普先生身旁，蒂奇在有好几个控制杆的金属圆筒旁跪下。

　　菲利普先生慢慢地转向我，就好像在热浪中连动一动都很痛苦。"孩子，三明治在哪儿？"他说。

　　"您说什么，先生？"我说。

　　"三明治。你放在哪儿了？"

　　我扭头望向蒂奇，看见他正在摆弄装氢气的容器。他五英尺之外的地方，装干粮的背包放在枯黄的野草上。我抬头看菲利普先生，发现他期待地盯着我。我扫了一眼底下的田地，看见颜色鲜亮的一排排甘蔗，听见控制杆叮当作响，就像托盘上相互碰撞的杯子。从高处望去，树木变得细长，就像大地上的线头。我们登上乌鸦山已经好几次了，但每次都会让我内心充满惊叹。我小跑着奔向背包，觉得我能在蒂奇开始演示前回到菲利普先生身旁。

　　然而从我背后传来轰的一声巨响，我惊讶地转向蒂奇，空气突然炸开成了闪闪发亮的一大片，就仿佛一群玻璃蜜蜂同时扑向我。然后我的脸着火了，我被抬起来抛向后方，乳白色的震颤闪光裹着我，我的脑袋落在地上。远远的一声轰鸣充斥我的耳朵，就像庞大的翅膀在扑打空气。

　　然后世界变得寂静和黑暗。

　　我在黑暗中待了多久？我感觉一切都那么陌生，我向右翻身侧躺，我的肋骨在抽痛。我的呼吸在我耳朵里格外响亮。我的眼睛感觉到凉丝丝的压力；我没法睁开眼睛。

　　然后我听见脚步声靠近，一扇门打开。我左右转动我的脸。

　　"这是达荷美吗？"我轻声呼喊，"凯特，我们到了吗？"

一阵漫长的沉默。

"凯特？"

"华什。"蒂奇说。我紧张起来。有好一会儿我害怕自己卡在了两个世界之间，我的死亡并不完整，我悬在那儿没人理睬，我没有重量、失去方向。"你感觉怎么样？"他继续道，于是我知道了，毫无疑问，我还在信念种植园，我整个人都在，我没有死。

床板被压弯了，蒂奇换个坐姿。他不开口，只是在黑暗中呼吸。过了一会儿，他清清喉咙，说："非常抱歉，有个我没预见到的意外因素。我以为海拔够高，氧气稀薄，因此不会爆炸。我弄错了。"然后他用非常温柔的声音，结结巴巴地讲述了他如何将氢气释放到大气中，而空气如何开始沸腾，然后剧烈的爆炸如何掀翻了我们两人。蒂奇的外套着了火，但他立刻跪在地上，及时脱掉外套，只有手腕和手背受了轻度灼伤。然后他望过来，耳朵里嗡嗡响着，看见了我。我似乎被炸得失魂落魄，转过脸去面对那团灼热的火球。

"还好老天慈悲，"他轻声说，"你的身体没有受伤。"

我想说话，但我停下了，警觉起来。我嘴唇的皮肤像是被缝在了一起，只能勉强张开嘴巴的右半边。我试着抬起手，想摸我被绷带缠住的脸。

"你算是很幸运了。否则也许会被炸死。"

我没有说话。吞咽会带来剧痛。

"你为什么会靠得那么近？我让你退到后面，和菲利普一起观看。他没受伤。你应该和他在一起的。华什，我让你后退了啊。"

这时我想起了菲利普先生和他的食欲。我记起那道闪光，剧痛仿佛我脑袋里的一场日出。

我现在能感觉到脖子上沉甸甸的了，还有一种奇异的迟钝与麻木。我转动面部，发觉枕头上有一块地方湿了，不知是因为流脓还是出血。我试着舔湿嘴唇。"三明治。"

"什么？"他柔声说，"你说什么？"

我再次试着去舔湿嘴唇，嘴唇开始抽痛。"他叫我去拿三明治。"

蒂奇沉默片刻。"我明白了。"

我停止活动嘴唇，希望疼痛能够减退。但并没有。我非常困难地挤出几个字："我想看。我想知道我怎么了。"

我听见蒂奇在我上方轻声呼吸，他在思考。"还太早。要有耐心。等伤口愈合。"

"求你了，蒂奇。"

他停顿片刻。"华什，"他轻轻地说，"我不能。"

"求你了。"我说，带上了哭腔。

那一刻他在我的声音里听见了什么？又是一阵沉默。最后我感觉到他弯下腰，用他粗糙的手指解开纱布。

天哪，可真疼啊。我一辈子都不可能忘记这个时刻。被脓液浸透后板结的绷带咔咔弯折，纱布粘在了我的皮肉上。等他终于揭开绷带，光线和空气一拥而上。房间里的亮光照得我直眨左眼。但我的右眼只看见了黑影，就好像绷带只打开了一半。

我看见蒂奇的脸，他脸上的皱纹，被阳光晒成棕色的皮肤，明亮的眼睛四周起褶，看上去很苍老。他对我无力地笑了笑。"科学在你身上留下了印记，华什。你已经是它的人了。"

"蒂奇，我想看看我的样子。"

"我不想骗你。你的改变非常巨大。"

"能让我看一眼吗？"

"你应该等一等。"

"蒂奇。"

他犹豫片刻，然后转身出去，几分钟后回来。他把小镜子举在我面前六英寸之外，我的影像颤抖着出现在我眼前。

看着我的是多么怪诞的一个生灵啊。我抬起一只手，颤抖着触碰我的面颊。摸起来就像死肉。我的右脸被撕掉了一大块。我能看见面颊内部的血肉，一团怪异的白色里混合着粉红色，就像切下来的一块肥羊肉。伤口边缘是已经结好的黑痂，旁边是正在形成的浅色凝块，就像煮熟的燕麦。我右眼充血，能朦朦胧胧地看见一些东西，但瞳仁透着月亮般的蓝白色。我看见它，想到了 duppy 的诅咒魔眼。

蒂奇清了清喉咙。"医生说会继续愈合的，说随着时间过去，会好起来的。"他从口袋里掏出一块白手帕，擦拭我的眼睛底下。

"我在哭吗？"我问，我甚至没感觉到。

"是伤口在淌水，"他柔和地说，"没什么。"

我受过许多次伤，但没有像这次这么严重的。上次害我受伤的是大凯特本人。

事情发生在比较凉快的那几个月里，她的蟹爪雅司病[1]犯得很严重，于是从大队里被撤下来，加入我们这些老弱病残的二队。我们一起在地里干活，她一个不小心，大砍刀的刀尖划破了我。我叫她当心点儿。

她的眼睛，她古怪的橘黄色的眼睛，眯了起来。"小子，你说

1　发生在皮肤、骨骼及关节的热带感染病，病原是螺旋体门的细菌梅毒螺旋体。

什么?"

我咽了口唾沫。"你的刀,凯特。割到我的腿了。"

我记得那一刻她的脸奇异地凝固了。工头在我们左边某处,用沙哑的声音喊叫。炽热干燥的田地里充斥着仿佛烧糖的怪味。凯特站在那儿,脑袋比甘蔗还要高,她俯视着我,平静的表情像是彻底失去了神智。

我的心脏在胸膛里扑腾起来。

她向前迈出沉重的一大步;突然,我身体里的空气被撞了出来,剧烈的疼痛在肋骨底下咆哮。我踉跄后退,竭力喘息,摔在地上,耳鸣不已。我能闻到土壤辐射出的热气,尝到齿缝里的血液。炽热的阳光中,我看着女人们的影子从我身上掠过,她们彼此呼唤。然后,我被慢慢抬上一块木板,我感觉到自己被抬着穿过灿烂的田地。

三根肋骨断裂。她的一脚就有那么重、那么猛。我不肯告诉监工是谁干的,因此凯特逃过一劫。但剧痛使得我难以呼吸,我在医务室住了几个晚上,这才回到窝棚里。

我被领进房间时她避开我的视线,我的胸膛依然缠着绷带。

那天夜里,就在我渐渐坠入梦乡时,一只手摸上了我的脸。我听见轻轻的啜泣声,惊慌地意识到那是大凯特。她用冰凉的手掌抚摸我的额头,对我耳语。

"唉,我的儿子啊,"我听见她说,一遍又一遍,"我的儿子。"

这时我明白了,她并不想那么使劲地踢我,我不在的那几天也给她带来了巨大的痛苦。我闭上眼睛,感觉她凉丝丝的皮肤压在我的眉头上。

10

几个星期像龟爬似的过去。我在床上困了那么久，曾经被凯特踢伤的肋骨又隐隐作痛；我按摩痛处。我烧伤的面颊开始结痂和发黑，我的右眼渐渐看得越来越清楚。疼痛消退，物体的黑色轮廓慢慢进入视野。蒂奇让我休养，自责于他的计算错误，虽说他并没有说出来。

我在病房里进出梦乡，床边放着一盆冷水，而蒂奇又爬上乌鸦山，修理他的装置。有些晚上他会来告诉我他的进度，讲述他如何仔细测量和搭建云船。我转过去面对墙壁，默默听着，一言不发。随着我恢复健康，我会起床走进小图书室，取出蒂奇有关水生动物的书籍，静静地盯着插图。有时候我会尝试阅读文字，但这些书籍太难，绊住我的舌头。于是我把注意力全放在引人入胜的水彩素描上，陶醉于它们的栩栩如生。我最喜欢的是一本讲裸鳃亚目动物的大厚书，这些软体生物会在幼年阶段之后褪去硬壳。它们是野生动物，色彩缤纷，精致而美丽。

终于，有一天，我走上门廊，在炽烈的阳光中痛苦地眯着眼睛，向东瞭望乌鸦山。我看见了那个怪异得不属于这个世界的圆球，那是已经充气的云船，长绳把它固定在地面上，让这个庞然大物悬浮在半空中。我转身回到屋里。

我担心我的眼睛会无法恢复；我担心我的脸会变得奇形怪状。但我最担心的莫过于我伤得太重，失去用处，变成了一个废物。

蒂奇不肯听我说这些。他来找我，耐心而温柔，我觉得他的关怀过于奇特，我不知道该怎么理解。他说我已经好得差不多了，很快我就可以回到岗位上了。他说我不在的时候他很想我。他说他几个星期没画过一幅像样的写生了。

我无法回答他。

然后他提了一个问题，显然，自从我出事后他第一次来找我，这个问题就困扰着他。"那天你第一次睁开眼睛的时候"——他犹豫了一下——"你以为你已经死了，然后在非洲重新醒来？"

我沉默了好一会儿，然后慢慢向他解释我们古老的信仰，一个被囚禁的人失去生命，死后就会回到他的故乡。

蒂奇坐着一动不动，聚精会神地听我讲述。等他再次开口，声音里充满了温柔。"但是，华什，你在这儿出生。这里就是你的故乡。"

我对他说，凯特曾经计划带我和她一起去达荷美。

他沉默了一下。"华什，我没想到你会相信这些。"

我没有说话，他不以为然的语气让我痛苦。

"那是胡说八道，华盛顿。咱们死后就什么都没了。只有黑暗。永永远远的黑暗。"

我的胸膛里有什么东西在扭曲，想推开一切的惊恐感觉淹没了我。我转过去看着墙。

他认为他给予我的是仁慈；他在做他以为是好事的事情。

菲利普先生就完全是另一码事了。第一次看见我的烧伤，他的脸色变得煞白。黑暗的走廊里，我站在他面前，两个膝盖彼此紧贴，感觉到自己开始颤抖。他严肃地摇摇头。"现在你是个丑陋的家伙了，对吧？"他说，但声音里没有恶意。他反而显得非常难过，就好像看见我给他造成了巨大的精神创伤。"王尔德先生明明命令你别靠近，你不该走过去的，"他温和地说，"别人叫你做什么的时候，你最好照着做。孩子，那是为了你自己的安全。不过我敢说，以后你再也不会犯这样的错误了。"

"是的，先生。"我说。

"非常好，"他说，但他显然还在遭受某种折磨，"去忙你的吧。"

我不知道折磨他的是负罪感还是与此无关的哀伤。然而他毕竟是菲利普先生，没多久他的注意力就转向了烹饪。为了满足他的渴望，蒂奇问他哥哥要了一名厨房里的奴隶。来的那个女人，我只知道她的名字，尽管我偶尔会瞥见她以某种严酷的怜悯盯着我，但她对我说话时总是语气唐突，显然带着厌恶。她叫以斯帖。一道长长的白色伤疤横贯她的右脸，越过她的鼻梁，样子像是一道油漆。

她做的第一道菜是鱼汤，菲利普先生尝了一口就吐掉，起身踢开椅子，头也不回地走了出去。她的第二道菜是面包壳里填鳕鱼肉和植物块根，他失望地把它扔在地上。她的第三道菜被他粗鲁地从餐盘里推到了桌子上，她的第四道菜，他逼着她坐下，自己尝一尝。

最后，蒂奇看不下去了。他向菲利普先生伸出又长又瘦的手臂，不让他从餐桌前起身。"表弟，明天晚上我吃什么你就吃什么。否则我就让以斯帖回王尔德庄园去。然后咱们每天晚上都吃荷兰酱。"

结果，菲利普先生暂时从痛苦中解脱了出来。伊拉斯谟在被高烧折磨了几周之后，终于恢复了力气，派人来邀请他共进晚餐。得知他的康复，我是多么失望啊；若是他突然死去，多少条生命会因此得救！因为按照我的想象，无论他死后蒂奇在种植园做出什么样的安排，我们的生活都会享受到更多的慈悲。然而那是不可能的了。

主人看上去很瘦，比以前还要瘦，脸色也更加苍白，眼睛四周有黑眼圈。不过他似乎情绪很好，用妙语连珠欢迎他的两位客人。我在蒂奇的坚持下陪着他，一个烧伤的丑陋怪人站在他的椅子背后。但他命令我什么活儿都别干，别累着我自己了。由于有其他奴隶在伺候他们吃饭，其中有几个是被叫来帮忙的田地工人，看着他们，我想到了很久以前的那个晚上，大凯特和我也曾在这个房间里伺候过他们。有一个我不认识的女奴，她年纪比较大，高个子，身材魁梧，头发灰白，她身旁是个小男孩；我在他们身上看见了大凯特和我那时候的模样。年长的女奴遭受过可怕的人身伤害；她右臂的肩关节被野蛮地卸掉了，因此她看上去永远在耸肩。她走路时歪歪扭扭，总在偷偷看我，让我感觉不舒服。然而当我的视线飘向她，我注意到她对待那个孩子的态度是多么无微不至；她会抢着拿比较重的盘子，把比较轻松的活儿留给孩子，每次都这样，就像凯特对待我那样。有一次她背对着各位主人，悲伤地朝我笑了笑，笑容一闪而逝，我甚至不确定自己有没有看见。我转过去不看她，努力不去回想我的凯特。

这些奴隶之间笼罩着恐惧的气氛。他们迈着小步走过，尽量不碰到餐桌和彼此，我看着他们的影子落在白色桌布上。他们的皮肤隐约散发着汗水和泥土的气味，还有甘蔗刚被砍开的柔和而清新的芬芳。男孩连一眼都不肯看我这个怪物，这个烧伤的生灵。在我的面前，主人们的交谈就像车声，没完没了地响个不停。

"表哥，你有没有考虑过重新装修这儿？"菲利普先生说，他一口接一口吃得起劲，甚至懒得抬起头来，"房间的比例本来就是漂亮的德国式。重新装修不会费太多事。"

主人皱眉道："为了什么？让黑鬼把他们的脏脚印踩得到处都是？"

"你可以从伦敦请个室内设计师。我认识一个人，眼光毒得不得了。在十三个月里重新装修了半个格罗夫纳广场。"

主人打了个又长又愉快的哈欠，一缕白如云朵的头发落在眉头上。"克里斯托弗，"他转向弟弟，"我不得不说，看见这么多个月之后你还留在这儿，我感到非常震惊。我的小弟，你拥有战斗精神。你说不定能熬完这一整年呢。"

菲利普先生刮着餐盘说："呃，淡菜稍微煮过了一点点，是么？"

"嗯。我的云船进展相当顺利。"蒂奇说，喝掉酒杯里的最后一口酒。

"是吗？"主人慢吞吞地吐出这两个字，你很难断定他对此有什么想法。他突然扭过头，明亮的眼睛盯住我。他打量了我好一会儿，然后非常缓慢地转过去。"他干了什么，要让你这么惩罚他？"

"兄弟，那是个意外。"

主人打个手势表示让步。"和他们打交道，你很难控制住脾气。我有切身体验。"

蒂奇恼怒地望着桌对面的菲利普先生。"菲利普也在场。你不如问问他好了。"

菲利普先生全神贯注地用手指扫过空荡荡的餐盘，然后放在嘴里舔。"问什么？"

"那次意外。孩子的脸。"

"哦，对。真的。非常可惜。"

"来，告诉我，"主人继续道，"看他这个情况，你为什么还要留着他？"

"否则我该怎么做？"蒂奇说。

菲利普先生放下叉子。"好极了，非常好，"他飞快地说，揪起一块桌布擦他油腻腻的手指，然后向后靠在椅背上，"克里斯托弗，伊拉斯谟，有件事我必须告诉你们两位。"

蒂奇转向菲利普先生，有点吃惊，我自己也按捺不住惊讶。他真的要说出他在我的致残中扮演了什么角色吗？

菲利普先生低头看着餐盘，像是在鼓起勇气。"和你们的父亲有关，"他紧张地清了清喉咙，"你们的父亲。"他重复道，然后沉默下去。

"对，好的，快说吧，"主人恶狠狠地说，"他怎么了？"

菲利普先生再次低下头，就好像他想说的话都刻在餐刀的古铜色光泽里。残疾的高大灰发女奴过来给他斟酒，他不耐烦地打个手势，示意她停下。她立刻回到墙边，融入背景。

"到底怎么了？"蒂奇说。

菲利普先生终于张开了嘴唇。"你们的父亲，他恐怕过世了。"

我无声无息地移动双脚的重心，让自己站得更直。

主人皱起眉头，瞪着他的表弟。"过世了？"

"我很抱歉，但确实如此。他在北极圈的前哨站出了事故。不过我也不知道具体的情况。"

蒂奇使劲眨了几下眼睛。他似乎在搜寻能说的话。"我不明白，"他困惑地看了一眼主人，然后又转向菲利普先生，"你想说我们的父亲去世了？"

"我很抱歉，"菲利普先生的表情变得痛苦，"事实上，这就是

88

我来访的原因。我带来了格兰伯恩的一封信。你们的母亲写下了所有细节。等上完最后一道菜，我就去拿来给你们。"

蒂奇和主人默默对视。主人因为患病而凹陷的面颊变成了尸体般的惨白。

接下来的很长一段时间，房间里只能听见女奴用干抹布擦拭餐具柜的声音。

"五个星期，"蒂奇的声音异常无力，只能勉强听见，他抬起毫无血色的脸，"你已经来了五个星期。吃我的饭菜。享受我的招待。"

"我想过立刻告诉你来着。真的，"菲利普先生迟疑了一下，"但是，蒂奇，我觉得要是不能同时告诉伊拉斯谟，只告诉你一个人似乎不太好，"他转向主人，"但我来的时候你出去了。回来后又病得没法见人，直到今天晚上。我这是第一次有机会说出来。"

"你存心瞒着我们，"主人吼道，"你这个两面三刀的记仇杂种。你这是在报复我们。你比一条狗还差劲。你狗屎不如。"

真是奇妙，听见主人这么咒骂另一个白人。我垂下脸，我不敢看他。

"表兄，我真的不是存心的。你没法想象消息在我心里憋得多难受，我想说但又没法说。"

"我对你的同情浩若烟海。"主人从牙缝里嘶嘶地说。

"我只是想——"菲利普先生停下，垂下视线盯着双手，"我真的非常抱歉，对你们两个都是。这确实是个非常悲惨的消息。另外，我特别同情你的命运——刚刚安顿下来就要离开信念种植园了。多么让人气馁啊。"

"离开信念种植园？"蒂奇说。

"当然了，伊拉斯谟必须离开，"菲利普先生不安地望向主人，"汉普郡需要你，伊拉斯谟，你要去办理你父亲留下的各种事务，还应该要管理格兰伯恩一段时间。一年。两年。等所有事情都走上正轨。你母亲肯定在信里都说清楚了。她的意思是要你跟我一起回去。事实上，船票都已经订好了。"

主人凶恶地盯着表弟，但怒火已经消退了一些。他突然能够返回英国了，不需要继续在这儿受苦，他似乎在权衡其中的利弊。

蒂奇面无表情地盯着桌布，黄色的烛光下，他的皮肤褪尽了一切颜色。他的座椅背后，奴隶们像蒸汽似的飞快来去。

"但我不在的时候，信念种植园怎么办？"主人说，声音平静。

"咦，克里斯托弗在这儿啊，是么？你们的母亲认为你不在的时候他可以替你管事。多么幸运啊，她说，他刚好去了最需要他的地方。这是上帝的安排。伊拉斯谟可以回来，处理詹姆斯爵士留下的事情。她说，克里斯托弗把信念种植园马马虎虎管个两三年肯定没问题。说不定还能挣钱呢；当然了，表兄，我们并不怀疑你有挣钱的能力。无论如何，等伊拉斯谟回来，无论什么烂摊子他都能收拾起来。"

主人显然在思考这个想法。"确实是个点子。"他说。

"全都在信里。"菲利普先生说。

蒂奇非常平静地向后推开椅子，少年奴隶连忙让开。他嘴唇抿成一条线，眼神遥不可及，蒂奇拿起大腿上的餐巾，放在沾着肉汤的餐盘上。他不看任何人，径直走向房门。

"别这样，兄弟，"主人叫道，"快回来。这么悲惨的消息，克里斯托弗，咱们必须在一起面对。咱们要相互安慰。"

但蒂奇没有回头。所有人目送他离开，奴隶们微微低头，菲利普先生显得沉痛而懊恼。蒂奇经过我的时候，我抬起头，但他不看我。

他出去了，留下门敞开着。

我觉得我应该跟上去，但不想引起主人的注意。我看着年长的灰发女奴扭过头，见到她蕴含力量的金色双眼，痛苦、惊恐和惶惑突然淹没了我。

那就是大凯特。

我怎么可能没有认出她呢？这么多个月，每天夜里我不是都在为她的解脱而祈祷吗？想象她在信念种植园被血液染黑的田地之外重获新生？我刚来和蒂奇一起住的时候，是凯特给我的铁钉让我没有陷入绝望；在氢气爆炸的黑暗中醒来，我以为陪在我床边的是凯特，是她的手放在我的额头上。

是的，她发生了巨大的改变，她遭受了可怕的残害，她瘦了很多，两鬓的头发白得像是苍蝇翅膀。她老了，就好像我和她之间相隔了几十年。但我的改变更大；这是更丑陋的真相。

我不安地攥紧双手，盯着凯特高大的身影。她是多么关心那个男孩啊。我看见她每时每刻都在关注男孩的站姿和举止。我本能地意识到这其中的含义，那是她心中对男孩的爱意，庞然而愤怒，就像一个拳头。我试着想象他是个什么样的人。我觉得他顶多六七岁。我在想突然汹涌而来的心痛是怎么一回事。

主人和菲利普先生站在桌边；菲利普先生用手扶住他表兄低伏的肩膀。他命令盖乌斯把红酒和烟斗拿到会客室去。我想和凯特对视，但这时她已经得到离开的命令，于是我看着她从餐具柜上拿起一把叉子，转过身，沉重地走出餐厅，男孩紧随其后。

我望着她缩小了的身影，喉咙里发干，感觉到了绝望。

　　就在这时，一只手攥紧了我的锁骨，我抬起头，看见主人遍布血丝、动荡不定的双眼。

　　"黑鬼，你怎么还在这儿？"他说。我能看见他猩红色嘴巴的湿润深处，我极其害怕。"我弟弟已经走了。你也去吧，小子，快滚。"

11

~~~

我拔腿就跑。

等我回到蒂奇的住所，发现房间里黑洞洞的，连一根蜡烛都没点。不过来到蒂奇紧闭的书房门口，我看见门底下露出一丝烛光。我站在走廊里，竖着耳朵听，但房间里没有任何声响。我没去打扰他的悲痛。从他告诉我的那些事情里，我知道他父亲曾经是他的一切，是他人生的真正中心。

我留下他待在书房里，自己穿过黑暗，默默地脱衣服上床。

第二天清晨，我早早起床。屋子里悄无声息，我拿了个桶，出去打水。我走到菲利普先生的门口，像平时一样把盛水的瓷盆和干净的毛巾放在走廊的边桌上。然后我去蒂奇的卧室，做了相同的事情。然而等我打开他的门，却发现房间里没人，床铺还是原先的样子。

最后我在书房里找到了他，他趴在桃花心木的桌子上，定影剂粉末弄脏了他的下巴。我闻到墨水的化学药剂和潮湿的皮肤。房间里静悄悄的，空气凝滞；窗帘歪歪扭扭地被拉上了。一只蛾子贴着紧闭的窗户轻轻扑腾。蒂奇的肘边摞着高高一沓纸，纸上涂着墨水，波浪般的文字彼此贴合，就像法式酥皮点心。我轻轻地把一只手放在他的肩膀上，他立刻惊醒。他抬起头，转向我，眉头紧锁，眼神哀伤。

"华什。"他说。

"你睡着了，"我说，"天已经亮了。"

他没穿外套，用衬衫的左袖口擦了擦嘴。

"需要什么东西吗？"我问。

他摇摇头。"多么了不起的一个人，多么伟大的思想。我还是不敢相信。我实在没法想象。就这么走了？我——"他摇摇头，悲伤地看着我，"他甚至没机会看见我的云船。"

"他肯定会非常自豪的。"我壮着胆子说。

"要我留在这儿管种植园？"他摇摇头，表情隐约透着轻蔑，"他们肯定知道这是发疯。"他神经质地抬手捋过黑发，他的皮肤于是向后拉紧，白色的伤疤变得显眼，像缰绳似的从他嘴巴两侧冒了出来。"尽管我爱我的母亲，但她的性格实在不怎么好。她很难控制住情绪。小时候我注意到父亲很少待在家里，我并不理解他为什么总是不在。"他摇摇头。

我没说话，一言不发地站在一旁。

他微微蹙眉。"但看起来我在这件事上别无选择。"

我又沉默了一会儿，不知道该说什么。"我该去准备早餐了。"

"菲利普会很饿的，"他说，语气里带着轻蔑，然后他似乎有些自责，摇摇头，"不，那不是菲利普的错。这些都不能怪他。"

他居然这么轻易就原谅了表弟隐瞒如此重要的消息，我感到吃惊。

"我很遗憾，蒂奇。关于你父亲。"

他突然变得脆弱，脸上露出了害怕和听天由命的神情。"唉。"

我开始走向房门，内心有些不安。我担心自己也许做得出格了。然而蒂奇在我走进走廊前叫住了我。我转过身，他招呼我回到他的身边。

"我想给你看看这个。"他说。

他把几张纸放在面前。我俯身探进照在写字台上的那道阳光。墨水池旁边有三条发黑的香蕉皮，叠得整整齐齐。我眯着眼睛看第一页。《西印度群岛氢动力浮空学理论与实践之初步探讨》。

我轻声惊呼："所以你写完了？蒂奇，太了不起了。"

"你仔细看。"

这时一行字吸引了我的注意力。他在标题底下用整洁的笔迹写着：由克里斯托弗·王尔德先生著，乔治·华盛顿·布莱克绘图。

我抬头看他，不明所以。

蒂奇哀伤而疲惫地对我笑了笑。"华什，你是一名科学工作者了。更确切地说，等这篇论文送到皇家学会，你就会成为一名科学工作者，"他顿了顿，"昨晚吃饭时你的大凯特也来了。看上去情况很不好，没错，但确实是她，就站在我们眼前。你看见她了吗？"

我感觉到鲜血涌上面颊；我不想对蒂奇说我一开始没认出她来，也不想说后来等我认出了她，见到她变成一个饱受欺凌的畸形怪人，我感到多么惊恐。我更不想向他提起另外那个男孩，还有我见到他们两人如此亲密时感觉受到了伤害。

我看上去肯定像是惊呆了，因为他温和地用一只手按着我的肩膀，他的表情变得柔和。"我们的科学不是我在这里的全部工作。"他静静地说。他翻看那沓纸，从我们的论文底下抽出厚厚的一札手稿。我凑近细看：《黑种奴隶人身与精神所遭遇之不公待遇和残酷行径的分类研究：以西印度群岛巴巴多斯的一个种植园为例》。我望向他，有些不安。

"我不完全是在离家出走，"他说，"对，没错，我确实离家出走，但不是为了追求个人自由，"他谨慎地看了一眼门口，"我最亲爱的朋友萨缪尔，他住在伦敦，对我说假如你得到机会去看看你们家族的种植园，就一定要去。他请我如实记录我所见到的一切。你要知道，华什，我们有些同伴，他们为数众多，乐于见到这一切的结束，希望能看见你，你的同胞，获得自由。我们这一伙人搜集见闻，记录我们目睹的每一桩残忍行径。我们最终会把这些报告交给议会一位非常有影响力的朋友。"他停下，打量我的表情，然后用指节突出的修长手指一直翻到那沓纸的最后。"看，你看这儿。昨晚我刚刚把你的凯特加了上去。她的凄惨遭遇一定能够打动别人。我认为你的科学工作也会派上用场。"

我说不出话来，因为我太惊讶了。我无法想象他怎么会有时间观察这些情况，更别说记录下来了。

他眼睛四周的皮肤绷紧，摇了摇头。"黑人也是上帝的造物，拥有一切应得的权利和自由。奴隶制是我们身上的污点。假如白人有什么原因进不了天堂，那就肯定是这个。"

直到好几年以后，我才被他的这番话打动。但当时我只是惊恐地想到，万一主人发现了他的报告该怎么办。

"我打算请我哥哥永久性地释放你，"他说，打量着我的表情，"你不高兴吗？"

我无法回答，因为我太震惊了。

"难道你宁可继续当我哥哥的财产？"

"天哪，不，蒂奇，我愿意当你的财产。"我渴望地说。我无法理解他脸上一闪而过的痛苦表情。

"唉，"他说，"好的。华什，咱们以后要多谈谈这个。是的。"

但不知为何，他似乎很难过；我什么都不懂，无法理解他为什么难过。我以为我说的话正是他想听到的。

"你在开玩笑吧，弟弟。你看看这个家伙。他是个畸形怪物。"

主人抬起他打野鸡的长枪，用枪托抵着肩膀，眯起右眼，放了一枪，枪口喷出灰色的硝烟。"该死。"他怒骂道。他放下枪，揉了揉肩膀，扭头看菲利普先生和蒂奇。那天三个人来到乌鸦山脚下的矮树丛和丘陵里打猎。

自从菲利普先生宣布噩耗，已经过去了整整一周。在这段哀悼的日子里，蒂奇把自己关在房间里，只有每晚菲利普先生休息后才出来单独吃饭。一天上午，主人来到他的住所，我惊恐地跑去叫蒂奇，他好不容易才答应和他的兄弟一起坐一坐。

两人在晒台上待了一下午，边喝温热的朗姆酒边交谈，我每隔一小时来加些酒。他们悲伤地缅怀了几个小时往事，创伤似乎渐渐抚平。菲利普先生出来加入他们，三个人坐在那儿回顾已故王尔德先生的胡闹行径、他的怪癖和智慧，时而轻轻地笑上几声。

第二天，他们决定去打猎，我们不由自主地走进了乌鸦山脚下浓密的灌木丛。

"不，带他去英国会很残忍。"主人继续道。主人意识到父亲的去世终于能让他回家，因此情绪特别好，就好像死的不是他父亲，而是一条讨人喜欢的老狗。"能有什么好结果呢？再说要回去的是我，而不是你。我到了英国显然用不上他。"

我感觉到面颊开始发烫。蒂奇没对我说过我有可能要去英国。

蒂奇犹豫片刻。"事情未必非要像菲利普说的那么安排。你留在这儿看管种植园，而我回格兰伯恩，这样明显更加符合逻辑。你想一想。其他几个地方的好生活全靠种植园在供养。万一出了岔子怎么办？"

"安排事情的是你们的母亲，不是我。"菲利普先生说。

但主人还没说完。"一个黑奴去格兰伯恩？"他用浅色的眼睛直勾勾地盯着蒂奇，"别开玩笑了，朋友。家里的仆人会生吃了这个可怜的孩子。他们非常自傲，你知道的。"

"哪些仆人，你具体说说？"

主人举起猎枪。"格兰伯恩、霍克斯沃思、桑德利——和它们本身一样，这些地方的职位是有社会地位的。你不可能不知道。"

"看来你比我们更熟悉仆人这门学问。"菲利普先生微笑道。

"伊拉斯谟是一位伟大的知识搜集者。"蒂奇挖苦道。

"比方说某些特定的仆人。例如女仆。"

主人对他们的嘲弄皱起眉头。"为一个伟大的家族服务是一种荣幸。"

"一个伟大家族的鸡巴。"菲利普先生说。

蒂奇忍不住笑了。"我看他们更在乎的是体面的待遇和像样的薪水，而不是社会地位。"

"伊拉斯谟什么体位都会。"菲利普先生说。

"唉，克里斯托弗，别这么天真了，"主人吼道，"每个人都在乎他们的位置。"

"我就不在乎。"蒂奇说。

"因为你不需要在乎。不，我不会把这个孩子给你。只要你待在这儿，就可以继续借用他。然后等我回来，要是他还活着，你就必须把我的工人还给我，"他摊开扣扳机的手，"告诉我，你有没有花点时间看我送过去的账本？你必须学会怎么读账本。"

蒂奇皱着眉头望向菲利普先生。

"克里斯托弗，我知道你有很多研究工作要做。"菲利普先生说。

"我还没决定呢，"蒂奇说，"我指的是我还没想好要不要接手信念种植园。"

"你说得像是你有权选择似的。"菲利普先生说。

"我母亲能管得很好的。事实上，兄弟，你不在的时候她是找谁帮忙的呢？这儿肯定有靠得住的租户。律师。会计师。她能依靠的其他人。"

"母亲上年纪了，克里斯托弗。"主人放下猎枪，把枪托挂在脚边的嶙峋地面上，伸出手要酒壶。我连忙送上去。"雇佣其他人一段时间是一码事，在所有者去世后长期依赖他们就是另一码事了。让所有租客都知道格兰伯恩依然秩序井然是非常重要的。因此我必须回去。我无法允许你代替我回去。你会搞得一团糟的。"

"你无法允许？"

"对。"

蒂奇爆发出刺耳而愤怒的大笑。我从没听他发出过这样的声音。我立刻抬起头，但他望着天空，我看不见他的脸。

"伊拉斯谟的船票已经订好了，"菲利普先生说，他的声音里有几分哀求，"我们月底回去。赶在暴风真的吹起来之前。"

"一个人等了五个星期才报告死讯，"蒂奇说，"现在却觉得时间无比重要了。"

主人摇着头说："克里斯托弗，我无法理解你的语气为什么这么刻薄。我们不能不尊重母亲的意愿，这个话题到此为止。"

菲利普先生走上前，看见他和蒂奇站在一起，我第一次注意到他们令人惊诧的体型差异。菲利普先生宽阔的肩膀有着某种力量感，衬托得我的主人变得矮小。菲利普先生用厚实的大手按住蒂奇的肩膀，我觉得其中不乏威胁的意思。

"我向你们的母亲保证过会带他回去，"菲利普先生说，"表弟，我把我本人的荣誉也押在了这儿。你要看到我的这一面。"

"哦，对，"蒂奇说，"我当然不希望你玷污你的姓氏。"

主人惊讶地看着这一幕。"克里斯托弗，你不要以为我心里没有任何悲哀。他也是我的父亲。你不可能夺走我的这个身份。但我也关心家族产业的未来，你同样应该关心。"

菲利普先生半跪下去，膝盖贴着一块黄色板岩。他举枪射击。轰然巨响震荡了空气，我们一起望向发白的天空。一只松鸡的棕色侧影飞向上方，它拍打着翅膀，子弹连个边都没蹭到它。

"真该死。"菲利普先生嘟囔道。

"表弟，伦敦就是这么教你射击的？"主人大笑，"亏你那么无微不至地保养猎枪了……"他摇摇头。

"你的口袋和我的一样空，"菲利普先生说，"只有克里斯托弗有点运气。"

"那是因为科学工作者的眼神受过训练，"主人说，"和运气没关系。"

蒂奇转开视线。

菲利普先生咳嗽两声，朝草堆里吐了一口黏乎乎的黄痰。他对着阳光眯起眼睛，望向蒂奇。"朋友，想一想你母亲。她现在很容易受到伤害，每一个骗子都会想来占点便宜。即便只是从实际的角度说，情况也紧迫到了伊拉斯谟必须回去的地步。等他处理好了家族产业就一切都好说了。"

蒂奇没有应声。

"他不高兴，因为我不肯把烧伤的小怪物送给他，"主人说，"你看看他都阴沉成什么样了。"

菲利普先生微笑道："你为什么不从伊拉斯谟那儿把他买过来？"他转向主人，"那个孩子，多少钱你肯出手？"

"别管我们的事。"蒂奇静静地说。

"为什么我的兄弟这么宝贝他呢？"主人沉思道，"他不会是对他产生了什么不好的依恋情绪吧？"主人停下，假装震惊，然后转向我，大声问，"孩子，他没和你做违背自然的事情吧？你们不会是两个人抱着做那勾当吧？"

"伊拉斯谟，你放过他吧。"蒂奇说。

菲利普先生啧啧道："哎，就把孩子卖给他，了结了这件事吧。既然这样能让他内心平静——"

"我看不行，"主人打断他，"不，不行。"

"他对你来说一钱不值。你看看他。"

"恰恰相反，"主人把细长的手指叠放在枪口上，耸耸肩，"蒂奇教会了这东西绘制精美的图画，这个用处就很大了。奎因医生今年要从利物浦过来。他出了大价钱，我答应给他十个奴隶做实验。斑疹伤寒，明白吗？他想发明这种病的接种疫苗。他当然会需要绘制可信的示意图。"

菲利普先生突然单膝跪地，抬枪顶住肩膀，他扣动扳机，震耳欲聋的雷霆再次响起，金属燃烧的气味扑鼻而来，幽魂般的棕色硝烟袅袅升起。远远地，一个黑点从天空坠向地面。

他们放出猎犬，几条狗立刻消失在树丛里，疯狂地吠叫着。

"给你们看看我的厉害！"菲利普先生叫道，放声大笑。他放下猎枪，笨拙地站起来，转向他的两个表兄。"看见了吗？这一枪不赖吧。我要叫它'伦敦一枪'。对,伦敦一枪。"

就在第二天,天气变了。

天空变黑,暗沉沉地像是大海。不过当天下午没有下雨,乌云缓缓地飘向大海。第二天依然如故。蒂奇用评判的眼神望着这一切,用大半个上午长途跋涉去看云船。我用我粗浅的语言,尽可能忠实地记录他忧心忡忡的观测结果。

整座山上到处都是在做苦工的男男女女,他们用我们的土语彼此呼喊,浅色衣物的膝部被草汁染成绿色。我望着云船,望着它庞大的开孔气囊,望着它罩在兜网里的涂胶外皮。我知道这是个奇迹,也非常美丽。然而旱季确实即将过去,飓风天确实很快就会到来。但蒂奇不想接受现实。

"不能在坏天气里用油布盖住它吗?"我说,"把它拆开要费的工夫就大了,等风暴过去还要重新运上山。"

他奇怪地看了我一眼,我意识到他吃了一惊,因为连我都诅咒他一直要待到明年冬天。

不过,能够再次见到蒂奇有了活力,投身于他的事业,沉浸在随之而来的难题里,对我来说也算是松了一口气。得知父亲去世后的那段日子里,他陷入灰暗的麻木情绪,既不想谈他去世的父亲,也不想起英国。现在他至少提起了兴趣,尽管他依然一肚子烦恼,不知道该怎么面对家族的持续施压。他总在说他感到多么难过,因为他父亲再也见不到这东西了,他为之付出了毕生精力,他亲自用双手完成了两人共同的飞行梦想。

"知道应该怎么做吗?"他说,瞪大双眼,视线迷离,"应该在北极圈我父亲的安息之处做个标记。应该有人去那儿,为他立一座纪念碑。他的助理彼得是他在那儿唯一的伙伴，可惜彼得这个人不容易动感情。我父亲为了探索世界和启迪人们做了那么多。他的逝世甚至都激不起一个水花吗？"他望向我，"这样不正常。不该是这样的。"

他没有等我回答，而是再次弯下腰，继续测量；我们在沉默中工作了一上午。几个小时以后，我觉得我听见远处传来叫声，这是认命的沙哑叫声，像是临终前的呼喊。我抬起脸，眯着眼睛望向动荡不安的甘蔗田。

这些叫声曾经是我在田地里的日常生活的一部分；我忽然震惊地意识到现在我很少会听见它们了。痛苦和羞愧让我涨红了脸，尚未完全愈合的皮肤阵阵抽痛。

蒂奇抬起脸看天色，然后决定我们应该提前下山。我们没有交谈，只是像幽灵似的踩着干枯的野草下山，感到失望和疲惫。

我们就快走到乌鸦山的山脚下了，蒂奇和我忽然看见一个身影在发白的下午光线中颤抖。蒂奇停下，用一只手按住我的胸膛，拦住我的脚步。我们眯起眼睛打量他们：裙子裹着女人皮包骨头的小腿，在风中翻飞；罗圈腿的孩子站在她身旁；阴影遮蔽了他们的面容。

对，她脸上有一道白色的伤疤。以斯帖。她身穿上浆的白色厨房制服，迈着麻木的步伐向前走，抓着男孩的肩膀，尽管她眼睛里没有表情，但嘴角含着一丝刻毒。我不认识那个男孩；他走在她身旁，瘦削而结实。他在嚼一块马尾藻，走到我们面前时紧张地吐掉了。

"以斯帖。你应该是在找我吧？"蒂奇打量男孩，"孩子，早上好。"

"先生。"男孩回答道，脸对着鞋。

他的鞋擦得锃亮，看上去大了两个码。穿着这双鞋，他走路的姿势很笨拙，就像陷在烂泥里的动物。

"好的？怎么了？"蒂奇在和风中按住帽子，"有什么事吗？"

以斯帖站在他面前，一下一下眨眼。"伊拉斯谟主人送来了你的新孩子，先生。"我忽然意识到她的声音很美——低沉，有音乐性。

乌云从我们的头顶上飘过。蒂奇被热乎乎的风吹得皱起眉头。"但我没要他派新的孩子来。"他慢慢地说。

"是的，先生。"

"去告诉你的主人，我对我现在的孩子很满意。"

她垂下脸，但没有动。

"以斯帖？你没听见吗？"

"伊拉斯谟主人给你这个孩子是为了换那个，"她固执地说，"王尔德先生，他要烧伤的孩子回去，大人。"

我立刻转向蒂奇，看着他。

蒂奇似乎不为所动。"这事我已经知道了。你的主人和我会继续谈这件事的。以斯帖，他不该把你卷进来的。"

"是的，先生。"

"你去告诉他，我有空就去找他。我们回头继续谈。"

以斯帖盯着地面，声音几近绝望，她说："伊拉斯谟主人非常坚持，先生，希望您明白。他不会收回这个孩子的。他命令你立刻把烧伤的孩子还给他。"

"命令我，他命令我？"一丝怒气爬进了蒂奇的声音，"他是不是还说了要是我不服从会有什么后果？"

以斯帖没有说话，只是抬起她倔强的脸，露出脸上毫无感情的眼睛和蜈蚣般的白色伤疤。我知道要是她带着蒂奇的口信回去，主人必定会殴打她。我看着这一幕，但没有说话。

蒂奇似乎也明白了。他叹了口气，抓着孩子的肩膀说："那咱们现在就去王尔德庄园吧。以斯帖，你和华什一起回去，"他把装工具的背包递给我，"华什，把我的东西送回我的住处，然后开始准备饭菜。"他警觉地看着男孩，男孩一直低着头。"孩子，你叫什么？"

停顿片刻，然后耳语般的声音："尤金尼奥，先生。"

"尤金尼奥。咱们回王尔德庄园。"

他们走向主人的住所。望着他们离去，我觉得他们看上去很像别人眼中的蒂奇和我，两个笨拙的身影，像影子似的穿过暗沉沉的田地。

我该怎么解释接下来的种种变故呢？这七年来我反复在心中回想那个下午，但发现我就是没法做出一个清楚的描述。我太年轻，太惊恐，太困惑，这些都是真的。但随后发生的事情从本质上说就不确定，这同样是真的；时光流逝，它不停地改变形状并自我歪曲。

我不知道以斯帖和我在灌木丛里走了多久，只记得下午渐晚的轻风凉爽宜人而我们没有交谈。她似乎既没有心事也没有不安；她的沉默体现为某种受到遏制的愤怒，直到多年后的现在，我才逐渐明白那是抑制意志的产物。因为她是一位智慧出众的女性，不得不隐瞒这一点让她倍感痛苦。她有时候会说出奴隶不该说的话；她脸上的伤疤就是如此行为的见证。来到蒂奇的住处，她得到了容忍和有耐心的听众，然而即便如此，蒂奇偶尔也会被惹怒，提醒她要记住自己的位置。

　　她始终面向前方，因为费力而轻轻喘息，杂草时常绊住裙摆。她潮乎乎的手臂偶尔碰到我的手臂，但她没有立刻退缩。头顶上，黑压压的鸟儿在发白的光线中盘旋。我停下，揪了一把野花，揉碎的花瓣散发出仿佛焚烧欧芹的好闻气味。我想镇定心神，努力不去想主人要我回去的可怕命令。我的身体微微战栗。

　　就在这时，一个声音陡然响起，像是从天而降。

　　"孩子！你！孩子！"

　　我们停下，在泛白的光线中转身，看见他迈着大步走向我们。我们没有对视。我望着他粗壮的大手里闪烁的寒光，那是刚上过油的精钢，能经受住一切破坏的考验，阴森、迟钝而宿命。菲利普先生和他的猎枪。他身穿漂亮的衣服，动作笨拙，指节发红的手指握着枪，尽管表情冷静，但眼神在燃烧。我停下，等他走近，我的心脏怦怦乱跳。

　　他走到我们面前，喘着粗气。他喊叫的声音听上去有威胁性。此刻站在我们面前，他显得凌乱、疲惫和虚弱，就好像被一团灰暗的气场笼罩着。黑发乱蓬蓬地盖住他的额头，太阳穴上冒出了青筋。

　　他打量了以斯帖好一会儿，时间长得令人不安。"你先回去吧。"他最后说，但没什么力度。

　　她扬起下巴，面无表情地打量他，白色的伤疤就像绑在脸上的一条线。她没有看我，转身单独走向屋子。

　　我朝菲利普先生背后瞥了一眼；蒂奇已经走得很远了，远得我都看不见他了。我紧张地仰望菲利普先生。他皱着眉头，他喝过酒，眼睛发红，眼神呆滞。

恐惧击穿了我；我勉强咽下去。"蒂奇叫我回去，先生。要是你也走这条路，先生，我可以拿些喝的到晒台上来，要是你愿意的话。"

菲利普先生望着我背后远处的矮树林，像是没听见我在说话。我转过身，我背后没什么值得看的，只有枯黄的野草在风中飒飒作响，以斯帖的身影渐渐远去。他慢慢地低头看我，露出一个龇牙咧嘴的笑容。"来，小子。给我拿着。"

我紧张地接过他递给我的干粮。"先生，这个天气恐怕不适合打猎，"我说，心想也许我能打消他脑子里的天晓得什么念头，但我知道自己这么说也过于直接了，"蒂奇认为今天会下雨。"

他的脸色阴沉下来。"你胆子不小嘛，敢这么对我说话。"

我垂下脸，等他揍我。

但他只是打个手势，叫我跟他走，他嘟囔道："要是奴隶忘记了他们是奴隶……"他摇摇头。

我们默默地走着，我跟着他穿过田地，走向环绕乌鸦山的灌木丛。我很害怕；我害怕得都快走不动路了。他这是要干什么？假如他想打猎，猎犬在哪儿？我只能寄希望于以斯帖会告诉蒂奇发生了什么，而蒂奇会出来找我。菲利普先生的干粮很重，我不敢放下它们，每走几步就低一低头，让冷风舒服地吹在脖子上。然后我会抬起头，眼睛盯着灌木丛，尽量不去看他的枪。

"也许这样对你来说更轻松。"

我警惕地望向他。"先生？"

菲利普先生没有回答，只是重重地坐在山脚下的一块露头岩上，笨拙地把枪平放在他圆滚滚的大腿上。

时间才过去不到一个小时，但感觉起来像是一辈子，我们坐在乌鸦山脚下的碎石堆里，蟋蟀已经在渐暗的天色中唱起了歌。自始至终他连一枪都没放过，甚至没举过枪。他的步伐越来越慢，他宽阔的肩膀耷拉下来，他的眼神变得愈发朦胧和遥远。他闷闷不乐，脸色阴沉，偶尔瞥向我的几眼甚至含着歉意，像是他后悔了，觉得不该出来。他把枪低低地贴在大腿上，每次换手时我都会不安地盯着他的手指，然后转开视线，低声数我身旁的草叶。

到我们坐在石块间的露头岩上时，我已经害怕得无以复加。我几乎听不见他的声音，而他的声音本身就低哑且思虑重重，甚至称得上空洞，就好像他口渴难耐。违反自然的凝滞感觉笼罩着我，它就像是恐惧的延伸。我坐的那块石头硌得我大腿生疼。我能闻到昨天暑气晒出来的野柠檬草的香味，感觉到蚊子在咬我的小腿。

菲利普先生坐在我对面，望着远处的罗望子树，沉闷的风吹弯了它们的树顶。他的眼白里有些红色的血纹，他的皮肤在山峰的阴影下显出灰色。我注意到他的指节发红脱皮，对于一个闲散度日的人来说这很不寻常；我还注意到他的牙齿白得让人入迷；我看见的是一具异常的躯体，除了满足欲望外没有其他用途，虚浮和精致得像是浪花上的泡沫，随时都会化为乌有。他散发出糖蜜和腌鳕鱼的气味，还有暑天里芒果的好闻甜味。我不安地打量着他。

他从眉毛下的阴影里看着我。"也许这样对你来说更轻松，"他重复道，"所有事情都有人替你拿主意。你不需要担心接下来的日子会怎么过，因为每一天都一模一样。你的未来很简单，就是你的主人为你安排的未来。这样的生活真是够简单的，是么？"

他说出这些话就像是为了断定它们是真理。他恼怒地摇摇头。

我不让脸上露出表情。我什么都不说。

他刺耳地吐出一口气，把枪顺着大腿向上拉。我看着他的双手，深色的金属衬托出它们的苍白。

"对不起。"他的声音太轻了，我几乎听不见。他用下巴指了指我。"你的脸。"

我望着他，感觉到双手在膝头微微颤抖。

"来这儿之前几个月我在维也纳，"他用同样的压抑声音说，"维也纳的面包真是了不起。人人都说巴黎好，但维也纳面点才是真正的艺术。也许是因为他们的酵母，也可能是和面的手法，"他默默地低头看着枪，"那儿有个非常漂亮的墓地，在一所教堂的边缘。有一天我累了，强光害得我头疼，于是我坐在环绕墓地的铸铁围栏外的一张长椅上，吃我买的面包，"他舔了舔嘴唇，"街道非常寂静，一个人都没有。但过了一段时间，我听见哒哒的马蹄声走向我，于是我抬起头。

"马的肉，有什么地方不对劲。它从白色的皮毛底下透出粉色来，像是在生病。它拖着一辆破烂的四轮马车，折断的轮辐一下一下拍打卵石地面。没有车夫。"

他停下，在漫长的寂静中盯着自己的双手。"古怪，"他喃喃道，"非常古怪。令人不安。我看着马从我面前跑过，一群苍蝇围着它的脸。马蹄敲打卵石的声音渐渐消失，还有折断辐条的刮地声。我永远也忘不了这一幕有多么怪诞，特别是当时的声音。"他摇摇头。

"几分钟后，一个男人绕过墓地的拐角冒出来。我猜他是那匹马的主人。他慢慢走向我，不慌不忙。他很矮，穿得非常差。他的外套是绿色的，裤子是黄色的，像是上个世纪的打扮。我记得非常清楚，他在嚼胡萝卜。他走到我旁边，开始脱帽行礼，但他忽然停下，盯着我。他有一双小眼睛，很难看。

"我对他说日安，但他还是盯着我。最后他说，'我刚刚经过你的坟。我刚刚经过你的墓碑。'

"我以为他在开玩笑。

"'来，'他说，朝我挥了挥手里的胡萝卜。'我领你去看。'

"我跟着他走进墓地。他带我走向一小片雪松，它们长在中间小径旁的斜坡上。在那里，我面对面见到了石刻的我。"

菲利普先生停下，依然盯着横放在大腿上的猎枪。"我就在那儿，被刻在石碑上：同样的头发，同样的眼睛，同样的嘴唇，同样的下巴。一切都在那儿。我仔细看那块墓碑。他死于五十年前，忌日刚好就是我的生日。"

他听天由命地耸耸肩。"我问你，什么是真实？"

我在石块上动了动，说不出话来。

"故事里的鬼魂是谁？"菲利普先生抬起视线，他眼睛里的死气掐灭了我能说出的任何一句话。他瞳孔放大，黑洞洞的。他盯着我，像是想要看穿我，像是我成了他突如其来的障碍。

天哪，我多么想逃离这一切，跑出这片杂草丛生的树林，黄昏已经给黑压压的树木镶上了银边。一群海鸥在我们头顶上嘎嘎怪叫，朝着大海哀嚎。轻风吹来，野草沙沙作响。

有什么地方不对劲。菲利普先生突然起身，枪在他的手掌里翻向上方，落日衬得他的身影漆黑而庞大。我怎么可能知道接下来会发生什么？我抬起双手护住脸，像是要抵挡恐怖之物的降临，我的心脏在胸膛里擂鼓，尽管我张开嘴想尖叫，却发不出任何声音。

惊天动地的一声霹雳，整个世界变成白色，爆炸迅速平息。天空排空了一切，海鸟消失得无影无踪，新鲜血肉和白垩的气味异常刺鼻。野草前后摇摆，疾风中我感觉到脸上湿漉漉的，闻到了鲜血的铁锈味。我用手臂抱着身体，在露头岩上蜷缩成一团，无法动弹。我用耳朵寻找他的呼吸声，寻找任何声响或动静。我感觉到湿漉漉的小块东西沾在胳膊上，我抬起脸，借着暮光看我身上究竟沾上了什么。

是牙齿，或者小块的碎骨，还有来自他粉碎面部的其他东西。我惊恐地擦掉它们，颤抖着爬起来——我颤抖不是因为突如其来的暴力，我从出生就习惯了与之做伴；我颤抖是因为一个可怕的事实：一个白人死去的时候，在场的只有我和他。

我拍打衣服，觉得自己快要呕吐了，我无法正眼去看用眼角瞥见的东西：他张开的白生生的大手，他暗灰色的靴子。然而离开时我还是忍不住看了一眼。他脸上的肉被彻底掀开了，露出底下的颅骨，就像刚割开的皮革。远处有一只乌鸦叫了起来。

我拔腿就跑。

刚开始蒂奇完全听不懂我在说什么。

"我刚回来想找你，"他说，我从田地里径直冲进他点着蜡烛的书房，"你这是怎么了？"他说，旋即起身，脸色变得苍白。"我的上帝啊，华什。来，坐下——要立刻给你检查一下。我的天，怎么这么多血。"

我听见我在说话，但听不懂我在说什么。我隐约感觉到房间里热烘烘的，有一股刚割过的木槿清香，烛火闪烁，墙上有一块明亮的光斑，像是有人一分钟前才把那儿刮干净。我感觉到牙齿在彼此碰撞，我努力控制住自己的身体。

蒂奇在我面前蹲下。"哪儿受伤了？"他说，检查我的身体，"给我看伤口。"

我的牙齿在痛苦地打战，但我还是说清楚了这不是我的血。

蒂奇愣住了。"华什。"他静静地说。

我结结巴巴地开始解释。我看着他的表情从困惑渐渐变成怀疑。他的嘴唇微微分开，毫无血色的眉头越锁越紧。他突然起身，一只手使劲揪住头发。他站了几秒钟，盯着磨秃了的地毯。

然后，他忽然从嘴里吐出一口长气，揉搓额头。我无从了解他在想什么，这让我惊恐得无法形容；我想再对他说一遍，我什么都没做，我被迫在一旁看着，是菲利普先生造成了他自己的暴死。但蒂奇已经知道了；我已经说了好几遍；然而我还是想再强调一遍，确定蒂奇真的相信了我。

"以斯帖，"他说，他的表情晦涩难懂，"她来王尔德庄园，找到我和伊拉斯谟。她告诉我们两个，菲利普带走了你。"

我还在微微颤抖，无法回答他。

"他为什么带你走？"他轻声问我。

我仍然无法回答。

他沉思着看我。"他在哪儿？"

我舔湿嘴唇，但过了好一会儿才能开口。"在打猎的地方，现在还在。乌鸦山底下的灌木丛里。"

"你必须立刻带我去找他。"

我的眼睛眨了又眨——我怎么能鼓起勇气回到那儿去？

他闭上眼睛，过了很久才睁开，他似乎有点吃惊，因为他发现自己还在这个房间里。他走向我，用一只手按住我的锁骨，他的手掌冰冷而温柔。"你不带我去，我自己找不到他。"我吐出一口气；

我知道我绝对不可能回到那儿去。

"华什，求你了。"

就这样，我不由自主地走向房门，我站在门口等蒂奇穿上外套，然后走出屋子，走进柔和的晚风。他在门口皱着眉头看我，他苍白的脸色饱含不安。

我跟着他出去。他走得很慢，动作僵硬，我在他犹豫的姿态中看见了菲利普先生慢慢走过草丛，他的步伐犹如幽灵，每个动作都拖得很慢，就仿佛他在最后一次享受苍翠田野的飒飒声响和动物的叫声。

12

~~~

从远处看，尸体是完整的。然而当我们踏着夜晚潮湿的草地，走向空地上那堆乱糟糟的衣物，它的毁坏变得显而易见。那景象仿佛一个衣箱在野地里被劈开；织物的碎片挂在附近的树枝上。看清这一切让我感到震惊；我不记得我先前见过它们，除了他残缺的面部，我什么都不记得了。破碎的衣物从中心向外散开，就像某种恐怖的星星，从某种已经灭绝之物辐射出耀眼的光芒。我忽然想到蒂奇召唤我去和他一起住的那天晚上，他命令我观察月亮那纯净表面时的敬畏神色。

走向猎场的这段漫长时间里，他一直默不作声。看见表弟黑乎乎的身影躺在碎布之中，他的脸上充满了痛苦。但他没有哭喊，他连一个字都没说。他眼含热泪，绕过空地上的狼藉现场，从草丛深处捡起了猎枪。

我连一步都无法前进了。我的肘弯和腿弯难以忍耐地发痒，我的呼吸哽在喉咙里。我能看见菲利普先生被撕碎的红色面部，炸开的牙齿和骨头像泡涨的大米似的撒在被鲜血弄得湿滑的草地上。我再次听见了他最后发出的尖利高亢的叫声、尸体倒下时带着水声的扑通一声，那就像一块潮湿的毛毯被随随便便地扔在地上。我也听见了他说话时那个奇怪的语气词，"**是么**"，还有他拖着枪穿过草丛时微弱的沙沙声。我看见他的双手抓着枪管，我闻到了棕色硝烟的难闻气味。我看见他穿过田地时的厌倦，就好像在他生命的最后几分钟里，他在想象坐在晒台摇椅上度过的午前时光，蜜色的阳光倾泻在他的皮肤上，带来温暖和安闲的感觉。

我无法提起勇气去触碰他。

当然了，那天夜里我没睡觉。我闭上眼睛，但画面一次又一次涌入脑海。我攥紧被单，捂住嘴巴，呼吸粗重，我以为我的心脏会爆炸。尽管这样的行为异常可怖，但我能够理解，虽然蒂奇做不到。自杀是一扇敞开的门；它能释放你进入另一个世界。

我无法理解的是菲利普先生为什么要拉我下水。他为我的脸向我道歉；这个态度再怎么正派，在他的行为给我的生活带来的彻底毁灭面前，都变得不值一提。因为尽管我还很年轻，我也毫无疑问地知道他的死亡必定会造成我的死亡。责任会落在我身上；蒂奇无论如何都没法保住我。等主人得知这场变故，等他知道我也在场，他肯定会宰了我。我唯一能指望的是给我个不折磨人的痛快绞刑，或者朝后脑勺来一斧头。我只能祈祷他会饶过我，不用什么稀奇古怪的办法让我慢慢受苦。

我觉得我听见了什么声音，我抬起头，翻身背对墙壁。但房间里静悄悄的，散发着刚洗过的石头和我自己的汗水的气味。我知道离天亮只有短短几个小时了。我把脑袋放下去，苦闷地想到拒绝了我和大凯特的伟大旅程，回归她的故乡达荷美的旅程，只是因为她无法杀死我们。因为我认为蒂奇说的死亡（只是一个终点，是永远的黑暗）只适用于非自愿的情形下，也就是被杀。我想象自己被主人亲手宰杀，被无情地从这个世界中抹去，生苹果的酸涩味道就充满了我的喉咙，我看见的是蒂奇所说的黑暗，永无尽头的黑暗。

我又听见了那个声音：来自走廊，银器轻轻碰撞的叮当声，东西被拖过木地板的摩擦声。我用胳膊肘撑起身体，把双脚放在地上。我终于蹑手蹑脚地走出了房间。

是蒂奇：他穿戴整齐，光着脚，靴子折起来夹在一条胳膊底下。他悄悄地从一个房间走向另一个房间，提灯舞动的白光划破黑暗。我的心脏在胸膛里扑通扑通地跳。我跟着他走进他的卧室。

"蒂奇？"我轻轻地说。

他猛地转身，在昏暗中盯着我看了好一会儿，就好像他并不认识我。然后他点点头。"你来了。"他耳语道，但听他的语气，我明白他见到我有些吃惊。他拎起提灯。我看见他绷紧的绿眼睛、眼睛底下如蜡封般隆起的红色皮肤，忍不住吐出一口气。

"你在干什么？"我问。

"声音小一点。"他低声说。微弱的黄色灯光中，我只能分辨出他的身影穿过房间。我听见他打开衣橱门，黏糊糊的清漆发出犹如接吻的声音。然后是翻动衣物和纸张的窸窸窣窣声音。房间里潮乎乎的。

"蒂奇，"我问，"发生什么了？"

"咱们要走，华什。你安静点。别吵醒以斯帖。"

"走？"

"去圣文森特。或者圣卢西亚。随便哪个岛都行。就看风带咱们去哪儿了。"

我开始明白过来了。"蒂奇。"

"快去，华什。穿衣服。只带你最重要的东西；其他东西都能买新的。但你千万别弄出声音来。"

"咱们没离开港口，我就会被抓回来。"

"咱们当然不会坐船走。"

我停下了。"你不会想说坐云船吧。摸着黑？云船？"

他把东西塞进我的学徒包。"我带上了你的绘图笔和笔记本、几件衣服、你的放大镜，"他焦急地把包拍在我的胸口上，"你还能拿一两件东西。但你要算好重量。"

我傻乎乎地站在他的门口。

"我的天，华什，"他咬牙切齿道，"你快一点。"

我听见他声音里的怒意——他很少会变得不耐烦——我突然浑身发冷。这时我听见了一个声音，它肯定早已存在：风灌进一扇破窗的隐约嘶嘶声。

"口粮已经打包放在门廊上了，"蒂奇轻声说，"考虑到重量，我们只能带一点。但应该能撑到咱们降落。"

忽然间一切变得真实，难以置信和惶恐充满了我的心灵。我在门口紧张地倒着脚。我忽然明白过来，他冒这么大的风险只是为了救我。"别这样，蒂奇。我愿意接受任何惩罚。我会把自己交给伊拉斯谟主人。"

他猛地转向我。"去穿衣服。动作快点。咱们没有时间了。"

见到我依然在犹豫，他说出了日后将永远刻在我心中的一段话："我不仅仅是为了你才这么做。我自己也不想待在这个鬼地方了。这根本不是我的人生。"

他这么说是因为知道我在想什么吗？因为他知道，假如他无论如何都要拿生命去冒险，我就不可能拒绝他了？

我皱起眉头。"但你真的认为云船已经准备好了？"

"要是它今天不能升空，那就永远也不会了。我一整个晚上都在给它充气。好了，话说够了。你快去吧。"

我还在犹豫。

他在黑暗中完全转向我。"以斯帖已经说了你和他是一起离开的——你知道她恨你，对吧？她会想尽办法把你牵扯到他的死里去。倒不是说伊拉斯谟真会相信你该负责，但他会假装相信，借此逼着我把你交给他。你想一想，华什，在这件倒霉事之前，他已经要你回去了。你以为你现在会有什么下场？你以为前面是什么在等着你？"他停了停，声音变得平静，"真可悲，你被卷入了兄弟之间的丑陋游戏。但现在不再是游戏了，"他慢慢吐气，声音刺耳，"当然了，你可以选择自己要走的路，但选择的时候你要问一问自己什么是公正。你要看清楚这件事的本质，然后问你自己怎么做才正确。"

我不知该说什么好；他的语气很平稳，但他的话搅动了我的心灵。我向前走进提灯射出的光线，从他手里接过我的包。

炎热而憋闷的房间里，片刻寂静悄然过去；他把提灯举到面前，吹灭了火苗。

于是我们开始逃跑，我们背负着行李，在灰色的朦胧光线下跌跌撞撞。

月光黯淡。蒂奇重新点燃提灯，用一块布盖住。我们借着微弱的橙色火光赶路，踉跄走过我们曾走过无数次的那条小径。我们在沉默中摸索，慢慢爬上缓坡，走向乌鸦山。我能看见那座山峰，灰色的天空衬托它黑色的奇异身影。我的恐惧越来越强烈，我想到菲利普先生的尸体就在附近，因为蒂奇到最后也没法收拾起他的遗骸，我们只用他带去的毛毯盖住了最可怕的景象。他在书房写字台上留了个字条，详细讲述他的表弟如何自杀，并用地图指明了去哪儿寻找尸体。

我担心我们注定会被发现，担心主人布置了某种警卫或暗哨，见到我们经过就通知他。但蒂奇似乎并不担心；他脚步平稳，思绪纷乱，烦恼于他即将要做的事情的严肃性质。靠近环绕山峰的灌木丛，我开始搜寻那块沾满血迹的毛毯，但在黑暗中什么都看不见。

来到山顶，我们卸下行李，双腿颤抖，满脸汗水。天刮起了大风；云船在风中呼啸，吱嘎作响，被绳索勒得紧紧的。风很热，让人难受，带着铁锈和雨水的气味。我看着蒂奇的黑影在黑暗中走过去调整气瓶，他轻声嘟囔并咒骂。气囊高悬在我的头顶上，在尚有一丝光亮的天空映衬下仿佛一块焦斑。

蒂奇急切地呼唤我，我爬进柳条和木板钉成的吊篮，桨叶像触角似的伸进夜空，四个古怪的翅膀在风中像舵板似的吱吱呀呀。它在黑暗中显得多么可怕；对死亡的炽烈恐惧吞没了我。蒂奇再次检查螺钉和绳结，他停下，静静地用奇怪的眼神打量我。但我什么都没说，他也没说话，他默默地转身继续做准备工作。

"好了，华什。"他最后说。

"好了。"我说，吓得魂不附体。

然后他连一个字都没再多说，开始调整气瓶。一道火柱陡然升起，蹿进气囊，织物开始震颤和抖动。那是多么可怕的抖动。我的牙齿在脑壳里打架。我着迷而恐惧地望着气囊的黑色巨口汲取火焰。

空气中散发出烤灼和煤烟的气味，还有油脂燃烧的气味。最后蒂奇探出身子，一根根割断绳索。柳条吊篮被拖过草丛的嘶嘶声音包围了我，那是种不祥的宿命之声。

朦胧的光线下，我只能勉强分辨出蒂奇的面部轮廓，他的眼睛隐没于黑暗中，只有白色的牙齿依然显眼。我感觉到肚子里在翻腾；我在恐惧中抓住了云船的船桨。我们周围的空气开始咆哮；天空扑向我们。我们在升空了。

我难以用语言形容我见到了什么。我看见底下的天空蕴含危险，看见一道宽阔的裂缝透出红光，就像一只庞然巨眼刚刚睁开。我们所在之处的天空依然漆黑，而风带着我们飘向大海。我在微光中看见了收割到一半的甘蔗田，白色的地疤仿佛女人头发的分缝。

我的感受是什么？你说一个人来到一个地方会感觉到什么？我的胸口因为难受和惊诧而发疼，震惊一波接着一波袭来，我甚至难以呼吸。云船在旋转，渐渐地越转越快，升得越来越高。我开始哭——发自内心、沉默而痛苦的啜泣，我的脸背对着蒂奇，眺望没有边际的世界。空气越来越冷，穿过网兜爬上我的皮肤。世界只剩下了黑影、红光、风暴之火和疯狂。而我们升向天空的巨眼，奇迹般地没有受到任何伤害。

第二部

漂　泊

1832 年

1

~~~

离开巴巴多斯不到一个小时，风暴就袭击了我们。它突如其来地扑向我们，咆哮嘶吼，我踉跄后退，靠在桨架上，伸出双臂保持平衡，而小小的吊篮在绳索上疯狂甩动。蒂奇跑到云船的另一头，摆弄着压舱物，在黑暗中朝我喊叫。但我几乎什么都看不见，他的脸是白乎乎的一团，黑影吞没了嘴巴所在之处。

此刻想来，他其实不像我这么惊慌。我记得我们出发驶入黑暗的时候，他拍了拍气压计，轻声对自己惊呼；我记得他跪在云船的底板上蹭来蹭去，翻捡我们的行李；他把最不必要的东西堆放在吊篮的尾部。我不可能忘记，在遇到暴风雨后的那一小段时间里，蒂奇立刻抱起那一小堆东西，扔进茫茫黑夜。

他凑近我，风把他的头发吹得贴在脸上，他大喊："我们必须飞到上面去。我们必须上升！"他用手指使劲朝上比划，就好像我知道该怎么做似的。

一阵强风突然抓住我们，蒂奇倒向后方，他抓住吊篮边缘的一根支索稳住自己。"它撑不住了，华什！撑不住了！"

我闭上眼睛。

我感觉到我们在坠落，在暴风雨中像秤砣似的坠落。雨开始下了，雨点鞭打着我们，气球涂胶的织物在压力下崩裂。蒂奇带着我们下降，有盖的提灯依然固定在云船的船头上。我抓住吊篮边缘向外看，此刻我见到的是黑色浪涛远远地在脚下翻腾。我们正在快速坠落。

"蒂奇！"我喊道，"蒂奇！"

他没有听见我的声音，我抓住他的胳膊，指给他看远处的一片波浪。浪涛的顶端似乎有灯光在闪闪发亮，但它随即消失不见，天地间只剩下黑暗，我甚至不知道那是不是我的想象。空洞的黑暗取而代之。

蒂奇把体重压在导向绳上，用他全部的力量将气球引向那片黑暗，带着我们钻了进去。我在庞然如山的巨浪中瞥见了一根倾斜的木柱。一艘船的侧影出现在视野内，它几乎侧躺着，但随即直立起来，劈开泡沫驶下浪头，随即再次消失。片刻之后，它又爬了上来。我咽了口唾沫，扭过头，望着几乎埋在绳索之间的疯狂男人。因为我明白了：蒂奇在带着我们飞向那艘船。

我们从侧面撞上桅杆，吊篮倾斜下坠，撞得木屑飞溅。我们再次飞起来，随后再次坠落，云船被气球拖着嘶嘶地划过甲板，然后被轻飘飘地颠上半空，最后整个儿倒扣下来，碎片咆哮着炸开。

我头晕目眩，甩了甩脑袋。温暖的液体从我脸上往下流。我感觉到自己被倒吊着，知道身体缠在了云船的绳索里。这时我在雨中看见了蒂奇的脸，上下颠倒，正在朝我喊叫，随后我又什么都看不见了，只剩下茫茫黑暗。

云船发出可怖的呻吟声，开始滑向船舷。

"华什！"蒂奇喊道。他以癫狂的能量拉扯绳索，但我就是无法摆脱它们。我能感觉到风在扯动云船，它轻飘飘地像是没有骨头。我的胃直往下坠。

"华什，把你的手弄出来！"蒂奇喊道。他用一只靴子抵着云船的船头，使出浑身力气向后拉。

船再次垂直抬升，被一面水墙掀了起来。我上下颠倒地望着黑暗，感觉整个世界都发疯了。

这时从风雨中冲出来一个人，他踉踉跄跄地跑到蒂奇背后。他一把推开蒂奇。这是个粗壮的大胡子猛汉，胡子上甩出水花，手里拖着一把斧头。他抡起斧头，砍断勒住我喉咙的纠缠绳索。我获得了自由，向前倒下，四脚着地，在雨中拼命喘息。

甲板上滑溜溜、冷冰冰的。我半抬起我的脸。

我听见男人用带喉音的某种语言吼叫。蒂奇也在大喊。

一阵狂风拖着气球噼里啪啦地飞进黑暗海洋之上的天空。云船被拽得立起来，刮着甲板向后退，发出可怖的尖啸声。我望着它撞上前桅索旁的一排木桶，然后弹起来，突然被吸进了风暴，只留下它造成的损坏和茫茫黑暗。与此同时，被船上灯光照成银色的雨点不停地打在我们身上。

2

~~~

就这样，我们活了下来。

我们得知，拎斧头的魁梧男人正是船长，他在德国出生，机缘巧合之下成了英国人，名叫本尼迪克特·金纳斯特。他至少六十岁了，有一双偶尔抽动的殷红双手和纵横交错的满脸皱纹。他拖着浑身透湿、气喘吁吁的我们爬下甲板，钻进吱嘎作响、摇来晃去的船舱。黑影中，水手飞快地来来去去，他们绑紧绳索，固定舱门。船每次突然改变姿势，就会有大量海水灌进舱门，落在我们的脚下。

本尼迪克特先生的头顶上，一根船梁上用钉子挂着一盏点亮的提灯。他在晃动的灯光中转向我们，恶狠狠地怒骂。"你们折断我的后桅，糟蹋我的食物，"他咆哮道，"你们到底犯了什么毛病，坐在那么一个鬼玩意里去暴风雨里找死？"

"那是我的云船。"蒂奇说。

"我他妈不在乎你叫它什么。你们不能一头扎在我的后甲板上。你是谁？"他说，转向蒂奇。

"先生，我也想问你同样的问题，"蒂奇答道，"至于你的船，事实上不是被我的云船弄坏的，而是你的船毁了我的云船。彻底毁掉了。我不得不说，你欠我制造一个崭新的——按照你的叫法——

鬼玩意所需的全部费用。"

船长用红色的大手擦了一把湿漉漉的胡子。他望向我背后。"斯利普先生，你快去把那些木桶绑好。今晚我不想再看到更多的损失了，"他盯着蒂奇，"我在航道上，该死的星星给我指路。是你掉在我船上的。"

"船长！"又一个男人在上面喊道，"小艇快掉下去了！"

"给我捆紧了，你们这帮狗娘养的！"他怒吼道。

"船长，我们控制得好好的，"蒂奇平静地继续道，就好像魁梧男人刚刚没有吼叫似的，"我们飞得低是为了避开暴风雨。是你们的船撞上了我们。先生，请问你的甲板上为什么没点灯？你们这么偷偷摸摸地航行是在干什么？"

"该死的风暴，"本尼迪克特先生嘟囔道，"该死的风暴里一个该死的气球。"

蒂奇向前低着头，免得撞上低矮的天花板，他举起双臂，抓住一根船梁以保持平衡。他气呼呼地说："先生，要是把这艘船误认为走私船恐怕也情有可原。否则还会有谁在夜里出海，而且不点灯呢？"

"你管着点儿你那张破嘴。"

"我这张嘴确实破了，先生。"蒂奇吼道。

两个男人互相怒目而视，船忽然摇摆起来；两人大腿肌肉发力，勉强站在原处。我的胃里又是一沉。船长很强壮，一肚子骂人话和恶气，仿佛暴风雨的一个分身。

"你胆子很大嘛，对吧？"他说，"请教一下名字？"

蒂奇一言不发。

"不想说？"本尼迪克特先生说，"所以有人在追你们？一对逃犯？"

"克里斯托弗·王尔德，"蒂奇严肃地望着男人，"詹姆斯·王尔德之子，家父是皇家学会的院士，科普利奖章和贝克尔演讲者的得主。"

本尼迪克特船长鼓起腮帮子。"皇家学会。"

"我这位朋友叫我蒂奇。"

尽管风暴没有平息，但甲板下的我们三个人之间，似乎有什么东西松动了。本尼迪克特船长被气笑了，他转向我，嘟囔道："朋友？孩子，你难道不是财产吗？"

蒂奇松开他用来保持平衡的船梁，伸出手按住我的肩膀。"事实上，这个孩子是我的财产，"他说，听见他说出这个词，我一阵惶恐，"但他证明了自己是一位优秀的科学绘图师，因此我不希望他在体力劳动中浪费他的天赋，而是给他找到了更好的用途：我的个人助手。他在用墨水表现航空方法学上极具天赋。你和你的船员最好给予他应得的尊重。英国有一些执掌权力的人对我们最新的报告很感兴趣。"

本尼迪克特先生咬着烟斗说："唉，少胡扯了，"他说，"我看他就是个普普通通的黑奴。"

"科学的第一条原则，船长，就是要怀疑表象和探求其下的本质。"

船晃动、转动又晃动。"本质个屁，"本尼迪克特先生说，对船的摇摆不以为意，"你还欠我这艘船的修理费，克里斯托弗·王尔德，咱们这就来谈谈你该怎么赔偿这个本质。"

我的头皮在流血。本尼迪克特船长给我一块冰凉的红色大手帕，手帕泡过盐水，我把它压在头上，伤口立刻开始刺痛。他说船上有个医生，但他在船舱里，病得很厉害。他瞪着眼睛叫我们去船尾找那家伙，别挡住他那些该死的水手忙正经事。

"滚吧，"本尼迪克特先生恶狠狠地说，"你们两个。我可不希望你们死在我船上。快滚。"

"我们该去哪儿找这位医生？"蒂奇问，船又从一个浪尖上坠落，他转动膝盖站稳。

我们听见哗啦啦的断裂声，然后是人们在甲板上的叫喊声。

"你看我像是有空给你们指路的人吗？"本尼迪克特先生咆哮道。话虽如此，但他还是说："一直走，过了吊铺区，爬上第一个竖梯。等胆汁淹到脚趾，你们就知道了。"他转身离开，摇着脑袋嘟囔道："这是一艘该死的双桅船，走不了多远就是茫茫大海。"

蒂奇疲惫地看了我一眼，我看得出今晚的各种折腾已经耗尽了他的力气。他领着我走进黑洞洞的船舱，贴着狭窄通道旁的墙壁，缩着脖子向前走。某种吊网旁的钩子上挂一盏提灯，黑影在墙壁上爬来爬去。一个钉死的木箱从船舱一头滑到另一头，撞在对面的舱壁上，然后滚回来掉进齐踝深的海水。

菲利普先生被打烂的脸在我脑海中闪过，让我反胃的惊恐感觉吞噬了我。我觉得我们不可能逃脱被找到的命运；鲜血的腥味似乎依然在我身上。

门敲到第二下，年长的医生就打开了船舱门。我忘记了呼吸，瞪着他。我不明白这是个什么玩笑。因为站在我们面前的就是本尼迪克特船长，只是换了件干衣服，头发向后扎紧，一脸痛苦的表情。他留着同样的胡子，咳嗽时有同样的罗音。"什么事？"他吼道。

"船长?"蒂奇说。

然后我看见这个男人的左手缺了手指,我摇摇头,不知所措。

他向后退开,摆了摆下巴,示意我们进去。"我猜你们是被打发来检查身体的?来,让我看看你。毫无疑问,你们就是从天上掉在我们甲板上的两位先生了。快进来吧。我起码该包扎一下男孩头上的破口,否则我的兄弟会生气的。"

"你看看他,蒂奇,"我震惊道,"他们一模一样。"

"华什,他们是双胞胎。"蒂奇说。

"我猜应该是的,"医生说,"否则我的来历就太神秘了,连我也解释不了。坐下行吗?"医生给我们一个无力的笑容。"提奥·金纳斯特向先生问好,我是船医,也是水手的痛苦的首要源头,"他对蒂奇说,"你,孩子。你别动,让我看清楚那道伤口。不过一眼看上去,比起你以前受过的伤,这个破口算不了什么。你的烧伤够吓人的。"

地板在我们脚下倾斜,我抓住他狭窄的床框。他戳弄我的伤口,我咬紧牙关,尽管我知道说话或者干脆尖叫会好受一些。

医生边干活边嘟囔道:"你们啊,像神仙似的从天上掉下来,把弟兄们吓得够呛。他们有些人非常迷信,"他咳嗽几声,转向蒂奇,"请教一下您的名字?"

"克里斯托弗·王尔德,先生。"

"黑鬼叫你蒂奇。"

蒂奇皱起眉头。"这孩子叫华盛顿。另外,对,他是叫我蒂奇。"

医生打量我俩,哼了一声。"好吧,王尔德先生,这种天气你出来飞个什么劲?你们是想躲什么吗?"他用什么尖东西戳我的头皮,我终于叫了出来。"别嚷嚷了,"他对我说,但语气并不凶恶,他厌倦地看了蒂奇一眼，"船员告诉我，我兄弟认为这孩子是逃奴。认为你，先生，从真正的主人手上偷走了这个黑奴。"

"我就是他的主人，"蒂奇耐心地说，"正如我向你兄弟解释过的，这孩子是我在种植园的助手。我正在试验我的浮空器的一个原型。"

"请问是哪个种植园？"医生说。

"圣卢西亚的希望种植园。"

"一位种植园主，为什么要以这种方式出来冒险，抛下他的种植园，任凭别人去摆布？"

"我不是种植园主——我负责监督操作机械化农具的奴隶。我受过工程师的训练，明白吧。我有权使用种植园的全部资源，还得到了几天假期，希望能够成功地试飞我的浮空器。要是我取得进展，云船必定会成为一件无价之宝，极大地帮助我们在种植园的日常工作。你面前的这个孩子是分配给我的助手。在装配和启动我的浮空器的过程中，他扮演了至关重要的角色。"

"但那个气球如今葬身海底了。"医生说。

"那不是气球。"蒂奇说。

医生疲惫地笑了笑。

"若是没有失败，先生，进步从哪儿来？"蒂奇说。

"你别动。"医生说。他后仰身体，用奇怪的眼神打量我。他的胡子之上是细长的鼻子和深陷的黑眼睛。他的眉骨向外突出，仿佛陡峭的断崖。尽管外表如此，但他的黑眼睛似乎温柔、好奇而体贴，他和我对视，人们眼神中的善意很少会降临在我这种人的身上，我为之颤抖。

第二天早晨，风平浪静。船散发着焦油、呕吐物和咸水的气味。我再次一夜无眠；我裹着乱糟糟的毛毯，躺在蒂奇身旁，我们睡在地上，这是个极其狭小、毫无装饰的舱房。蒂奇太累了，刚一躺下就打起了呼噜。睡梦中他显得很放松，卸下了所有包袱，像是获得了赦免。我记得他昨晚的谎言，听见他声称我是他的财产，寒意穿过了我的身体。这么撒谎当然是有必要的，但给我的感觉依然很怪诞，就像现实突然出现了一道裂缝。要我说，最奇异的地方在于，在某种平行的生活中（甚至在他道德觉醒之前的生活中），蒂奇的谎言也许就是真相。

他翻了个身，骨节咔咔作响，疲惫使得他脸色苍白。他坐起来，揉搓面颊，有一瞬间我在他脸上看见了昨晚的痛苦神色。他注意到我在看他，于是慢慢挤出一个悲伤的笑容。"咱们逃出来了，华什，"他喃喃道，"何等的奇迹。"

我报以微笑，但忍不住想到了菲利普先生和主人。我知道蒂奇不会因为已经发生的那些事情而责怪我，但毕竟只有我见证了他表弟的暴死，从此扭曲了我和他的人生轨迹，为此我感到不安。我也害怕被金纳斯特兄弟发现真相。他们会不会有办法搞清楚我们是从哪儿来的，我们的真实身份是什么？要是知道了，他们会怎么对待我们？我们身体底下的船随着波浪轻轻起伏，我默默起身，洗脸刷牙。

没多久，蒂奇和我就来到了船长的舱室，我们坐在小餐桌前，对面坐着船医，我们谁也没有任何胃口。本尼迪克特船长不在船舱里。"我兄弟的举止很粗鲁，但他有一颗慷慨的心，"他兄弟解释道。他顶着两个黑眼圈，脸色病怏怏的。"他告诉我，你们会和我们一起去下一个港口。是啊，否则就只能拿你们喂鲨鱼了，"他嘿嘿怪笑一声，"别担心，等你们到了海地，很容易就能找到船带你们回圣卢西亚。除非你们想和我们一起去弗吉尼亚，我猜你们应该没这个兴趣。"

蒂奇犹豫片刻，紧紧抓住手里的金属杯子。我看见某种表情从他脸上掠过。"弗吉尼亚，"他缓缓地说，"所以你们是做三角贸易的？"

"我们不是非法贩奴船，假如你想说的是这个。"提奥先生说，一眼也没看我。我们等他继续解释，但他没有说下去。

我以为蒂奇会放下这个话题，但他追问道："那么，先生，你们是做什么生意的？"

提奥先生不安地动了动。"朗姆酒。糖蜜。蔗糖。西印度群岛出产的东西。我们在弗吉尼亚换取火麻——应该是火麻和烟草，"他尴尬地吊长了脸，"我只是一名船员，你们要明白。船去哪儿，装什么货物，对我来说都无所谓。我拿的薪水都一样。"

"但付你薪水的是你兄弟。"

"是资助航程的老爷们，先生。我兄弟是船长，不是船主。"

"你肯定过着不寻常的生活。"

"我不是每天都这么过，"提奥医生说，"我的主业是一名足科医生，上船只是为了帮我兄弟的忙，就这么简单。"

"足科医生，"蒂奇的兴趣上来了，"那是研究脚的。"

提奥先生从粗糙的木凳上站起来半个身子，伸手拿起装朗姆酒的酒杯，他舔了舔杯沿，亮红色的舌头一闪而过。"非常好，先生，没错。当然了，我受过外科医生的标准训练。我的资格足以胜任这份工作。我看什么科是我自己的事。"

我知道他没有对我们说实话，尽管我无从想象他欺骗我们是想掩盖什么，但我相信他说他们不是奴隶贩子的话。这么小的一艘船，想隐藏如此可怕的一门生意，恐怕是非常困难的。总而言之，继续追问似乎并不明智，我们也有我们的阴暗秘密需要隐藏。天花板的木梁随着船的摆动而吱嘎作响，我们听见水手在甲板上大呼小叫、人们从我们头顶上经过。浅白色的光线从小舷窗照进房间。架子上摆着皮革装订的航海图和年鉴。提奥先生取下一份航海图铺开，示意蒂奇和他一起看方位。

"我在弗吉尼亚有一位非常亲近的朋友，"蒂奇说，我抬头看他，"得知你们要去的正是那儿，我感到喜出望外。假如不太麻烦的话，我们能不能陪你们走完整段航程，一直到弗吉尼亚？我们有足够的钱可以支付费用，我们会尽可能让自己派上用场。"

"但是，先生，你能撇下你的岗位，一走就是好几个月吗？"提奥先生淡然道，但他显然起了疑心。

"不能。但去弗吉尼亚找我的朋友无疑会对重新设计云船起到至关重要的作用。我的朋友是一位伟大的航空家。我会立刻写信向我的雇主阐明情况。我确定他会给我准假的。"

提奥先生清清喉咙，像是听了进去，但我能感觉到他并不相信蒂奇。"我必须和我的兄弟讨论一下。你明白我们离美洲还有许多个星期的航程，路上还要停许多站吧？"他说，用他受过伤的手指着航海图，"你的那个装置，你的云船——在遇到风暴之前，你的目的地本来是哪儿？"

我们的沉默异常明显，令人不安。我忽然脱口而出："先生，你的手指是怎么了？"

"华什。"蒂奇轻声说。

提奥先生看着我，捋着大胡子说："被切除了，孩子，用一把刀。法国人在战争中送我的礼物。刀是一把烧得滚烫的刀。礼物是一件非常让人讨厌的礼物。"

我以前从没见过双胞胎，第一天见到他们在一起让我感到不安，就好像一团乌云遮住了太阳。蒂奇和我在船上走动，我们休息，我们翻看小小图书馆里的书籍和航海图，我们睡觉。我们谁也不提他的表弟和他的兄弟，还有像缰绳般束缚我们的被发现的危险。第二天，我比蒂奇醒得早。我站在稀薄的清晨光线中，看着他在吊床上晃来晃去——他们给他分配了一张吊床。我溜出船舱，走向上层甲板。我的头皮还在疼，但受伤并不严重。阳光灿烂，白得耀眼，我突然来到了有咸味的空气中，感觉到凉爽的风吹在我脸上，裹着身体的衣物猎猎作响。蓝色的大海朝着各个方向延伸到视野的尽头，就好像海水吞噬了整个世界。水手在干活，有人在盘绳索，有人顺着桅杆爬上爬下，有人擦洗甲板。我看见两个人——应该是木匠——锯开木板，钉成挡板，修补云船掉下大海之处的栏杆。要不是有这么显而易见的证据，那场暴风雨就仿佛是个幻觉。船劈开瞬息万变的波涛，风灌满了前后风帆。

除了刚开始的那几天，我很少见到船长和他的船医兄弟。我一方面松了一口气，另一方面也有些担忧，因为我既害怕被盘问我们落到船上的真实原因，也不喜欢想到金纳斯特兄弟在偷偷议论我们，私下里计划把我们交出去。

日子从一天天变成了一周周，我努力驱散这些念头，但我没有放松警惕，一直在留意观察。有些晚上，我会取出我的绘图纸和铅笔，尝试根据记忆描绘这对孪生兄弟，我非常认真地回想能将他们区分开来的不同之处。但每一次的结果都是失败。在生活中，他们像甘蔗田一样特征鲜明，各有各的性情、来历和说话方式。然而当我坐下想画他们的时候，他们就变成了同一张苍白的脸、同一双喜欢审视人的圆眼睛。我每一次企图准确地描绘他们，他们都会奋力反抗。烦恼之余，我开始描绘开阔的大海。我会慢慢地走到栏杆旁，望着底下翻涌的波浪。船开进海地的港口，我和蒂奇待在船上，我描绘水手抓着被海生植物染成黑色的绳索，把巨大的板条箱吊上船。

在海上度过的一周周时间漫长而迟缓，让我变得内向，带来了我不想要的沉思。我眺望哈瓦那杂乱无章的辽阔城区，想到菲利普先生的横死和随后我无从知晓的狂暴景象。但我也经常想到大凯特、盖乌斯和被我留在信念种植园的一切。即便到了今天，想到一个充满残忍和困苦的世界就存在于仅仅多少英里 [1] 之外，我依然会感到惊诧。我心想，我们怎么可能活在那么一个噩梦之中？而与此同时，只需要翻过地平线，就会见到世界上还有其他人——例如我身边的这些水手——乘着船，前往风愿意带他们前去的任何 一个方向。我想到蒂奇赌上了一切来帮助我。我知道尽管他失去了流着相同血液的亲人，但依然选择保护我这个人；我也知道，确定自己不但活着、完整地活着，而且令人惊诧地值得拯救，那是多么奇异的一种感觉。

这些念头沉甸甸地压着我，因此我直到最后一刻才发现我已经不是一个人了。我扭过头，看见蒂奇站在我背后，用他修长的手指抚摸他红润的面颊，睡意蒙眬地在灿烂的阳光下眨眼睛。

"多么适合航行的好天气。"他露出疲倦的笑容。他的视线越过我，望着无边无际的空旷大海，然后抬起脸，看着小小的人影在阳

---

1 英里，英制单位，1 英里约等于 1.6 千米。

光中爬上爬下后桅杆。

"想一想这样的生活，"他说，"像猴子一样爬来爬去。你看他们。"

我看着他们。

"咱们用不了几天就会到美洲了，我估计。"蒂奇说。

他说话时我打量他的脸。我知道他还有话没对我说。我压低声音。"你认为他们知道了吗？"

蒂奇轻轻耸肩，转向我。"很难说。但他们不知道我们来自哪个岛的哪个种植园，也绝对不能让他们搞清楚。"

我望着他，紧张地说："到了弗吉尼亚，咱们要待在那儿吗？"

他哀伤地对我笑了笑。"很抱歉，等你见到那儿，肯定不会想留下的，华什，请相信我。我估计有很多船只从那儿出海。但我们最好去巴尔的摩找一艘船。"我好奇地望着他，他又说："沿着海岸线过去没多远。那是个船运发达的大城市。"

我点点头。"然后咱们去哪儿？"

"世界很大，"他用探寻的眼神看了我好一会儿，"你吃过了吗？咱们下去找点什么当早饭。船员几个小时前就起床了，怕是没剩下多少吃的。"

本尼迪克特船长从不屈尊和我说话，我靠近他，他的视线会从我头顶上掠过。但他的兄弟提奥似乎渴求一双能听他唠叨的耳朵，随着圣母玛利亚号驶近佛罗里达海岸，我越来越了解金纳斯特兄弟的奇特故事了。

他们的父亲曾经是汉诺威步兵团的一名军官，1756年乔治二世向法国宣战时，老金纳斯特受命跨越海峡，与英国军队一同受训。双胞胎当时还是婴儿，只有几个月大；他们与母亲一起来到肯特郡的梅德斯通，他们父亲的驻扎之处。接下来的那几年里，他们发现肯特郡是个既没有信任也没有阳光的地方，对他们这种英语说不流利的人并不友善。他们的英语是从母亲那里学来的，字词像德语的影子似的堵在嘴巴里。他们雪白的头发和一模一样的面容成了当地孩童的嘲笑对象。

战争的最后一年，霍乱夺去了他们的双亲，提奥先生和本尼迪克特先生被孤零零地扔在他们狭窄肮脏的房间里；他们和一群顽童在街头流浪，扒垃圾堆找食物。一周后，救治他们父母的医生出现了，他得知双胞胎变成了孤儿，于是带他们回他奢华的大屋。

"我们并不习惯于这样的慈悲，"提奥先生向我解释，"我说这个世界根本不在乎孤单度日的孩子，我猜你应该明白我的意思。"

"你的父母去了哪儿？"我轻声问他。

提奥先生别开视线。"他们被埋在义冢里，和那年夏天所有死去的人一样。我们再也没有见过他们，而死者一点也不关心生者。"

英国医生夫妇没有孩子，他们把两兄弟当亲生儿子抚养，确保他们受到教育，让他们自己选择行走世间的道路。本尼迪克特先生想效仿父亲参加陆军，结果却去了皇家海军，服役五年后退伍，进入商业运输行业。提奥先生先在爱丁堡后在伦敦学习医学，人类足部的构造是他学习的驱动力。他对骨骼的形状和人类行走的姿态感兴趣，却发现足科的获利能力不怎么引人入胜。

"孩子，你割掉脚底的肉赘，或者挖出向内生长的脚指甲，东西取了下来，在样本盆里闪闪发亮，就像一个丑陋的藤壶，"他说，一抹笑容浮现在他的嘴唇上，他拿起酒壶，飞快地喝了三口，没有手指的断桩红通通的像是生肉，"一个人把这个当职业，日复一日，消耗他自己的生命。你说这么过日子是个什么感觉？"

我花了很长时间，想要积蓄起开口的勇气，但最后还是保持了沉默。

"一天夜里，我答应为我的会计治病，他是个好人，"提奥先生继续道，"他坐进治疗椅，我觉得整个外部世界忽然安静下来。我准备手术用具——和我的任何一个工作日都没什么区别——但我的双手僵硬而笨拙，我看得出这个可怜的家伙非常紧张。我勉强镇静下来，孩子，然后我割开了他的脚跟。他开始惨叫。"

我打了个哆嗦。

"正是从那一刻起，我对足部的兴趣开始减退。我没法解释。样本盆里是臭烘烘的污物。我能闻到那股腐臭的气味，就好像我一周一周面对的并不是这么肮脏的东西。从那天开始，每次给人看病的时候，我都能听见一个巨大的声音在我内心回荡，它仿佛滚滚的雷声。就好像我已经半疯了。"

我点点头。

"过了一段时间，我终于听不见这个声音了。但就在我不再能听见它的那一刻，事情发生了。"

我犹豫片刻。"先生，什么发生了？"

"总会发生的事情。一个女人。"

"女人怎么会发生？"

"只要你运气好，孩子，什么都会发生。"

我不明白他在说什么。"听上去很可怕，先生。"我低声说，不敢向一个不熟悉的白人表达我的看法。

他飞快地白了我一眼。"是吗？唉。好吧，也许是我描述得不太好。"

圣母玛利亚号是一艘双桅船，排水量一百五十吨，就其个头来说，吨位算是很重了。它在英国制造装配，船体为了北方水域航行而加固过。

这些都是提奥先生告诉我的，就好像他想要打动我。船在浪涛中划出一道直线，像罗盘指针似的笔直航行。日子一天天过去，我见到蒂奇的次数越来越少，但我偶尔会在图书室里撞见他研究某些高深的文字，或者沉醉在和船长的交谈之中，我不去打扰他，知道他做这些多半是想给金纳斯特兄弟留下更好的印象。于是我在涂焦油的甲板上漫步，爬上竖梯在半空中写生，穿行于木桶和绳网之间，描绘下层甲板的景象。从第一天开始，我就被水手们深深迷住了，他们似乎全都同一个年纪，彼此之间很少交谈，但他们就像一个有机体，知道什么地方需要什么东西，整齐如一地工作。他们拖地、擦地、捆扎、重新捆扎、折叠、重新折叠、放出和收进船上各种各样的锁闩、搭扣、笼了、风帆、绳索、滑轮，全神贯注的劲头让我看得入神。我给了自己一个任务：绘制船上从铺位到小舱室到下层船舱的所有东西。与此同时，我们离自由的土地越来越近，我的名字就来源于这片土地，难以想象的伟大美利坚。

航行到第六十八天，蒂奇来到船尾，我面对太阳坐在那儿。他露出笑容。

"这几个星期你一直很忙。"他说。

"我就像一只猫，"我说，"到处乱走，但没人注意我。"

他眯起眼睛看太阳，然后扭头看着我。"我一直在和本尼迪克特船长聊天，"他轻声说，"我们谈得挺愉快，说了很多我们的血统和家族。他经常问起你。尤其他在你胸口看见的那个 F。"

我努力不露出惊慌的表情。

"我们会在诺福克上岸。"蒂奇说，像是这么说能安慰我。

我当然听不懂他在说什么。蒂奇解释说船会开进切萨皮克湾，然后我们会尽快下船。但另一方面，我们将不得不遵守美式自由的法律。"自由，华什，对不同的人有不同的含义。"他说，就好像我对这句话的理解不如他透彻。

"能见到我那位朋友，我会很高兴的。"蒂奇若有所思地说。

"弗吉尼亚的那位先生，他是谁？"我问，"这几个星期你一直说他是你的同事。他也是航空家吗？"

"他还有其他的身份，"我们周围的海洋呈浅蓝色，拨动波光的轻风吹乱了蒂奇的头发，"你会发现他是个非常有意思的人。"

船靠岸前的那天晚上，我站在上层甲板上眺望西方，面对我认为肯定是弗吉尼亚的方向。空气不一样了。我能闻到峭壁的泥土、内陆的农田和另外一种气味，那是一种陌生的刺鼻怪味。我站在那儿，一只手松垮垮地抓着栏杆，仰着脸，眼睛盯着不远处暗沉沉的陆地，船在波浪中起起落落。这时我听见背后响起了陌生的噼啪脆响，它甚至有点像树叶的沙沙声。我吓了一跳，转过身，看见一团参差黑影在烟斗的微弱火光中摆动。

那是本尼迪克特先生。他站在舷墙旁，嘴里叼着烟斗，眼睛眨也不眨地盯着我。

我紧张地垂下视线，打算溜走。

"你经常和提奥聊天。"他忽然说。

我站在那儿，感觉赤裸裸的。"他一直找我聊天，先生。"我的声音微不可查，我再次垂下视线。

"你胆子挺大嘛。倒是很像你那位朋友。"

我没有接话，依然垂着眼睛。

"你声称是你主人的那位朋友。"

我抬起下巴，正视他的眼睛，但我的双手止不住地颤抖。

他似乎没注意到我的紧张。"你喜欢圣母玛利亚号吗？就这个船型来说，算是很漂亮了。脾气有点暴躁，"他点点头，像是在赞同自己，然后转向黑暗，"它是一艘私掠船，但该死的海军部两年前吊销了它的缉拿特许证。它的尺寸从来都不是个问题。它跟单桅帆船差不多大，但快一倍。至少曾经快一倍。孩子，你那是什么表情？现在它跑大西洋贸易，是啊，"本尼迪克特先生阴森森地扫了我一眼，"但不贩奴，如你所见。蔗糖和烟草。挣钱已经够多了，只要能让风从背后吹就行。"

我不明白他为什么忽然来和我说这些。我想到他的兄弟，提奥先生说他尽管脾气不好，但心地善良。我猜这会儿和我说话的也许是他那颗善良的心灵。

他停下，等一名夜班船员穿过甲板，走向船首。"你看见了吗，孩子。所有水手都是同一个年纪，正负一年。你没觉得好奇过吗？没想过是怎么回事吗？"

我没有吭声。

"他们全都是孤儿。整个该死的船员队伍。孤儿院关门，他们被扔上街头，我收留了他们。我第一次知道自己没做错是在布什尔的一艘小艇上，我险些被淹死，五个小伙子跳进波浪来救我。他们一共五个人。那是很久很久以前的往事了。我其他的人都跑了，只有他们留下。你对此有什么看法？"

我在恐惧中隔了好一会儿才开口。"他们非常在乎你，先生。"我柔声说。

"哎，"本尼迪克特先生露出一个冷漠而乖戾的笑容，他的声音非常轻柔，"我知道你是个逃奴。我知道你的王尔德先生偷走了你，因此他是个贼。"

我站在那里一动不动。我们刚撞上他这艘船的时候，他就已经说过这番话了；这不是什么新发现。

他在黑暗中打量我，船在风中升起、猛冲。"圣卢西亚个屁，"他摇着头说，"你们往东南偏得太远，不可能是圣卢西亚。不，你是一个巴巴多斯的黑奴，要么就是格拉纳达。"

我的心脏跳得太凶了，像是要把站着的我击倒在地。海面上溅起肉眼看不见的细密水雾。

"你是什么？"他说，声音忽然变得柔和。

我仰起脸，魂不附体。

"你是人形的动物吗？"

他伸出手，抚摸我烧伤的半张脸，但他粗糙的大手立刻缩了回去，像是被烫了一下。我惊诧得无法动弹。我傻站在那儿，他手指的触感震惊了我。他的手很凉，很温柔，尽管我无论如何也不可能想到，但其中也充满了难以言喻的悲哀。

3

諾福克臭气熏天。码头的气味来自烟草、铅锭、碾碎的芦苇和原棉，尤其是原棉，白色的棉桃连着枝条，像一只只被挖下来的眼睛。码头的气味来自不洗澡的甲板水手、羊肉炖菜和港口街道旁阴沟里冒着热气的牛羊下水。码头的气味来自淤泥和松节油，妓女身穿油腻腻的衣服，陈年的香水味从她们的毛孔里渗出来。在海上漂泊了那么多个漫长的日子，忽然闻到这些浓烈的气味，我不禁昏头转向，我望着周围的一切，嘴巴都快合不拢了，模样像个傻子。

因为尽管如此，但诺福克是多么宏伟的一座城市啊！喧闹声和谈笑声，来来往往的工人犹如蜂群，街道上熙熙攘攘，面向船坞的红砖仓库高达三层，巍然耸立。我多么渴望用画笔描绘这一切！我看见马匹贴着停在路边的大车走过，看见马车有着敞开式的车厢，车夫醉醺醺地摇来晃去，随口骂人。蒂奇说大火在 1804 年烧毁了这座城市，但我看不到任何证据。

我们最终发现我们并不需要担心金纳斯特兄弟，至少我们下船时这么认为。他们当然会猜测我们的来历，但越来越明确的事实是本尼迪克特船长更在乎别人有没有企图欺骗他，而不是谎言背后的真相。他有他自己的命运需要面对，他和他的兄弟都不想卷入与他们本人无关的复杂事态。因此他们只要求我们在下船时避人耳目，在被问及我们如何踏上美国土地时不要提到他们这艘船和他们的名字。他们在我们的绝望中看见了他们童年时失去的东西，他们不想伤害我们，也不想为我们制造麻烦。

蒂奇说："但我们最好还是谨慎一些，华什，尽可能不要信任陌生人。人很容易忘记自己的本性，而首先舍弃的往往是慈悲。"

于是蒂奇和我走过船板，进入港口，铺天盖地而来的喧嚣让我们震惊，水面上挤满了船只。码头旁用油脂生的火冒出滚滚黑烟。装满了板条箱的吊网荡过暗沉沉的水面。到处都是人，没有人强迫他们，他们走在自己的命运道路上。而这，我惊异地心想，这就是美国。

哎，但不是所有人都能如此自由地走来走去。我这样的人就不行。

蒂奇和我穿过暗沉沉的码头区的人群，尽量不惹人注意。他认为只要他问几个正确的问题，就能找到他提到过的"非常有意思的人"，那个人名叫法罗先生，是他父亲的好友和合作者。我们谨慎地选择路线，他思考着他的选择。我背上捆着一包水手的衣服和一条腌火腿，还有几枚明晃晃的钱币，这是气呼呼的本尼迪克特船长塞给我们的，方便我们更迅速地融入美国世界。

蒂奇把我留在一条繁忙大道的阳光灿烂的拐角处。他过街去一家兼作客栈的邮局打听情况，走进了暗处。我望着他的背影，一个衣冠不整的高大男人，抓着一张纸，纸上写着那位熟人的地址。然后我向侧面转身，走到一个店头底下等他，店头挂着一个朽烂的木招牌，具体卖什么我看不清楚，店堂里黑洞洞的。一个戴高顶白色礼帽的男人从隔壁门洞走出来，我惊讶地抬起了脸。刺鼻的甜味突然充满我的鼻孔，那是我以往生活的标志性气味。

蔗糖。

我走上前，用一只手遮住阳光，把眉骨贴在肮脏的橱窗上。一盒盒的糖果，有色彩明亮的糖块，有黄色、金色、绿色、红色的圆形棒棒糖，有黑色的长条形甘草糖——我唯——次去桥镇的旅程中看见过。凝固成白色羊毛状的糖装在圆锥纸卷里。初升的阳光晒热了窗玻璃，贴在我的脸上仿佛人手。我想到大凯特那迟缓而柔软的手掌。

"小子，给我把你的脸拿开！"

有一瞬间我觉得自己卡在了两个世界之间，我待在原处无法动弹，脸贴着温暖而舒服的玻璃。

我的肩膀上挨了一巴掌，我踉跄一步，惊呼一声。震慑我的并不是疼痛，而是惊讶。一个浅蓝色眼睛、络腮胡发白的男人对我怒目而视。他扎一条白色围裙，衬衫撕掉了袖管。他的门牙是橘黄色的。

他用手做了个古怪的赶人手势。

"滚远点儿，黑鬼，"他说，"别把你该死的鼻子贴在我窗户上，听见没？"

一辆马车在街道上驶过，车轮辘辘地碾着卵石。男男女女从我们身旁走过，连看都不多看一眼。

我惊恐地后退一步。

他抬起下巴，打量我背后的火腿。"小子，你那是偷的吧？你是逃奴？你和谁在一起？"他朝我走了一步。他的块头并不大，但他内心没有畏惧，我在信念种植园见过这种人。他们是最残忍的。"你的脸怎么了？有人把你烤了个半熟。"

我太害怕了，因此闭上眼睛，仿佛这样他就会消失。我不知道蒂奇去了哪儿，但就在那一刻，我明白了开阔世界那无边无际的可怖本质，你在这里不属于任何地方，也不属于任何人。

我感觉到胸口挨了重重的一下，然后又一下，我等待着再一下，但只感觉到了疼痛的缺失；我没有等来第三下，于是惊讶地睁开眼睛。

蒂奇插到了我和他之间，他的领带歪了，帽子拿在手里，怒气冲冲地指着我。"你这是要干什么？"高大的他俯视糖果店的矮小店主。"这是干什么？"

"这小子是你的？"店主不安地说。

"他干了什么？"

男人清清喉咙，用手背擦了擦下巴。"非常抱歉。我误以为他是个逃奴。"

"误以为？"

"您说什么？"

"是'误以为'。另外，对。你确实弄错了。"

就在这时，一个穿燕尾服的男人慢悠悠地走进了糖果店。店主皱起眉头，阴恻恻地看我一眼，说："你给你的小子搞个像样的口袋装东西吧。他那么走来走去，看上去像个逃犯。"他点点头，转身走进店里。

我无比想一屁股坐下，就坐在街边的马粪堆里，我的恐惧就有这么强烈。但蒂奇用一只手扶住我的胳膊肘，脸上露出悲戚的表情，领着我离开了那个地方。

刚开始蒂奇没告诉我出了什么岔子。

他用轻快得奇怪的语气说他问到了那位熟人的地址该怎么走。那位先生名叫埃德加·法罗，他是圣约翰教区的代理执事。往西走大约十英里就是这个教区，以伊丽莎白河流域的绵延田地和林地为主。我们在上午的阳光中走了一阵，鸟鸣活泼而嘈杂。蒂奇显得心事重重，不再开口。

"再次见到法罗先生让你很紧张吗？"我说，猜测他的想法。

"我这辈子都没见过他。事实上，他本来是我父亲在皇家学会的同事。我们从几年前才开始通信，但信件很快就变得频繁和热烈。华什，他的头脑，天哪，绝对是个奇迹。聪明。太聪明了，"蒂奇走得气喘吁吁，"你别被他吓住了。他对世界的本质有一些非常奇特的想法，正在寻求能够更进一步的方法。在这方面，我认为他和咱俩没什么区别，"他停了停，"但他的兴趣不仅限于航空学。他是一位凋亡学家，研究人体如何腐朽。"就好像我还不够害怕似的，他又补充道："法罗先生因为研究人类肉体腐烂的方式和条件而树立了名声。"

我不高兴地瞪了蒂奇一眼。"他是教会的人吧。"

"没错，"他点点头，误会了我的意思，"我认为你会发现他这个人全身都是矛盾。"

我们继续向前走，升高的太阳越来越热。

"你感到不安。"蒂奇说。

"不，"我说，"呃，好吧，也许。"

"你在想菲利普。"他轻声说。

我点点头。

蒂奇微微蹙眉，在红土路上停下，从口袋里掏出一张破破烂烂的纸。"我没想给你看的。但它就贴在邮局里。"他小心翼翼地看我一眼，然后开始念：

悬赏一千英镑，捉拿乔治·华盛顿·布莱克，此人
是一名黑种少年，个头矮小，面部有烧伤；他是一名终
身奴隶。他的衣着包括新毡帽、黑色棉外套和马裤、新
长筒袜和皮鞋。他有可能与一名白人废奴主义者同行，
此人不是他合法的主人，他身材高大，绿眼黑发。本人
在此悬赏捉拿这名杀人奴隶，无论死活，擒获者将得到
一千英镑赏金。

约翰·弗朗西斯·维拉德，

伊拉斯谟·王尔德之代理人

于信念种植园，巴巴多斯，英属西印度群岛

我呆呆地站在泥土小路上。我瞪着蒂奇手里的那张纸。那一刻
淹没我的是何等的荒谬，何等的震惊。

蒂奇抓住我的胳膊，领着我走到一棵正在开花的山茱萸树荫
下。小小的鸟儿在我们头顶上的晴空中俯冲和歌唱。

"邮局的局长很健谈，"蒂奇说，"我问这张纸是谁贴的，他说
那个人没留下姓名。我请他描述一下长相和多久以前来贴的。他说
就是最近，仅仅几天前。他说那个人棕色头发，茶褐色皮肤，高
大，有点胖，棕色眼睛。"

我立刻抬起头，以为他要说他认识那个人。

"这个描述不符合我认识的任何人，什么人都有可能。但我认识
海报上的那个名字，我兄弟的代理人。约翰·弗朗西斯·维拉德。"

"他是谁？"

"我们刚到巴巴多斯的时候，我兄弟主持了一系列的正式餐会。约翰·维拉德出席了两次。"

"他是捕奴人吗？"

"没错，按他自己的说法，他负责纠正冤屈，"蒂奇紧闭双眼，像是在努力回忆，"非常有教养，说话柔声细气，举止无懈可击。我记得他曾经是附近一个种植园的会计师，但后来跟那个种植园一起倒霉了。按照我的理解，他对外出租他的服务，充当跨国的赏金猎手，"蒂奇摇摇头，"听他说那些事，感觉很奇怪。似乎完全不符合他的形象。他讲述他如何跨越千山万水，去捉拿仅仅只是在逃赌债的人。他说他如何缉捕想方设法逃离小岛的奴隶。他描述他的工作时语气非常下流，就好像凌驾于所有国家的法律之上能让他感到兴奋。他不认可任何司法管辖权，明白吗？也不为他的行为负责，"他皱着眉头，喃喃道，"我知道他做过一些非常可怕的事情。"

我沉默下去，盯着我的双手。

"华什。"蒂奇说。

"一千英镑。"我低声说。我无法想象这么一笔巨大的财富。

蒂奇轻轻地哼了一声。"我以为伊拉斯谟不至于这么卑鄙，"他嘟囔道，"看起来，人很少会表里如一。"

我没有说话。一只苍蝇爬过我半敞着口的包裹里的火腿，我望着它色彩缤纷的翅膀。

"这个数字确实不小，"蒂奇摇摇头，"你知道这还不是全部的支出。为了开始追捕，维拉德已经得到了报酬，哪怕仅仅是开销部分。我猜等他交货，他会拿走全部的赏金，甚至更多，"他转向我，"你明白我的兄弟并不真的认为你该负责，对吧？他这么做只是为了伤害我。"

他这么说也许是想安慰我，可惜彻底失败了。强烈的反胃感吞噬了我，就好像我的肚子里有一头野兽。"你不能直接带我去英国吗？"我的声音苍白而微弱，"我在英国会不会比较安全？"

蒂奇难过地看着我。"这是悬赏捉拿，华什。对一个为了赏金而捉拿人犯的家伙来说，法律什么都不是。而这个金额，我实话实说，能吸引许许多多的人。这个数字大得夸张。"

我想了又想。"你能不能自己付掉这笔钱？"

"贿赂维拉德，或者其他疯子？怎么可能有用呢？他会把钱揣进口袋，然后为了另外一千块继续追捕你。再说我们能贿赂几个人？我没那么多的钱可供使用，"他在砾石上换了只脚站着，清清喉咙，"我是次子，只有一小笔生活费。我不能像我兄弟那样使用家族的资金。"

我们在热浪中坐了很久，谁也不说话。一辆破旧的马车偶然经过，年迈的车夫邀请我们上车。蒂奇坐在前面的长凳上，我坐在后面的车斗里，背靠一袋皮革和钉子，火腿平放在干草上。拉车的是一匹毛发粗乱的灰色母马，有一只充血的眼睛向后翻，对着我们。车夫的嘴里塞满了烟草，他探身出去，吐掉烟草，用手背擦嘴，然后抖动缰绳。马车于是慢悠悠地前进。我担心车夫会和搭车的人聊天，但他一言不发，只是偶尔吐一口烟草，一路保持沉默。

变化发生得非常缓慢，然而与蒂奇相处的这几个月里，我渐渐以为我能抛下所有的苦难，摆脱一切暴力，逃脱惨死的命运。我甚至开始认为我的出生是为了更高尚的目标，为了绘制大地的馈赠，为了创造发明；我想象我的存在堂堂正正，是自然秩序的一部分。这一切都错得多么离谱啊。我只是个黑孩子，我前方没有未来，背后没有仁爱和慈悲。我活得卑微，也会死得卑微，我会被追捕者逮住，当场宰杀。

我看着绿色在阳光下缓缓爬过，那是春季弗吉尼亚辽阔的温暖田野。土地如此广阔，无边无际地蔓延，我为此震惊。我们经过一片小树林，白色小花散发出柔和似水的香味，吞没了我。我也看见了奴隶在田地里劳作，我望着他们的躯体，愧疚和恐惧充满我的内心。

我们在一个三岔路口下车。车夫示意我们向东走。太阳已经降到了我们背后，我们走在绿草茵茵的路基上，影子在前方越拖越长。

我们刚拐过山坡上的一个转弯就看见了牌子：圣约翰。

那是一座白色墙板搭成的小教堂，只有一个低矮的尖顶，一侧久经风霜的围栏里是一片墓地。我们爬上山坡，看见一个黑衣人驼着背走在坟墓之中。蒂奇拿起我背后的火腿，在大门口停下。

"法罗先生，"他喊道，"埃德加·法罗先生。"

男人抬起宽阔的黑色帽檐，皱起眉头。"我们今天不买东西，"他喊道，"但我可以给你个地方过夜。"

蒂奇微笑。"哈，我们不卖东西。然而过夜的好意我们依然要接受。你不认识我这张脸，法罗先生，但你也许认识我的笔迹。先生，我是克里斯托弗·王尔德。咱们在过去两年间通信讨论了航空器上升时压力改变的可能性及其对人体的作用。我父亲是詹姆斯·王尔德，你在皇家学会的同事。"

我看见男人直起腰，摘掉帽子。我忽然看清了他，他身材瘦长，有着椭球形的大脑袋和柔软的黑发。他的头顶有点秃，浓密的眉毛下是一双圆圆的黑眼睛，因为缺乏睡眠而长出了黑眼圈。

他的嘴唇缺乏血色，表情平淡。他快步走向我们，绕过一个挖开的墓穴。

"克里斯托弗·王尔德本人，"他庄重地说，"你不是在西印度群岛吗，先生？你的云船呢？"

"恐怕已经沉到海底了，"蒂奇哈哈一笑，"我们被送到了这儿的岸上，先生。"

"海底？你们遇到了什么？"

"一场暴风雨。"

"确实正当季。"教堂执事喃喃道。他垂下黑眼睛看我，视线没有聚焦。他有条不紊地眨了好几下眼睛，就好像没注意到我站在那儿。他忽然厌恶地皱起眉头，但等他开口，语气平淡得出奇。"没错，确实就是暴风雨的季节，"他缓缓地重复道，"狂风会吹来各种各样的怪东西。进来吧，你们两个。咱们去里面谈。"

4

~~~

"请进，快请进。我这里的坟墓都朝着东方，耶路撒冷的方向，"他说，"方便他们迎接复活。"他砰的一声关上居所的房门，然后锁上门。房间里潮湿而寒冷。我觉得我闻到了他手上和指甲缝里的泥土气味，底下还有某种刺鼻的酸味，仿佛一层绿色的雾霭，像是来自一罐泡菜水或放得太久的醋。我皱起鼻子。"当然了，这些都是胡说八道，王尔德先生，都是迷信的傻话，"执事说，"不过能哄教民开心就行。让他们发现我缺乏信仰，开始问这问那，一点好处都没有。"

他在黑色的小炉子旁停下，拿起一小块木柴，转过来阴沉沉地看着我。"好吧，你带来见我的是个什么人？"

"乔治·华盛顿·布莱克，"蒂奇说，"曾经在信念种植园做事。"

"这个孩子能管得住他的嘴巴吗？"

"完全能。我敢用生命为他打包票。"

我猛地望向蒂奇，惊讶于他如此轻而易举地向这个陌生人披露我们的特殊关系。就好像他还没有理解那张悬赏海报的严重性。

"别急着用生命给任何东西打包票，王尔德先生。这是我通过大量试错学到的教训。"执事用舌头弹出古怪的声音——两次——

然后原地转身，走向对面的墙边。"二位先生，这里是我睡觉、吃饭和洗漱的地方。那扇门通往我的办公室，也就是我做研究的地方。穿过那条通道是教堂。而这扇门，二位先生，"他说，用沉重的皮靴跺了两下，"通往地下室。"

"你能收留我们，先生，我们感激不尽，"蒂奇说，"多么漂亮而舒适的屋子。"

埃德加先生向我走了一步。"王尔德先生无疑告诉过你，我喜欢独处，而且有些非常独特的爱好。"

我犹豫片刻。"他说过你研究死亡，先生。没说别的。"

埃德加先生对着蒂奇挑起眉毛。

"这孩子的脑袋里有眼睛，"蒂奇说，露出一个笑容，"我不说他自己也会看出来的。"

执事上下打量我；他又弹了两下响舌。"这个孩子，好吧，"他用他柔和的声音说，"我不怎么关注童年。这是一个极为脆弱的状态，因此违反自然，与人类生命格格不入。每一个人都能用刀割你，用拳头打你，用头脑欺骗你，每一个人都能在应该善待你的时候给你痛苦。由于儿童无法保护自己，因此他们需要良好的代言人和良好的父母。但是非常抱歉，好父母就像夏季的雪一样罕见。唉，"他哀伤地笑了笑，"也可能我在这方面怀有偏见。"

"你就是一名孤儿，对吧？"蒂奇说。

阴影掠过执事的脸，他苍白的宽阔额头变得阴沉。我们依然站在门口，等待他迟迟不来的进一步邀请。房间里只有一扇窗户，一块发黑的黄色棉布钉在窗户上，我的视线飘向那里。暮色已经笼罩了外面。

"有时候，"埃德加先生继续道，"举行洗礼仪式的时候，我会站在中殿，远远地望着婴儿的脸。我几乎无法忍受：软软的皮肤，那种柔嫩感，眼睛毫无邪念，充满信任。我几乎希望无辜者能立刻死去，就在那里，上帝的房子里。这样他的纯净就不会被破坏了。从上帝的怀抱来，到上帝的怀抱去。"

蒂奇看着他，露出奇怪的表情。"好的。"他最后说，然后就没话说了。

埃德加先生慢慢地笑了。"但咱们为什么还站在这儿？今晚你们是我尊贵的客人。我给你们去拿被褥。快进来吧。要是不反对的话，你们就睡在这儿。"

他把蜡烛留给我们，自己走向通往地下室的翻板活门。他抓住地上的一个大铁环，拉开活门，然后消失在了黑暗中。我惊讶于他没有带能照明的东西。我们听见脚下隐约传来东西搬动的碰撞声和沙沙声。

蒂奇拿着蜡烛举高，慢慢转身，扫视房间。他没有说话。他穿过窄门走进执事的办公室，我跟着他。古怪的泡菜气味愈加浓烈。

然后我就看见了——从蒂奇的左肩背后，借着烛光，我看见了它。一个黄铜脸盆，边缘按法国风格刻着花纹，里面盛着黑乎乎的液体，液体中是一条细长的人类手臂。它白得像是霉菌，灰色的血管在其表面隆起，一根绳子扎着手腕，把它吊了起来。这只手不大，是一只女人的手，在烛光中显得非常白，发胀的血肉仿佛球茎。我看见大拇指被割开了，切口里插着一个金属物体。

"那是什么？"我耳语道，"敬爱的上帝啊。"

"看起来，"蒂奇轻声说，"是一条截断的手臂。"

我骂了一句，厌恶地摇摇头。"她剩下的身体呢？"

"咱们不会待太久的。"蒂奇已经转过身，正在走出办公室。他

156

把蜡烛放回原处，也就是正门口的小桌边缘。

"蒂奇？"我说，"咱们必须留在这儿吗？"

"安静。"

"他是个疯子。他的头脑出问题了。"

"我说过他研究死亡。我真的告诉过你了。"

"你带我们来到了一个疯子的家里。"

"安静。"蒂奇再次命令我。

"这么做不对，"我继续反对，"你看看他都干了什么。我宁可冒险在城里撞见你那位维拉德先生，也不想待在这个亵渎神圣的地方。"

"他可不是我的维拉德先生。"蒂奇说。

但就在这时，埃德加先生忽然冒了出来，他的脸在阴影中显得白生生的，黑眼睛里的神色高深莫测。"我亲爱的朋友们。"他低声说。我感觉到心脏在颤抖；我不知道他听见了多少，他已经在那儿待了多久。"来，先帮你们安顿一下，然后咱们吃饭。"

晚饭简单而美味，马铃薯、菜豆和我们带来的腌火腿。我默默打量埃德加先生，想搞清楚他到底是个什么样的人。然而既然蒂奇愿意为这位执事作保，我也就不允许自己漫无边际地瞎猜了。

埃德加先生以极大的热情切开他盘子里的火腿，把一小块肉塞进嘴里，开始咀嚼。"王尔德先生，我知道你要来，"他边吃边说，"晨间祈祷时我有了预感。或者更确切地说，先生，是我感觉到的。上帝把这个认知融入了我的肉体，"他微笑，咀嚼，再微笑，"不过，我没预见到您的火腿。"

"款待我们的这位先生研究的是肉体，华什，"蒂奇对我说，

"他提到肉体的时候，就好像它蕴含着知识。"

"因为确实如此，"埃德加先生急忙道，"哎，孩子，我大致扫一眼你身体上的各种标记，就能滔滔不绝地描述你、你的习惯和你的个人生活史。我们的身体知道我们的头脑忽视的真相，"他猛然眯起眼睛，"你的烧伤显然来自突然迸发的火焰，某种自发性的爆炸。看你耳垂上的羽毛状伤痕，就知道你在爆燃的那一瞬间做了个扭头的动作。"他忽然转向蒂奇，"至于你，王尔德先生，你嘴巴周围的伤疤——"

蒂奇停下了，似乎很不安。

"它显然来自你的童年，四到六岁之间，"埃德加先生继续道，"一根很粗的金属丝，最有可能的是淬过火的铁丝，勒进你的口部，然后突然向后拉，就像这样。"他抬起苍白细瘦的双手，放在自己的两侧面颊上，然后猛地向后拉。"你像这样被拖着走了两三分钟，然后铁丝才从你的口部被拿开。表皮、基膜和真皮都受到了相当大的损伤，但幸运的是，皮下组织完好无损。"

我能看见提灯的橙色火光倒映在埃德加先生的眼睛里；他盯着我看了很久，陷入沉思。他的椅子吱嘎作响。

"很有意思。"蒂奇说，但听上去并不怎么起劲。他突然清清喉咙，开始讲述我们的冒险历程。他描述那场暴风雨，云船如何坠落在圣母玛利亚号的甲板上。他说出船的名字吓了我一跳，我在惊恐中不敢看他。然后他开始说他表弟的惨死和我头上的悬赏，我在无声的恐惧中转向他。

蒂奇放下叉子，从口袋里掏出悬赏海报，摊平放在油迹斑斑的桌布上。埃德加先生用他的黑色大眼睛审视海报。

"维拉德，"埃德加先生摇着头喃喃道，"要是他出现，我该怎么认出他？"

"金发，金属框眼镜。眼睛特别大，特别蓝，"蒂奇顿了顿，回想片刻，"他头发的分缝特别一丝不苟，看着让人觉得一定很疼。他有一只眼睛对焦不准，永远斜视，很容易让人放下戒心。"

埃德加先生极为认真地听他说话。"我敢说一个黑人男孩来到这么遥远的地方肯定很不容易。"

"我认为他的付出一定会得到回报。"

埃德加先生皱眉道："我相信没人知道你在这儿。"

"我对圣母玛利亚号的船长说过，我们要去城外找一位研究科学的同事。但没说具体的情况。"

"那么，你在弗吉尼亚逗留的时间大概会很短了。"

"是啊。"两人之间交换了某种不言而喻的建议，但我无从辨别其中的含义。我突然又害怕起来，心神激荡。

"种植园是你父亲的产业，对吧？"埃德加先生说。

"从我母亲那边传下来的，我母亲的兄弟去世后留给了她。"

"即便如此，你也可以把发生了什么告诉你父亲。他也许可以干涉一下。"

蒂奇忽然变得非常疲惫，琥珀色的光线下，他的额头显出皱纹，表情变得沉重。"看来你还没收到消息。我父亲去世了。大概八个月以前。"

埃德加先生做了个奇怪的表情。"去世？"

"在北极圈。他的助手写信给我母亲。我的表弟菲利普来信念种植园就是为了通报这个消息。"

埃德加先生坐在那儿，瘦长的手指在桌上缠起来又松开，他眼神呆滞，丧失了神采。他忽然起身，穿过狭小的房间，回来时拿着一个卷边的象牙色信封，信封上用优雅的笔迹写着他的名字。他把信封放在蒂奇面前。

蒂奇皱起眉头，从信封里抽出信纸，开始阅读。我默默地看着桌对面的埃德加先生，看着他卷曲的嘴唇。他看上去并不完全是在微笑；但他脸上有着某种缺乏喜悦的笑意，就像你在葬礼上和长久不见的姨妈打招呼。

血色离开了蒂奇的脸。他慢慢地抬起头。"也许是他的助手彼得写的，"他的声音近乎于恼怒，"他们的笔迹不是很相似吗？"

埃德加先生从蒂奇手里拿过那几张信纸，用瘦骨嶙峋的修长手指翻看，然后从中间分开。他默默地把两小摞信纸并排摆在桌上。"左边是你父亲的信。旁边是他的助理彼得·豪斯写的，和你父亲的信放在同一个信封里。"

我们在橘黄色的烛火下俯身看信。两种笔迹明显不太一样；彼得·豪斯的字更紧密、粗犷、崎岖，严重向右倾斜，像是在遭受狂风的侵袭。蒂奇用手指抚摸蓝色的墨迹。

"但如你所说，"埃德加先生承认道，"也许是你父亲在去世前写的，只是豪斯最近才寄出来。"

蒂奇望着父亲的信，咬着腮帮子，嘴唇周围显出倔强。"倒数第二段，"他喃喃道，声音像是失魂落魄，"他提到我在信念种植园待了近一年。"他抬起脸，痛苦地说，"先生，信是最近才写的。"

"我没法解释，"埃德加先生柔和地说，"但身为科研工作者，我相信我们一定能查明真相。"

蒂奇用双手使劲抓头发，脸上露出挫败的表情。这一切对他来说都是多么痛苦啊；他陷入了彻底的迷惘。他父亲的死显然压垮过他，现在父亲还活着的可能性再次压垮了他。它激起了他最疯狂的希望，撕开了他悲恸的伤疤。

我伸出手放在他的肩膀上，他露出一个疲惫的笑容。

"等明天再讨论这些吧，"他说，"也许等天亮了，我更能看出其中的逻辑。"

"有道理。"埃德加先生说。

蒂奇喟然长叹，从吱嘎作响的椅子上起身。不可思议之事很少会在现实中发生，对于将生命奉献给研究它们的人来说依然如此。然而任何人都看得出来：他发疯般地想要相信。

洗漱过后，我们把桌子抬到一旁，翻过来；蒂奇和我在炉火旁铺开被褥。我们拉上简易隔帘，它把房间分成我们的一半和执事的一半，隔开了我们和通往外部世界的房门。我们占据了房间靠内的一半，通往地下室的翻板活门位于我们这一半的一角；我注意到了蒂奇躺下时明显心神不定。

我能听见埃德加先生在隔帘的另一侧呼吸、弹舌头和走动，他出出进进女人断臂所在的那个小房间。

"你觉得他真的还活着吗？"我悄声说。

蒂奇翻个身，一言不发。

"也许你可以写信给他的助手豪斯先生。他肯定能把一切都说清楚？"

"华什，咱们明天再说这些吧。已经很晚了。"

尽管心情激动，但蒂奇立刻就坠入了梦乡。我却睡不着。我不得不承认，埃德加·法罗先生的怪异模样让我既警惕又害怕。

然而比起蒂奇的父亲从冰封的死亡中活了过来，更让我感到不安的是约翰·弗朗西斯·维拉德这个人。他是谁？尽管我还是个孩子，但我想象中的他依然不是怪物——他不是满口利齿的野兽，破碎的金属框眼镜背后是一双邪恶的蓝眼，他的声音并不缓慢诡诈，他的双手不是巨大的黑色钩爪。我知道邪恶的本质；我认识它和蔼从容的面目。他只是一个普普通通的人。然而正是因为他的匿名性，我不可能预见到他的到来。我试图把这个念头赶出脑海，闭上眼睛睡觉，却看见他毫无表情的苍白面孔隐然浮现，我不想清醒地度过这个夜晚。

后来我肯定是睡着了，因为等我在黑暗中睁开眼睛，耳朵里只有自己刺耳的呼吸声，空气非常寒冷，我几乎能在黑暗中看见白气。时间肯定过了午夜，因为炉火已经烧得熄灭了。

是什么弄醒了我？寒冷？

但就在这时，我再次听见了弄醒我的东西：叮叮当当的声音，像是铁桶上的松脱把手。至少听起来就是这样：金属与金属碰撞。我扭动身体坐起来，侧耳倾听。

有人在附近，在黑暗中呼吸。

我伸手去摇醒蒂奇，但只摸到了空荡荡的被窝。

"是谁？"我从齿缝里挤出声音，"埃德加先生吗？"

我听见铰链转动的吱嘎声，然后是提灯的玻璃门咔哒一声关上，黯淡的橘红色火光随即倾泻在地板上。提灯拎在执事的手里，他另一只手里拿着铁锹，锹头向上。他身穿暖和的羊毛外套。

"孩子，我吓到你了吗？"他悄声说，"你别害怕。"

"蒂奇在哪儿？"我问他，"王尔德先生去哪儿了？"

"跟我来，"埃德加先生说，"我带你去找他。"

你一定会感到震惊，因为我真的爬了起来，深更半夜地跟着他出去，迎着寒风走在墓碑之间的黑暗中。我自己也觉得奇怪。因为我只是个孩子，个头只有他一半高，而且连一丁点都不信任他。

他领着我来到那个挖开的墓穴边。他打开提灯上的小窗，一道光斜着射出去，我看见墓穴里立着一把小木梯。墓穴末端有一块方形的地方被扒掉了泥土，我能看见一个箱子———一口棺材——粗糙的木盖。

"没什么，孩子，"执事和气地说，"你的王尔德先生就在底下，你可以去找他。"

我后退，惊恐莫名。我不敢从他身上移开视线。

他微笑，提灯照亮了这个没有牙齿的黑洞洞的笑容。"哎呀，孩子，这不是坟墓，"他对我说，"这是一道门和一条通道。这是通往未来的道路。你别害怕。我们在上升前都必须下降。"

"蒂奇在哪儿？"哪怕在我自己的耳朵里，我的声音也显得微弱和颤抖。

但执事已经转过身，僵硬地向下爬进墓穴，提灯在他手里晃来晃去。等他的身影完全消失，我只能看见橘黄色的些许亮光从他刚刚钻进去的土地里照上来。我感觉到黑暗从四面八方逼近我。墓穴里的光变得黯淡。

"埃德加先生？"我不安地喊道。

等了一会儿，我嘎吱嘎吱地走过草地，来到墓穴的边缘。我向内望去。

墓穴是空的。

执事已经不知所踪。但仔细查看之下，我发现我误以为是棺材的木板已经被掀开并拉到了一旁，现在靠在墓穴的内壁上；因此它算是某种盖板。我在露出来的洞口看见了另一把竖梯，它伸向泥土的深处。执事的提灯在阴影中发出微弱的橘黄色亮光，他似乎钻进了那个小窟窿，此刻正离我越来越远。

我没有继续叫喊，而是飞快地爬下竖梯，跪在那条隧道的边缘，上下颠倒地把脑袋伸进去。我几乎什么都看不见。第二把木梯向下钻进狭窄的泥土竖井，我只能分辨出一条低矮通道的开口。里面的空气寒冷而酸臭，我拉起衬衫前襟捂住嘴巴，然后爬了下去。

我来到木梯的最底下。我听见交谈声，但听不清他们在说什么。隧道是四方形的，周围的土壤黑黝黝潮乎乎的。我弯腰钻进通道，膝盖伸在前面，小心翼翼。

我只走了十步就遇到了一块大石头。我爬过去，发现自己半蹲在明亮的灯光下。

"你总算来了？"一个声音说。

是蒂奇。

这块空间太低了，无法直立——地底下挖出来的一个狭长洞穴，四壁和天花板用木料加固。地上也铺着木板，看上去还算干燥。提灯摆在斗室的尽头，蒂奇和埃德加先生坐在地上，还有两名逃奴。

我立刻就知道了他们的身份。你会奇怪我为什么敢如此断定。然而一个男孩从生下来就和奴隶们生活在一起，自己连做梦都不敢想象自由，但听说过夜间脱逃的传闻和流言，他怎么可能会弄错呢？我看着他们的眼白和他们手指的颤抖就认出了他们；我从他们一动不动的肩膀认出了他们，就好像他们的呼吸并不属于自己。

"来，华什，过来，"蒂奇轻声说，示意我靠近，"我们有很多事要讨论，但能用来讨论的时间很少。"

我皱着眉头，慢慢向前爬。墙角里放着便桶，散发出难闻的气味。我看见两个背包和一卷被褥靠在对面墙上。我看见两个逃奴看我的眼神，其中混杂着怀疑和同情。尽管我奇怪地感觉到了羞愧，但还是勇敢地看着他们：两个强壮的男人，脖子粗壮，指节有疤。

"他们明晚出发，"蒂奇和我对视，轻声说，"这是亚当，这是以西结。"

两个逃奴一言不发。以西结比较矮也比较瘦，眼神疲惫而和善；他的同伴看上去更粗野，像是从生下来就只遭受过虐待。他以冷酷的表情看着我。我没有开口。我好奇地望向蒂奇，然后看埃德加先生。

"华什，月底之前他们就会到达北方，"蒂奇继续道，"自由人。未来有人生等着他们的人。他们会去上加拿大[1]，因此就是英国的属民了。"

"呃，"执事说，"也不尽然。事实上，几年前通过了一项法案，奴隶抵达上加拿大后就会自动成为自由人。"

"你是偷渡人。"我说。我在信念种植园听说过桥镇一家酿酒厂的故事，据说出港的木桶里装的不只是朗姆酒。我们不怎么相信。大凯特嗤之以鼻，冷嘲热讽。"哦，他们白人就是这么热心，喜欢帮助可怜的黑奴摆脱这种生活，我一点也不怀疑。"她会边说边撇嘴。

蒂奇俯身凑近我，眉头微微皱起。"当然了，要冒巨大的风险。亚当和以西结也面临着紧迫的危险。他们正受到追捕。"

我好奇地打量他们，惊异于蒂奇严肃的语气。以西结一直低着头，眼睛盯着他磨破的鞋子。但我知道他肯定是个有热情和勇气的

1　上加拿大是历史上英属北美洲一省份，形成于 1791 年，1841 年与加拿大南部联合。

男人，仅仅因为他能走到这一步就足以说明了。亚当眼神凶狠，像是曾经杀过人。我在信念种植园见过他这样的人，那是个皮匠，我们都认为他杀过一名女佣。一天清晨，人们发现皮匠倒在水井附近，胸口插着一把刀。

蒂奇清清喉咙。"但这个风险无疑值得去冒，"他说，"你说呢，华什？"

这时我明白了。但我不想和他分开。"你什么意思？"我问。

"孩子，声音小点。"埃德加先生说。他不安地望向我背后的通道。

我没有理会他。

蒂奇盯着我看了好一会儿。"我的意思是你走吧，华什，自己逃命去吧。"

我震惊地愣在那儿，无法说话。

蒂奇摇摇头。"我要往北走，华什，去北极圈。"

"但是——"

"不搞清楚我父亲究竟发生了什么，我永远也不会死心。我要亲眼见到他的安息之处，"他顿了顿，"华什，听我一句。你明白这一切都是为什么吧？"

我只是望着他。我以为我们会一起继续我们的旅程。"我又不傻。"

"当然。"

"你想说要是我不和他们走，就多半会死。"

听到这里，逃奴以西结抬起了头，他脸上的怜悯让我涨红了脸。然而我还是忍不住说："但不是非得如此。我不是一定会死。"

"他是我的哥哥，华什。只要你在我身边，他就会找上你。而

166

且他不会罢手，他太自傲了。你唯一的希望就是去上加拿大，消失在效忠者[1]的群体里。和你的同胞们在一起。"

我瞪着那两个逃奴，就好像这都是他们的错。我忽然想到大凯特的话——自由人能够主宰他们的选择，他们掌控他们生活的每一个方面。他们不需要去做他们不同意的事情。

我勇敢地与蒂奇对视。"假如我是自由人，那么我去哪儿就是我的选择了。"

"是的。"

"哪怕那意味着要躲进北极圈。"

埃德加先生困惑地看着我。

我认为自己相信这个选择蕴含着勇气。我认为它让少年时的我觉得这个行为体现出了信任和感激，是在回报别人给予我但我一直无法习惯的好意。也许我觉得世间只剩下蒂奇算是我的家人了。也许这样，也许那样；即便到了今天，我也难以断定。我只知道，在那个时刻，我恐惧到了内心最深处，想到要在没有蒂奇的情况下踏上危机重重的旅程，无比强烈的惊恐充满了我的内心，就好像别人命令我对自己施行什么残忍的刑罚，比方说割开我自己的喉咙。

我坚定地坐在木板上，咬紧牙关，下定决心。蒂奇痛苦地看着我，显然吃了一惊，对我的决定感到困惑。但他没有多说什么。

---

1 Loyalists，美国独立战争期间坚持效忠于英国国王的北美殖民地居民，与支持美国革命的"爱国者"相对，美国独立后多半迁往英属加拿大。其中有一部分获得自由的黑奴，主要定居于新斯科舍。

5

~~~

那是一个转折点吗？自从弗吉尼亚那个决定命运的深夜，每一个晚上我都在重新思考当时的决定。假如我和那两个人一起出发，我的人生会变成什么样？他们后来发生了什么——他们如何使用他们的自由，是明智还是愚蠢？我不知道以西结和亚当的命运，他们抛下了什么，他们夜里睡觉时会梦到谁，那样的渴望会不会随着岁月的流逝而磨灭或消亡。就我个人而言，它们并不会。我怀念我结识过的每一个朋友。他们之中有几位还活在世间。

第二天上午，蒂奇和我从埃德加先生的坟场返回诺福克。待在那儿似乎没有任何意义，蒂奇急切地想找到一艘前往北极海盆的船只。

我感觉到的是愤怒，是背叛。当时我不可能说出口，因为对我来说，这些情绪太陌生了。但回诺福克的一路上我都没有和蒂奇说话，也不肯和他对视。我知道他那是想保证我的人身安全，想帮我摆脱奴隶的身份。然而从我这个少年的正义观看来，感觉就像是他想抛弃我。他渴望甩掉我的念头让我痛苦，我，他最忠实的伙伴。回想起来，这也许是个荒唐的结论，但你必须记住，我是在锁链和鲜血中长大的，就连别人无意间施舍的一点善意也能感动我。而蒂奇走进了我这样的生活，他用他平静的眼睛看着我，在我身上见到了某些东西，那是对这个世界的好奇心，是智慧，是我在此之前没有觉察到的天赋。我不知道前往上加拿大的路途中有什么在等待那两个人；但我对和蒂奇在一起的生活会是什么样已经有所了解。这是一个选择。我只有几秒钟的时间。我做出了选择。

要是让我再选一次？唔，这是个好问题。但我只能说，假如说我从大凯特那儿学到了什么智慧的话，那就是活着的时候眼睛永远向前看，去寻找未来的方向，因为已经走过的路你不可能重新走过。

我们寻找前往北方的方法，最终登上了卡利俄珀号，这艘船的吨位比圣母玛利亚号小，但装备更新。船长名叫迈克尔·霍洛威，他不是奴隶贩子，但对黑人和白人的区别看得很重。他在查塔努加[1]出生和成长，对那个地方说不出什么好话。他个子不高，但身体健硕如牛。他不喝酒，手边永远有个热气腾腾的茶杯。

他的大副名叫雅克布·伊贝尔，很奇怪地没有沾染船长的任何偏见，尽管两个人从小就很亲近，事实上是在同一条街道上长大的。他和我说话时当我是个人，经常来找我打惠斯特和皮纳克尔[2]。他留着浓密的黑色小胡子，嘴唇苍白发灰，像是急需阳光的沐浴。我非常喜欢他，但对他俩我都不信任。

登船之前，蒂奇拉着我去买衣服、口粮和装备，用的是埃德加先生给他的钱。两天后，我们在破晓时分扬帆启航，强风推动我们前进。我们站在栏杆旁，船哀伤地呻吟着驶出港口，我注意到码头的木板路上有个五短身材的男人，他望着海上的船，望着我。

1　美国田纳西州东南部城市，水陆交通要地。
2　都是扑克游戏。

他很胖，有个大肚子，浅棕色的帽檐轻轻地拍打额头。他穿无懈可击的黑色正装，尽管隔得太远，看不清他的眼睛，但我感觉到它们犹如鹰隼，残忍无情。我的呼吸梗在了胸腔里；我拉了两下蒂奇的袖子。等蒂奇伏在湿漉漉的栏杆上去看，那个男人已经转身汇入了人群。

等太阳终于完全升起的时候，我们正在驶出美国的近海，朝着北方径直而去。蒂奇和我在吊床上安顿下来。尽管我没问，但他还是解释说船长接受了他可观的报酬，在航行途中稍微拐个弯，让我们在哈德逊湾的一个贸易前哨站下船。说到这儿，他得意地笑了，眼睛放光，嘴唇翘起来，虽说并不情愿，然而我不由自主地报以微笑。

随之而来的是漫长而倦怠的航程，日复一日，船在波涛中起起落落，我们继续驶向北方。当时我没有想到，蒂奇有一半是发疯般地希望能发现他父亲还活着，否则连他都会被维拉德先生吓得坐立不安。当时我还信任他，因为我仅仅是个孩子。我相信只有在他的保护下，我才能够得到安全。

我们离开诺福克的时候，我出乎意料地开始感觉到的是快乐吗？我们四周只有大海那绿色的波涛，背后只有白色的海鸟在俯冲。高扬的船帆在风中猎猎作响，一天天的日子还很平静，完全不是它们很快就会变成的样子。

我们在拉布拉多外海某处的深海水域里，蒂奇终于提出了那个问题。

"这个季节去北方是不是太早了点？"一天他说，当时我们在船长的舱室共进午餐。桌边一如既往地坐着我们四个人：霍洛威船长、伊贝尔先生、蒂奇和我。船长的态度有所软化，可以容忍我的出现，但从不主动和我交谈，而且我的烧伤疤痕显然仍旧让他感到不舒服。和我说话的总是伊贝尔先生，和蔼的语气里带着笑意。几天前我们驶入了比较寒冷的地区，太阳低垂于天空中。我穿上了我全部的三件衬衫，而且总是穿着水手长给我的厚外套，连睡觉都不脱掉。

"对，是早了点，"船长切开一根粗大的香肠，"我们的目标是第一个进入这些水域。"

蒂奇喝一口朗姆酒。"二位先生，我不太清楚这方面的事情。但我知道冰层的消退没有规律可言。这么做安全吗？"

"我没听说过不冒风险就能得到奖赏的，"霍洛威船长说，"伊贝尔，你听说过吗？"

"从没听说过。"伊贝尔先生说。

餐刀摩擦盘子的刺耳声音随即响起。蒂奇摇摇头。"能允许我问一句吗？二位先生，你们踏上的是一种什么样的探险旅程？"

"是和你没关系的那种。"霍洛威船长说。

蒂奇点点头。"很有道理。"

"迈克尔，我觉得说出来也没关系，"伊贝尔先生说，他蹙眉道，"咱们在海上。显然不会有什么关系。"

船长捋着大胡子，怒目而视。

"我们在寻找一艘捕鲸船的残骸，"伊贝尔先生突然说，把朋友的沉默当成了默许，"木兰狮子号。两年前的十一月，它撞毁在巴芬岛附近的冰山上。"

蒂奇显然一点也不吃惊。"但它肯定还在原处吗？冰山难道不会带着它向北走吗？"

霍洛威船长眯起眼睛。"所以你知道冰山如何移动了？"

蒂奇摇摇头。"我只知道冰山会移动，但不知道洋流的情况。"

"无所谓，"伊贝尔先生说，"船员逃离前卸下了鲸油，运到离出事地点不远的一个小岛上，埋在棚子底下。鲸油肯定还在原处。王尔德先生，小岛可不会自己飘走。"

"没错。"霍洛威船长说。

蒂奇微笑，这是个愉快的笑容。"看来二位先生会过得很愉快了。事实会证明跑这一趟能带来极为可观的收益。"

"我们的目标就是这样。"霍洛威船长说。

"一年多以前，一位老人引起了我的注意，"伊贝尔先生说，"他非常不幸，膝盖肿得很厉害。结果发现他是我父亲的老朋友。他也是一位海员。他被困在风雪中，遭受了严重的冻伤。他的脚趾已经切除了。这位先生名叫麦克贝恩，他是苏格兰人，登上了一艘从约克郡出发的捕鲸船，也就是前面说过的木兰狮子号。他告诉我那场船难，说鲸油埋在白色的冰雪里，还说了它们的价值。当时我没有多想。"

"直到……"霍洛威先生提示道，朝他的朋友挥了一下粗糙的大手。

"直到我被叫到他的病床边。他的腿伤严重恶化，因为一天夜里在酒吧里受的伤而患上了败血症。麦克贝恩先生快死了；我一眼就看了出来。一位年迈的寡妇在照顾他，那位穿黑衣的女士是他的姐姐。她叫艾格尼丝。我很同情他；我问有没有什么我能为他做的。她把我单独留在会客室里，自己去听她的弟弟还有什么话要说，而我在会客室里瞥见了一份很有意思的手绘地图。"

"绘有船难地点的地图。"霍洛威船长说。

"还有鲸油的埋藏地点，"伊贝尔先生说，"尽管当时我并不知道。艾格尼丝回来，发现我在看地图。她告诉我地图有多么珍贵。她说她能解释地图上的标记，她弟弟是一位领航员，向南逃命的一路上，他一直在留意观察星座。她说他的地图很精确。她说只要你知道该怎么找路，就肯定能挖出那些鲸油。"

"这些都是她告诉你的？"蒂奇说，被撩起了兴趣。

"这些都是她告诉我的，附加条件是我保证分她一部分收益。"

"我对他如何确定方向很感兴趣，"蒂奇说，"星座的位置会随季节改变，他到底是怎么标注的呢？"

"哦，我们干脆拿出地图，直接送给你好了。"霍洛威船长嘲讽地说。

蒂奇耸耸肩。"我对钱没有任何欲望。"

"七层地狱哟，"伊贝尔先生说，"先生，人人对钱都有欲望。"

"所以你们要去船难地点，"蒂奇说，"你们打算偷走鲸油？"

"不是偷，"霍洛威船长恶狠狠地说，"是发现。"

蒂奇挑起眉毛。

"哎呀，美妙就美妙在这儿了，"伊贝尔先生说，"保险已经赔付。捕鲸公司已经不能宣布所有权了。"

"鲸油难道不就应该属于保险公司了吗？正当的物主难道不是他们吗？"

霍洛威船长嗤之以鼻。"救捞法不是这么规定的。那是沉船的残骸。任何船只都有权打捞漂浮物和投弃物。"

"码放在棚子底下的一桶桶上等鲸油也算漂浮物吗？"蒂奇问。

从他们的表情来看，我觉得恐怕不能算。

"王尔德先生，你弄错了这其中的关键，"伊贝尔先生干巴巴地微笑道，"尽管让他们来找我们要好了。等他们主张的所有权成立，我们早就卖掉鲸油发大财了。"

"再说连一坨海鸥屎都比他们的所有权值钱。"霍洛威船长坏笑道。

"到法庭上争论个没完没了，有什么意义呢？"伊贝尔先生附和道。

"好吧，"蒂奇微笑道，从餐盘里拿起最后一块硬面饼，"看来能够认识你们算是老天赐予我们的好运气了。这个航海季的第一艘船。"

说完，他咬了一大口硬面饼，坐在那儿吭哧吭哧咀嚼，朝着我们三个人轮流微笑，愉快得无以复加。

寒风紧握坚冰，刺激我们的面颊，疼痛仿佛针扎。船继续航行，我们在幽深的海水中看见了奇异而美丽、犹如大教堂的一座座冰山。我以前没见过冰，更别说如此庞大的冰块了：我望着反复折射的光线，就像神志恍惚的动物。它是多么美丽、多么悲哀、多么圣洁！我试着用画笔描绘它给我造成的敬畏情绪，因为我觉得我们像是正在离开生者的世界，进入属于灵魂和死者的另一个世界。我感觉到自由、不可战胜，远离了维拉德先生的魔爪。我们驶过冰川的巨舌；狂暴的庞然冰山在眼前崩裂，在泛起白沫的海水里晃动。我们缓缓驶过水道，提心吊胆，害怕会撞上水下的东西。

鲸鱼浮出水面，喷出粗壮的水柱，然后钻回冰冷的水底。我在甲板上走来走去，厚厚地裹着我买的所有衣物，拍手以抵御寒冷：一个小黑孩把自己裹得严严实实，变成一个圆滚滚、蹒跚而行的小东西。水手见状大笑，说我是他们的企鹅和吉祥物，伊贝尔先生给我看书里的企鹅插画，我也放声大笑。

离开诺福克的第三周，我们遇到一艘破旧的双桅船驶向南方。伊贝尔先生小声咒骂，霍洛威船长啐了一口，但我们没有放慢速度，甚至没有和他们打招呼。蒂奇说他们有可能在哈德逊湾里的某处熬过了冬天，现在正急着返回温暖的水域。

"所以他们不可能拿走船长的鲸油，对吧？"我说。

蒂奇低头对我微笑，寒风中他的呼吸清晰可见。"我也这么希望。"

我们没有说，但在这些水域里每航行一里格 [1]，轻快和自由的感觉就更深入我们的心灵一点。感觉就像这无边无际的空旷准许我们忘记过去。我们的视线偶尔相交，我们会轻声一笑，完全没有任何理由。

我们就这样继续向北航行。蒂奇做过安排，请他们送我们去哈德逊湾西岸的一个贸易公司前哨站。几个星期过去了，阳光懒洋洋地照在冰面上，风把雪丘雕刻成披着羽毛的怪诞形状。看着它们，我开始感觉到奇异的孤独和寂寞。所有人似乎都是这样，因为我们四个——蒂奇、霍洛威船长、伊贝尔先生和我——在冰天雪地里似乎都开始不搭理其他人，就好像寒冷侵入的不仅仅是我们的肉体，就好像我们在船上狭窄的空间里渴求难以得到的独处。我的思想总在追溯过往，我不由自主地想起维拉德先生、菲利普先生和我在信念种植园的漫长岁月——红色的尘土如何堆积在我的嗓子眼里，砍甘蔗时汗水如何让腰眼刺痒难忍，大凯特灼热的手如何怜爱地抓住我的肩膀。

1　1 里格约等于 3 海里，即 5.556 公里。

我们终于靠近了海湾和那个贸易前哨站。

幽深的海水很平静，依然点缀着一块块的浮冰。蒂奇祝霍洛威船长和伊贝尔先生好运，感激地和他们握手。然后我们爬进一艘小艇，从绳梯踏上小艇的时候，它在我们脚下晃动不已。

我们划向组成前哨站的那些可怜巴巴的倾斜木棚。

走进前哨站，一位白发的年轻商人迎接我们，他散发着浓烈的威士忌气味。他瘦削的双臂搁在面前的木板上，手腕皮肤皲裂，因为皮疹而长着疙瘩。他眯起呆滞的粉红色眼睛，看着我们说："你说你找谁？"

蒂奇走上前，衣服因为结冰而咔咔作响。"詹姆斯·王尔德，英国人，博物学家。有人说他死在最靠西的一个前哨站里。我不确定事实上是不是这样。"

商人擦了擦鼻涕。"什么？"

蒂奇不耐烦地皱起眉头。"王尔德。詹姆斯·王尔德。这地方的博物学家应该不会有许多位吧？"

商人哼了一声，大致打量了我们一眼。"你要找的就是他，还是其他什么人？"

"王尔德，"蒂奇厉声道，"王尔德。要是你能告诉我怎么去他最后宿营的地点，我会感激不尽的。"

商人默默地看着我们，提灯朦胧的光线下，他的眼睛呈现出难看的粉红色。

蒂奇气恼地看我一眼，然后扭头继续看着他。"你听见我说话吗？"

商人一言不发，忽然转过去，朝外面雪地里单独站在几步之外的一个男人吼了一嗓子。"他，"商人口齿不清地对我们说，"他知道路，就像他知道自己的屁股在哪儿。他不会带错地方的。"

蒂奇显得很紧张，眼睛里透出谨慎。他看着那个黑乎乎的人影接受我们的注视，忽然意识到我们在看他。他慢慢地飘向我们，就像一团离开物体本身的影子。

"他不会带错地方的，"商人又说，"他和老隐士有共识。"

"共识？"蒂奇心不在焉地喃喃道，依然盯着雪地里嘎吱嘎吱走向我们的那个男人。他似乎是个高大的爱斯基摩人，腰带上插着一把长刀。

商人用遍布红疹的粗壮手腕擦了擦鼻涕。"那家伙是他的奴隶，我猜，要么是他老婆。反正都差不多。他在这儿待得太久了，已经变成了半个野蛮人。你没法像野蛮人那样思考，同时继续当个文明人。"

他喜滋滋地说出这番话，一眼都没看过我。

出乎我的意料，蒂奇对他说了声谢谢，然后转身走进雪地里。

男人连看都不看他，注意力回到了酒杯里。

我跟着蒂奇跑出去。我恐惧地望着那个人渐渐走近，他的大脚慢慢迈步，踏破结冰的雪壳。我抬头看蒂奇，希望能看见招呼我逃跑的征兆，但他只是站在凶暴的寒气中，眯起眼睛抵挡冷风。

这个陌生人是多么吓人！他多么巨大，仿佛鬼怪。他涂油的驯鹿皮上结冰开裂，身体散发出冰霜和泥土的久远气味。他很高，瘦如芦苇，凹陷的面颊被风吹裂，灰色的长须在风中翻飞。他脸上布满了棕色的肉痣，高拱的鼻梁右侧有个闪闪发亮的疖子，看上去很疼，充满了毒液。他的眼睛和头发一样是灰色的，它们不加掩饰地用侵略性的眼神打量蒂奇，我因此心神不安。

蒂奇突然抓住男人的双手，男人震惊甚至痛苦地也抓住他的手，两人紧紧握手，对着彼此发出笑声。男人笑得仿佛海豹的叫声，尖利而愉快。他没开口，蒂奇也没说话。

来者正是彼得·豪斯本人。他刚好来前哨站拿补给品。我看着蒂奇从他面前退开，用双手打奇异而精细的手势。男人也向他打手势，拍打胸膛，把手指扭成古怪的形状。他的双手遍布皱纹，指节上覆盖着灰色的毛发。蒂奇一次次点头，表示明白。我像傻子似的站在旁边，讶异地看着他们两人。

蒂奇使劲眨眼，擦拭双眼。但我看得出他松了一口气，甚至显得很高兴，于是我明白了，所谓的死亡是个谎言。

我还没来得及说话，彼得·豪斯就皱起眉头俯视我，用坦率的浅蓝色眼睛打量我。他浅浅一笑，我几乎都没看见，然后伸手拿过我手里的背包——里面装着我们所有的口粮。他转过身，嘎吱嘎吱地踩着脏兮兮的积雪，走向远处的雪橇，背包挎在他的肩膀上。

"彼得带我们去营地，"蒂奇说，我们跟着他，"华什，我父亲还活着。他还活着。"

听见他大声说出来，这件事的怪诞之处让我颤抖。"但那个人，他没告诉你吧？"

"彼得是聋哑人，华什，他没法说话。他用手语和别人交谈。"

他的声音里有解脱感，但也有一丝疲惫和哀伤，就好像揭示真相耗尽了他全部的力气。他把一只冰冷枯瘦的手放在我的肩膀上，望着在前方等待我们的雪橇。从远处我们没注意到那位黑脸的爱斯基摩向导站在那儿。随着我们的走近，他用他平静而智慧的双眼迎接我们，接过彼得先生手里的背包，把它捆扎在雪橇上。然后他示意我们爬上去，就好像我们也是行李。

向导朝几条大狗呼喝下令。雪橇突然开始移动，我们就这样上了路，穿行于回音袅袅的庞大雪丘之间。

6

哎呀，多么可怕的寒冷。其后的许多年，我经常梦到当时的严寒。它有色彩，有味道——它包裹着你，就像不请自来的一层皮肤，然后几乎难以察觉地开始收紧。我愈合的肋骨开始抽痛。我呼吸困难。

古怪的雪橇载着我们行进，拉雪橇的是一组淌着口水的大狗。蒂奇、彼得先生和我坐在雪橇里；向导站在我们背后，用嘶哑的声音向大狗呼喝下令。雪橇的长刀驶过压实的积雪，颠簸摇晃。我听着冰刀在我们底下发出刮擦和嘶嘶的声响。我们裹着厚衣服和毛毯，甚至难以动弹。我从小到大连做梦都没想到过有可能存在这么一个地方，没想到过雪有可能如此坚实、如此广袤。寒风犹如刀斧，把积雪雕刻成高塔，塑造成悬崖和深渊。而我眯着眼睛，从生疼结冰的眼皮里往外看，心想：这一切都只是水，仅此而已。

伊贝尔先生提醒过我雪地非常白、非常冷。但它并不是白色，而是拥有色谱中的每一种颜色。它是蓝色、绿色、黄色和凫蓝色；我们经过的一些断崖透着微妙的粉红色。天空中的光线改变角度，我们周围的雪地的颜色变得更深，呈现出新的色调，就好比大海永远不会是单调的蓝色，而是在不停地改变色泽。而冷也不仅仅是冷——它是对热的褫夺，是彻底吸走血液里的温暖，到最后只剩下了热的缺失。寒风搅动，感觉就像镰刀划过皮肤，就仿佛我们是甘蔗，而寒风是我们残忍的收割者。

我们向北走，向北然后向西，然后继续向北。我们停下，让狗休息；向导把它们拴在他钉进冰层的木桩上，以免它们互相攻击。狗趴在地上，化作一座座白色的小山，寒风吹拂它们的毛皮，它们的眼睛闭成狭缝。我用铅笔飞快地描绘这个生动的场景，惊叹于它们的凶猛。向导传给我们一小块东西，蒂奇说那肯定是鲸油。它舔起来臭烘烘油腻腻的，但我没有抱怨。

自始至终我们都没怎么谈这一趟险途的前方是什么和我们把什么留在了背后。我想到自己在信念种植园的生活，感觉那就像某种臆想的事物、一个遥远而恶毒的怪梦。

我们在凌晨天还没亮的时候出发，在雪地里疾驰了一整天，只偶尔停下休息。下午无限接近傍晚的时候，黑暗再次降临，我们终于抵达了目的地。旅途中我看得出蒂奇越来越不安，就好像他还没有准备好见到他尚在人间的父亲。向导在五个大雪丘的中央勒住狗，雪橇的冰刀嘶嘶地摩擦着停下，我知道我们终于到了。彼得先生先下去，他的胡子上结满了冰，他开始卸下一路上充当靠背的板条箱。蒂奇和我不安地动来动去，一言不发地看着雪橇渐渐解体。

我感觉嘴里的舌头肿胀而冰凉。由于在雪橇上长时间受冻和保持沉默，我的声音变得沙哑。"我们到了吗？"我用嘶哑的声音问蒂奇，"这是你父亲的营地吗？"

因为我已经看清楚了，这些雪丘其实是冰做的穹顶，它们一共有五座，大致排列成一个图案。我震惊地看着这些居所，恐惧渗透了心灵，就仿佛我在瞻仰死者复活的地点。我们爬下雪橇，挣扎着站稳，我看见穹顶入口挂着动物皮。彼得先生飞快地打手势，然后指了指第三个穹顶。

"它们被称为冰屋，华什，"蒂奇在涂过油的海豹皮里说，声音颤抖，显得紧张，"冰充当隔热层，能够让内部保持温暖。"

我非常怀疑他的说法。但我见过足够多的怪事，明白世界是神秘莫测的。我知道蒂奇会觉得这个想法不科学，但就我的立场而言我并不在乎，我是个热带的孩子，寒冷几乎吞没了我，害得我刚愈合的肋骨抽痛。我转过身，望着暮色下越来越暗的雪野。维拉德先生仿佛是我前世中的一个鬼魂。是啊，我们来到了世界尽头。

蒂奇已经嘎吱嘎吱地踩着积雪走向第三座冰屋了。他在门口站住，扭头望向彼得，我在他的脸上看见了犹豫。但彼得先生和爱斯基摩人已经去解开挽具上的狗了，把它们在木柱上拴成一排。

蒂奇又犹豫了一会儿，然后趴下，双手和双膝着地，拉开毛皮门帘，爬了进去。

我跑过雪地，脚下一滑，滑到门口突然停下。我的心脏在胸膛里咚咚跳，我吸了一口气，也钻了进去。

冰屋里很明亮，但烟雾腾腾，有一股油脂燃烧的怪味。

"哈啰？"我听见蒂奇喃喃道。里面传来叮当一声，然后恢复寂静。"有人吗？"

我依然双手着地趴在门口，瞪大眼睛去看蒂奇前方的情形。

于是我看见了他，一个男人从阴影中起身；他就像一位神话人物，王尔德家族的伟大族长，皇家学会的院士，科普利奖章和贝克尔演讲者的得主，他的学识引燃了儿子的求知之火，从此再也没有熄灭；这个男人吸引我们一路向北，穿越冰原和危险，不顾一切不利因素，啊，这个男人，他阐述彗星为冰质的论文曾经使得索邦神学院陷入混乱，他能够用十二种语言表达他的学识，他欣赏鞑靼人的笑话和印加人的色拉；这个男人教他三岁的儿子用刀舀东西而用调羹切东西，因为没有人应该认定一种工具只拥有它规定的用途；这个男人过着一千种生活，他沉重的英国皮靴踏上过五大洲的土地，采集过每一个大洲的泥土样本——我见到了他，我滴着水跪在低矮的门口，目瞪口呆。因为他身材矮胖，蓬乱的络腮胡底下的那张脸显然属于活人，而且丑得扎眼。

他眯着眼睛看我们，冷淡的圆脸微微皱起眉头。我注意到他缺了四颗门牙，两上两下，原处镶着木头假牙。

我无法摆脱一种感觉，那就是我们来是为了领受我们的死亡。

蒂奇震惊得无法动弹。他拥抱父亲，不肯松手，我能看出他的痛苦，而王尔德先生拍着他的后背，儿子的情感流露显然让他感到困窘。王尔德先生飞快地挣脱儿子的怀抱，示意我们跟他走；他连看都没多看我一眼，优雅地钻出了冰屋的门洞。我跟着蒂奇，蒂奇跟着他父亲，他步履蹒跚，三步两滑，像是醉汉在走路。他不止一次险些摔倒，震惊得近乎麻木。我是多么同情他啊，还有他的处境：他想亲眼证实父亲还活着，而在此之前的几个月他一直以为父亲已经死了——我几乎无法想象他有多么难过。

他父亲领着我们来到第五座冰屋，进去后发现里面是几个爱斯基摩人正在吃某种发白的食物。他们抬起脸看我们，视线越过蒂奇，落在我身上。在他们眼中，我肯定是个难以想象其存在的怪物，这个孩子黑得像是冬天的深海，而且被火烧得毁容了。他们默默地用视线跟着我，嚼着嘴里的食物。

直到我们在他们之间坐下，蒂奇才试着开口。

王尔德先生举起手打断他。"我知道你为什么来。"

蒂奇犹豫片刻，扫视在座的其他人。"父亲，我不认为你知道。"

"你来是因为，"王尔德先生说，明亮的眼睛睁得很大，充满了光，"你以为我死了。"

蒂奇和我默默地互视一眼。在紧张和期待中度过的日子耗尽了我和他的精力，逼仄的房间里，闪烁的棕色火光下，蒂奇显得憔悴而疲惫。冰屋里热得难受，散发着动物油脂的浓烈气味，主要的声音是其他人咀嚼时湿乎乎的声音。他们是王尔德先生这个小营地的工作人员，因为尽管他和彼得先生渴望与世隔绝，但两个白人是不可能单独生活在北极平原上的。彼得先生和他的爱斯基摩同伴来来去去，他们为王尔德先生从前哨站补充他需要的货物和工具。你会注意到王尔德先生几乎不和爱斯基摩人交流，他们仅仅是必需品，是对抗死亡的保证措施。彼得先生是他的中间人，事实上他似乎只愿意和彼得先生一个人交流。他们坐在近乎寂静的冰屋里，划来划去的四只手在温暖的橘黄色火光中投下阴影。从他对彼得先生的态度里看得出喜爱，甚至称得上温柔。他经常触碰彼得先生，有一次甚至轻轻揪他后脖颈上的灰发。他们交谈时蒂奇总是看着他自己的手。他变得越来越慌乱，在不自然的光线下显得面红耳赤。彼得先生只待了一会儿，然后带着一名爱斯基摩人出去做事。

当蒂奇再次尝试解释假消息带来了什么样的冲击，王尔德先生说："我知道有这样的传闻。我第一次有所察觉是彼得收到了一位同事从墨西哥寄来的信，信里询问我的逝世情况。我们没有多想，直到又收到一封从德国寄来的信——海德堡的一位朋友对我的故去表示哀悼。但我没想到谣言会传到你和你母亲的耳朵里。看来我低估了人类愚蠢的难敌天性。我非常震惊。要是我能预料到消息会传得那么广，我当然早就写信去澄清误会了。事实上，我必须立刻写信给你母亲。"

"是谁捏造了谎言？又是怎么传到我们那儿去的？"

"高纬度影响了你的听觉吗，孩子？我刚刚说了，我不知道。"

蒂奇沉默下去。

他父亲的上嘴唇在木头假牙上扭了扭，让人看了很难受，我意识到他是在试图微笑。"但我真的要谢谢你，克里斯托弗，为了你千里迢迢来这儿所体现出的感情，但现在你明白了，你这是白跑了一趟。"

蒂奇低头盯着双手，接下来好一阵子，房间里只能听见穿着厚重衣物的人们挪动身体的声音。

然后蒂奇说："你写信给母亲的时候，别说我来过这儿。"

"你又离家出走了？"王尔德先生吃吃笑着挠了挠下巴，"哎呀，克里斯托弗。"

我睡意蒙胧地听着他们有一搭没一搭地交谈，感觉就像两个人都是幽灵，犹如薄雾，极其空洞。

我突然被惊醒，他们给了蒂奇和我用来睡觉的厚实毛皮，还有一个小碟子和一根海豹油蜡烛用来照明。地上铺着毛皮，底下是木板，然而我无法想象在这片冰原上，木头都是从哪儿弄来的。大概是前哨站的货船吧。

对面墙边码放着烙有数字的板条箱，我们没去碰它们。我躺下，几乎立刻感觉到疲惫如浪涛般淹没了我。

"蒂奇，"我喃喃道，"你第一眼看见他是什么心情？你肯定非常震惊，同时非常高兴。"

"要我说，震惊多于高兴。事实上，除了震惊，我很难有其他感觉。另外，来到他的身边，我想起来了他是多么——唉，他是多么复杂，"他耸耸肩，"我说不清楚。"

"我没想到他的营地有这么大。"

"是啊。"

"他在这儿待了很久，对吧？"

"一辈子了，要我说。他的人还没来这儿，心就已经到了。"

"咱们现在怎么办，蒂奇？他会让咱们藏在这儿吗？能藏多久？"

"睡吧，华什，"蒂奇嘟嚷道，"咱们有的是时间来谈这些。"

"嗯。"我说，又多裹上了一层毛皮。

"睡吧。"他重复道。

我睡着了。

事实证明，冰造的屋子确实是个温暖宜人的庇护所。我醒来时感到惬意和满足，舒适而暖和的蓝色包围着我，我无从得知这一觉睡到了几点钟。蒂奇已经醒来出去了，他的毛皮卷得整整齐齐，摆在睡觉托板的脚下。

夜里下过小雪，我看见蒂奇扫开了冰屋入口处的冰凌。我能分辨出他的脚印通向第二座冰屋。来到那儿，我看他盘着腿和父亲坐在一起，他们正在拿某种灰扑扑、有弹性的东西当早餐。

"华什，"蒂奇露出一个小心的笑容，"快进来。这东西很有营养，但有点苦。用手抓着吃，就像这样。"

我看着他吃了一口，挤出笑容，但我注意到他吞咽时打了个哆嗦。

"没别的了？"我说。

"算不上美食，孩子，"王尔德先生说，"但能让你在一个随时想弄死你的地方活下去。吃吧，让头脑保持清醒。"

我看了一眼衣冠不整的老科学家，无法确定他是不是在开玩笑。

灰色的东西大致被切成方块形状。我伸出舌头，胆战心惊地舔了舔。

"别尝味道，华什，"蒂奇大笑道，"飞快地嚼两下，然后一口咽下去。"

"你会习惯这个味道的，孩子。刚开始我也不怎么喜欢，但吃的时间长了，我也没那么讨厌了。"王尔德先生咯咯笑道。

"是谁把如此美食介绍给你的？"蒂奇问，"你的人？"

"彼得？"

"我说的是你的爱斯基摩人。用雪橇拉我们来这儿的那个人。"

"赫西俄德？但他不是我们的仆人。"笑容从王尔德先生的脸上消失，他奇怪地用责备的眼神瞪了蒂奇一眼。我逐渐能分辨出他情绪上的突然转变了，那个迅猛劲头让我感到害怕。"克里斯托弗，别人就算了，我以为你应该最明白这个道理。"

蒂奇涨红了脸。"赫西俄德不受你和彼得的雇佣吗？"

"他按自己的选择来去。他的语言里没有'仆人'这个词。这个概念对他来说毫无意义。"王尔德先生皱起眉头，把某种黄色粉末弹在他面前的坚冰上。我看着黄色渗入冰层表面，逐渐扩散。"赫西俄德不是附近部落的人，克里斯托弗。他的故乡在西边很远的地方。他认为我们比贸易前哨站的那些堕落者容易相处得多。"

"堕落者是什么意思，王尔德先生？"我小声问。

他轻轻地打了个嗝。"什么？"

186

"你为什么说他们是堕落者？"我又问。

"因为他们就是。他们是酒鬼，小偷小摸，让自己的女人向水手卖淫。"他恶狠狠地说出这番话。我在卡利俄珀号卸货时见过那些人划着皮船干活，因此我并没有被说服。除了贸易商，我在这里遇到的那些人在我看来都是些尽责和勤劳的本分人。不过我管住了自己的舌头。

"赫西俄德，这个名字真有趣。"我换了个话题。

"他当然不叫这个。我们叫他赫西俄德是因为这儿有些人认为他是一位了不起的诗人。他的真名我都不会发音。"王尔德先生龇牙咧嘴，从喉咙里发出一长串咕哝和怪叫。"我顶多只能模仿到这个程度。"

"太有意思了，"蒂奇说，"很像婆罗洲原住民的语言。"

"哈！"他父亲厌恶地说，"你听清楚了里面的喉塞音再说话。婆罗洲语言！克里斯托弗，你这个耳朵研究不了语言学。"

"那我还是继续研究浮空学吧。"蒂奇说，面颊变得绯红。

"你在巴巴多斯研究的就是这个吗？比空气轻的装置？"

蒂奇似乎吃了一惊。"伊拉斯谟写信给你了？"

他父亲耸耸肩。"他只说你在浪费他的资源，但他没说你是怎么浪费的，"他嗤嗤一笑，"唉，你们这两个孩子。永远在吵架。既然说到这个了，我好几个月没收到你哥哥寄来的信了。"

蒂奇皱起眉头。"父亲，他以为你死了。"

"哦，他以为我死了。对。"

我看着蒂奇动了动，清清喉咙，准备讲述他的成就——我们的成就。但他还没来得及开口，他父亲就继续说了下去。

"我真正的助手是彼得，而不是赫西俄德，"王尔德先生对我说，仿佛他必须要澄清事实，"他陪在我身边已经，呃，二十二年了。是他在整理我们的实验结果。运送装备，采集标本，免得我们走进北极冰原一去不回。他成为我真正的伙伴已经很多年了。"听着他的话，我注意到羞耻的表情从蒂奇脸上掠过；但直到他父亲停下，他才抬起眼睛。

王尔德先生用他犹如皮革的大手指了指我。"就像你和你的这个孩子。陪伴关系。"

"我看未必，"蒂奇狡黠地说，他望向外面默然来去的人们，"这么多的人，无法和他们沟通，聆听他们的故事和历史，感觉像是一种浪费，你说呢？父亲，你是语言专家。你难道没尝试过学习他们的语言？"

但蒂奇的父亲已经转了过去，正在翻一小摞皮革装订的书本，它们的纸张已经卷边。

蒂奇清了清喉咙，对着父亲的背影说："父亲，你不会相信我们是怎么来这儿的。你画过一组草图，在浮空器底下固定了一艘小艇，你还记得我对它做的改进吗？大概三四年前？"

"被我放在哪儿了呢？"王尔德先生嘟囔道，继续翻他的书本。

蒂奇不安地朝我笑了笑，再次望向父亲的背影。"我称之为'云船'。你还记得吗？"

他父亲没完没了地翻着书本，嘴里嘟囔道："哦。对——那个该死的筏子。我记得。你不是想说你真的试过建造它吧？"

"岂止试过，父亲——华盛顿和我造了出来。我们完成了它，而且从信念种植园的山顶上起飞了。"

他父亲突然转过来，瞪大的眼睛里充满苛责。"那它在哪儿呢？"

蒂奇的视线落在大腿上，他挤出一连串一闪而逝的怯懦笑容。

"很抱歉，在海底。"

"但要不是遇到了暴风雨，我们会留在天上的，"我怯生生地插嘴道，"但那仅仅是个意外。它和任何一种交通工具一样结实好用。先生，您见到它一定会感到很骄傲的。"

王尔德先生看看我，又看看蒂奇，从纠缠成一团的黑色胡须里发出吃吃的笑声。"好吧，不过我希望你们拉车的本事比飞行大。彼得今天一早就出去了。我需要你们帮我抬设备。"

日子一天天过去。白天短暂而昏暗，来去匆匆，夜幕总是一转眼就降临。蒂奇没再提起他的云船，他父亲也没再问起它。他们转而谈论家庭生活，语气疏离得奇怪。蒂奇的举止中有着距离和嘲弄，与在信念种植园得知父亲死讯时的那个他大相径庭。我明白这是因为他父亲的作为，王尔德先生的心已经变成了一个损坏的机械装置。我逐渐得出结论，倒不是说他不会爱别人，只是他的爱来得断断续续。

他们会一谈就是几个小时。我在旁边听着。我了解了蒂奇过往那超乎我想象的生活和世界。我听到他母亲的往事，他们如何去巴黎旅行。我听到他们在英格兰的庄园有个温室，里面种满了有毒的花卉。我还听到了——这是最怪异的——伊拉斯谟·王尔德的儿时故事，蒂奇和他哥哥如何脱光衣服在家族领地内的湖里游泳，然后不穿衣服跑过屋子的厅堂，惊呆了仆人。我听到有一天夜里，伊拉斯谟和蒂奇涂黑身体，假装自己是非洲祭司，在院子里用餐厅家具生了一堆篝火，在火光中念经和吟唱，直到他们的母亲受到惊吓，把几桶水浇在两个男孩的身上。我听到王尔德先生如何带蒂奇去诺里奇看气球从拉内拉赫花园升空，气球在空中化作一个璀璨的光球，然后慢慢坠入大海。我听到尽管气球飞行家溺死在海水里，王尔德先生依然站在那儿解释气体的概念，而蒂奇目睹事故，吓得开始颤抖，直到回格兰伯恩的半路上还停不下来。我还听到了蒂奇十岁那年病得很严重，身体虚弱，失去了一半体重，在那段倒霉的日子里，他哥哥给他起外号叫"蒂奇"，因为他变得异常瘦小。我听到医生如何坚持要给他放血，而他母亲阻止了他们。

"孩子，她救了你的命，"王尔德先生的语气忽然变得温柔，"一位充满智慧的女性。"

我好奇地看着他，想象这个矮胖丑陋、满脸污垢的男人和妻子在一起的模样。但我无法想象。他开始怀念他的妻子，阿比盖尔·王尔德，回忆她在利物浦的年轻时代，他们如何在一场舞会上认识，开始谈手抄地图中难以估量的误差和标准陆地测量的缺乏，然后一口气聊到日出。就是从那个时刻起，他意识到贯穿他整个青年时代的孤独生活未必非得成为他的命运。我注意到蒂奇对此一言不发。他只说："伊拉斯谟和我经常看着她下午坐在那儿上意大利语课。她是我们所知道的最美丽的生灵。"

"你们是孩子，"他父亲说，"你们对美一无所知。"

"孩子知道美的一切，"蒂奇轻声反驳，"遗忘了的是成年人。"

7

～～～

一连几天，风嗖嗖地吹过冰原，把雪吹得左右翻飞。每天上午，彼得先生从营地里开路出去，然后在夜幕降临时回来。我猜他去的是前哨站，但我不完全确定。看着他，我意识到他是一个敏感且聪明的人，擅长用实际手段解决问题。我无法想象他为什么选择把一生献给王尔德先生那难以预测的古怪念头。

同样是每天上午，蒂奇的父亲在第四座冰屋里做实验，那是他用显微镜研究各种冰块的专属领地。他会长篇大论讲述自己在冰水中找到的微小生物，向我们展示一箱仔细标注的零散骨骼，描述它们出自什么样的怪物。他称之为海象。他给我们看一根螺旋长角，说它来自一条生活在冰层下、体型圆滑的白色鲸鱼。

一天，我坐在那儿画一个标本。尽管我已经画过许多张图了，但我仍旧骤然震惊于自己的本领，震惊于我能用指甲缝里永远嵌着泥土、畏畏缩缩的细瘦手指创造出一幅幅图画。我的作品与其说是图画，还不如说是标本死后的灵魂写照，用墨水模拟出的朦胧光影固定在绘图纸上。这漫长的几个月以来，我已经走得多么遥远了；我在技艺和人生两方面都成长了那么多。

我的后脖颈感觉到了呼吸，我扭过头，出乎意料地发现王尔德先生在背后看我绘图。我吓得一抖，然后转身面对矮小的老人，见到他的脸贴着我的脸，眼睛几乎挨上我的眼睛，喉咙里难听地喷出鱼腥味的气息。他和蒂奇一样有一双明亮的绿眼睛，但他的眼睛比较小，更加冷，虹膜上散布着一些光点。他低头看我的双手和绘图纸，他像是在用眼神精确地解剖写生中的每一笔。

"嗯，"他说，听上去既惊讶又不为所动，"倒是挺有天赋。"

然后他对我微笑，木头假牙和牙龈露了出来，感觉像是暴力的突然闪现。见到这个笑容，我内心的某种东西悄然枯死。我感觉到他一方面大为叹服，另一方面又在嘲笑我，就好像他见到一只没有智能的动物做出了违反自然的行为，就好像温室植物学会了说话。

下午我放下画笔，跟着蒂奇和他父亲走来走去，检查王尔德先生在营地周围设置的小笼子和各种陷阱。它们无一例外总是空空如也。一天下午，我们遇到了北极熊留下的深深足印。我们跟着足迹走了几个小时，最终来到一个冰窟窿前，足迹就此中断。王尔德先生忽然醒悟过来；他眺望变暗的天空，眼睛里充满了惶恐。我们匆匆忙忙地走了几英里返回营地，到达时地平线刚好被黑暗笼罩。

我带着极大的兴趣观察这一切。但现在回头再想，我真正关注的对象依然是蒂奇这个奇异的人。他变得越来越自闭，这让我感到担心。我猜他和他父亲之间肯定有过深厚的感情，那是我无从了解的一种爱，因为它极少有机会表现出来。然而和所有的爱一样，它难以捉摸，令人痛苦和迷惑；在我看来，蒂奇显得过于急切，往往因此受到伤害。

我看得出悲伤正在浸没他，那是一种缓缓袭来的绝望。我知道他因为父亲而痛苦，因为他永远也无法打动他父亲，因为他不知道该怎么讲述菲利普的自杀和我们正在东躲西藏。每天夜里，我们在冰屋逼仄的黑暗中躺在毛皮上，我听着蒂奇呼吸，感觉恐惧在他内心膨胀，仿佛某种热能。我非常担心。

终于，我管不住自己的舌头了。"蒂奇，你必须告诉他，"我对着黑暗说，"他必须知道发生了什么。"

"你觉得这整件事会不会就是一个陷阱？伊拉斯谟和菲利普伪造了我父亲的死讯，让伊拉斯谟从信念种植园脱身，把我困在那个鬼地方？"

"但那太疯狂了。你想一想，你父亲也听说了那个传闻。不，我认为不可能。"

"是啊，你说得对。"他喃喃道。

"蒂奇，快把一切都告诉他吧。"

他躺在黑暗中，呼吸沉重，没有说话。

那天夜里我梦到了大凯特，这是几个月来的第一次。日落时分，我们站在甘蔗田边缘，小小的一团团昆虫在渐暗的天空下进食。浅白色的光雾笼罩着凯特的脑袋，就像一个光环，我看不清她的面容。她伸出胳膊，握住我的手，她的手冰冷得恐怖。我给她一副毛皮内衬的厚手套。忽然间我们站在了雪地里，周围的世界白得刺眼。我觉得凯特的面容变得奇异：漆黑、庄重、美丽。我仔细看她的脸。

"华什，你当我的眼睛。"她对我说。

她抬起手，用手指把自己的眼睛向内按。从眼窝里射出一道宽阔的蓝光。

我感觉到——这一点尤其真切——平静和幸福吞没了我。我明白她将极大的信任托付给了我。

待我在黑暗中醒来，我正在哭泣。

第二天上午我没有陪蒂奇和他父亲去营地周围查看笼子，而是在人们的注视下，独自走到营地边缘，绘制了冰屋的写生图，我画得清晰准确、细节详实。

那天下午蒂奇从他父亲做研究的冰屋回来后，在我们住处昏暗的光线中坐了很久，望着自己的手套，甚至懒得脱掉厚重的衣物。我也穿着户外的那套行头，因为我无论穿多少都觉得不够暖和。我在笨拙地摆弄针线，企图补好手套大拇指上的一个小破洞。我望向房间对面的蒂奇，但没有开口。我们坐了很久，谁也不说话，听着外面寒风呼啸。

最后蒂奇动了动，揉搓他发红的脸膛。"你知道什么是家人吗？"他苦涩地说。他转过来与我对视，盯着我看了一会儿。"不，你不知道什么是家人，因为你没有。所以你才会认为这很重要。"他跪在地上，从冰做的矮架旁取出背包，开始装干粮。

"你告诉他了，对吧？"我紧张地问。

蒂奇继续把我们的口粮装进背包。

"他怎么说，蒂奇？"

他依然不肯开口，只是在黯淡的光线中移动身体，膝盖压得木板嘎吱嘎吱响。

"他不是要赶我们走吧？你肯定强调了我和事情没有关系，对吧，和菲利普先生的死无关。还有那位维拉德先生——"

我的声音变得犹豫，我说不下去了。

蒂奇停下了，他跪坐在地上，抬头打量我。"你知道他听说菲利普的死讯后怎么说吗？你知道他的原话是什么样的吗？'那孩子想得太多，对他自己没好处。'"蒂奇苦闷地笑了两声，"我们就是在和这么一个人打交道，华什。这么一个人就是我的父亲。"

我犹豫了一下。"他知道维拉德先生的事吗？他知道维拉德先生要干什么吗？"

"他似乎不愿告诉伊拉斯谟和我母亲他还活着。他总说自己不想惊吓他们。我猜他觉得他们不知道对他有好处。假如他们认为他死了，他暂时就不需要和他们打交道了——可以继续在这儿搞他的研究，继续他和彼得在这儿的生活，"他舔了舔皲裂的嘴唇，皱起眉头，"我解释过假如无法证明他还活着，伊拉斯谟就必须留在信念种植园。我解释过我的话本身没有任何分量。他假装不明白。'我没资格干预你兄弟如何处理生意。'这就是他的原话。他完全明白自己的研究资金来源于何处，"蒂奇气愤地朝靴子上啐了一口，"这就是我的家人，华什。这就是我的血脉，"他摇摇头，"就算发现散播谣言的就是他本人，我也不会吃惊。"

我盯着他，只听懂了一半，我的心脏在胸腔里狂跳。

"我不会停留在任何地方，"他恶狠狠地说，"你明白我的意思吗？我不会留在英格兰，不会留在美国，不会留在西印度，也绝对不会留在这儿。"

恐惧吞没了我。我们已经来到了整个世界的极点，我们似乎没有更好的地方可以躲藏了。我挤出笑容。"这些地方也没有我的容身之处。那咱们应该去哪儿？"

但蒂奇已经转了过去，他默不作声。我忽然产生了怀疑。我望着他褴褛的侧影，在朦胧的光线中看见了如发丝般从嘴角向外延伸的伤疤。我感觉到他还有话没说，有些因素使得他出离愤怒，导致他陷入绝望。无论他和他父亲谈了什么，都让他深陷于极大的痛苦之中。

"蒂奇，"我轻声说，"无论你想去哪儿，我都愿意去。"

等他终于望向我，他的眼睛红通通的。

"我愿意去任何地方。"

"华什，你是最忠实的。"我看不懂他的表情。他戴着厚实手套的双手握在一起，我们两人跪在小小的冰屋里，灯里海豹油燃烧的烟雾熏黑了空气。"无论我如何改变，"他最后说，"我知道你都会认出我来。"

我瞪着他，不明所以。

"你的生命不属于我。你还不明白吗？我没有求你陪我来这儿，"他清了清喉咙，"我想说的是，华什，咱们已经在北方了。这里不是上加拿大，但你在这里很安全，"他转向我，我看见了他眼睛里的痛苦，"我和彼得说好了。他会保证你的安全。我给你留下了钱和口粮。"

"蒂奇，你到底在说什么？"

他从我面前爬开，拿起他装满干粮的背包。他先把背包推出门洞，然后自己钻了出去，爬进白昼呼啸的寒风中。

雪斜灌进来；我跟着他爬出冰屋，风把我吹向侧面。天地间全都白得耀眼。从风雪中照下来的古怪光线有一种贫瘠感。我拱起肩膀，眯起眼睛去看白茫茫的世界。我看见蒂奇走向南方，他向一侧倾斜，平衡背包的重量。刚落下的雪粉已经填满了他的脚印。我没有犹豫；用风帽紧紧裹住自己的脸，咬紧牙关，跌跌撞撞地跟上去。

仿佛弗吉尼亚的往事重演，就像在埃德加·法罗执事的住处那次，我感觉到蒂奇似乎想摆脱我的束缚。他找的借口依然是为了我的安全。

多么可怕啊，想到我必须在这个地方独自摸索求生。你看看这白茫茫的雪原。这难以想象的寒冷。我只有十三岁，在世间没有任何亲人。于是我顽固地跟着他，嘎吱嘎吱地踩着厚厚的积雪，裹着动物毛皮的双腿已经僵硬。我走不快；我只能勉强让他留在视野里。过了一阵，他停下了，戴着手套的双手握在一起，他环顾四周，雪下得越来越大。我站在离他几步远的地方，气喘吁吁。

"你就像个鬼魂，"蒂奇朝我吼叫，"快回去。"

风雪的咆哮声越来越响。时间应该过了下午三四点，光线没有变得黯淡，而是改变了颜色。我们站在湮灭一切的白色之中，就仿佛整个世界已经消失。

"你不会离开我，华什，"他喊道，"哪怕在我走了以后。让我心碎的就是这个。"

我不明白他的意思。但我觉得他走进这样的暴风雪是想自杀。"咱们回去吧，"我无助地喊道，"至少等天气好起来了再说。然后咱们可以一起去贸易站。这样的天气里往前走是在发疯。"

我看不清他的脸，只能看见兜帽的毛皮随风摆动。他喊道："华什，回去。"

我转身，又停下。我在雪地上找不到我们的脚印了，呼啸的白雪覆盖了一切。

"要是找不到路，"他喊道，"你就站在原地别动。会有人来找你的。"

"咱们应该一起在这儿等着，"我喊道，"咱们应该等坏天气过去。"

蒂奇把背包扔在我们之间的雪地里。

"对。"他喊道。

他面对着我，但在暴风雪中后退了几步。

我挣扎着笨拙地把背包向上甩，在风雪中踉跄后退。"等一等，"我喊道，"太重了。"

"对。"他再次喊道。但他已经转过去面对狂风，像是在听什么。他抬起脚，走向白茫茫的世界。

"蒂奇。"我对他喊道。

他融入一片白色的虚无，呼啸着的湮灭之处包裹住他，把他囫囵吞掉。就这样，他冷静地走出了他的人生，消失得无影无踪。

第三部

新斯科舍

1834 年

1

~~~

　　我哭了起来；眼泪立刻结冰，像缝线似的拉扯我的面颊皮肤。风已经吹散了蒂奇的脚印，我望向背后——更确切地说，我认为是背后的方位——只看见白色的天空在搅动。我一次又一次地转身，眼皮在灼烧，鼻子已经麻木，丧失感觉。惊恐占据我的身体。我知道要是自己没法找到路从这里回去，那我就必死无疑了。

　　接下来发生了什么？我几乎没有记忆：一只手抓着我的胳膊，好像有人拖着我走，我被半扛着倒退穿过呼啸的暴风。周围全都是风雪。然后是光，它似乎破碎化作烟雾，还有冰霜在嘴里的味道——有点像灰土。这些有多少是真实的？

　　我在温暖中醒来，烟雾和橘黄色的光线包围着我。我用一个胳膊肘撑起身体，听见我的海豹皮摩擦睡觉托板的沙沙声。王尔德先生坐在提灯朦胧的光线中，正在用粗糙的钢刀削尖木桩。我坐起来。

　　"你会浑身疼上好几天，孩子，"他苦笑道，"但你的脚趾和手指都能保住。"

　　"蒂奇，"我说，眼睛盯着木桩，咽了口唾沫，"蒂奇他——？"

　　他停下动作，用明亮而无情的眼睛打量我。"我那个傻儿子。"

他气恼地说，但没有说下去。

我摇摇头，开始颤抖。"蒂奇他……他还在外面吗？在暴风雪里？王尔德先生——"

但老人只是有条不紊地慢慢削木桩。在黯淡的光线下，我觉得我在他脸上看见了某种表情——嘴角向下撇，他的怒气逐渐缓和——因为我知道他比我更了解蒂奇。

我感到不安；我强烈地意识到蒂奇是老人最喜欢的儿子。

"先生，是你把我拖回安全之处的吗？"我最后说。

他向后坐起来，盯着我看了好一会儿，然后才开口。"不是我，"他最后说，"是彼得。就这么说吧，孩子，你是脖子上套着幸运生下来的。再过一个小时，你就会被埋在冰雪里了。"他继续认真地刮那根木桩，皱巴巴的双手在颤抖。"他们出去找他已经几个小时了。我猜很快就会有消息。"他咳嗽几声，挠了挠络腮胡。

我望着王尔德先生，他顽固的面容像是属于旧约里的上帝，他狂暴的眼神能够毁灭世界，这个老人在糟糕的光线下佝偻着腰，借着雕刻消耗担忧。

等我再次开口，我的声音变得柔和："过了多久了，先生？我昏睡了多久？"

他没有回答我。

时间一小时一小时过去。彼得先生和爱斯基摩人回来了，但不见蒂奇；第二天天刚亮，他们再次出发。那一天来了又去，但依然没有他的踪影。我看得出王尔德先生变得越来越不安；他睡得很少，吃得更少，双手每时每刻都在忙活各种小事。他不再去查看陷阱，更愿意用刀削东西，他经常站在冰屋的入口处，眼睛永远盯着地平线。

然后一天上午他终于受够了。他把自己所有的求生工具装进一个绿色大背包，然后把他干瘦弯曲的枯槁双腿塞进刚涂过油的海豹皮裤子，背着他无比沉重的行李走进积雪的荒原。爱斯基摩人企图说服他放弃，但他不肯听，朝他们咆哮，叫他们走开。彼得先生打手势，示意他们让他走，然后跟了上去，他的态度非常温柔，尽管我无法解释但完全打动了我，他与年迈的王尔德先生保持五十步左右的距离，免得他也同样走失。

　　然而当时我最大的感觉还是担忧。每天晚上看到搜索者回来但蒂奇不见踪影，我的胃里就会一阵翻腾，我坐在地上，手指摸着破旧托板的边缘，祈祷他能安全地回来。

　　几天之后，王尔德先生和彼得先生一起回来，他们慢慢地走过毫无生机、白得刺眼的平原。王尔德先生还没走近，我就听见了他的呼吸声，气息经过他皲裂破损的嘴唇时发出刺耳的声音。

　　我站在冰屋的门口，他来到我面前时，我问："你们没发现他的踪迹吗？"

　　就好像我根本没开口似的，他从我身旁走过，依然龇牙咧嘴抵抗刺骨的寒风，身体微微颤抖。我钻进冰屋跟上去。烟雾朦胧的光线中，他脱掉海豹皮和底下的所有羊毛衣物，光着上半身蜷伏在地上，苍白的胸部起伏不定。看见他汗津津的皮肤，丑陋的灰色毛发覆盖胸腔，我吓了一跳，垂下视线。

　　"一个该死的傻孩子，"他咒骂道，用脱下来的衣服擦拭身体，"总是逃跑。小时候就这样。总是躲在树上或者排水沟里或者其他什么地方，直到下定决心回来。"但从他脸上勉强压抑的痛苦表情，我看得出连他自己都不相信他的孩子会回来，不，这次不会了。

　　我转开脸。因为在那一刻，我真正并完全意识到自己被抛弃了，除了我自己，没人能保证我的安全。蒂奇独自走进冰雪覆盖的荒原，再也不会回来了。

王尔德先生清清喉咙。"你应该不会有事的。"他静静地说。他的手捏住我的肩膀，力气大得令我震惊。我抬头看他。

他眼睛里的怜悯让我吃惊，那里闪烁着某种情绪。但不是愤怒。他转过去，默默穿上衣服。我靠着冰屋的墙壁坐在地上，把膝盖抵到胸口。

"我们有足够的补给品，"他继续道，"我们有食物和衣服，"他痛苦地咳嗽了一声，对着拳头嘟囔了一句，"那天你画的鲸鱼角非常准确，非常漂亮。也许你可以再画些别的。"但他已经开始摇头，就好像说这些话让他筋疲力尽，他喃喃自语，转了过去。

几个小时后，他病倒了，病得非常严重。他和彼得先生同住的冰屋里，他躺在托板上，枯瘦少毛的衰老身躯裹在一层层毛皮里颤抖。有时他会半坐起来，掀开毛皮，脸烧得通红，被汗水打湿。然后他会把毛皮再扒回身上。彼得先生拎着黯淡的提灯来来去去，灯光如绳般摇曳于雪原之上。他给他的伙伴带来各种各样的汤、药和酊剂，希望它们能消灭感染。

然而日子一天天过去，蒂奇没有回来，他父亲的健康也一样。尽管彼得先生很少流露出情绪，就好像照顾他的朋友只是又一项日常职责，但不安偷偷爬进了他浅蓝色的眼睛，他的身体似乎在收缩和绷紧。他的手势变得生硬。每天上午我和他一起去检查营地周围的陷阱，但那只是为了让我的大脑离开我的麻烦；我们什么都没捡到，几个小时里大部分的时间都在默默走路，望着被冻硬的冰瀑。

每天下午，彼得先生去前哨站，我负责照看王尔德先生。老人躺在那儿，双眼紧闭，呼吸急促，枯瘦的身体被裹得严严实实。他看上去多么让人害怕：他的眼窝变成深蓝色，他皲裂出血的嘴唇向上翘起，像是在暗自偷笑，他的皮肤散发出新鲜黄油的臭味。看着他耳畔的灰色细毛，我去拿来了铅笔和绘图本。

我一边画，一边想着蒂奇，想到他一个人躺在外面某处。已经这么多天了，他似乎不可能还活着。我把思绪转向约翰·维拉德，转向菲利普，我在幻觉中再次看见了他——他可怕的尸体躺在山脚下暗沉沉的草丛里。我忽然想到，正是因为他这个恶毒的行为，我才有机会过上我的新生活。假如他表弟的死没有让我陷入危险，蒂奇本来是不会冒险带我离开的。我肯定会继续留在信念种植园。蒂奇离开后，我在那里的生活会变成什么样？回到田里干活，回到窝棚里遭受同胞的厌恶和怜悯，因为我变成了一个扭曲的黑皮肤英国人。至于大凯特，她已经用另一个孩子替代了我。而这一切还有个前提：等我被还给我的主人时，我能从他的手上活下来。

再次望向王尔德先生时，我停下了。我不再能听见他的呼吸声。他转过来冲着我的面部已经凝固，就好像有一层看不见的纱网紧紧地绷在他的脸上。一条泛黄的手臂横放在身上。他死了。

他虚构的死亡变成了真正的死亡；蒂奇想要阻止其成真的新秩序成了现实。我站在寒风中，彼得先生和爱斯基摩人抬起王尔德先生，把他从躺卧之处带走。几个小时过去；冰屋里，温暖、黯淡的灯光下，我坐在地上，盯着手套大拇指的破洞。

我不想待在这个地方。从小到大我只熟悉西印度群岛的温暖、带着咸味的新鲜海风。我感到憋闷，像是被关了起来，在任何毛毯、动物皮毛和炉火都无法驱散的寒冷中颤抖。我知道彼得先生和爱斯基摩人会尽其所能保证我的安全，但蒂奇和他父亲都不在了，我不知道他们能保护我多久。于是，随着时间一小时一小时过去，我开始收拾我的东西，傍晚时分，彼得先生回来了，我告诉他我想离开。

他刚刚失去了亲密的朋友，他一生的伙伴——但他依然那么隐忍和仁慈，和我第一次见到他的时候一样。他让我在王尔德父子的物品中挑选最想带走的东西，我选了皮革装订的海洋生物论文集，他加上了王尔德先生手工磨制的几块镜片。他还给了我蒂奇留给我的满满一袋钱币，以及大量食物和补给品。最后我准备离开的时候，他用双臂拥抱我，搂得我难以呼吸。然后他和赫西俄德让我坐上雪橇，赶着狗带我驶过冰冷的白色荒原。

来到贸易站，彼得先生拍了拍我肩上的背包，然后目不转睛地盯着我。我正要转过去，他示意我等一等，忽然从衣服口袋里掏出几个小望远镜。它们是蒂奇自己制作的便携型号，用古怪的黑色齿轮代替旋钮。彼得先生把它们放在我张开的手套里，又奇怪地拍了拍我的脑袋——用力不大——然后他就走了。

2

蒂奇说过很多效忠派的事情，我打算去找他们。我认为和他们在一起是我最安全的出路。就这样，我在那个北极贸易站待了几个星期，避开成天醉醺醺的商人，最后终于安排自己登上了一艘前往沿海诸岛的船。我是多么害怕啊，作为一名单独出海的黑人少年，我是多么恐惧。我躲着船长走，担心他会把我卖给前往蓄奴州的过路船只。我也害怕遇到约翰·维拉德或他的探子，我深信他们会发现并杀死我。一天晚上，我坐在甲板上吃一团发绿的奶酪壳，一个满脸皱纹的水手走向我。我忧心忡忡地起身，等待致命一击的到来。但他没有，而是用他面包似的粗壮大手抱起我，用麻绳把我拴在帆缆上。然后他绕着我跳舞，嘲笑我，直到我答应和他享用一夸脱朗姆酒。在那以后，我很少上甲板，也不和任何人说话。我躲在自己的舱室里，感觉船在我身下缓缓起伏，翻看我带走的那本书——蒂奇那本关于海洋生物的皮革装订的精致书册。

水手谈起许多岛屿和自由港，但我最想去的是新斯科舍，和效忠派生活在一起。我向南而去，然后向东，穿过幽深的水域，坐货车和马车穿过陆地；终于抵达谢尔本的时候，我怀着极大的期待。然而我发现蒂奇向我描述过的金色的自由生活已经耗尽粉碎，被先前到来的人吸得只剩下了一层皮。谢尔本湿乎乎的，情形可怕，泥泞的街道上满是无家可归的流浪者，他们衣衫褴褛、面色灰白，都是上世纪美国战争的遗民。土地很少，补给更少，黑皮肤的人就算能得到土地，被分配到的也是最差劲的那些。我在一家小水产作坊工作了一段时间。但我在种植园度过的年头，我对约翰·维拉德的探子站在码头上的记忆，它们扭曲了我内心的某种东西——我浑身上下到处都不自在，因此我暴躁而紧张，忧郁得几乎发疯，尽管我当时还无法像这样表达清楚。恐惧永远陪伴着我。我害怕的不仅仅是维拉德的探子；绑架者大多在海岸线上漫游，他们会在下着雨灰蒙蒙的黄昏时分当街打昏自由人，把他半昏半醒地拖上前往南方各州的船只，让他重新成为奴隶。

尽管这是最可怕的命运，但还不是唯一的风险。到处都是觉得受到了不公对待的白人，他们有时候会群起攻击我们这些黑皮肤的魔鬼，我们这些倒霉的黑色瘟疫愿意以更低廉的价钱卖苦力，因此摧毁了他们的谋生之道。一天晚上，我站在一家阴沉酒馆的边上，拿着脏兮兮的铁皮杯子喝着某种发酵酒，有人偷偷从我背后摸上来，就像一个离开身体的影子，用双手掐住我的喉咙。我们在街头扭打，垃圾乱飞，最后我总算抓起一把石子，使劲按在他的眼睛上。他惨叫，我乘机逃开，围观者事后说那只是个当地流氓，一个被免去圣职的圣公会神甫，出了名地爱挑事，但我无法摆脱从约翰·维拉德手中侥幸逃生的感觉，我变得越来越警惕和独来独往。

时间就这么过去。我眼看着自己变得硬如燧石、满腹怨气，内心充满了无论怎么睡也消除不了的烦乱情绪。一天下午我出去乱转，在街上捡起一块铁皮，我对着它看自己的倒影，看到我的眼睛黯淡无光，主动渴求暴力。我知道我必须向前走了，或者杀人，或者被杀。

当时我还不到十六岁。我用完了很久以前彼得·豪斯给我的钱币。于是我收拾行李,继续向前走。在那段四处漂泊的日子里,我自称约瑟夫·克劳福德,好像这样就能躲在另一个人的幻影之中。然而我发现自己终究没法正常回应这个名字,就算用它也会浑身不自在,于是我撕下伪装,重新变成华盛顿·布莱克。我在贝德福德盆地边缘安顿下来,那是个懒散的小镇,在一块比较安静的海岸上。我如愿找到工作,一份工是洗碗,另一份是当洗衣小弟。我依然会抽出时间继续画画,但我在这方面的兴趣已经减退;它无法像以前那样给予我慰藉,而是会让我感到悲伤和疲惫。过了一段时间,我找到一份当厨师助手的工作,发现自己在烹饪方面很有天赋。1834 年底,我成为一家餐厅的主厨,这家餐厅很受被遣散的军人和从纽芬兰蜂拥而来的失业渔民的欢迎。但我总是躲在帘子后面做菜,店主担心我脸上的伤疤会激起反感。时间排得很满,这么过了几个月,我彻底放弃了画画,因为每天都抽不出空闲时间。尽管当时我还不知道,但我漫长的孤独时光已经开始了好几个月。我成了一个没有身份的年轻人,一个行走的影子,随着每一个月的过去,我都更深地陷入疏离的状态。因为我这么一个生灵无论在什么地方都不可能找到归属:我是一个毁容的黑人少年,有着科学的头脑和绘画的天赋,但我永远在逃跑,见到最模糊的一丝黑影都会逃跑。

王尔德先生说过我是脖子上套着幸运生下来的。但幸运本身也是一种束缚。我不知道念头是怎么产生的,但它慢慢侵入我的内心,直到一天早上我醒来时,这个结论烧灼着我:我必须改善自己的处境，否则必死无疑。

我不再是个孩子了，我已经是个十六岁的年轻人。于是我在码头打零工。干活的强度由我自己控制——我选择每天干多少活，剩下的时间由自己支配。我想起大凯特说的关于自由的话——假如自由人不想干活，他可以扔下他的铁锹。假如自由人不喜欢一个问题，他可以不回答。我尽我所能按这个理念生活，当一个主宰自己命运的自由人。但这也是一种觉醒，我离开了蒂奇为我遮风挡雨的世界，重新面对白人的残酷。他们叫我黑鬼，厌恶地踢我，当我是码头上的耗子。我的肤色已经是个负担，而伤疤让生活变得不公平。一天夜里在酒吧背后的小巷里，我的白人工友，每天和我一起干活的人，他们狂笑着把我按在地上痛揍，朝我身上撒尿。

那时候我很少会想到蒂奇。但偶尔在夜里，我会想念他的面容和他的声音；我会思考他有没有可能从那场暴风雪中活下来，但我知道那是个毫无希望的念头。考虑到他对来世的空洞信念，他对表弟选择自杀的困惑，他居然也会那么结束一切让我感到震惊，让我觉得也许自己并不真的了解他。

正是在我最低落的那段日子里，奇迹发生了。一天深夜，有人雇我去一艘帆船上卸货，我划着小船带着板条箱驶向岸边，注意到幽深的水里有些东西。我瞥见一道电流，一道闪光。然后在稍微远一点的地方，又是一道闪光，然后再一道，绿色与黄色的光华一闪而逝，就好像彗星在水里爆发。

我俯身盯着看。大海平静得像一张木桌，但我在水面下看见了奇异的半透明物体。船上的灯光照亮了它，天哪，天哪，水下飘荡着何等的景象，多么陌生而神奇的造物！因为我看见了一个宽大透明的绿色圆球在搏动，它旁边是个黄色圆球，然后又一个，再一个，几十个闪闪发亮的小太阳在幽深的水里绽放光彩。

我和蒂奇一起去信念种植园附近的海滩时见过水母。但我没见过这么多、这么有活力、这么像玻璃的水母。海水的黑色绵延到无限深处，就好像从来没有光线能够射穿它。但这些生物就悬浮在海水里，轻薄得就像女人的长筒袜，整个身体都在发光。我忘记了呼吸。我趴在小划艇的船舷上，望着海水中如熔炉的颜色慢慢搏动。

工头在码头上朝我叫喊，咒骂我的懒惰。我醒过来；我重新开始划桨，桨叶翻转，打散了亮光。

干完活，我回到寄宿的屋子里，取出绘图纸和颜料，几个月来第一次拿起画笔。我坐在牛油烛的芬芳火光下，尝试描绘我在水里见到的景象。但我做不到。那是迸发的炽热光芒，转瞬即逝，灿烂夺目，每一丝脉动的光线都像一个音符。

3

~~~

就这样我清醒过来，我的少年时代早已远离了我。不知为何，我成了一个在自己皮囊里的陌生人。我怎么会允许那所有的惊异感、所有的好奇心都偷偷流走呢？我很吃惊。我找到一份长期工作，为弗莫尔顿干货店当送货员。我只从上午九十点钟工作到傍晚时分，给自己腾出时间，在舒服的海风中画画。

放下画笔好几年，我惊讶地发现我的画技严重退步。我意识到自己的才能曾经是多么出众和奇异，那是真正的天赋。当时我仅仅十一岁，是个没受过训练的奴隶，但能够画出最鲜艳夺目的树蛙、风中的棕榈树和人类的足部，画中的毛发、骨骼和有晒斑的皮肤栩栩如生得让人害怕。现在我必须苦练，才能做到曾经对我来说自然而然的事情；我必须控制住我的手。然而困难无法阻止我。我反而因为重新产生了想要绘画的单纯欲望而觉得感激，它带来了冷静与平和的情绪。

也许就是因为这些情绪的复苏，我允许自己接受了某种友情。他叫梅德温·哈里斯，1834 年 12 月我搬进一座寄宿公寓，他是那里的看管人。他多年前就来到新斯科舍定居，1815 年，他全家以梅尔维尔岛监狱难民的身份（那里曾经用来关押美国战俘）来到这座城市。他尝试过去其他地方讨生活，在尼亚加拉瀑布旁一座遍生青苔、风景如画的旅馆里当侍者。说来难以置信，他的薪水和工作条件和白人同事的完全相同，但最后他还是放弃了那个职位，回到自己童年时生活的土地。他成了这座破败寄宿公寓的看管人，他对此感到自豪，说起来就像这是自由意志的胜利。

"等耗子全都跑干净了，孩子，你还是会发现我待在这儿，"他咧嘴笑着对我说，"在瓦砾堆里找我好了。"

说完他会朝靴子上啐口唾沫，然后掏出手帕擦得锃亮。

称他为朋友也许并不准确。更确切地说，我们一起喝酒，偶尔一起惹麻烦。每当黑暗的念头袭击我，我想到大凯特、蒂奇或菲利普，就会去梅德温的房间找他，他的玩笑能让我的心情好起来。我从没提起过约翰·维拉德，他从没主动向我表示过亲近。

梅德温很高大，比我高大得多，有两条粗壮的胳膊，脖子比脑袋还宽。他比我年长五岁，反正他是这么对我说的，尽管从他的过往来说，我猜他应该没那么年轻。他举手投足很平静，甚至温顺，他的相貌和他的谦恭过于矛盾，让他显得出奇的警觉，就好像他永远在静静地打量你，而事实上也许确实如此。

我必须说他往往能给我有智慧和有用的建议，他能理解我的沉默，而连大凯特都无法理解。然而另一方面，他身上有些东西让我没法完全信任。我认为他不是坏人。但我也觉察到他并不是好人。那个地方的那些年头里，很少有人还没有学会艰苦的求生之道。

我听说英国在西印度群岛着手建立学徒制度，这个举措证明奴隶制真的已经消亡——至少我是这么认为的——于是梅德温和我出去庆祝。

我们坐在一家肮脏的酒馆里，喝着店主多半从非法蒸馏作坊买来的劣酒。那是个晴朗而舒适的傍晚，海生植物的怪味异常浓烈，连酒馆的里屋都充满了犹如鲜血的腐败恶臭。梅德温的同胞是美国人，因此对他来说这个日子谈不上有多了不起，但他看得出它对我有什么意义，因此向我祝酒。

　　"好。"他说，举起酒杯。

　　"好。"我说，也举起酒杯。

　　随后我们陷入某种沉默，梅德温轻轻吹口哨，东张西望随处乱看。

　　我在想信念种植园，想盖乌斯，尤其想大凯特，这些念头吞没了我。大凯特终于获得了真正的自由，她会过上什么样的生活？她会像我这样漫游世界吗——孤身一人，不受自己苦难的奴役？还是说她会找到自己的方向？她会去哪儿？我还能找到她吗？她愿意被我找到吗？这时候我忽然想到，她有可能没活下来，有可能已经死了。我不知道自己为什么会这么想，但这个念头钻进我的脑海，就沉甸甸地压在那儿，仿佛某种疼痛。我拿起杯子喝酒，注意到双手在颤抖。

　　就算梅德温注意到了，他也什么都没说。他只是懒洋洋地靠在椅背上，掏出他已经磨破的手帕，用他粗壮的手指揪手帕边缘的线头。

　　忽然不知从哪儿冒出来两个脸色黝黑的男人，他们一左一右站在我们酒桌两旁。酒馆里稀稀拉拉挂着几盏灯，借着微弱的黄色光线，我能看见他们额头的黑色反光、他们扭曲的潮湿嘴唇。我不认识他们；一个男人剃光头，有一条罗圈腿；另一个男人很矮，却有一双与矮小身躯不相称的大手。尽管他们本身就奇形怪状，但他们

她皮肤很黑，面容如狐，有点眯缝眼。她朝我微笑。她穿宽松的米色长裤，裤脚卷到膝盖。她黝黑的小腿裸露在外，结实而圆润。我抬起视线：宽檐男帽底下，她的黑发紧贴颈背，像是修剪成那样的。她特别矮。她的左手打着石膏，石膏上星星点点沾着煤灰，像是她很久以前弄断了胳膊，但一直懒得取掉石膏。她完好的那只手上沾着颜料，她用那只手指了指我放在画架旁沙滩上晾干的半完成的海葵像。"你该看看我画的。怕是很像男人裤裆里的那玩意儿。"

我肯定露出了震惊的表情，因为她哈哈一笑——笑声轻快而古怪——然后说："我吓到你了。请原谅。"

"没有，我没有被吓到。"我说。

"那我收回。不过请你原谅我——我说话太直接，"她伸出一只小手，我犹豫片刻，然后才握住它，"坦娜·高弗。"

"乔治·华盛顿·布莱克。"

"原来是你。我早该料到的。首先是特拉华，然后是拉布拉多海。"

"我没听过这个笑话。"

"我的天，你真有礼貌，"她坏笑着说，"非常不幸，我却没有。乔治·华盛顿·布莱克，请原谅我的鲁莽。只是——呃，咱们每天清晨坐在一起画画不是已经两个星期了吗？我觉得咱们应该认识一下才对。"她喜滋滋地耸耸肩。

我顺着海滩望过去——她的画架立在那儿，显得怪诞而凄凉。"我一直以为你是男的，"我说，看着她的表情，顿时觉得自己太蠢，"是因为咱们之间的距离，"我连忙说，"我不是想冒犯你的。我的意思是说，我现在绝对不会误以为你——"

但她已经露出了一个最奇异的笑容。"哎呀，我亲爱的华盛顿·布莱克先生，我穿的是长裤——所以那是理所当然的。你没有侮辱我。再者说，其他人说过更难听的话，站得比咱们此刻更近。"

　　我在尴尬的沉默中打量她的脸：她的皮肤是金色的，鼻梁上撒落着颜色更深的雀斑，她的眼神特别坚定且有智慧。她不是白种女人，至少不完全是；她是从哪儿来的呢？她玩偶般的体型像个孩子，看上去很弱小。但她并不弱小。她说话很有力，已经到了似乎无所不知的年纪。我说不准，但她看起来比我大几岁，十九，也许二十，她表情机敏，嘴唇鲜红、丰满而滋润。

　　"我看你大概没法教我像你这样画画吧？"

　　我犹豫了，她的建议让我吃惊。"请原谅，高弗小姐，我不认为——"

　　"什么？你已经认为我无药可救了？请你先看看我的画，然后再说我无药可救吧。"

　　我不知所措，因为我完全不是那个意思。

　　"我不介意支付一些费用。"

　　"天，不，千万不要，"我摇头道，"我不要你的钱。"

　　"总能想个办法补偿你的。"她微笑道。

　　"补偿？"

　　"所以你同意了？你愿意教我。太好了。"

　　我看着她五官分明的面容，她棕色的门牙探出她的下嘴唇，我产生了绝望的情绪，感觉到清晨孤寂的世界离我远去，未来变得黯淡。

　　多么古怪的事情，和一个陌生人肩并肩在海风中画画。

和一个女人肩并肩。

我对她几乎毫无了解。但我会在原先的时间起床，穿过街道时内心的犹疑变得愈加强烈，每天都会发现她已经站在海岸边了。她会转身挥动她完好的手，然后站在那儿等我，孩子般圆润的双臂掖在长裙的褶皱之中。自从第一次见面之后，她开始穿更加女性化的衣物，不过依然称不上"适合"，她的打扮远不如公认的习俗那么累赘。我走到她面前，平静地问候她，然后把画具放在沙滩上，开始卷裤腿。我们会一起走进水里，我会把各种各样的蟹类、鱼类、帽贝、海螺、蠕虫和海星指给她看，她会皱起长满雀斑的鼻子，眯起眼睛打量，像是想把这一切都刻进记忆。

我该怎么描述那些清晨呢？她既风趣又直接，嘴巴比水手还不饶人，声音粗哑，一点也不动听。最稀奇的一点是她出生于所罗门群岛，但她没说她是怎么来这儿的，为什么会出现在新斯科舍的荒凉海滩上。她有五个半亲兄弟，都比她大，母亲在生她的时候去世了。她笑嘻嘻地告诉我这一切，但我看得出她依然因此而难过。她的手腕是两个月前折断的，情况让她感到很不耐烦，因为它似乎根本没有愈合。

"你能想象受伤怎么妨碍我画画吧。还不如摔断两条腿呢，"她轻轻一笑，"当然了，前提是你非要断点什么东西。"

"我猜肯定很限制你的动作。"我说。

"就像被捆住了，"她耸耸肩，"我无法接受行动自由受到任何限制，明白吗，哪怕是小时候。我一直是这个样子。有时候结果不太妙，但……"她又耸耸肩。

她想知道关于我的一切。事实上，她的兴趣强烈得让我害怕，弄得我不是语无伦次就是面红耳赤。我无法想象她自认为在我脸上虬结的疤痕背后看见了什么。有时候我说话时，她目不转睛地静静凝视我，但我在她的眼睛里感觉到的不是怜悯，也不是病态的迷恋，而是想要完全进入我的脑海的贪婪欲望。我不得不与之共处的毁坏面容对其他人来说是个可憎的警告，但对她来说是个已知的东西，一个熟悉的面具。她似乎在它底下看见了她自己的受伤和康复，那是对改变人生的伤害的接受，也是愿意勉力向前的决心。

尽管她想方设法刺探我，但我还是没有泄露我的过往，只谈水彩画的不同画法，该如何加深和调浅颜色，何时最好使用色粉笔，哪种纸张同时适合两种手法。她像个模范学生似的听我讲解，有时飞快地做笔记，她会嘲笑自己的错误，笑声沙哑而古怪。

我不是一个会去琢磨这种细节的人，但我注意到了她修长脖子上的微小毛孔、她黑得不自然的长卷睫毛。我看着清晨和缓的阳光爬过她金色耳朵上的褶皱，感到很不自在。

我吃惊地发现我越来越享受于她的陪伴。她太会说话了，过了一个多星期我才发现她早已熟悉许多种类的无脊椎动物，对海洋生物的了解其实比我更深入和透彻。她手腕骨折甚至就是在这个小湾做浅海潜水时在一段岩壁上磕碰手臂的结果。而我竟然企图给她上课，我羞愧得面颊发烫。

"但你为什么要我教你呢？"我困惑地说。

"教我画画，乔治·华盛顿，我要你教我画画。我了解蛾螺之类的东西就像我了解的声音。我想掌握的是描绘它们的技法。"

"哦。"我转开视线，缓和下来。

就在这时，她把手放在了我的手里。我慌乱得身体一抖，但没有收回我的手。

"你会教我的。"她轻声说，我转向她，讶异而惊愕，被撩动得无法用语言形容。

她眯起眼睛，长着雀斑的脸上掠过一个慵懒而亲昵的笑容。比我自身的欲望更让我震惊的是我见到欲望同样反映在她茶褐色的干净脸蛋上。我从未经历过女人表现出如此强烈的情感，她赤裸裸的欲望不加任何掩饰。在那几秒钟里，某种完整感笼罩了我：我感觉到了我的肩膀的宽阔，我的身高的力度，我的声音生硬而低沉。我被拼成一个整体，我忽然成了一个完整的男人。

她的视线飘向我的右脸，她的表情变得柔和。"你的伤疤，"她轻声说，"是怎么来的？"

我看着她的眼睛，锐利的视线在评判我，她的笑容在颤抖，牙齿被烟草染黄。我能闻到她身体散发出的烟草味、汗味和某种花的香味，应该是薰衣草。我感觉到她冰凉的手握紧我的手，她的皮肤粗糙得像新剪的羊毛，她温暖的呼吸，还有她的心脏在衣料底下急促而隐约的搏动。我向前迈了一步，感觉到她离我如此之近，冲动像水一样流遍我的身体，那是一种旺盛而灼热的力量，我无比想再向前迈出一步，想进入她，但这时我听见了自己刺耳的呼吸声，恐惧在我内心油然而生。我扭头望向远处沙滩上的棚屋，我放开她的手，手指擦过她裙子的粗糙布料。

她也转过去看那些暗沉沉的屋子，笑容苦涩而悲哀。我只能听见我们之间大海的声音，海浪单调的哗哗声。

"为了改变颜料的黏性，"我说，我的声音显得很古怪，不像我自己在说话，"有人使用牛胆汁。我本人更喜欢甘油，但——"我停下了。

她像是若有所思，过了漫长的一瞬间，她才拿起速记本做笔记。

5

"白种女人就是魔鬼。你千万别上当。"

"她不是白人,"我答道,"至少我看不像。另外,你在说谁?你认识几个白种女人?"

梅德温只是举起手掌,耸耸肩。

我坐在寄宿公寓歪扭的木楼梯上,手里握着酒杯,在舒适的晚风中聆听梅德温的教诲。我们背后,一个比较大的房间里传来狂野的爱尔兰水手歌谣,人们嘬哨大笑。

我才刚开始说坦娜,他就打断了我。

"你难道还没吃够地上的苦头吗,孩子?"他摇摇头,"你他妈发疯了吗?朋友,你知道她到底是怎么来这儿的吗?你以为她动个念头,噗地一声,冒出一团浓烟,她就在这儿了?你不是说她来自所罗门群岛吗?这里头有什么东西不对劲。她怎么解释她为什么来这儿?"

"她没说。"

"唔,是吧。"他说,看上去极其满意。

"你的侦察能力如此超凡脱俗,"我酸溜溜地说,"你应该开始收费才对。搞个小亭子,搭个粉红色的小遮阳篷。帮夫人找她们走丢的猫。"

"听我说，小子，就是这种愚蠢会让你睁开眼睛发现自己被割了喉咙。就是这种魅惑会害得你肝脑涂地，"他对着拳头使劲咳嗽，"你自己想一想这事情有多稀奇吧。你那张脸像一盆该死的龙虾色拉，你这个人都没法做还算过得去的社交闲聊。她为什么要和你这样一个小子扯上关系？"

我认命地耸耸肩，像是在说我也很困惑。我在爱情方面没什么经验，这是真的。我从小到大只单纯地爱过一个女孩：信念种植园的女仆艾米丽；只睡过另外两个女人：一个是一位非常好的女士，另一个是妓女，但完事后我才知道真相。很好的那一位是个叫薇薇安·海切尔的年轻女人，她来码头给父亲送热乎乎的午餐时我认识了她。她父亲和我在码头当了几周的工友，但我对他一无所知，只知道他来自佐治亚州的梅肯，在独立战争中与英国人并肩作战，靠拆板条箱挣一点微薄的收入。薇薇安是个安静的十四岁黑姑娘，眼神缓和、坦率而撩人。她的寄宿公寓背后有个绿草茵茵的小丘，我们在那里度过了几个下午，就着窸窣作响的纸袋吃枫糖，互相抚摸。她父亲得知此事后威胁要砸烂我的脑袋。我立刻就明白了，他厌恶我的和吸引薇薇安的是同一个地方：我疤痕累累的脸。他称之为"该死的屠夫案板"。

梅德温往我有缺口的酒杯里倒了一指高的金酒，我们默默坐在那儿，他喝酒，我在手里转动那杯酒。

"她知道有关软体动物的一切知识，"我说，"不知道你能不能想象。"

"我能想象的是你的人挂在一棵老橡树上，"梅德温说，舔着他的空酒杯，"我能想象的是你被马车拖着跑。我不在乎她知不知道蒸馏天使水的秘诀，总之你给我离她远点儿，听见了吗？你别再去那片海滩了。"

我举起酒杯灌了一口，打个哆嗦。

梅德温发出沙哑的笑声。"我自己酿的。觉得如何？"

"和有牌子的一样。"

"有那么好？"他吃吃笑，"哎，见到你我忽然想起来了——有人来找过你。白人。个头不高。很难看。比你还难看，所以可以说是非常难看了。"

恐惧如绳索般在我胃里展开。"他说什么了？"

"没什么。特别安静的那种人。刚开始我以为他来找麻烦，来和我过不去，因为那天晚上我砍了那对兄弟，但他只是来问事情的。一个怪人。声音特别柔和，像寡妇或小孩的。有点尖。身体看着不怎么壮实，我一分钟就能撂倒他。不过话虽如此，他有某种我不想招惹的气质。"

"他说什么了？"我重复道，语气平静。

"哦，也没什么。就问起你而已。我说我分不清你和亚当谁是谁，他却问你什么时候回来。狗娘养的很敏锐。我还是说我不认识你，但听上去你不是我会放进我这个高级住所的那种人。我叫他滚出去，祝他找人他妈的顺利。"

我抬头看他，尽量不动声色，但彻底失败了。"谢谢。"

"他对你的意图很不好，对吧？非常不好的那种不好。不过我才不会刨根问底呢，"他耸耸肩，朝我的酒杯打个手势，"总而言之，你还有时间再喝一杯吗？"

那天晚上一直到第二天凌晨，我满怀恐惧地躺在床上。我睡得不安稳，受到噩梦的折磨；醒来时被汗水打湿的毯子缠在我身上，我怕得难以形容。

我想做我这几个星期每天清晨都做的事情：收拾东西去海滩，去见她。我想重新创造昨天，她把冰凉的小手放在我手里的那一刻；但这次我想把她搂在我怀里，把我的身体顶进她的大腿之间，让她感觉到我，感觉我对她的欲望。我想把嘴唇贴在她修长的金色脖子上，用舌头感受脉搏。但现在我甚至没法离开我的住处；就在我差不多已经忘记了他的时候，约翰·维拉德找到了我。

我没法确凿无疑地说那就是他，但也不敢保证那不是他。梅德温说来者声音柔和、个头矮小、举止令人不安——这一切都太耳熟了，因此我平躺在潮乎乎的被单上，发出刺耳的呼吸声。

但这么多年过去了，他为什么还在追捕我？我对伊拉斯谟·王尔德为什么还有价值？这么多年过去了；西印度早就禁止了买卖奴隶；尽管奴隶制的阴影还笼罩着美利坚，但在西印度已经走到了尽头。他的怨恨不可能持续到今天吧？然而恶人的心思永远不是常人能理解的。我只知道现在我害怕得不敢走出寄宿公寓，而全世界我最想做的就是触摸坦娜用发卡别住的纤细发丝。

现在回想起来，我不知道自己是怎么做到的。但我颤抖着，无力地从床上起来，开始收拾画具。我克制住巨大的惶恐，总算在那天清晨离开寄宿公寓，推开吱嘎作响的大门，走向那片海滩。

但海滩上空无一人。

我扫视远处混有石块的沙滩，但那里只有树影和寂静。我的双手颤抖得很厉害，支起画架，开始等待；我望着地平线，等待的既是维拉德，也是坦娜。但两人谁也没有出现。过了一个小时，我收拾好东西，顺着原路回家。我在房间里紧张兮兮地望着窗外，飞快

227

地吃了几个煮鸡蛋当一顿饭。那天上午我当班，要为弗莫尔顿干货店送货。我下定决心要保住这份工作，因此无论下雨还是晴天，无论有十单货要送还是一单都没有，我都必须去露个面。于是我把象牙柄的厨刀揣在怀里，拉下帽檐，出门去上班。

那天风平浪静地过去了，但我总是想到，维拉德只需要用假名订购东西，就能引诱我自投罗网。我推开细绳，扫视写在厚包装纸上的名字。斯蒂芬·布拉彻夫人；雷蒙德·格里姆斯先生；詹姆斯·史密斯先生。最后这个名字似乎方便得可疑，因此当我走向他肮脏破败的寄宿公寓时，感觉到胃里开始翻腾。但他只是一个形容枯槁的三十来岁小个子男人，头发掉得很厉害，接过他要的一包白糖时他像是被扇了个耳光，震惊地盯着我毁容的脸。

下班后我倒在床上，刀放在手边，在紧张和警惕中度过几个小时，耗尽了我全部的精力。

第二天清晨，坦娜依然没有出现在沙滩上。我没待太久，后来出门也只是为了去送包裹。第三天，她还是没有露面，我变得垂头丧气，因为自己在那个已经变得遥远的清晨无情地扔下她的手而责骂自己。与她的相遇变得像是一场梦，就好像我在孤独中发疯，凭空捏造了她这个人——用这个虚构人物撕开我的内心，摧毁我的自由和平静，把我撞出原先的轨道。但随即我突然把她在我生命中的出现与维拉德的抵达联系在了一起。我问自己她会不会是他的走卒，维拉德派她来削弱我的警惕，好让他接近我。这个念头很愚蠢吗？对，我心想，非常愚蠢。我躺着回想最后那天她站在海岸边，光影在她金色的面颊上嬉戏，空气中弥漫着腐烂海草和咸水的气味。

日子一天天过去。偶尔有人来敲我的门，但我从不回答。我知道多半是梅德温，但我不想冒险。一周临近结束，我吃光了食物，接下来的两天，我饿着肚子躺在床上。最后我的脑袋开始眩晕，肌肉开始震颤，我爬起来，虚弱地穿过后街小巷，来到四分之一英里外的一个露天水果摊。我站在那儿扫视人群，搜寻像是维拉德的身影和面孔。我不认为我看见了他，于是终于过去挑选水果。我正在翻一篮子醋栗，空气中忽然飘来了烟草和薰衣草的气味，我抬起了头。可能性有多大？然而我看见了她，坦娜·高弗，娇小而艳丽，身穿宽松的裙装，一脸心不在焉地端详推车里虫蛀的青苹果。

人们在偷看她，有人轻声嘲笑她的怪异，但她似乎并不知道。傍晚的阳光把她的皮肤镀成金色，她的整张脸都在发光。她似乎很放松，她的严肃少了几分，因此眼睛里只剩下智慧，还有置身于新鲜空气之中享受到的肉体欢愉。

我怎么能打扰她的悠闲与平静呢？然而离上次见面已经快一个星期了，每次失望过后我的痛苦就会增长一分。于是我抚平我的袖口，飞快地舔了舔嘴唇，慢慢穿过一小撮人群。

然而我还没走到她身旁，不安的感觉就冒了出来。我该对她说什么？我想要什么？她会认为我是个傻乎乎的孩子。因此在她看见我之前，我就从马铃薯货摊和破旧的苹果推车之间挤出去，逃跑了。

6

我是懦夫；我承认。但当时一切都在和我作对，万事不顺。

几天后的弗莫尔顿干货店，我要去送一袋面粉、一袋糖和一匹女性衣料。这是个普普通通的订单，没什么稀奇的。但包裹上的名字抓住了我的视线。

高弗先生。

我意识到自己从没思考过她的生活情况。高弗先生。我感觉到我的内心有一块地方黯淡下去，熄灭了。所以归根结底，她是有丈夫的人了。

我花了近一个小时才走到红土小径旁的那座棚屋，花的时间比正常情况下多一倍。我走各种不寻常的道路，总在警惕和紧张。我想吐，我知道这有一半是担心自己会在这个地址发现什么人，另一半是因为维拉德。我终于来到了那座坡顶小楼前，它漆成淡蓝色，被疯长的野草和结着紫色稠李的荆棘丛包围。有人在门廊上放了一个古怪的钢铁装置，它的前轮歪斜翘起。我走上吱嘎作响的台阶，在草垫上擦干净靴子，草垫磨损得很严重，松脱的线头横在破旧的门廊木板上。

我用门环叩门，听见里面传来一个男人发闷的说话声。他突然打开门，我退了一步，刺眼的阳光照得他龇牙咧嘴。他年纪挺大了，矮胖结实，他抬头看我，我注意到他的眼睛是黑色的，完全不眨眼，似乎没有瞳孔，这是一双狂热分子的眼睛。

"干什么的？"他说，他的牙齿非常小，看上去有点假。他打量着我的脸，似乎变得警觉不安起来。

"送货的，先生，"我低头看包裹，就好像这个姓氏没刻在我脑袋里似的，"高弗先生收？"

他皱着眉头看我的双手，然后转过身，朝着背后的暗处喊道："你的东西送来了，"他苦恼地咧咧嘴，"就这么多？就这些了？"我还没来得及回答，他就向后退进了黑洞洞的前厅。

我忽然产生了一种诡异的熟悉感，就好像我曾经站在这个门廊上，来送我手上的这几件货物。

他漫不经心地挥挥手，请我进门。我犹豫片刻，然后走进简朴的门厅，里面凉飕飕的，隐约有一股柠檬的香味。他走路像儿童似的迈着古怪的小碎步，飞快地领着我走进客厅，这儿塞满了又旧又破的家具：一个角落里，沾满煤灰的天窗底下，一把椅子断了一条腿，粘回去的时候稍微有点错位；沙发上磨破的红色丝绸坐垫漏着羽毛。但真正让我惊叹的是无处不在的盒子，它们被随随便便地扔在地上，里面装着海星、大螃蟹和其他的海洋生物。在对面窗户底下的松木桌上，一只干制过的棕色小海马正被钉进一个盒子。

他走向那张桌子，用粗糙的两只胖手把一摞书推到地上。它们哗啦一声掉下去，书页散开。地毯上升起犹如薄纱的灰尘。

"放那儿好了，"他说，指着那块腾出来的地方，"食品间也是一团糟。"

我照他说的做，然后弯腰捡起那些书。我把一本书翻过来，看着书脊上的书名。"天哪，先生，这么好的一本书，"我忘乎所以地说，"你不该这么对待它的。"

他使劲瞪我一眼。"怎么，你喜欢那本？"

从爆炸中康复的那段慵懒日子里，我在信念种植园的图书室里翻阅过很多类似的书。我抬头望着他。"这是我最喜欢的书之一。你知道他的另一本书吧，《刺胞动物与头足动物的过去与现在》？那本书也非常好。我承认我没读过，只看过里面的插图，但我觉得它们非常迷人。我认为那些写生是作者自己画的。他天赋极高，笔法优美而清晰。但我不得不说，我认为他最优秀的作品还是《裸鳃动物之辉煌》里的水彩——"

我的声音小了下去，因为我看见了老人的表情。我慢慢起身。

"天哪，您就是那位高弗，"我轻声说，"您就是 G. M. 高弗。就是您对吧？"

他龇牙咧嘴站在那儿，过了好一会儿才嘟囔着承认他就是。他是一位十分著名的海洋生物学家，我曾经怀着我很少会给予其他事物的虔诚与狂热研究他的著作。他的明暗画法突破传统，奇异得有时候会让你感觉不对劲，他的笔法清晰如丝线，他古怪的写生画因此而灿烂夺目。

"你对科学感兴趣？"他的声音柔和了一些，"你的研究领域是什么？"

"海洋生物，先生，但在取得了您这样的成就的一个人面前，我可不敢这么夸口。"

"多么稀罕而又幸运的一次相遇啊。"他说，尽管他依然皱着眉头，但我觉得他比刚才愉快了一点。他的眼睛特别黑，在他脸上像是两个无底深渊，仿佛夜里的大海。

"但你为什么会在这儿呢，先生？我以为你会住在英格兰的庄园里。你不可能在这儿定居对吧？"

"哎，为了研究，孩子，为了研究。我在搜集标本。然后送回英格兰。这里有一些非常迷人的海百合等着被发现。"

"确实如此。"我说，语气有点过于强烈。房间里的光线忽然变得昏暗，就好像一团乌云遮住了太阳。

高弗在黑色马甲的前襟上擦了擦墨迹斑斑的手掌。"好，很好。你这个年轻人既有趣又有学识。不好意思——你叫什么来着？"

"乔治·华盛顿·布莱克。"

"乔治·华盛顿。"他说。

"布莱克。"我说。

"确实。"他说。

"熟人都叫我华什。"

他停下，脑袋里在转什么念头。"这么说似乎有点冒失。但我女儿和我很需要同类人的陪伴。我有两个讨人喜欢的姐妹，一个在英国，一个在法国，但我们在这儿感到相当孤独和寂寞。总而言之，坦娜和我打算明天乘船出海。明天是星期六，你有时间陪我们吗？当然了，不会有什么危险，只是一艘小划艇和一顿美味的午餐。我们在为我的新书做观测笔记，"他哼了一声，"不过也许你已经有约了。毕竟这么晚才邀请你。"

我只听见了两个字：女儿。他的女儿。我长长地松了一口气。"先生，简直不可能有更好的办法度过一个下午了。"

我看着一丝古怪而狡猾的笑容从他脸上掠过。

"哎呀，好极了，妙极了。那就明天吧，在小湾见。就定在十二点好了。"然后，他皱着眉头自言自语，回到桌子前坐下，就好像我已经走了。

我在清爽的海风中站住。水边有一艘小划艇歪斜着深陷于沙滩中，我在远处看着两条人影笨拙地操弄它，女人企图用缠着绷带的手护住船桨，另一个人——无疑是高弗，他穿一身黑色的衣服——从侧面推划艇，想把它正过来。两人背后，海浪快活地掀起波浪，白色的泡沫反射阳光。

我慢慢地走向他们。这是个冷得刺骨的日子，天空非常蓝，非常晴朗。我听着靴子踩在潮湿的沙滩上，画板松开的搭扣咔哒咔哒碰撞。空气中弥漫着海螺腐烂的气味，刺鼻而骇人。约翰·维拉德和他的报复似乎非常遥远。

离他们还有一段距离的时候，女人抬起了头，尽管隔得那么远，尽管她戴着宽檐女帽，我还是看清楚了她：有雀斑的黝黑面庞和微微变色的牙齿。我站在沙滩上，心脏在胸膛里咚咚乱跳。我什么都听不见，包括大海的声音。

她看见我，没有微笑，只是气呼呼地瞪着我，直到我转开视线。但高弗先生歪着嘴露出了笑容。"来得真是正好。"他说，伸出他粗糙的大手。他今天戴着一副古怪的眼镜，本来就像是能打洞的双眼显得在搏动。"快来，布莱克先生，帮我们一把。"

"日安。"我对两人说，等待有人为我介绍。坦娜没有吭声，高弗也毫无要介绍她的意思。我拉到小艇的侧面，开始向外推。

"带了些颜料，对吧？"高弗朝我放在沙滩上的画具点点头，"我女儿会替我画画，尽管她还是新手，几个月前还弄断了手腕。她每天清晨都来海边画潮水坑，直到上个星期。我的小坦娜，她是个勇敢的姑娘。我过了好几个星期才发现她每天一大早就溜出来。

也许是因为嫉妒，我自我剖析——也许我所有的厌恶归根到底都是嫉妒。她毕竟有我从来没拥有过的一个父亲，无论这个关系给她带来多少烦恼，它的慰藉也无疑要强大得多。现在回顾往事，我猜嫉妒肯定扮演了一个角色。然而高弗对她也确实既冷淡又生硬，在那些时刻，我打心底里厌恶他。

我能感觉到老高弗对我的否定，这就更加雪上加霜了。作为一名业余的科学爱好者，我还算是讨他的喜欢；但有时候他注意到我迷恋地盯着坦娜，严厉的表情就会浮现在他狂热而粗糙的脸上，他会重重地坐在我和坦娜之间。我没法责怪他；我的欲望显而易见得可怕，我猜那是因为我的奴隶出身。他大体而言不受偏见的束缚，但牵涉到保护自己的血统，他这个特定的偏见就变得很明显了。因为尽管他过于专注，喜欢卖弄，对她总有一种理所当然的态度，然而坦娜无疑是他与这个世界之间最有意义的联系，他会保护父女间的关系，不让任何外力毁灭它。

我很尊重他，确实如此。但我也无法熄灭自己对她的欲望。我在一天的工作中常常会突然停下，思考我的迷恋是多么残忍。在我看来，它违背自然，为了一个我不可能与之结合的女人而心痛；然而这正体现了我对人类心灵的不了解。我不希望这样；我无法忍受自己这样。色情而可怕的春梦围困我的心神，梦里充满了潮湿的肉体，醒来时我的勃起会顶着被单，一时间我既感到生命力旺盛得想要战栗，又觉得羞愧。

法保护她。

她紧张地从裙装的口袋深处掏出一张皱巴巴的纸。"我写了一封信给你，"她抬起脸，踌躇片刻，"有时候和你在一起，我总觉得我说出来的话不是我想说的意思。"

我望着她递给我的那张纸，感觉到羞愧涌上面颊。

她打量着我，放下她的手。"你不识字？"她轻声说。

"我识字。"我气愤道。因为尽管我真的识字，但水平非常差。

她看着自己的双手。"我可以教你，只要你愿意。"

我没有明白地表现出我生气了。尽管那肯定不是她的意图，但她的建议里似乎有着对我的贬低，将她置于我之上，就好像我是文盲的事实限定了我的能力和性格。往事突然吞没了我，那些漫长而闷热的傍晚，灰白色的天空之下，鸟儿在头顶上欢唱，蒂奇念出一个个词语，逼着我跟他念。

"父亲说你曾经是奴隶，"坦娜柔声道，"我说华盛顿·布莱克就算戴着镣铐出生，也绝对不是奴隶。"

我依然无话可说，沉默在我和她之间扩散。

"我冒犯了你？"她说。

我耸耸肩。

"怎么了？"她说。

"你愿意教我？"我气呼呼地摇头，"你说奴隶就好像那是一种选择。不，更像出于性情的决定，还有气质。就好像有些人天生就是奴隶，而有些人不是。就好像这不是一种毫无理由的暴行。野蛮的行径。"

"但你怎么能以为我是这个意思呢？"她涨红了脸，"我想说的是你很强大。你用自己的双脚站在世间。你能够养活自己。你看看

242

你。看看你经历了如此的苦难，依然把生活过得有模有样。"

我吐出一口苦涩的浊气。"是啊，看哪。"

我们再次陷入沉默，海浪的声音沿着小巷远远传来。

"我再过几个星期就要走了，"她说，"父亲已经开始安排我们的行程了。"

我不知道这话为什么应该让我吃惊，因为他们说过好几次他们只是暂时停留，但我还是惊呆了。我仔细打量她。"所以，研究已经结束了？"

"我们还差几个标本需要采集。但父亲年纪太大，不可能潜水，而我最近没法下水。"她没有和我对视，依然困窘于先前对我的冒犯。"我的手腕长了好几个月，这才刚刚愈合。我不敢冒再次骨折的风险。还有水压——我担心水压会太厉害。"

于是我明白了。"你来是想请求我替你潜水，所以才会来我的寄宿公寓找我。"

她的表情变得阴沉。"我来是想把我的信给你。也因为我想见你，因为我以为你想见我。看来我弄错了。"我还没来得及开口，她就在路上转过身，离我远去了。

我站在街上，空荡荡的双手垂在身体两侧，这时我明白了，她的内心是个变幻无常、不断演化的世界，而我将被它永远拒之门外。

8

~~~

我不喜欢自己在被人利用的感觉。然而接下来的那个星期六，阴沉沉的天空下，我还是不由自主地走向了海港。防波堤的尽头泊着一艘名叫蓝贝蒂号的小型海船，它正在慢慢朽烂。正是在那儿，早已被船员抛弃的小船的阴影之中，高弗和坦娜在等待我。高弗从当地一位以修复旧船为生的朋友那里租下这艘船。那位先生还告诉他们，最近在浅海有一艘船遇难，高弗也许会在那里找到他想要的标本。

我顺着海滩走向高弗父女，他们的骡车停在身旁，车上用板条箱装着他们的装备。高弗目光灼灼地瞪着我，像是没有认出我来。过了一会儿，他慢慢咧开嘴，对我露出微笑。

"过得一向可好？"他说。

"反正还能喘气，先生，"我说，没有看坦娜，"您呢？"

"哎呀，非常好，孩子，非常好。急着想结束在这儿的工作了，"他长出一口气，"我很高兴你能同意帮我们这个忙。坦娜是我们的潜水员，但你也知道她的手腕。假如我们在家里，可以请我的一个妹妹——茱蒂丝，甚至亨丽埃塔从法国来。但人生就是这样，事实就是如此。哎，好了，准备好被我扔下船了吗？"

"再好没有了，先生。"

"好，非常好。你以前潜过水吗？"

"从来没有。"

"唔，最重要的是别弄死自己。我要给你一些建议，教你怎么把事情做到最好。"

他说个没完，带我上船做准备工作。我从坦娜身旁走过，注意到她急切地避开我的视线。我不理解她，不明白她的情绪为什么会有那么多奇怪的转折。她那封信里的无数种可能性已经折磨了我好几天，我缺乏教育的事实让我感到痛苦。今天我来，表面上是为了帮助她父亲，但任何人都看得出——我猜也包括高弗本人在内——我来仅仅是因为她的请求。然而此刻我来了，她却变得躲躲闪闪。我感到疲惫，我觉得我受够了。我再也无法忍耐下去了。

然而她颈部的曲线，覆盖着颈部的柔软黑发——见到它们，我感觉到渴求和欲望流过我的身体。

高弗本人倒是情绪高涨。过去几周的紧张气氛烟消云散，他无缘无故地笑个不停。等我们终于卸下货物，把气泵、风箱和几卷呼吸软管搬上甲板，时间已经过了十点。上午的天空显得空洞而平淡，看不见云朵的轮廓。

高弗打发坦娜去下层甲板，免得她看见我脱衣服的情形。他衰老的双手微微颤抖，帮我穿上潜水服，整理黄铜头盔和笨重的皮制气管。他说这是他两年多前订购的，上面打着补丁，是一套装备的一部分，几年前曾经在惠特斯特布尔的海边用于打捞财货。

"当心头盔，孩子，"他说，"千万不能让水透进去。"

我们把头盔固定在我头上，这时他说："我的坦娜，她还那么年轻。"

我停下，低头看着他，他的黑眼睛闪闪发亮。"先生，我更年轻。"

"对，但只是年龄。"他说，愉快地微笑。

我明白了。他的意思是我曾经当过奴隶，那段过往残酷地毁坏了我的心灵，我就像从火堆里抢救出来的一团冒着烟的惨烈东西。他是否认为我是个有思考能力的人，是否尊重我的头脑，甚至是否借此占我的便宜，这些全都不重要。重要的是我的皮肤是黑色的，受过烧伤，我的内心和外表一样畸形，尽管他对待我足够正常，视我为插画家和科学工作者，但他不希望我碰他的女儿。

我攥紧头盔与颈部接触的边缘，阳光把金属晒得滚烫。

寒冷犹如一记重拳，空气被挤出我的肺部，幽深的冰冷海水把我的身体吸了下去。刚开始的几秒钟极为吓人，摇曳的光影中，我既感到怪异地毫无重量，又觉得自己活像一堆铁块，被帆布潜水服包裹的双腿搅动海水，头盔里的脑袋坚硬而沉重。我的耳朵里忽然响起噪音，像是片刻不停的吸吮声；我使劲眨眼，因为我的呼吸管产生气泡，而气泡堆积在头盔的玻璃小窗上。我被降得越来越低，每次下沉都觉得胃里被揪了一下。皮革泡水的刺鼻气味充满了我的脑袋。我慢慢地向后转动脖子，在上方看见了晃动的船体。它漂浮在拦截光线的苍白海水之中，就像一口棺材。

暗影之中的这个世界是多么璀璨。我能看见即将过去的上午的每一丝金光，我能看见碎屑在搅动中活了过来。蓝色、紫色、金色的纤毛在刺进水中的黄色光束中缓缓旋转。在镀金的迷蒙景象中，我看见一只虾的眼睛闪闪发亮，它显得多么陌生和强健。

上方的光线发生了改变，我抬起头，看见犹如黄昏的黑影一时间笼罩了水面。我转动头部；一颗铆钉扎得锁骨生疼，于是我停下来，调整头盔的角度。时间一分钟一分钟变得很慢，在寒冷中拖得很长。我低头望去，看见一道白影，我以为肯定是什么动物，但随即意识到那是我的眼睛，是它们在头盔观察窗上的倒影。就在这时，某种低沉的震鸣声穿透了我，那是一次巨大的搏动，就好像有人敲响了我身旁的一口大钟。我感觉到自己的身体向下坠落，感觉到压倒一切的憋闷、愤怒和恐惧，感觉到高弗非难的黑眼睛，感觉到大凯特皮肤的触摸；蒂奇倒退着走在冰层上，北极圈木料的气味，云船的颤抖，它们全都离我而去；林间空地上被熏黑的杂草中的血迹，菲利普脸上的痛苦，我让它们全都离我而去；维拉德永远纠缠着我的矮小黑影——我让它们全都离我而去，我就这样浮在海水里，双臂悬在身体两侧，柔和的洋流拉扯着我。寒冷将我吸向深处，光线越来越暗，而我，感谢上帝的慈悲，我最终化作虚无。

一团白色的薄纱擦过我的头盔。我陡然醒来，摆动手脚向后游。是一只水母，近得危险。我认出这是一只有毒的水母，我踩水游开，望着它把触须收回参差不齐的裙边底下。我跟着它游，注意保持身体直立，以防头盔漏水。我穿过浑浊的海水，朝着岩崖之间一片低矮的石林而去。这应该就是那艘沉船了。

船立在海底，毛茸茸的长满了水草，生锈的铁栏杆歪七扭八。鱼游进游出敞开的舷窗。我开始搜索。海水冰冷。我盯着一块棕色与红色的露头岩，听着耳朵里呼吸的气泡声，一个东西突然变成亮橙色，随后重新变回锈棕色。

我停下，慢慢地靠近它，经过太阳射穿海水照下来的最后一块亮斑。我眯起眼睛看；没有东西在游动，没有东西在翻搅。但就在这时，经过一系列的光影变幻，那块石头变成了一个光滑的蓝色团块，随后是坑洼不平的红色肉块，然后是遍布斑点的棕色破布，最后是难看的红色裂隙。

我再次非常缓慢地游向它，伸出裹着厚牛皮的双臂。那东西从石块上一跃而起，橙色的腕足胡乱挥舞，吸盘异常苍白。它的视线从柔软的套膜里射出来，烧穿我的身体，看着这个年轻人可悲的僵硬身体和无法弯曲且毫无用处的硬直骨头。我望着它柔软的肿胀头部，皱纹使得它看上去非常古老，灼热的美妙感觉在我身体里奔涌，那是如阳光般灿烂的希望。

根据它的第三条触手，我看得出这是一只雌性章鱼。她太美丽了，充满了生命力，想到高弗杀死她，制作成供展览用的标本，我忽然产生了反胃的感情。这么做似乎太不对了。我心想，能不能把她活着带到英格兰去呢，让人们欣赏这个会呼吸的奇迹？真的完全不可能吗？说真的，那些海葵、海百合、海蛞蝓和章鱼，难道就不能把它们活着带回去，让永远不可能有机会亲眼看见它们的大众近距离欣赏它们吗？

我知道那是不可能的。科学做不到这些。你打算用什么装它们？哪些动物可以装在一起，又怎么装？能把植物运回去但不至于腐烂吗？还有，该怎么保持海洋生物的生命？不，那是不可能的，毫无希望。然而，正是失败的必然性让我坚信应该尝试一下。

章鱼把自己变成一团海藻，黑乎乎的身体就悬在我面前。我伸出手想摸它，它射出一股墨汁。我们都停下了，望着彼此，灰扑扑的墨汁悬在我们之间。然后它像子弹似的穿过海水，随即停下，像一块着火的布料似的绽放光彩，它展开腕足，颤抖不已。这个停顿中有一丝嬉戏的感觉，就仿佛它期待我能有样学样。我向它伸出手，动作和缓；它悬停在幽深的海水里，几乎完全静止。然后，它羞答答地脉动着游向我,在仅仅几英寸外停下,它胶冻状的小眼睛打量着我。然后它径直游进了我的手里。

我浮上水面时,太阳低垂,不再燃烧。

我暖和不过来。高弗父女点了几盏提灯,借着摇曳的火光,我发现坦娜在启帆返航。我筋疲力尽地倒在甲板上,让高弗把其他东西拽出水面,呼吸管湿漉漉地落在背后的甲板上。高弗摘掉我的头盔;我呼吸着新鲜空气,身体微微颤抖,感觉像是皮肤底下在放电。太痛苦了。越来越暗的傍晚光线中,俯视我的高弗脸色发绿、坑坑洼洼。

"澡泡得如何?"他歪着嘴微笑道,"洗干净了吗?"

我喘息着请他解下我背后的笼子,里面有那只不知名的章鱼、几只蓑海牛、海羊齿和星虫。高弗帮我脱掉潜水服,脸上带着几分怜悯。他从一箱个人物品里取出一块棕色羊毛毯递给我。毛毯有一股木炭和卫生球的气味,但毕竟聊胜于无。我默默地坐在那儿发抖,然后去下层甲板穿衣服,再回来研究滴水的笼子里的收获。

"是什么?你抓到了什么?"高弗说,趴在我肩膀上看。

坦娜也加入了我们的行列,她显得焦急而紧张。

我看着她的脸,我不确定她有没有哭过。"你不舒服吗?"

"我没事,布莱克先生,谢谢。"

"你到底找到了什么?"高弗不耐烦地说,"快打开看看。"

我从坦娜面前转过去,非常小心地打开笼子,取出那只耀眼的橙色生灵,那只章鱼。

"有点像深海多足蛸,"他着迷地观察它,"但太大了,不可能是。"

"它向我喷墨汁，先生，"我说，"我不认为深海多足蛸有墨汁。"我捧起它黏糊糊的身体，它慢慢缠住我的手臂，吸盘的触感让人惊诧，就像冰冷的小嘴。它感觉起来是那么亲密。我解开它的一条腕足，顶多一秒钟它就又缠了回去。

　　"它喜欢你。"高弗说。

　　我蹲在甲板上，章鱼缠在我的胳膊上，时间临近傍晚，我看见小湾的灯光从远处逐渐接近，觉得非常平静，远离我为自己创造的艰苦而贫瘠的生活。于是我放声大笑。

9

我们把动物放进倒满海水的铁桶，在高弗家的蓝色小屋背后摆成一排，然后进去吃饭。

走进暗沉沉的餐厅，我发现连这儿都像是爆炸过，到处都是纸张、腌制瓶和标本盒。光秃秃的桌面上，一只小乌贼干成了棕色的一团。高弗把它扫到一旁，它掉在地板上的面包屑之间。

"我们连家具租下这屋子，给它添置了我们带来的凌乱。"他嘟囔道。

"希望你喜欢炸鲭鱼。"坦娜在隔壁房间大声说。她出现在门口，笑容出奇紧张，就好像担心我会失望。我不明白她这一整天的举止为何如此奇怪和犹疑。我猜大概是因为她父亲允许我进他们家的门了，她从中看见了他接纳我的可能性。

"简朴的食物就适合简朴的人。"高弗喃喃道，挠着鼻翼。

"咱们是这样的人吗？"坦娜说。

"闻起来非常新鲜，谢谢。"我坐进一把松木椅，它被我的体重压得颤巍巍的。房间尽管很乱，但我觉得这儿充满魅力，桃花心木的长餐具柜上方挂着一排小幅肖像油画，它们镶在生锈的镀金画框里。

"那些是你们的吗？"我打个手势，转向坦娜。

"那可不一定，"她模棱两可地说，拿起我的餐盘给我盛菜，"喜欢吗？"

餐盘忽然断成两截，她手忙脚乱地去捞碎片。她抓住了其中之一，另一块咣当一声掉在地板上，但没有碎。"开玩笑吧？"她慌乱道，"硬木地板这么软，我的手却太硬了？"

我从座位上站起半个身子。"没划破吧？"

"哦，老天在上，"她说，"布莱克先生，生活又不是威尼斯歌剧。"我不明白她的意思，但我看见她的手腕内侧被割破了，而她觉得很不好意思。她一个人去洗涤室包扎伤口。

"你女儿是一位优秀的画家。"我对高弗说，他从头到尾一直默默地坐在椅子上。我大胆地看着他的脸，等待他对这句恭维话的反应。他没有说话，我继续道："她的诸多魅力之一。"

"你似乎对她的魅力很感兴趣。"他说，黑眼睛紧盯着我。

我感觉心脏提到了嗓子眼。我知道自己太直接了，但油然而生的恼怒充满了我的内心，我控制不住自己。我舔了舔嘴唇。"她是一个值得敬慕的女人。"

"她不是女人，她还是个女孩。"

"她二十岁了。"

"她才二十。"

我看得出他无情的双眼蒙上了某种怪异的神采，像是第二层的黑暗，于是我陡然停下，就好像我踏上了断崖边缘。"呃，好吧。"我喃喃道，声音小了下去。

高弗喝了一大口葡萄酒，我看得出我的让步使他松了一口气。他在手里转动杯脚。"生活对坦娜比我想象的更加苛刻，"他轻柔地说，"你永远也无法想象——她太沉稳了。然而英国社会无论如何都不可能接受她，她因此受到了极大的伤害。古怪的事物总是会吸引她，我不认为这对她有任何好处。记住我的话，你把十二个人放在一个房间里，坦娜总是会接近其中最不正常的那个。她小时候就是这个样子。很感人，体现出她的仁慈，然而结果从来都不怎么好。我不希望她受到更多的磨难了。"

他用柔和的视线望着我，这时我理解了，他担心女儿——担心我们俩——会成为社会弃儿。他似乎在说，假如换个环境，他肯定会接受我。

他清了清喉咙。"哦，对了，她的画。唉，坦娜确实很努力。但是，布莱克先生，你的画，那才是真正的优美。我从没见过哪一位画家能做到这么细致入微，同时又画得栩栩如生。"

他并不是第一次赞扬我；高弗经常如此称许我的画作线条的优美和雅致。

"过奖了。"我说。

"咱们都知道我并没有，"他露出一个歪斜的揶揄笑容，"但这段时间我一直想问你，你愿不愿意赏脸，为我的新书绘制插图？"

我感觉到困窘使我的面颊烧得滚烫。"您在取笑我吧？"

"对你没有吸引力？"

"先生，我为此感到无比自豪。"尽管我和他之间有着巨大的分歧，但他对我来说依然是个传奇，而且这个邀请确实是一份无与伦比的荣耀。

他皱起眉头。"你说什么？大声点。"

坦娜拿着一个有裂口的金边白瓷盘回来。她把盘子放在我面前，一只眼睛湿漉漉的橘猫从桌子底下钻出来，径直跳到了桌上。

"哎呀，"高弗拍拍它，"你占了她的座位，"他使劲拍了一下巴掌，"美杜莎，快下去。"

"所以你看见我们的生活状态了。"坦娜说。

高弗噗的一声吐出一口气，就好像没什么值得抱歉的。然后他开始像兔子似的吃鱼，一口接一口飞快地往下塞，他的眼睛一直盯着盘子。

"我说我为此感到无比自豪，先生，"我说，"书写得怎么样了？"

"为什么自豪？"坦娜问。

"啊哈，写书。"高弗嘟囔道，摇摇头，鲭鱼肉在他亮晶晶的细小牙齿之间一闪而过。

"为新书画插图。"我说，转向坦娜。

她看了一眼父亲。"我知道了。"她在我们对面坐下，她碰了一下桌子，蜡烛为之颤抖，灰色的阴影像蛾子似的掠过她的浅色衣裙。她盯着叉子看了好一会儿，然后抬起头，微笑道："毫无疑问，肯定会非常美丽。"

高弗继续开心地吃东西。"我本来想自己上的，可惜我的视力不行了。再说最近我对画画的兴趣也越来越少。对写作也差不多。展览——那才是最重要的。"

我并不想说起这个话题的，但潜水时产生的念头此刻忽然钻进了我的脑袋，我觉得要是此刻不开口，我就会永远失去这个机会。"你有没有想过把你的展览变成活物展览？"

高弗皱起眉头看着我。"活物展览，布莱克先生？"

我停下了，等两人都把注意力完全投向我才继续说下去："想象一个大厅，一个展览厅，但不是摆满了长凳。而是有许多大水缸，装着形形色色的水生动物。巨型水缸。也许还有开放式的陆生动物养育箱，里面是蟾蜍、海龟和蜥蜴。人们可以把脸贴在玻璃上看。直接欣赏动物的习性。可以做成永久性的，就像是个室内公园。"

"一个海洋动物园。"坦娜喃喃道。

高弗胡乱嘟囔了一句什么，又起一块煮马铃薯塞进嘴里，但我看得出他很感兴趣。"这是不可能做到的。"

我平静地看着他。"一切都是不可能的，先生，除非有人去做。"

他打量着我，表情变得柔和。"是啊，孩子，那会是一个奇观。"

"但怎么做呢？"坦娜说，我看得出她也在认真思考，"水箱必须完全密封，在漫长的行程中不能漏水，但是——"

"但是动物每时每刻都需要氧气。"我说。

"正是如此。另外，你打算怎么容纳这么一批展品呢？为动物标本组织一场临时性的展览是一码事，连续几年养育活有机体就是另一码事了。你是要为了这个用途去改建现有的建筑物——这么做或许比较省钱——还是必须为此专门设计一座全新的建筑物？"

"总而言之，真是一个迷人的难题。"高弗咕哝道。

我们开始长时间地讨论如何平衡碳酸和氧气、植物腐败和水体酸度多变的问题。气氛热烈，又很亲昵，我们三个人带着真正的热忱和敬重权衡彼此的意见。我们沉浸在讨论中，等我最后起身去室外上厕所的时候，长长的黑影贯穿了整张餐桌。

回到房间里，我发现高弗若有所思地望着汤汁点点的餐盘；他似乎刚刚想到了什么。我以为他要就供氧水平发表新的见解，但他粗声粗气地说："下个星期六只能你们单独整理海百合的标本了。我要沿着海岸线往北走，去三十英里外的一个小村庄。据说那儿有个渔夫捕到了一条长翅膀的白皮肤大鱼。他们说那东西很奇特，非常陌生，不属于这个世界。天晓得是不是言过其实，说不定只是什么常见的品种，被创伤改变了外观。但也有可能真的很罕见，甚至是个新物种。总而言之，顶多一两天的事情。我会找地方住下，第二天傍晚就回来。"

坦娜平静而冷淡地看着他："这是我第一次听说这件事。"

我垂下视线，紧张地喝了一口水。

"我亲爱的女儿，你生气是因为我没有叫你陪我一起去，"高弗说，"但这趟旅程不可能舒适。我觉得你不会介意的。"

"随你便吧。"坦娜说。

她起身默默地收拾桌子，捧着互相碰撞的一摞盘子离开，衣裙沙沙作响。

高弗转向我，不为所动。"孩子，喝杯红酒吗？"

10

∼∼∼

几天后我想到了办法。

那天清晨我醒来时房间里冷得可怕，我感觉怪异、闷闷不乐。我慢吞吞地穿过走廊去水缸那儿，衬衫下摆耷拉在屁股后面。我用水缸里的水洗脸和胳肢窝，尽量不去注意对面房间里传来的声音。那个房间里住了个驼背的矮小男人，他的牙齿掉光了，一根接一根抽烟，每天早上醒来时都会撕心裂肺地咳嗽一阵。

我回到自己的房间里，伺候我养在窗台上的汤盘里的芽苗。正在给它们浇瓷盆里发绿的水的时候，我突然全都想通了。我忍不住地颤抖。我哐当一声撂下瓷盆，连外套都没穿就跑到海边去挖标本。等我回来时，我的公寓暗沉沉的，散发着白垩和潮湿的气味。我把采集到的轮虫和纤毛虫连同一些海水放进瓷盆，摆在窗口。我喂养它们，但沮丧地发现它们两天后就全死了。经过反思，我又去海边搜集了一些海洋动物和植物，这次把它们放进一个全透明的玻璃器皿。

我想到的关键是这样的：水生动物吸入氧气，呼出二氧化碳；而植物刚好相反，吸入二氧化碳，呼出氧气。那么，让它们在封闭环境中繁衍的秘诀或许就是把它们养在一起。

我的第一次实验是用瓷器做的，因此缺少光照。但换上透明的玻璃缸，植物就会得到合成氧气所需要的要素。

就这样，我的新一批标本存活了很长时间。我定期搅动并更换玻璃缸里的海水，解决植物和动物的自然凋亡和排泄问题。

我控制住自己，没有立刻跑去找高弗父女，而是自己忙了起来。一次梅德温要去哈利法克斯，他的陪同保证了我的安全。我走进主广场上的建筑工地，穿过泥地，跨过半完工的仓库里扔在地上的梁木，找建筑工人问这问那。离海边两个街区的一个仓库里，一位工头走出铸铁框架的阴影，气呼呼地同意回答我的问题。他的不耐烦没多久就变成了好奇。我们聊了近一个小时，我愉快地回家去做计算。

我不是什么了不起的数学家。但搭建云船时需要完成一些非常精确的测量工作，有了这些知识，在接下来的几天里，我设计出了我认为可行的一个大型水缸。我画出它的平板玻璃侧壁，对面侧壁之间保持平行，以避免扭曲变形。我试验了许多种黏合剂，最终决定用一种含有铅白的混合调制物。

我花了三个晚上建造它。工作之外，我不和任何人交谈，我吃得很少，一直在干活，直到双手关节疼痛且咔咔作响。我造出一个两英尺长、一英尺半宽、半英尺深的水缸；底部用的是一英寸厚的玻璃板。梅德温从他朋友的木材场拿了些桦树废料给我，我把它们车成顶端有球状突起的柱子，用横杆把它们连在一起。我把它们装配起来，然后找到一个欠梅德温钱的玻璃工，让他免费给我割了四块玻璃。我把玻璃滑进石板和木头上刻好的凹槽，用铅白黏合剂固定住。但我非常小心，因为我知道铅对海洋生物有多么致命；固定好之后，我用溶在石脑油里的虫胶和白垩刷了一遍水缸，等混合物硬化干透，它会阻止海水接触铅白黏合剂，防止氧化铅的长期少量泄漏。

我屏住呼吸，祈祷这么做能够行得通，祈祷我终于能用某些成就让她那张精致而敏锐的小脸露出震惊的表情。

第二天傍晚我离开干货店时，黄昏已经早早降临。风吹得干枯的树叶沙沙作响，我惊讶地发现秋天又来了。空气中有异样的感觉；闻起来像是浓烈的潮气和烂泥。我经过许多座废弃的住房，窗户黑洞洞的；我也经过许多座灯火通明的住房，能在窗口人们的动作中看出他们的喜悦、恼怒或失望。我经过一户人家，一个男人坐在粗糙的松木桌前，脑袋埋在双手里。

来到一家有色人种烤肉馆附近，我停下了。我闻着洋葱烤焦和香料调制的肉味，不由自主地数了数口袋里的钱，然后走了进去。

这是个破旧的小餐馆，弥漫着油烟，餐桌前坐满了男人，他们伏在餐盘上，面部的灰色倒影在餐盘里仰视他们。我踏着油漆剥落的木地板走向吧台最远处的空凳子，感觉到人们的视线逐渐压在我的烧伤疤痕上。事情一向如此，尤其是在吃饭的地方。尽管我早就习惯了，但还是感到疏离和陌生。

我从背包里取出一个小本子，开始计算水的组分、温度和体积。服务员过来，我点了一份炖杂烩，他转身回去。我望着餐厅尽头布满泥点的窗户。光线昏暗而冰冷。我揉揉眼睛，考虑自己是不是需要配眼镜了，这不是我第一次想到这个念头。我叹了口气，视线飘向一个高大肥胖的男人，他穿一身干净的新正装，他刚好抬起头，迎上我的视线。我不认识他；我连忙转开视线。

炖菜来了，我漫不经心地吃着，只用半边牙齿咀嚼，手在本子上写写画画。我伸手去摸调羹，却听见吧台上响起带着溅水声的碰撞声响，我用眼角余光瞥见一杯浑浊的威士忌。我在座位上稍微让了让，给在我旁边坐下的人腾出空间。我在纸上画出两个纵栏，分类加总，皱起眉头。店堂对面的角落里，一个醉汉爆发出阵阵难听的狂笑。

"你喜欢算式。"我身旁的男人说。

这个声音显然属于一个苏格兰人，我困惑地抬起头。

说话的是个白人。

"我以前也喜欢摆弄数字。"他说。看见肮脏镜片后的那双眼睛，颜色浅得近乎无色的那双眼睛，我愣住了。"现在数字对我依然很有吸引力。计算，证明，"他停下，"我猜一个人永远也不会丢掉小时候痴迷的癖好吧。"

我觉得像是缓缓地沉入水下，就好像潜水服的重量压在我身上，但同时我也觉得头晕，脑袋昏沉沉的。我盯着他，惊诧于我此刻的心情与自己想象中的大相径庭，一切都是那么平静和熟悉。

吧台后的招待警惕地看着我们。

白人对招待置之不理，只是好奇而温和地从镜片背后盯着我。他发黑的金发用头油定型，分缝凌厉得就像他右耳上方的那道伤疤，他晒得很黑，表情冷静，面颊上能看见紫色的血管。他的脸很瘦，讨人喜欢，高颧骨，嘴唇薄得几乎看不见，隐没在一抹整齐的金色胡须底下。他似乎很放松，很自在。

"用不着起来，"他轻声说，虽说我根本没有这个打算，并没有想要起身，"继续吃你的吧。"

我咽下嘴里的食物；它像沙子似的摩擦我的喉咙。尽管坐在凳子上，我依然看得出他比我矮得多，他的身高和高弗差不多，他瘦削而精悍，结实的前臂青筋突起。

"吃吧。"他又说，脸上浮现出一丝笑意。他眯起的左眼几乎闭着，这个缺陷让人感到遗憾，就好像他这只眼睛从一开始就没发育好。"你需要营养。"

我从没想象过这么一个声音。轻柔，但毫无娇弱之气，反而像是属于一个很容易就能赢得尊重的男人，这个男人不需要强迫别人听他说话。我觉得他顶多四十岁。

"你觉得我该吃什么好呢？"他说，摘掉眼镜，"我不吃鱼。"

我只是盯着他，感觉心脏锤击我的肋骨。

"你什么都不推荐吗？哦，好吧。你的炖菜闻着不赖。"

我没有回答，他慢慢拿起酒杯，喝了一口威士忌。隔着肮脏的杯子，我看见了他满嘴洁白但盘曲的牙齿。尽管我的双手在颤抖，但平静的感觉笼罩了我，就像多年前我和菲利普在那片空地上的时候一样。别人吃饭的声音——餐刀刮盘子，咳嗽，喃喃交谈——变得更尖利、更冰冷。无法逃避命运的苦涩情绪充满我的内心。

天晓得为什么，我的视线落在他的衣服上。我注意到他的左袖口挂着线头，一身正装非常便宜，廉价的织物已经磨薄，胳膊肘打着补丁。就好像他最近遇到了挫折，而且这一跤还摔得相当重。

注意到我在打量他，他吃吃轻笑。"我的裁缝死了，信不信由你。唉，他是个好人。他熟悉他的行当，如今的人都懒得去注意。每一条接缝、每一个针脚都有各自的名称和功用。这样的人离开尘世，取而代之的是门外汉。业余人士。我告诉你，现在这代人没几个有耐心去真正地学习一门手艺了。因此任何东西都留不下来，一切都会崩溃，无法永远保存。这个世界就在咱们的眼前朽烂，"他微微一笑，眯起双眼，"我听上去老气横秋，"他耸耸肩，"我确实老了。至少我女儿这么对我说。我自己看不见我的改变。"

我甚至没有去看出口，因为我知道自己不可能跑到那儿。我抓住我的小本子，纸张割破我的手掌，我想到这个人的女儿，想象他的血脉在延续：相同的无色眼睛，相同的粗糙的通红下巴。

"当然了，她出生时有着一切优势，"他说，端详面前的威士忌，"社交舞会，漂亮衣服。我？我是圣约瑟的子弟。我在孤儿院里长大。不去孤儿院，你就不知道什么叫作苦工，"他微不可察地摇摇头，"没有比孤儿院更糟糕的地方了。没有更可怕的痛苦了。"

我想起自己和菲利普在一起的最后那段时间，想到他的结论：我的人生很轻松，奴隶让我的生活变得简单。我僵直地望着前方。

"我觉得无论我们想不想要，现代化都会占据上风，"他停下，沉思片刻，"你见过新的蒸汽火车头吗？从斯托克顿到达令敦的车轨？"

我望着他的小眼睛，一言不发。

他干巴巴地微笑。"你不会说话？我问，你有没有见过英格兰新铺的公共铁路？"

"我没见过。"我说，听见了我声音里的冷淡，勉强克制的轻蔑。

"天哪，作为一名算式的爱好者，你肯定会觉得它们无比伟大的。其中牵涉到了计算。堪称艺术。那是推进技术的真正奇迹。但你记住我的话，它们会亵渎我们熟悉和认为神圣的一切事物。距离变得越来越短，陆地被拉得越来越近，而区别则越来越模糊，"他说得很慢，字斟句酌，我几乎听不清他在说什么，"我本人呢，总是坐马车，尽管现在不时兴马车了，其他人已经接受奇奇怪怪的交通工具——蒸汽引擎，等等。违反自然的浮空装置。"

我默默地打量他；他说的当然是云船。我背后有人扯着沙哑的喉咙大喊要酒喝，但他的同伴咬牙切齿叫他闭嘴。一个杯子叮叮当当掉在地上，但没有摔碎。

　　"近来我在美国做了最迷人的一趟旅行。我接连几个小时穿过荒野。外面的杂草枯干变灰，绵延许多英里。明白吗，一个人用其他方式旅行就会错过这一切，因为你会丧失距离感。我一直以为美国是一片多山的土地呢。好吧，我告诉你，其实不是的。并非到处都是山。我用我自己的眼睛看见过。你可以颠簸好几天，但连一个长草的小山包都看不见。连土丘都没有。

　　"最后我在一个我不认识的村庄停下。我不想下车的，但车夫没法继续载我了。天已经全黑了，我向前走，但没见到任何路标。我彻彻底底地迷路了。这时我看见一条人影坐在远处的一把长椅上——那是个穿黑衣的女人。多么奇怪啊，我心想，一个女人夜里单独出门。我向她喊叫，但她没有回答，于是我走了过去。

　　"想象一下我的震惊吧。她不是人，而是一个玩偶，真人大小，用麻袋缝制，黑色小石子儿充当眼睛。我走向村庄的深处，遇见了更多的玩偶，就好像一个发疯的老女人花了一辈子缝制它们。我连一个活人都没见到。住在这个村庄里的只有稻草人。"

　　我感觉自己抓紧了小本子，于是松开湿漉漉的手掌。

　　"你有什么看法吗？"他问。

　　我没有回答。我背后有人轻轻咳嗽。

　　"来到村庄两英里外的一家客栈，"他继续道，"我找到一个活人，他讲了个故事给我听。充满怪异和悲伤，这种故事向来如此。大概二十年前，村里的孩子开始生病。起初像是普通的疾病：头痛，流鼻涕，肚子疼。但后来他们出现青肿、疖子、痉挛。就好

263

像某种反常的干扰在作怪，某种违反自然的不正常东西。当地的医生认不出这种怪病是什么。于是孩子们被送走，在其他地方接受医治。

"但他们一去不回。村里只剩下了老人，后来他们渐渐死去。没有死的人通过其他方式离开了村庄。到最后村里只剩下一个寡妇，她是个裁缝，她开始缝制消失的那些人的面孔。她亲手制作身体和衣物，然后画上脸。每一个玩偶都是曾经居住在那里的一个人的复制品。"

他静静地望着桌子。"就这样，真正的活人消失了，违反自然、受到诅咒的畸形怪物取代了他们的位置。"

他停下，抬起视线，他水蓝色的眼睛非常平静。他似乎在等我回答。

"一个很好的寓言。"我说。

"不是寓言。"

我望向出口。

"我说的话，你认为它符合自然吗？"

"我认为不符合自然的是从你嘴里说出来。"

他暧昧地笑了笑。"连你的说话方式也是这样，"他摇摇头，"要是在黑暗中，别人会以为你是个英国人，"他停下，"布莱克先生，这符合自然吗？"

我目不转睛地望着他，没有流露出任何慌张和恐惧。

"让低等生物脱离真正适合他们的命运轨道，这样符合自然吗？不让他们履行他们天生的使命？给他们虚假的力量感？就好像某些生灵被造出来不是为了服务其他生灵似的。就好像牛的存在不是为了被吃掉，"他在手里转动酒杯，"自然的运转之中不存在偶然。知道这是谁说的吗？亚里士多德。他说，没有任何事物是偶然的，一切都无一例外地为了其他事物而存在。"

我冷笑。我知道我应该掩饰自己的轻蔑，但这个人让我感到可笑，自欺欺人，背诵希腊哲人的名言，只是为了曲解原意。我看着他的脸。看到他清澈而静谧的眼神，我的胃直往下沉。

"你觉得我很可笑吗？"

我没有回答他。

"你知道亚里士多德吗？"

我没有回答他。

"他是一位伟大的思想家。欧洲人。"

我依然一言不发，审视他的面容。

"我来不是为了找你，"约翰·维拉德轻声说，说出这句话的时候，这个怪异的事实似乎让他的内心再次动荡起来，"最近你不可能更加远离我的思绪了。"

"你来过我的寄宿公寓。"我说。

我害怕的这个人，来自我的过去的赏金猎手，他再次露出暧昧的笑容，歪扭的白色门牙从他的薄嘴唇里龇了出来。"布莱克先生，我都不知道你在这个国家。"

我不知道该怎么看待他的这句话。

"如今我是做保险的。"他说。

我几乎没能听懂他的意思，这个消息对我来说太奇特了。我在他的表情里寻找讥讽。

"伊拉斯谟·王尔德死了。不过我必须要说，他这个老板后来变得越来越难伺候。你可以想象，后来的工作最终如何枯竭。"

我非常震惊；我说不出话来，但其中的真实性似乎毋庸置疑。

然而有半个我还是不敢相信。

"我依然是个调查员，调查——怎么说呢——凡人的错误，但主顾是一家企业，承保运往海外的货物。这是一份好工作。"

"他是怎么死的？"我问，"王尔德先生？"

"毫无疑问，要是你知道有多少人企图诈保，一定会吃惊的。只能用猖獗形容。人会因为最廉价的货物而撒谎。"

"他是怎么死的？"我又问。

"某种疾病，我不是很清楚。可能是斑疹伤寒。已经过去两年了，"他耸耸肩，"我在保险业挣到的钱币比我跟着黑鬼和罪犯摸爬滚打加起来的都多。"

我想起伊拉斯谟，想起他浓密的白发和仿佛钢屑的浅蓝色眼睛，想起他极端的甚至优雅的残忍。我不明白他凭什么能得到像伤寒那样仁慈的死法。无论疾病带给了他多少痛苦，他也死得太轻松了——他这么死去，背叛了命运终结于他的一时兴起的无数男人、女人和孩童，仅仅因为那天的天空太晴朗、他们走在田里的速度太缓慢或昨晚的月亮让他过于兴奋。

"发现你在新斯科舍，我吃了一惊，"他继续道，"你想象一下。我在码头勘察了几个小时，回来却在街上遇见了你，你大摇大摆，像是全世界都属于你。哦，别忘了，你长大了这么多，看上去已经不像你自己了——我必须承认，刚开始我不敢确定。但伤疤每一次都会出卖你。上帝啊。我找了你那么多年。许多年。等我总算放手，你却突然出现了。"

他扭头看着我，瞳孔仿佛燧石——乌黑而锐利。"你和你的主人，你们害得我非常丢脸，"他黯然一笑，"伊拉斯谟说死活不论。是拆成零件装进板条箱还是整个儿运回去都无所谓。但前提是我首先要抓住你，"他面无表情地盯着酒杯，"你这么一个孩子，对世界能有什么了解呢？你怎么可能知道世界是怎么运转的？找你肯定比在碗里找调羹更容易。

"跟丢了你和你的主人之后，我的好名声就再也保不住了。"他的声音很轻柔，"怎么说呢，没人来找我做事了。我败光了我的生意。后来我回到英格兰，王尔德先生在街上遇到我，连正眼都没看我一眼。我追捕你们两人许多年。他躲着我逃跑了许多年。结果呢？在他眼中，我和一个扫大街的没有任何区别，"他停下，陷入沉思，"假如这都不算失败，那我也不知道这是什么了。假如这都不算挫折——"他沉默下去。

我的反应很慢，过了一会儿才反应过来。"克里斯托弗？"我说，"你是说克里斯托弗？"

"你的主人。"他说。

"克里斯托弗，"我重复道，"他在伦敦？"

"利物浦。我在检查从西印度运来的一批桃花心木箱子。去年三月——哦，不，前年。我本来根本不会注意到的，但我听见一个人在街上大声自言自语，于是我抬起头，看要不要避开这个人。"

一股热流在我胸口涌动，它沉甸甸的，几乎像是液体。

维拉德在打量我。"你不知道？"他说。

那个难以想象的画面浮现在我眼前：蒂奇走在那个陌生城市的街头，一个人喃喃自语——他活着，他得救了，完完整整。

"你们离开信念种植园后，你也从他身边逃跑了？是这样的吗？"维拉德好奇地看着我，"哦，你别是要说是他释放了你吧？"他摇摇头，"伊拉斯谟说得对。那家伙一直有点疯狂。"

我坐在朦胧的烟雾里，听着他的嘴唇触碰威士忌酒杯，他吞咽时的潮湿声音。

漫长的沉默横亘于我和他之间。

"这儿的月亮看上去很怪,"维拉德说,放下酒杯,"和在南半球见到的完全不一样,"他望向我背后的窗户,"月光照在石头上的时候有水的质感。脏水。"

我也望向窗户,看着明亮的黄色月光蓄积在砾石小径上。维拉德平静地拿起眼镜,架在他小小的鼻子上,用大拇指推回原位。他起身,极为优雅地把足够付账的零钱放在吧台上,用他青筋突起的茶褐色双手把钱币摆成一排。

"我就不打扰你吃饭了。"他说。

说完,他从餐桌之间穿过,离开了。

11

~~~

 这就是他：纠缠我的鬼魂。一个矮小而冷静的男人，靠古怪的道德故事和借来的名人名言壮胆。这就是他，我这三年想方设法逃避的那个人，属于噩梦的生灵，逼着我走过炽热和风雪的土地，他的影子驱赶我跳上海船和马车，甚至在暴风雨之夜爬上颤抖的云船，我在无数个清醒的白天想象他的面容，在无数个不眠的夜晚幻想他的相貌，他迫使我远离自己熟悉的一切，因此我不得不在一个不想收留我的国家为自己挣扎求生，这个国家广袤而残酷，覆盖着冻硬的雪壳，但能够给我的只有一点点空间、一点点和平。

 我坐在喧闹的烤肉馆里，黏糊糊的饭碗贴在手背上。我的喉咙干得出奇，感觉到巨大的恐惧在身体里扩散，而恐惧的边缘还有一丝惊奇。

 是我内心的疯狂使得我相信他也许真的在利物浦遇到了蒂奇吗？维拉德显然是个阴险的家伙，并不值得相信。然而，我还是感觉到了其中的可能性，就像我从血液里一直知道大凯特已经死了。但是，这些感觉并没有基础，仅仅是出于迷信、希望或者绝望。

 不；我不相信。

 正如我不相信维拉德费尽力气找到我只是为了和我聊天。他说他对我的血肉已经不感兴趣；他现在是一名保险调查员了。可是，他絮絮叨叨说的那些话底下潜藏着某种张力，即便他已经离开，我依然能感觉到他的仇恨和蔑视有多么炽烈。我绝望地想象他在街头漫游，无休无止。

我起身，发现双腿在颤抖，只好又坐下。我深吸一口气，再次起身，把我的饭钱放在吧台上他的酒钱旁边。我收起小本子和背包，走出饭馆。

夜晚很安静，街道上空无一人，远远回荡着马车的踏踏声。我一次又一次向背后张望，贴着建筑物走。风很柔和，带来薰衣草的香味，我听见我的鞋底搅动坑洼不平的路面上的砾石。干枯的树叶在排水沟里沙沙作响。我的思绪像是着了火，朝四面八方疾驰。大凯特，菲利普，王尔德先生；我忽然看见蒂奇站在他住所的窗口，弯腰趴在他的钢铁长筒望远镜上。我又想到维拉德引用的亚里士多德。

多年来我一直认为科学是最一视同仁的。无论你是什么种族、性别、信仰——世间的事实都在等待你去发现。但我很少想到，它有可能以无数种方式被破坏。

此刻我在走过一条黑洞洞的小巷。小巷尽头是一堵砖墙，墙角下是一堆垃圾。一团小小的黑影尖叫一声，从垃圾堆里蹿出来，闪电般地跑过小巷；一只大耗子，或者一只猫。风灌满了一个罐头瓶，发出低沉的嗡嗡声，记忆吞没了我，我想到四岁时在地里干活，我爬上一段古老的篱笆，我曾经无数次地坐在上面，这段篱笆上了年纪，经历过日晒雨淋，木头变成灰色，表皮剥落，看上去像是半朽烂的骨头，突然间预感充斥我的内心，我感觉到篱笆会在屁股底下折断，尽管我告诉自己我的担心愚蠢且毫无根据，但就在我往上爬的时候，恐惧还是钻进了我的内心，我的膝盖在摇晃，没过几秒钟我就听见了噼啪一声脆响，我在坠落，在田地的边缘坠落，永不歇息的鸟儿在天空中嘎嘎怪叫，古老而熟悉的篱笆背叛了我，把残桩和木屑插进我的大腿。

我正要从黑暗的巷口转身，额头忽然挨了重重的一击。我踉跄后退，破碎声回荡在我的牙齿之间，热铁皮的气味充满了鼻孔。头顶上，屋顶之间的月光疯狂晃动，我站稳脚跟，免得摔倒，但锁骨上又挨了第二下，剧痛像烈火似的顺着手臂蔓延，我跪倒在地，膝盖溅起了几颗砾石。我能听见他在黑暗中举起什么沉重的东西，向下挥舞砸向我，我本能地翻滚躲避，因此那个铁锤或大头棒或木棍落在地上，掀起一团微光闪烁的砂砾。

一切陷入黑暗。我眨掉眼睛里的鲜血，看见他苍白的两只小手狂暴地抓向我，他的指甲插进我的面颊，我感觉到他撕开了硬化的皮肤表层，多年前留下的伤疤，我惊骇地惨叫颤抖，沿着面颊流淌的鲜血害得我作呕，让我嘴里充满了铁锈味。我挣扎逃开，闻到威士忌的酒味和没洗澡的身体散发的甜腻奶臭味，我把我的指甲也插进他的脸膛，他的骂人话像小河似的流淌，我听见他嘴巴开合时的水声。我害怕他会再次举起武器，于是去找他的脖子，祈祷我能用足够大的力气掐住他，切断他的呼吸。

一只鸟在砖瓦间咕咕叫；风吹得垃圾飒飒响。我挥舞手臂，拍打他的脖子，想扭动身体，不让他继续攻击我，毫无指望地祈祷能有个醉汉从饭馆碰巧来到这儿，帮我摆脱这个魔鬼。

"黑鬼你好大的胆子，"维拉德咬牙切齿道，右手掐住我的喉咙，左手在寻找被他扔在地上某处的武器，"你怎么能羞辱我？你怎么能害我丢脸？"

我在砾石地上前后晃动，石子嵌入我的脊梁，我感觉到后背在流血。我闻到了樱草花和威士忌，闻到了鲜血、腐烂的树叶和纯净的石尘。他勒紧掐住我脖子的双手，他长着老茧的滚烫双手，我蹬腿，却踢了个空，我的双手抓住他的喉咙，我感觉到自己开始喘不上气了。这时我看见了他歪扭白牙的寒光、他肮脏眼镜的油光。我感觉到他的身体重量压在我的腹部，惊讶于他的体重竟然这么轻，而枯瘦结实的双手竟然有这么大的力气。

　　刀，我忽然想起来了——象牙柄厨刀，我从餐具柜抽屉里拿出来，每天都藏在外套胸前的内袋里。我从他汗津津的脖子上拿开双手，却发现自己立刻被压得无法呼吸，只好又把手放回去。我们在尘土中掐住彼此的脖子，他的左手还在朦胧月光中摸索武器。我慢慢地松开一只手，闪电般地拔出胸袋里的刀，割破了自己的大拇指，然后向上挥动，从他眼镜底下捅了进去，用尽全身力气一直往里插。

　　我永远不会忘记他的惨叫。他向后仰起身体，痛苦地抓住自己的面门，我把他推下去，踹他，然后爬起来跪在地上，拼命呼吸。我们肩并肩跪在地上，就像神坛前的两个礼拜者，他在剧痛中惨叫，而我只顾着喘息。然后我站起来，一次次作呕，肩膀断裂，鲜血沿着面颊流淌，我扶着建筑物侧面的梁木，蹒跚着慢慢离开。

12

~~~

　　我应该去找梅德温的。梅德温一直渴望打架，永远怀着蹂躏他人的欲望。然而我不由自主地来到那座蓝色坡顶小屋的门前，我的血弄脏了门口的地垫。

　　她出来开门，她的头发用一组精巧的发卡松垮垮地别在脖颈后。我吃惊地见到她身穿睡袍，白色的宽松衣裙随风飘拂，袖管边缘沾着墨水。

　　我垂下视线。我没想到她有可能已经睡下了。

　　她立刻迎向我。"我的天哪，华什，"她叫道，"发生什么了？老天在上，快进来。"她的声音听上去空洞而惊愕。

　　我走进门厅，柠檬和定色剂的熟悉气味使我安心。我只看她的衣服，尽量不进一步破坏她的端庄形象，然而这个本能的举动很愚蠢，因为我浑身受伤、血淋淋地站在她面前，衬衫还被扯破了。"你父亲不在——"

　　"进来吧，快点。你去会客室。我去拿医药包。"

　　这时我才想到高弗不在家，他去证实传闻中的有翼鱼类了。

　　她转过身，挥手招呼我跟她去客厅。灯光照亮她的身影，隔着衣物我能看见她胴体的轮廓。我转开视线，脚步声在走廊里格外响亮，我觉得我的血肯定滴在了地板上。但我的视线还是被偷偷地拉了回去，我望着她臀部柔和的起伏曲线，尽管处在这样的情况下，一股热浪还是流遍了我的全身。

我们走进凌乱的客厅，微弱的炉火照亮了我的脸，她惊呼一声，抬起手捂住嘴巴。她立刻开始哭泣。

"别哭，坦娜。"我轻声说，但我口齿不清，血液扭曲了声音。

她清清喉咙，领着我坐在积灰窗户下的长靠椅上，然后去拿她父亲装医疗用品的包。余烬在壁炉里嘶嘶作响，烧到一半的沉重木柴压碎灰烬，掀起烟雾，房间里散发着木炭和薄荷的气味。长靠椅上铺着拼缀的盖毯，旁边是一摞污渍斑斑的卷边书籍，就好像曾经有一壶茶浇在它们上面。

她回来了，穿着那条透光的睡袍蹲在我面前，发疯般地在皮包里翻弄彼此纠缠的绷带、药膏和纱布。"需要缝合吗？"她说，依然震惊得头脑混乱，"你需要缝合。"

我舔了舔嘴唇，尽量把注意力放在呼吸上。

我听见她不规律的气息掠过嘴唇的干燥声音。她跪在我面前，我能看见她额头上致密的汗珠。她咬住下嘴唇，集中精神。她抬起手，用棉花擦拭我的面颊，我能隐约闻到她腋下的汗味。

"狗娘养的。"她抽着鼻子说。她用火烤针头，准备给我缝合。

"什么？"

"上帝啊，这儿的人对黑人太凶残了。骇人听闻。"

我没有说话，只是调整下巴的角度。

她开始缝合我撕破的面颊。她的手指温和而轻柔，她的动作不紧不慢。我尽量不畏缩，紧盯着她紧皱的眉头。最后她说："你觉得我做得很差劲。"

我摸了摸我的脸。

"不是缝针，我缝得很完美。我说的是炉火。我看见你进来时看炉火的蔑视眼神了。我自己也这么看了它一整天。唉，我的父亲是动物学家，不是伐木工。我对生火又懂些什么呢？"

我清清喉咙："要我帮你解决一下吗？"

"不，别，你别乱动。你给我歇着吧。"

但我已经从凌乱的靠椅上起来了，弹簧吱嘎作响。她继续表示反对，但发现我显然不会听她的，于是只好沉默下去。

"怎么了？"我问，注意到她在奇怪地看着我。

"那些新的伤口，实在不太好看。"她说。

我小心翼翼地摸了摸我破烂的面颊，挤出笑容。

"华什，你就像小说里的一个干扰。把事情引入歧途的力量。就像暴风雪。或者婚礼。"

"我不读小说。"

"别被我的话打消了兴趣。它们和我形容的其实不一样。"她灵巧地从蹲着的地方起身，睡袍卷了起来，我看见她的膝盖在微弱的火光下闪烁金色的光彩。我转过去看壁炉。

"可以了，"她轻声说，"你会弄疼自己的。"

但我只顾干活，背对着她。

"风在朝这儿吹，"她喃喃道，听她声音的方向，我猜她面对着窗户，"父亲肯定会被拦在路上。"

燧石终于打出火花，我把木柴搬到一旁，伸手去拿能引火的小木条，喂进小小的火苗。

"木头还是湿的，"我说，转向她，"没搬到房间里晾干吗？"

她无助地轻轻耸肩。"我没希望了。"

我起身，拍掉沾在膝盖上的树皮。

"你为什么非要和自己的伤口过不去？华什，快坐下。好好休息。"

"我走之前还有什么需要我做的吗？"

"你要走？你这个样子怎么能走？"

但我想到高弗发现我和她单独待在一起的情形，不禁打了个哆嗦。

她点了点头，显然她也想到了她的父亲。"是啊。"

"我还是走比较好。"

"对。"但她站在原地一动不动；她没有迈开脚步准备送我出去。她说："你是一位绅士，乔治·华盛顿。也许绅士得过头了。"

隔着她薄薄的睡袍，我能看见她身体的反光。我感觉自己并不像个绅士。

"我打扰了你，坦娜。"我说。

"对。"她又说，但这个回答似乎有其他的意思。

她眯起了眼睛。我感觉心跳加速，身体向外辐射热量。我望着睡袍下她身体被黑影覆盖的角落，她喉咙根部清晰的凹陷处，胸部坚实优雅的骨头，大腿之间隆起的小丘，我想把我的手放在她身上，把嘴唇压在向我隐藏的一切秘密上。

"华盛顿啊。"她轻柔地说。

她只说了这么多。然后她慢慢地走向我，大胆地看着我，一颗颗解开睡袍的骨雕纽扣。我只听见我背后壁炉的噼啪燃烧声，猫在远处某个房间里的抓挠声。她向走廊看了一眼，像是听见了什么响动，睡袍随即无声无息地落在了地上。

半夜里的某个时刻，外面下起了大雨。我们在黑暗中看着长长的银线划过窗口，啃食地面。积水咆哮，溢出了排水沟。门廊呻吟，就好像许多个鬼魂在上面走来走去。我想到了维拉德，他还躺在小巷中，餐刀插在眼睛里。

坦娜躺在我身边，黑色的柔软头发披在我没受伤的胳膊上。我们在靠椅前的地上，底下的地毯上沾着扎人的面包屑。我心里全是欣快，胜过了一切疼痛，我依然震惊于这一切感觉起来是多么自然，我们对彼此的身体已经多么熟悉。

我亲吻她的额头。"你本来要给你父亲的新书画插图，对吧？"我轻声说，"就是他请我画插图的那本。"

"不，"她笑意朦胧，"我希望他请你的，所以我才花了几个月的时间磨练你的技巧，"她耸了耸一侧肩膀，"不过你说得对，选你更加明智。"

"坦娜，我会拒绝他的。"

"为什么要惩罚你自己？"

"那咱们就一起画。有足够多的版面供两个人发挥。"

"父亲的这本书会很成功，我敢保证，用你的插图肯定比用我的插图更成功。我亲爱的可怜人华盛顿·布莱克，我认为你必须接下这个活儿。就算不是为了你自己，也为像你一样但永远不可能得到这种机会的那些人。他们像你一样有天赋，但得不到任何发挥天赋的机会。"

"能有什么用处呢？"

"我认为会有很大的用处。"

"坦娜，光是见到我的画，没人能猜到我的出身。"

"真相总有办法能见到天日。"她说。她用手指封住我的嘴唇，不让我继续反对下去。然后她在闪烁的火光中背过身去，拿起放在一摞书上的一杯冷茶。她的脊椎骨撑开皮肤鼓了起来。她的臀部上方有三块很大的黑色圆形胎记。

"咦，这是什么？"我淘气地说。

"唉，我最讨厌的东西，"她叫道，蠕动着从我身旁移开，"别看它们，闭上你的眼睛。"

"它们让我想起低潮位。想到海水退去后露出来的一块块地面。"

她翻身滚回我身边，亲吻我的鼻子。"乔治·华盛顿·布莱克，你这个诗人太糟糕了。"

我躺在地上，沉思了几秒钟。"你最喜欢的海洋生物是什么？"

"什么意思？"她喃喃道，温柔地亲吻我的颈部，"这会儿你不会想聊这个吧？"

"我最喜欢的是裸鳃动物。"

"因为有个裸字？"

"因为它能抢走水母或海葵的螫刺，固定在自己的背上当武器。"

她向后抬起身体。"你这是在形容我扮演的角色吗？来，咱们不需要隐喻来隐喻去的，"她看见我的表情，停了下来，然后大笑，"咦，天哪。你是认真的？我说不准，也许是章鱼吧。非得要我选一个的话。"

但我没那么容易打发。"章鱼？"我微笑道，"了不起。"

"是的。"

"因为它特别奇怪吗？"

"奇怪？这种动物只需要收缩皮肤就能改变自身，适应环境。它的体重能比得上一个成年男人，伸展开来有一辆马车那么长，但又能蜷缩钻进一条狭缝。它的大脑包着喉管，比一颗豆子大不了多少，但聪明得能够耍出这些把戏。这种动物那么灵巧，那么有智慧，但活不过五年就会可悲地死去。不，我不会说它奇怪，而是会说它伟大。我亲爱的乔治·华盛顿·布莱克，你的裸鳃动物什么都不是。章鱼（octopodes）才是海里的神祇。"

"不是 octopi 吗？"

"我看你把希腊文和拉丁文搞混了。"

她转向我，面带朦胧的笑意，因此我看清了点缀在她面颊上的那几颗黑色雀斑。

我亲吻她的耳朵。"它们有三颗心脏。"我微笑着喃喃道。

她做个鬼脸。"唉，亲爱的上帝啊。我就怕你的诗意多得憋不住。"

门外传来了抓挠声。"美杜莎想进来。"我说。

"让它等着吧。"

我把她搂进怀里，感受着她潮湿冰凉的皮肤。我从靠椅上抓起一条毯子盖在我们身上，嘴里忽然又尝到了鲜血的滋味，就好像我撕破了什么新的伤口。羊毛很粗糙，有樟脑的气味。

"我一直觉得自己和其他人都不一样，与其他人都有距离，"她说，黯然一笑，"我知道你也有这种感觉。我从第一次在海滩上见到你就觉察到了，"她停下，抬起脸看着我，"我说你曾经是奴隶的时候没有恶意。"她轻柔地说。

不知为何，听她说出这句话，过去这几个小时我体会到的绝望和痛苦忽然又蒸腾而起，我担心自己会哭出来。我默默地躺在地上，吸气呼气。

她抬起一只瘦削的小手，轻轻爱抚我胸前虬结的 F 字母伤疤。"你的主人对你很残忍。"

我不想说这些。但我不由自主地想起了信念种植园、大凯特和克里斯托弗·王尔德如奇迹般的神奇到来。我开始讲述往事，说得很慢，有条不紊，我胸腔里的某处越勒越紧。那时候我还多么年轻啊，现在我觉得自己变得多么不一样了啊。我讲述蒂奇收留我之前我的悲惨遭遇，我和他在一起那难以想象的美妙时光，我的生活如何仿佛突破了现实的限制。我讲述菲利普的自杀和我们如何匆忙前往北极圈，还有蒂奇在走进风雪时对我说的最后几句话。

　　"他听上去像个鬼魂，"她说，"像个幽灵。"

　　"那都要怪我形容得不够好，"我说，但没什么悔恨的感觉。实话实说，有时候我也觉得他是我梦里的人物。"和蒂奇在一起的生活，"我继续道，"并不真实，坦娜，不属于这个世界。那并不是对一个奴隶少年的仁慈。我不得不羞愧地承认，有些时候我只是封闭了我的心灵，对打开门就能见到的残酷现实视而不见。我只是不去看罢了。我太害怕会回到那种生活中去了。听上去很可怕是吧？然而蒂奇给我的东西——我获得的自由——是多么珍贵，因为我周围发生的可怕事情。我背叛了大凯特，背叛了我曾经熟悉的一切。"

　　她沉默了，望着几乎熄灭的炉火。"是约翰·维拉德，对吧？"她说。"袭击你的人。不是偶然的意外。是约翰·维拉德，或者他的探子。"

　　我垂下脑袋，在近乎黑暗的房间里仰望开裂的灰泥。我叹了口气。

　　她轻声开口，打破了漫长的寂静。"致命吗，华盛顿？你杀了他吗？"

　　"他死不了。"尽管我用上了全部的力气，但角度很尴尬，刀是斜着捅进去的。他肯定会失去那只眼睛，但要是有更严重的后果我反而会吃惊了。从某种怪异的角度来说，这对我反而是一种仁慈，我愿意接受我饶过了他的事实。这么一来，我就不可能成为他追捕多年的那个人了：一个杀人犯。

坦娜抬起头。"好吧，华什，你必须立刻和我们一起去伦敦。你不能待在这儿。他会找到你的。"

"已经过去了，坦娜。"

"到了伦敦，你能得到更多的保护。"

"蒂奇会有不同的看法。总而言之，已经过去了。"

"他为什么会有不同的看法？我不明白。你显然会更加安全的，"她停了停，"你不会喜欢听我这么说，但根据你刚刚告诉我的一切，这位克里斯托弗·王尔德显然没有把你的福祉放在心上。你对他来说是个动机，不是一个活人——无论他怎么辩解都没用。你是一个理由，他用你来继续他自己的正义事业，维持他对良善的理解。"

"不是这样的。"

"说真的，就是。你自己说的，他一开始选择你是因为你的个头，因为你适合做压舱物。然后他让你当他的助手，差遣你爬上爬下，背东西，替他画画。"她做个鬼脸，"但是，华什，你和他哪怕接近平起平坐吗？我非常怀疑，除了你对他的用途之外，他还在你身上看到了什么呢？考虑到你们地位的不平等，他怎么可能看到呢？"

我舔了舔嘴唇。我认为她说的不对，但不愿和她争论。

"甚至包括云船，"坦娜继续道，"王尔德想到过吗？让那些可怜人把他的装置抬上山，装配起来，对他们来说和平时在地里做事是同样累人的活儿。"

281

我没有说话，我在回想当时的景象，奴隶的浅色衣服在更明亮的天空下显得黯淡。

　　坦娜用一个胳膊肘撑起身体。"父亲和我前一阵去过纽约市。你见过那儿吗？天哪，华什，简直像是做梦。我们住在我父亲的一个朋友家里，他是贵格会的教友。一天傍晚，他带我们去参加公谊会[1]的集会。我对那一无所知，但我坐在那儿，微笑着从头听到尾。哎，他们没完没了地交谈——都是可怜的黑人这个，可怜的黑人那个。但你没法想象，现场就有三个黑人，他们被迫坐在分开的长椅上，远离其他人。太讽刺了，我真的不敢相信。而那些贵格会成员似乎根本没有意识到。"

　　我躺在地上，一阵疼痛突然穿透肩膀。我慢慢地吐出一口长气。"伊拉斯谟·王尔德死了。维拉德说的。已经过去了。"

　　坦娜严厉地盯着我："你相信他的话？"

　　我想了几秒钟："是的。"

　　坦娜沉默下去。

　　"他还说了些别的。他说两年前他在利物浦街头见到了蒂奇。"

　　"活着？"

　　"应该是的。"

　　坦娜从毛毯堆里抬起视线，盯着我看了好一会儿。"但他会说这种话的，对吧？用来迷惑你，让你放松戒备？华盛顿，他在骗你。"

　　"万一不是呢？"

　　"那又有什么关系呢？就算他还活着，又有什么关系呢？华盛

1　贵格会的另一个名称。

顿，你是你自己的主人了。你什么都不欠克里斯托弗·王尔德的。你靠自己的两只脚站在地上。现在你应该继续向前走。救你自己的小命。和我们一起去伦敦。和我一起，"她仰望着我，"我无法想象你一个人留在这儿。"

"坦娜，维拉德不会再来追杀我了。"

"你刺伤了一个白人。他想报复可一点也不困难。"

我沉默下去。

她挤出笑容："另外请你告诉我，我的好布莱克先生，要是你不在身边，我该去羞辱谁呢？我脱衣服的时候，谁来替我拿睡袍呢？"她抬头看我，"假如这些还不够诱惑，你想一想我们的标本吧。要是没有你，谁来替我们伺候标本？"

这时我想起了我的水缸，我迫不及待地想要描述我的发明，我用木头和玻璃搭建的原型。但我太累了，因此我没有开口，而是闭上了眼睛。以后有的是时间说那些。

她亲吻我的额头。

我问："你为什么总有一股烟草的味道？"

"你能闻到？"她撮起一缕头发闻了闻，"我以为我隐藏得很好呢，"她抬头看我，"你说我父亲不会也注意到了吧？"

听她提到高弗，我不说话了，而是把脸贴在她的头发里。

第四部

英格兰

1836 年

1

~~~

　　这座建筑物挺好看的：高大，狭窄，木结构，坐落于一片黑杨树林里，树木生长在动物园里的一道缓坡上。但土地贫瘠，杂草成团，遍地灰土；大概三年前，建筑物的左翼在夜里爆炸了，燃烧的木板飞上夜空。据说是蜡烛被打翻了。人们花了许多个月重建，去年才刚刚完工。那一侧的木料还是浅白色，在经历过风霜的木条之间像伤疤一样显眼。

　　没什么好抱怨的。考虑到我们的计划乍听之下是多么离奇，我觉得能够获得批准就已经是个奇迹了。在出发前往伦敦之前，高弗向动物学委员会推销我们的主意：在伦敦城开办一场海洋生物的永久性展览；他们充满热情地接受了。我们几乎不敢相信。我们有好几天过得头晕目眩，只担心美好的梦想会突然破灭。市政厅给了我们地皮，允许我们改造动物园里的一座木结构旧建筑物。假如一切顺利，我们来年就能向公众开门。它将被命名为"海洋馆"。

　　天哪，眼看着我的点子逐渐成为现实，这对我来说有多么重大的意义啊。就连云船也没有像这样打动过我，因为尽管我为之付出了努力，但它根本不属于我，它从一开始就是蒂奇的梦想。然而在这里，我终于要亲手创造出一样东西了——创造它的那个孩子，他生来就注定被遗忘，就注定要做苦工和死去。想到我也许能在世间留下这样的纪念，那会是何等有力的辩词啊。

——即便只有我一个人知道。因为我并不天真。我知道我的名字不可能留在这个场所的历史上。能够留下名字的不会是一个微不足道的毁容黑人，而必定是高弗，人们会永远记住他是海洋馆之父。每当我允许自己深入思考这个问题，压力感就会从我的眼珠背后升起。高弗不是坏人，从根本上说，他并不喜欢抢走应该属于我的荣誉，但我明白他毕竟老了，想要在死前风光一下的欲望在他内心燃烧。我也明白还有一个更大的难题：我是一个十八岁的黑人，没受过正式的科学训练，怎么可能凭自己接触委员会，甚至在这场合作中被视为平等的一方呢？

在那些缓慢而迷茫的日子里，我没有沉溺于这些念头。伦敦的时间过得很快，我的生活变得朦胧、怪异、漫无目标。高弗在城区边缘有一座小房子，他们把屋后更小的花园小屋给我住，那里曾经用来存放高弗较少使用的器具。屋子很拥挤，散发着泥土的气味，但也足够明亮怡人。我很喜欢这儿。它的四壁坚固结实；我的生活很私密，我终于有了自己的生活。在我看来，这个小屋是不可侵犯的。我知道假如有人在找我，我依然能够被找到，但高大的挪威枫树的树荫让我觉得自己与整个世界隔离开了。在我的记忆之中，这是我第一次真的感到自己隐匿了行踪。

不让我住进主屋在我看来并不是因为蔑视。我明白高弗还想保持坦娜和我不是一对恋人的幻觉，尽管这个事实对他来说清楚得令人痛苦。只要能让我住在离坦娜这么近的地方，我也乐于迁就他的自欺欺人。

刚开始他当然反对让我和他们一起去伦敦。直到我把我的麻烦一五一十说给他听，他这才不情愿地同意。但在旅程的第一个星期里，他依然对我很粗暴，很不友好，因此我小心翼翼地保持距离。不过，随着海上的漫长时光慢慢过去，情况开始有所改善。照看活标本的时候，我们又开始交谈和开玩笑，很快我们就经常一起给动物换水、通气和喂食了。关系逐渐形成，比我们在新斯科舍那勉强的城下之盟要深厚得多。我尊重他的头脑，我认为他也尊重我的头脑，归根结底，这似乎就已经足够了。

其他人对待我的方式也让他感到震惊。高弗对此一天比一天觉得不安。一天傍晚在观景甲板上，一个穿黑衣的女人，身穿昂贵的华服，在我们的长凳前停下。她撇着嘴，以演戏般的惊诧瞪着我。高弗厉声问她这么表演是想干什么，她说："你最好把你的黑鬼和其他动物一起关在船舱里。"

我从没见过他那么气愤。要不是坦娜及时提醒，他肯定会把事情闹得更大。从那以后，只要每次有人侮辱我，他就会压低声音，颤抖着呵斥挑衅者，就好像是他本人遭受了蔑视。

我们遇到了强烈的寒潮，耐受性较弱的物种开始死去。我在小湾水下抓住的章鱼失去了颜色，变得昏昏欲睡，我们不再花钱请乘务员帮我们取海水。船偶尔靠港的那些日子里，高弗和我会走下铿锵作响、阴暗潮湿的下层船舱，顶着外面苍白的光线和寒风，和一名船员一起下船，用杉木水桶采集洁净的海水。我们用我发明的粗糙器具检测纯净程度。风掀起我的帽子，我拿着木棍和纸张蹲在地上，有时候我舀起水浇在脸上，用舌头尝是否有致命的金属成分。有时候会有一小群好奇的乘客聚集在闪闪发亮的船栏杆前，俯视古怪的老人和他丑陋的烧伤黑奴直接饮用海水。

雨下个不停的昏暗午后，坦娜会偷偷溜到甲板上，和我一起坐在潮湿的毯子上，摊开一本书搁在我们的大腿上，听我读书给她听。她不会纠正我；这不是上课，而是朗读，总之我读得越来越流畅。抵达英格兰前的几周，我能够理解我珍视的所有书籍里的每一个复杂句子了；书里的插图，长久以来我只把它们当作写生来欣赏，现在它们又获得了新生，就像回忆起来的对话。它们不再是纸上的画像，而是血液、翅膀、细胞和呼吸。

　　海上的每一个小时都是那么丰富和平静，我怀着某种渴望想到了前往北极圈的那段怪异时光，白昼变成没有尽头的冰封世界，自由似乎是我能够活在其中的事物，就像一件温暖的大衣，我可以把它裹在身上，当作我对抗整个世界的铠甲。和蒂奇一起的那场旅行，感觉起来是多么遥远啊。因为失去他而产生的空洞上像是长出了一层硬壳。

2

然而我并不相信我已经失去了他。

来到伦敦后过了几个星期，沿着泰晤士河北岸在布莱克法尔顶着冷风散步时，我着凉了。没过几个小时，我就虚弱得无法站立了，甚至连头都抬不起来。我颤抖个不停，牙齿直打架。在那个悲惨的状态下，来自过去的景象充满了我的头脑：维拉德的偷袭，最后那场倒霉的晚餐时我最后一次见到的大凯特，氢气容器在我和蒂奇之间炸成碎片时他的眼神。我也想到了蒂奇依然活在他祖国的苍翠大地上的某处，漫步于同一个伦敦的街道上，被笑声和面颊肮脏的孩童包围，耗子在光线昏暗的小巷里快活地吱吱叫。奇异的雾霭笼罩了我的头脑，那是一种没有火焰的阴沉愤怒。

坦娜每隔几个小时就溜过来一次，把铁水壶放在煤炉上。我感觉到她在黑暗中走来走去，她有重量的白色影子躺在我身旁的床上。我感觉到她温暖的手抚摸我的额头，感觉就像一缕阳光射穿了钉在窗户上的麻布。我用微弱的声音呼喊道："凯特。"

我听见磨砍刀的刷刷声响。

"凯特。"我又说。

"嘘——你必须吃点东西。"

磨刀的声音小了下来，奇怪地变成了沸水冒气的声音。

"这不是晚上，"我说，"不是现在，不是今夜。月亮太低了。"

她的呼吸离我的脸很近："华什？"

我感觉到自己浮起来了一点点，意识到这个声音属于坦娜。她听上去很遥远，就好像人在另一个房间里，我抬起手想抚摸她，却只难受地感觉到我的皮肤上全是滑溜溜的汗水。

我感觉到有人悄悄脱掉我的鞋袜，我开始嘟囔，说什么水里的灰，什么冬天。

"休息吧，华什，"一块湿布随即盖住了我的眼睛，"不好好休息，你就永远不会好起来。"

我不知道自己在谵妄中躺了多少个夜晚，只记得我感觉到热，然后冷，然后又是热；我的皮肤湿乎乎的，我的呼吸有一股纸味。

我开始想起上上个周末，我们去魏茂斯海边的漫长远足；忽然我又回到了那儿，蹚水走进冰冷的大海。黎明时分，风平浪静，海滩上空无一人，我脱掉外套躺下，在海面上漂浮，海生植物在我四周闪着黑黝黝的光。我躺在那儿，像是失去了重量，海水流进我的耳朵，我望着天空中的星辰渐渐隐没在初升的阳光之中。

我醒来时觉得身体沉重，就好像一只胖猫趴在我的胸前。我的四周，小屋的木板在潮湿的天气里吱嘎作响。我在湿漉漉的被褥里翻身，眼睛发酸，头还在疼，但高烧终于退了。窗外的地平线上，红光照亮了灰色的枯草。我爬起来，洗脸，用硬木刷刷牙，马马虎虎地穿上衣服。然后我穿上靴子和外套，走出房门。

我知道自己刚从感冒中恢复过来，不该冒险出去吹风。但小屋感觉幽暗而压抑；我在房间里关得太久了。这是个阴天，乌云密布，薄雾给枫树包上了银光。我穿过荆棘丛和泥地，靴子踩出吱吱嘎嘎的声音。呼吸像蒸汽似的从我嘴里喷出来。

我最近为什么会成天想着他有可能还活着，而不是去想大凯特是不是已经死了？真是可耻。但受到背叛的感觉彻底动摇了我的内心——蒂奇只是轻轻一挥手就斩断了我与他之间的纽带，而那曾经是我在世间拥有的一切，是我的生命之血。我穿过一片死去的榆树林，走进一片活着的榆树林，它们的树叶闪闪发亮。这个季节下这么大的一场雨似乎早了点儿，但它就是下了，像雾气似的笼罩着广袤的山野。我觉得我像是走在画布上，这是用灰色笔触描绘的一幅风景画。

我忽然想到，他的失踪不是别的，只是他想要甩掉我的又一次绝望尝试。而他活了下来，愉快地走进了另一段人生。

然而用这种方法摆脱一个无助而天真的孩子也未免太费劲了。也许他不喜欢想到我孤苦伶仃地活在世界上，于是希望我能和他父亲还有彼得·豪斯在一起生活，这样他就能够放心离开了。我想到他给予我的所有保护，他关于我的为人资格应该在一切地方受到承认和接受的慷慨陈词。但现在我也能看到，坦娜对他的非议也有一部分真实性。蒂奇的行为是真正的评判标准，他毕竟抛弃了我。他完成他的浮空学论文之后，再处理掉信念种植园的奴隶，我对他来说就丧失了价值。也许我变得过于立体、过于沉重、过于真实，成了他必须摆脱的一个东西。他登上脆弱的云船，跨过波涛汹涌的幽深大海，毫无防护地走进暴风雪，就好像只要能甩掉我，他甚至愿意哪怕拿自己的生命冒险。

他因为相信我和他是平等的而感到欣喜，又怎么能够这么对待我？不，我和他从来都不是平等的。他不可能从内心深处接受平等的观念。他只能看到有些人需要被拯救，而有些人应该去拯救。

回到小屋，我发现门上钉着一张脏兮兮的字条。坦娜来找过我；等我回来，假如我觉得已经恢复过来，能在这种天气里外出，那就来主屋一起吃饭吧。尽管心情不好，但她的促狭语气还是让我笑了起来。我放下字条，脱掉外套叠好放在床上；我没有去主屋，而是在小木桌前坐下，开始画画。

我不停地画着，恼怒地想着蒂奇。窗外渐渐变暗，我的双手开始酸痛，但我依然在画，线条精细如丝，开幅越来越大。离开信念种植园后，我就再也没有动过画它的念头。但此刻它出现在我的面前，我能记得的一切都在，包括每一个刺人和残忍的细节。画里有窝棚，几十年的飓风天气把屋顶扒得近乎精光，有附近的西班牙雪松和奇特地结着紫色与黄色浆果的高大王棕。有颜色鲜艳的蛙类在灌木丛里呱呱叫，有古老的熬糖炉，石砌的烟囱刺破碧蓝的天空。有铺着石块的干燥小径通往王尔德庄园，红杉木的顶篷怪异地长满苔藓，苔藓像白人的头发似的披散下来，阳光把发丝照成红色。

画面里有我小时候被大凯特弄断肋骨后住的医务室的四面高墙，石壁上的水渍就像大幅地图。有站在高处一个板条箱顶上嘎嘎叫的红腹灰雀。有钉在医务室门楣上的牌子，上面用拉丁文写着：并非不关心病人与伤者。

有用来抓逃奴的陷阱的钢铁利齿，有被鲜血染黑的那块巨石，好几个人曾在那里被鞭笞至死，还有一棵孤零零的红杉树，树身宽阔如马车，上面悬着一根经历过日晒雨淋的绞索。树干上有刀刻的印记，人在那里被刺穿喉咙等死；杂草中有什么都长不出来的空地，老人和婴儿的尸体被扔在那儿腐烂。

王尔德庄园傲然耸立于这一切之上，纯净而平静，饱览大海的盛景；青绿色的大海波光粼粼，绵延几英里的沙滩纯白似盐。

3

我终于理解了渐渐钻进我内心的念头是什么：尽管我有着各种各样的担忧，但我依然渴望能找到蒂奇。我的这个愿望非常强烈；我想知道他是不是还活着，我想和他当面对质。在他选中我之前，我的人生曾经是一种生活；他改变了我的人生轨道，让我先体验到了惊奇，然后是孤独和匮乏。我意识到自己现在的人生围绕着一种失落而建构；尽管一切都那么富足，但我依然觉得地板随时有可能塌陷，就好像它的核心只盖着一层树叶，我不小心就会摔进去，然后永远坠落，再也无法踏上实处。

我再也不能拖延下去了。我想去格兰伯恩。我要在那里找到他。

我会发现他居住在那儿吗？我不知道。但他回到那里的厅堂之间也完全符合情理。他曾经满怀激情地斥责、抱怨和憎恨它。然而我能感觉到，在这个无法理解他的暴虐世界里，那儿是他唯一真正的避难所，是他的财富和特权的所在地，会永远吸引他的归去，就好像水总会被引向源泉。于是我写了一封给他的信寄到那儿，吃惊地收到了他母亲的回信，他母亲邀请我去喝下午茶。

这个回应让我感到不安。为什么不是蒂奇写给我的？难道坦娜的预言成真了？他难道去世了？

第二天下午，吃冷鲱鱼当午餐的时候，我向高弗父女说起我的打算。

坦娜默默地放下叉子。她没有皱眉，但不悦的情绪刻在她的眉宇之间。

"但为什么呢？"她说，"为什么非要找到他？这个道理在哪儿？"

高弗坐在那儿，像松鼠吃东西似的飞快咀嚼，他使劲清了清喉咙，但没有开口。和平时一样，他对女儿的小情绪似乎视若无睹。

我有些慌乱；那一刻的坦娜似乎完全不能理解。"我只是想再找他谈一谈。听他说说他到底去了哪儿。"

事实上，我的理由对我来说和在她看来一样模糊不清。我猜我大概想听到他的道歉，听他表达他如何懊悔。或者至少给我一个解释。我想听他告诉我，他一开始为什么要救我脱离我的劳苦生活，除了我对他的事业或许能派上用场之外，是否还存在其他的原因。我想知道我的忠诚为什么难以打动他，他为什么要突如其来地抛弃我。也许无论他说什么到最后都无法满足我。也许向他寻求我内心的平静是愚蠢之举。然而我非常想听见他呼叫我的名字，希望能在他脸上看到内疚和羞愧。假如既没有内疚也没有羞愧，那我也想看见那样的一张脸。

"去见他有什么好处呢？"坦娜说，"能解决什么问题呢？"

我没有回答她。

"更有可能的难道不是维拉德在骗你吗？克里斯托弗·王尔德其实已经死了？"

"是的。但并不等于那就是不可能的。"

"谁？"高弗突然说，他使劲咳嗽了一声，"哦，对，我想起来了。"

"再说了，王尔德为什么要去格兰伯恩？"坦娜说，"他为什么要回去？他厌恶那个地方。你自己亲口说的。"

"那是他的家。他憎恨那里，但他与格兰伯恩绑在了一起，尽管我认为连他自己都不太理解那种方式。我了解他。就算他此刻不在，最近也肯定会途经那儿。"

"假如他还活着。"

"对，假如他活着。"

坦娜深吸一口气，像是要让自己镇定下来："事实是这样的，王尔德做的任何对你有好处的事情，首先都是对他有好处。你对他来说是个方便的工具。"

我感到受挫，揉了揉自己的脸。

她涨红了面颊："唉，反正下周二你也没法去。我们答应过父亲了，我们要去买用来造人工岩石的波特兰水泥，"她望向高弗，后者完全沉浸在了食物里，"父亲？"

"什么？"高弗说。

"等一天肯定没问题吧？"我转向高弗，"或者你可以自己去吗，先生？"

"我们还要去把水缸的施工图交给沃尔考特父子公司，"坦娜说，"他会需要我们解释图纸的。"

经过几个月的调查，我们终于找到了有能力实现我复杂设计的工程师。

"沃尔考特先生喜欢你也尊敬你，"我气呼呼地说，"你一个人去他也不会给你脸色看的。"

我的言下之意似乎伤害了她。"既然找到克里斯托弗·王尔德对你来说这么重要，看来我应该陪你去才对。"

我内心有什么东西折断了。想到要一个人去，我固然很紧张，然而我更不希望让她的评判陪伴着我，听她提醒我记住自己的搜寻是如何愚蠢和徒劳。我吃惊地意识到，我的神经已经快崩断了。

"我会默默地咬住舌头不说话的，"她说，"我保证。"

"你默默地咬住舌头，"高弗嘟囔道，"你还没走完这条巷子，舌头就只剩下血糊糊的小半截了。"

她紧张地隔着桌子对我微笑，我垂下了视线。

我们有好几天可以做准备。拜访沃尔考特父子公司推迟到了我们回来之后，高弗不情愿地承担起了寻找鳗草的任务。出发的那天上午，凉风中还带着夜雨的潮气。

一路上我们很少交谈。我能感觉到坦娜的困惑，她不理解我们为什么要跑这一趟。我很厌倦，不想为自己辩护。我们彼此偎依，默默地望着建筑物变得稀疏，市区渐渐远去。

我们终于来到了豪华庄园的边缘。马车驶上砾石小径，穿行于银色的枫树之间，我们看见了朽烂到似乎不可能还挺立着的建筑物。我看见一圈茅草屋顶的小屋，园丁的破败棚屋像是依靠在石缝中生长的藤蔓来固定。有人把折断的几根车轴排开靠在被雨水浸透的车棚上，它们黑黢黢的，像是焚烧过的骨头。

我觉得自己正在接近一片庞大黑暗的中心；对于这个世界来说，我在信念种植园的童年，那无休止的受苦和劳作，仅仅是一个巨型轮盘上的一根辐条。这里才是源头，是权力的诞生之地和终结之处，那权力凌驾于生死和孩童的诞生之上。我们从低悬的枝杈间穿过。我听见马蹄踩着砾石，车轮碾过烂泥。空气中有金属的气味，我忽然想到了北极圈和刺骨的寒冷。

远处的一片沙地渐渐变得越来越宽阔，闪闪发亮。一个人工湖。平静的蓝色水面上，晶莹的光点明灭闪烁，使得它仿佛拥有某种令人警惕的知觉，就像盲人的眼睛。

　　这时我想起了蒂奇说过的一段话，那次他又在少有但平静地抨击他的母亲——她无法容忍任何非英国的事物。尽管她和王尔德先生过着非传统的生活，她本人也曾是一位非传统的年轻女性，但她的世界观古老僵硬、从不动摇。

　　我会在这些长满青苔的崩裂墙壁背后找到他吗？这片土地有丰饶感，有生命与富足的感觉，但同时也有一种空虚感，就好像抛弃此处的不但有它的主人，还有进步与发展本身。这里感觉起来无比古老，寂静像是凝滞的停顿；就好像在这里能够发生的一切都已经发生过，就好像你在走进一切的结局。

　　我叹了口气，把脑袋搁在坦娜的肩膀上，感觉车轮有节奏地碾过我们底下的砾石路面。好几个晚上，我思考自己该对蒂奇说什么；然而此刻望着灰蒙蒙的园地，我的头脑变得空洞且朦胧。坦娜温柔地握住我的手，但她望着数英亩的枯草时，眼神中透出坚定。

　　我们从光秃秃的树枝织成的冠盖下穿过，这时我终于看见了它：宏伟、壮丽、令人生畏的老宅，伟大的格兰伯恩庄园。我见到了几座没有点灯的侧楼，我看见了风雨和战争在外墙上留下的古老伤疤。王尔德家的男人就是从这里纷纷逃离。廊柱和山墙已经崩落，亭台上长满了青苔。我在空气中闻到了枯死的花圃散发出仿佛粪肥的刺鼻气味。

　　冬季的常春藤把外墙变成了黑色。石壁上内嵌着很久没有清洗、颜色发绿的方格玻璃窗。随着马车驶近，周围的景色在窗户上浮现，但显得朦胧缥缈。

正门很快就开了，一位老男仆走出来，高高地站在门口平台上。我看不见他的脸，他的双手扣在背后，站在那儿一动不动。他中等个头，稍微有点胖，但他静止的站姿给了他某种自然而然的权威，他像是把周围的沉寂全都吸进了身体。他看上去很像我想象中父母看摇篮深处的婴儿时的样子。

他领我们走进挑高的前厅，坦娜站在那儿揉搓双手，像是怎么都暖和不过来，就好像寒冷跟着我们来到了室内。空气中有湿茶叶、灰尘和木柴燃烧的气味。我望向没生火的石砌大壁炉和上面精细的涡卷装饰物。壁炉里没生过火。

男仆领我们穿过暗沉沉的几条走廊，最后来到宽阔的露台上，这儿摆着经历过风吹雨打的椅子和开裂的石雕大花瓶，花瓶里的玫瑰早已枯死成灰黑色。我望向天空；鸟儿犹如一块块破布，遥远而模糊。风很冷，点缀天空的云朵非常稀薄，几乎看不清楚，但它们似乎隔绝了所有温暖；我能感觉到坦娜在我身旁打寒战，我揉了揉她的后背，摸到精细而坚硬的骨头。尽管外面很冷，感觉依然比屋子里暖和，汉普郡的冬季似乎一年一年堆积在了古老的石墙里。

男仆站在门口，一言不发，等待着。

坦娜犹豫起来，我和她紧张地对视一眼。最后她欠了欠身，说："王尔德先生最近在家里吗？"

男仆刚开始像是没听见她说话。但随后他非常缓慢而庄重地摇了一下头。她问得不清不楚，因此他答得模棱两可——哪个王尔德先生不在家？——然而显而易见，即便只是摇头，也会消耗这位先生极大的力气，所以我们不该继续向他追问。他的年纪真的很大。他像是在这座屋子里扎根生长了几十年——是的，庄园说不定就是围绕他而建的。他有一张沟壑纵横的衰败老脸，他僵硬的动作似乎给他带来了痛苦。我心想，他肯定见证了蒂奇在这里度过的早年时光，我渴望能请他讲给我听。

屋子里传来窸窸窣窣的声音，一个女人从黑暗中走出来，她身穿潮湿的骑马服，下摆沾着泥点，她很高，带着大家长的气度。她在门口停下，惊讶地看着我们。她的个头高得出奇，几乎和蒂奇一样高，脊梁上半截只有最细微的一点弧线，两侧肩胛之间有个平缓的隆起。她脸色苍白，但宽阔的鼻梁左右有一抹仿佛污渍的红晕。她互扣的双手放在身前，两根食指上戴着一模一样的沉甸甸的碧玉戒指；我想起蒂奇的双手，卡在他指节上方的祖母绿戒指。

她盯着我们看了好一会儿。"布莱克先生？"最后她终于说，这与其说是在打招呼，不如说是在声明失望，就好像她在等待的是另一个人。然而我在信里向她解释清楚了：我曾经是她的种植园里的一名奴隶，她的小儿子把我劫走，带着我向北旅行。我甚至提醒了她我曾经受伤毁容，以免她受到惊吓。

王尔德夫人连看都没看坦娜一眼，带着极大的容忍开口道："非常欢迎。"

"王尔德夫人，"我鞠躬道，"很高兴终于能够见到您。我听说过您的许多事迹。"

她慢慢地从上到下打量我，视线停留在我的烧伤疤痕上。她没有接话。

我保持微笑，但感觉像是寒风吹进了我的骨头。

她一言不发地穿过寒风呼啸的露台，枯叶飞快地滚过铺着瓷砖的地面，她在一张宽阔石桌前的长椅上坐下。她不说话，也没有用手势请我们坐下，只是望着她拥有的灰蒙蒙的辽阔土地。坦娜气恼

301

地瞪了我一眼，但我们一起走向她，扫掉她对面冰冷长椅上的灰尘，然后坐下。

王尔德夫人用浅棕色的眼睛打量我们。清晨的骑行使得她从胸膛里发出微弱的喘息声，但就连这个也不像是虚弱，而是特权的象征。

"我这位仆人反对我去骑马，"她说，随便指了指依然站在门口的男仆，"然而在我看来，到了我的年纪，懒散才是更大的危险。断根骨头算得了什么？"

"无论什么年纪，运动总有好处。"坦娜主动开口。

王尔德夫人微微蹙眉，没去看她。"最近的天气非常不配合。"

男仆走过来，从远处一把椅子上拿起一块白色的羊毛披肩，盖在王尔德夫人的肩膀上。

"希望你们远道而来之前吃过东西了，"她说，想到她在信里邀请我来喝茶，我觉得她这么说真是奇怪，"我很愿意请你们吃顿便饭，但我不确定你们能不能消受英国的食物，"她的视线在露台上游荡，像是下定决心不在任何一处停留，"我对此深有感触，因为我在国外的时候就很痛苦。"

"我是英国人。"坦娜说。

王尔德夫人第一次允许视线落在坦娜脸上。她勉强地笑了笑。

"家父是杰弗里·迈克尔·高弗，海洋动物学家。"

她打量坦娜，笑容依然模糊："我丈夫对那些东西也有点兴趣。但具体是什么方面我就不知道了。"

"高弗先生在这个领域内做出了卓越的贡献，"我说，但说话时心里一阵刺痛，"他是皇家学会的院士，我记得您已故的丈夫也是？"

王尔德夫人戴着珠宝的双手在桌上互相握住，表情毫无变化。

"我们来是为了找您的儿子，克里斯托弗·王尔德，"坦娜用完了她所有的客套话，"他在吗？"

王尔德夫人的表情突然有了变化，某种难以形容的冷淡浮现在她脸上，我不确定它的起源是我们还是蒂奇。"我已经三年没见过我的儿子了。"

三年。三年。维拉德没有骗我：蒂奇确实活下来了。他穿过肆虐的暴风雪，走进了自由自在的生活。我麻木地坐在那儿，消化这个消息。感觉起来依然不像是真的。

"他回来待了多久？"坦娜问，"他去哪儿了？"

王尔德夫人放任视线在我脸上逡巡。尽管她并不情愿，但我似乎吸引着她的注意力。"种植园不是我们的了。家族不再拥有那里了。已经卖掉了。"

我们在寂静中呆坐了好一会儿，让大脑吸收这个新消息。

"那儿的奴隶怎么样了？"我说，痛苦地想到了大凯特和盖乌斯，"不会连地皮一起卖掉了吧？"

王尔德夫人皱起眉头："卖掉？但他们早就不是能买卖的奴隶了。他们好几年前就不是奴隶了。他们是学徒，是工人。下地干活拿报酬。薪金相当可观，我不得不说。他们甚至得到了免费的住所。但对他们来说永远不够。"

我能感觉到这话让坦娜绷紧了身体，但她没有发表意见。

"他们怎么样了？"我又问。

王尔德夫人向后一靠，轻轻吐出一口气，视线四处游荡："他们出于自己的意志留下，我猜也有人出于自己的意志离开。去其他地方，做其他工作。"

"您的儿子在英格兰吗？"坦娜问。我看得出她越来越不耐烦。

王尔德夫人停下了。她仔仔细细地把两个手掌对在一起，然后将视线转向我："我丈夫去世时你在他身边，对吧？"

我犹豫片刻："是的。"

她舔了舔皱巴巴的嘴唇，迟疑起来，这时我明白了她为什么邀请我来。和蒂奇没关系，如她所说，她已经好几年没见过他了。她想知道她丈夫去世时的全部情况——他在刺眼的寒冷冰原上度过的最后几个小时，他身边那些人的种族对她来说难以想象，因此不属于人类。她想问多年来让她寝食难安的那个问题。我猜她想知道彼得·豪斯的情况。

然而她犹豫得越久，就越是无法开口。我们坐在她难以抉择的漫长沉默之中，枯叶沙沙地滚过露台，雨点开始拍打远处的树木。我觉察到男仆慢慢走近她的座位，注意着她的一举一动，寻找他应该插手干涉的征兆。

"您的儿子克里斯托弗肯定还活着，对吧？"坦娜问。

王尔德夫人顿了顿，笑容里充满勉强维持的耐心："上次我见到他的时候他还活着。但如我所说，已经好几年了。不过，也没人写信通知我另一种可能性，"她清了清喉咙，"假如我有他的消息，一定会告诉他你们在找他，"她转向我，面无表情，"与此同时，也许你可以试试去格罗夫纳找他，"她挑了挑眉毛，像是在假装无知，"他表弟菲利普家。菲利普的母亲还住在那儿。一个人。"

这时我明白了，她全都知道——我目睹了菲利普的死亡，我有可能在其中扮演了角色。我没有说话，感觉到坦娜在石桌底下抓住我的拳头。

"你打算在英格兰长住吗？"王尔德夫人慢慢起身。男仆把落

304

下来的披肩盖回她的肩膀上。

我看了一眼坦娜："也许会一直住下去。但肯定会待很久。高弗小姐和我在帮助她父亲布置摄政公园的新展览。也许您已经听说了？海洋馆。会向公众展示活生生的水生生物。"

王尔德夫人勉强一笑："好的，布莱克先生，希望你在这里的时候能好好参观一下这座城市。这是你第一次来伦敦吧？"

"是的。"

"摄政公园，"她蹙眉道，"动物园就在那儿，对吧？我敢说你会觉得像是回到了家里，"她再次微笑，"当然了，我说的是伦敦。"

我们重新穿过屋子，走下宽阔的台阶，来到我们的马车前，这时男仆走向我们。

他顶着风站在那儿，抓着石头栏杆，像是风要将他拦腰折断。我们警惕地仰望他，看着他一级一级慢慢爬下台阶，仿佛正在学步的婴儿。

"先生，您会着凉的。"我关心地说。

他裹紧外套，用一只手扶住栏杆："克里斯托弗大概两年前来过，甚至不到两年。"

我吃了一惊，惊讶表现在了脸上。

"他离开时非常生气，"男仆继续道，"但王尔德夫人和她的两个儿子之间向来如此。我不知道他为什么生气。但我知道他想代表反奴隶制协会从利物浦出海。至于去干什么我就不知道了。但他总是待在他们的办公室里，总是为他们跑腿办事，渴望尽其所能地帮助他们。可怜的伊拉斯谟去世后，他把种植园的文件放在那里。他每天去帮忙整理文件，"他扭头看了看，但并不紧张，"我不确定他

305

有没有真的出海，但我知道他对此有一些担忧。不过他再也没回格兰伯恩来，我们也没再收到他的消息。要我说，你不妨去协会问一问他的下落，他们肯定知道些什么消息。"

"噢，太谢谢您了，"坦娜低声说，"他们的办公室在哪儿呢？"

他告诉坦娜他们的地址在哪儿，我想到蒂奇费尽辛苦把信念种植园的文件弄到了伦敦来，隐约有点不安。自从听到维拉德描述他如何在街头自言自语，我部分认为他已经半疯癫了。

"您真是帮了我的大忙。"我说。

他对我微笑——嘴角向下，笑容歪扭，露出出奇牢固的一口白牙。

4

~~~

　　男仆记错了名字，它实际上叫废奴主义者协会，目标是改善前奴隶的生活和帮助他们融入社会。我们去拜访他们办公室的那天上午，章鱼病倒了。

　　它来自一个未知的新物种，能够为它命名，把这只罕见的动物放进展览，我们感到非常激动。然而它一天比一天衰弱，越来越没精打采，甚至有可能会迎来死亡。我为它换水的时候，她不再抓住木棍和我嬉闹。我抓着新鲜对虾菜籽般眼睛旁的触须把它们放进水缸，章鱼表现出的兴趣就和我扔了几块石头下去一样。它在角落里蜷缩成苍白的一团，一条触手没精打采地摸着玻璃板。

　　我望着我们自制的水缸，看着它，怪异的感觉笼罩了我：我开始觉得被我触碰的一切都会这么终结，都会化为灰烬。我曾经是奴隶，我曾经是逃犯，我曾经被抛弃在北极圈里，就像困在了某个奇特的原始梦境里，我活下来了，但我创造的最美好的事物却被别人夺走：海洋生物的展览。我突然有了放弃的冲动，抛开这一切，因为尽管我付出了这么大的努力，到头来却不可能得到认可，因此抹杀了它的价值。我望着章鱼，看到的不是一只神奇的动物，而是我自己缓慢但无法遏止的消亡。

坦娜盯着我；我失去了某些东西。

她又指了指水缸："你觉得它生了什么病？"

我蹲下，从扭曲光线的玻璃背后望着它起伏不定的柔软身体。"上帝禁止它在生活的水里接触到铜，"我喃喃道，但依然心神不定，觉得浑身不自在，"咱们会查出来为什么的。"

但我望着它蜷缩的灰白色身体，心里没有任何念头。

5

～～～

"哎呀，高弗小姐，太好了，真好啊。这位肯定是布莱克先生
了。我们已经调出了档案。这个房间你们可以用到中午。"

我有点诧异；我没有要求调取过任何档案。我正要表示反对，
坦娜按住了我的手腕。

"好极了，"她说，"谢谢。"

她看上去并不吃惊，因此我明白了，是她预先做过安排。

"要是还需要其他什么，告诉我一声就行。"那女人微微一笑，
像是突然从窗前走过，灿烂得令人目眩的笑容照亮了她疲惫的脸。她
背后，暗沉沉的一排房间里充满了声响，有人在翻动纸张，有人大呼
小叫，有人走来走去。这座建筑物以前是印刷厂，到现在还能在水泥
地面上看见褪色的墨印——曾经是黑色的，被岁月变成了没有光泽的
灰色。房间里散发着浓重的潮湿纸张气味，就像冬天的图书馆。

坦娜抬起手，放在女人的胳膊上。"说起来我们确实有事想请
教一下——我们同时在找克里斯托弗·王尔德。他的兄长是伊拉斯
谟·王尔德，巴巴多斯的信念种植园先前的所有者。我们知道王尔
德先生代表贵组织从利物浦出海了，"她犹豫片刻，"也许你能告诉
我们他去了哪儿？去完成什么使命？"

女人皱起眉头。"我不知道他肩负着什么使命。事实上，要我说，出海无疑超出了我们的职责范围。但我记得王尔德先生来过，大概两年以前，他送来了信念种植园的记录，帮忙整理它们。但除此之外我就什么都不知道了。索兰德先生应该能够帮助你们，"她停下，"但他要一小时后才进来。到时候假如你们还在，我就请他来找你们如何？他非常支持王尔德先生的事业。"

"噢，那就太好了。"坦娜说。

女人扭头看了一眼我们刚刚穿过的那条黑洞洞的短走廊，解释说这个组织不仅致力于保存记录，事实上依然在参与抗击奴隶制的伟业，尽管西印度群岛已经废除了奴隶制。"美国还是一片黑暗的土地，"她说，"他们不肯认输。"

我望向我们面前的房间。被积年水渍漂白的木桌上放着一个大木箱，里面是装订成册的记录。

"我知道他们有很多人，"女人迟疑道，"我说过了，这个房间你们可以用到中午。"然后她转身离开。

发现我在其中度过童年的世界只需要一个板条箱就能装下，我因此感到震惊吗？至少不容易接受。我不安地盯着它，然后望向坦娜。

"我觉得你也许想知道，"她轻声说，"当然了，要是你不想看，咱们也不是非看不可。我只是想给你这个机会。"

我走进狭小的房间，黯淡的光线包围了我。板条箱前的桌面上点着三盏提灯，旁边是两杯热气腾腾的茶。显然有人花过力气想确保我们在这儿过得舒服，见到这一幕，我忽然又丧失了力气，感到不适。板条箱里的册子因为岁月而变成棕色，纸张已经打卷。我觉得我在纸上闻到了死水，那是腐烂的气味。黄色的光线洒满桌面，我慢慢走到亮处，从板条箱里取出一卷记录，木头在我的手指下微弱地吱嘎作响。

我拉开一把椅子，感觉到坦娜在我对面坐下。我看不见她，只能感觉到自己手里的陈年纸张，纸张很脆，就好像其中描述的生命会在我笨拙的手指间四分五裂；就好像我会毁灭这些人在世间仅有的纪念，无论这纪念是多么地不值一提。

我慢慢翻阅记录，纸张从装订处散开。看不见的灰尘扬了起来；我打喷嚏，一个，两个。我放下这卷记录，随手拿起一本剪贴簿，泛黄的册子里贴着从报纸上剪下来的古老告示。这些告示有奴隶丢失，有奴隶出售，有临近的种植园举办沙龙舞会。我紧张地扫视那些剪报，最后终于找到了：蒂奇和我在弗吉尼亚见过的悬赏海报。

> 悬赏一千英镑，捉拿乔治·华盛顿·布莱克，此人是一名黑种少年，个头矮小，面部有烧伤；他是一名终身奴隶。他的衣着包括新毡帽、黑色棉外套和马裤、新长筒袜和皮鞋。他有可能与一名白人废奴主义者同行，此人不是他合法的主人，他身材高大，绿眼黑发。本人在此悬赏捉拿这名杀人奴隶，无论死活，擒获者将得到一千英镑赏金。
>
> 约翰·弗朗西斯·维拉德，
> 伊拉斯谟·王尔德之代理人
> 于信念种植园，巴巴多斯，英属西印度群岛

我微微颤抖。再次见到它的感觉是多么奇妙，因为我现在知道一切都已经过去了。当时我是那么害怕；这些字词把我的少年时代逼进了更深一层的恐惧。恐惧的记忆此刻像阴影一样流进我的心

灵。在伊拉斯谟·王尔德眼中，我仅仅是个物件，只是他在世间的一份财产。我的逃跑是他的损失；我明白他失去的是尊敬——换言之：权力。

提灯的闪烁光影掠过我的双手。我抬起视线，看见坦娜焦急地盯着我。

我示意她把手里的卷宗递给我。

第一册是学徒名录，记录了废奴后留在种植园工作的那些人，列出他们的姓名和死亡日期。我盯着封面看了很久，黑暗的预感汹涌而来：自从离开信念种植园，我就一直确定大凯特已经死了。我翻到坦娜标记的那一页，一行行向下看，但我没有找到她的名字，没有她出生时的真名纳薇，也没有她来到西印度群岛后被赐予的新名字。随后我忽然看见了，她的死亡日期用优雅的字迹写在纸上。我慢慢放下册子，陷入沉默。

我早就知道了；我最初遇见她的时候，她就已经很老了。尽管成为学徒，她在田里的工作也没有减少，假如她还在照顾那个男孩，那么她就必须帮他完成部分工作，以免他被漫长的劳作时间压垮。然而看见她的名字明白无误地写在这里，就好像我在看存货清单或者每周蔗糖产量，这种痛苦出奇地剧烈。我感觉到了生活对她的虐待和厌恶；我想象人们从田里抬走她的尸体，就连一匹耕马的死亡都会得到更庄重的礼待。我想用拳头砸烂东西，想摧毁我周围的一切。我感觉到坦娜盯着我，那一刻我甚至憎恨她的存在，憎恨她愚蠢地想要把我的过去还给我，就好像其中的黑暗可以被简简单单地塞进箱子，留在这个冰冷的房间里，不再需要我去多想。

我颤抖着手翻开第二本卷宗。标出来的那一页是一份非常仔细的记录，记录者是我的第一位主人：蒂奇的舅舅，理查德·布莱克。他的笔迹难以辨认，字母像是缝在纸页上的针脚。我眯起眼睛辨认文字。

母亲姓名	孩子性别	孩子姓名	出生日期及地点
玛利亚·库尼茨	女	伊丽诺·安妮	1817 年 5 月 21 日，信念
伊丽诺·格兰维尔	女	玛利亚·克拉拉	1817 年 6 月 12 日，信念
凯瑟琳·麦考利	男	乔治·华盛顿	1818 年 4 月 19 日，信念

凯瑟琳·麦考利。

凯特。

大凯特是我的母亲。

所有的光线似乎都离开了房间。我盯着桌面，盯着杯子留下的白色环痕，我黑色的手一动不动地搁在它们上面。

许多年里她假装我不存在，直到我突然出现在她的窝棚里，然后她为我挡开有可能伤害我的一切事物，激烈得令人恐惧。她照顾我，咒骂我，踢断我的肋骨，然后又用爱抱住我，紧得让我担心我的肋骨会再次折断。她咒骂我的父亲无情，我的母亲愚蠢，我说她根本不知道他们是什么样的人，她重重地扇我耳光。我鼓起勇气，再次思考他们有可能是谁，她会狂笑着说生下我的是一头山羊和一个神、一头绵羊和一只鸡、善良的强风和在寒季迅速地笼罩庄稼的黑暗。她说我的出生是因为愚蠢，愚蠢肯定刻在我的血液深处，但同时我也很聪明，不可能出现像我一样的第二个头脑了。她爱我爱得严厉，永远不让我感到自满，提醒我没有任何东西是永恒的，我们迟早会失去彼此。她爱我，带着对分离的恐惧，因为她被毁坏的一生已经失去了一切富足。她爱我，尽管她曾经失去了那么多，像是在说，这次我绝对不会放手，你们绝对不能从我手里夺走他。

她在遥远非洲出生时是一个人，走出贩奴船的可怕船舱时是另一个人，她在陌生土地的白沙滩上是个陌生人。她在恐怖的旅程中见到了什么；她从什么样的厄运中活了下来？我看见季风天凉爽的清晨，狂风呼啸的天空下，凯特被掳获关进尘土飞扬的院子。我看见她徒步行走了漫长的几个星期、几个月，来到海边。她告诉我一路上的故事，鸟如何变成人，人如何变成树，蚁丘如何吞噬整头山羊。祖母如何在去世后两年走进她的窝棚，来对她说她瘦得太厉害了。

也许明亮的大海让她恐惧，那看不见尽头的波光，远处拍打沙洲的白色浪花。也许那些恶毒的粉色男人吓住了她，他们嚎叫、喝酒、摊开手脚在沙滩上流汗。而等她被关进底下的船舱，黑暗在拥挤的牢笼里蓄积，也许她没有哭泣，眼泪到那个时候已经流干了。

我在脑海中看见堡垒里那些可怕的管理者，他们的野蛮，他们随心所欲的暴力。他们在她脸上吐口水，朝她头上扔垃圾，殴打和强奸她当消遣。我看见她被选中去清洗死去管理者的尸体，夜里她和这些去了生之反面的男人交谈，而他们也向她开口：**我的妻子知道我过世了吗？会有人写信给她吗？我父亲知道我过世了吗？**

还有等到最终出发后，漂洋过海的恐怖？船舱里的恶臭，所有人赤身裸体，在三桅船幽深的肚肠里翻腾生病。屎尿和呕吐物，男人用参差的指甲抠开自己的喉咙，血淋淋的女人翻过栏杆，跳进鲨鱼游荡的海洋。我看见了死在前往巴巴多斯途中的几十个人，也看见了登陆后死去的其他人。我看见我的凯特生病，陌生的高糖食物让她发胖，她才刚刚恢复过来。我看见我为了蒂奇，把她扔在甘蔗地和天罚般的烈日下，开始逐渐忘记她的面容和声音。

这时我感觉到坦娜温暖的手按住我的肩膀，我发觉我在哭。

6

~~~

　　坦娜拿开手，我抬起头，用袖子擦眼睛。一个男人站在门口，犹豫不决。

　　"请原谅我的打扰，"他说，不安地扫视房间，"请原谅我，"他慢慢地说，几乎不太情愿，他向前走来，我意识到我的烧伤疤痕，"我是罗伯特·索兰德。听说你想知道克里斯托弗·王尔德的情况。"

　　他是个秃顶的红脸膛小个子。我试图想象他站在蒂奇身旁，他矮小的身体被蒂奇的阴影吞没。

　　我清了清喉咙，恢复镇定："他母亲说你也许知道他的下落。"

　　"我最近没见过他。"索兰德说，古怪地皱起眉头表示抱歉。他有一张巴掌大的方脸，颧骨高耸突出，皱眉的动作似乎把头骨推到了眉毛的平面上。"不过究竟有多近要取决于你怎么理解'最近'了。大概两年前他出现在这儿，带着家族种植园的资料，种植园当时已经卖掉了。交易是那之前仅仅几个月的事情——我记得他哥哥刚刚过世。他不知疲倦地工作，帮助我们分类整理所有东西。"

　　"他当时肯定还在哀悼。"坦娜说。

"确实如此，"索兰德停了停，"但从外表看他还是平时那个样子——亲切，笑呵呵的，一肚子笑话。我不是想说他并不伤心，因为当然有些时刻他看上去很忧郁，不那么兴高采烈。然而我们还是相处得非常愉快。他是个完美的伙伴，不过你肯定是知道的，"索兰德的笑容尴尬地挂在脸上，像是勉强戴上的面具，"他最近去过法国的科尔梅耶 - 昂帕里西斯探望一个朋友。他们似乎花了几个月时间研究暗箱。王尔德先生——哎，他天生既严谨又有趣。他尝试过向我解释科学，可惜我一个字也听不懂。但依然乐趣非凡。"

我的半个脑子还在想大凯特；心不在焉之中，听见他说蒂奇有趣，我觉得不太对劲，就好像他在描述完全不同的另一个人。我勉强笑了笑："索兰德先生，还有其他什么能告诉我们的吗？"

索兰德摇摇头。他忽然停下，眉头拧紧。"哦，有，"他说，"有的。"他清了清喉咙，不知道该怎么开口。

我们期待地望着他。

他犹豫片刻。"我前面说过了，他哥哥当时刚刚去世，所以我把一切都归结为哀悼。但王尔德先生在这里停留的时间快结束的时候，他的衣着变得越来越古怪。如你所知，他很高，体型瘦削。但是在那最后几个星期里，他的衣服似乎变得越来越小——他的手腕从袖口伸了出来，他的裤脚管也越来越高，"他紧张地耸耸肩，"很奇怪。"

坦娜和我交换了一个眼神。

"他换上了其他人的衣服？"我问。

"不。衣服似乎确实是他的。但就是变得不合身了。"

"就好像他长高了？"坦娜说。

"不，"索兰德说，他搜肠刮肚寻找合适的字眼，最后只是重复道，"不。"

"那像是什么呢？"坦娜问。

索兰德只是摇摇头。

"你问过他是怎么回事吗？"我问。

"我没敢开口。我不想让他尴尬。就像我说的，他当时在哀悼。"

"除此之外，他完全是他自己？"我问道。

"是的，"索兰德说，"百分之百。"

"那以后你就没再见过他吗？"

索兰德从口袋里掏出一个叠得整整齐齐的信封，纸张干净如新。"大概十五个月前，我收到了这个。"

坦娜接过信封，用她纤细的手指打开。"信本身丢掉了？"

索兰德涨红了脸。"最后一次见到他的时候，我的个人生活出了问题。和婚姻有关。王尔德先生记得这件事，写信给了我一些建议，"他的笑容像是在做鬼脸，"信里和我有关的事情不适合给陌生人看。希望你能理解。"

"当然了。"我说，尽管我非常想看一看那封信。我从坦娜的肩膀上望过去，见到了十五个月前的邮戳。我看见蒂奇优雅的笔迹，然后我看见了回邮地址——我惊呆了。回邮地址是阿姆斯特丹的一户住宅，由彼得·哈斯先生转交。

坦娜几乎同时注意到了。她抬头看我。"彼得·哈斯。就是你在北极圈见过的那位先生——王尔德先生的助手吗？"她皱起眉头，看着信封上的地址，"我记得他叫豪斯来着。"

"豪斯，"我喃喃道，"哈斯。"也许是不谙世事的我搞错了。我觉得蒂奇应该不会既认识一位彼得·豪斯又认识一位彼得·哈斯。

但也未必完全不可能。

　　"阿姆斯特丹。"坦娜若有所思地说。

　　"信封就留给你们了，"索兰德说，显然因为给了我们一条确凿的线索而松了一口气，"很抱歉，我没法提供更多的帮助了。"

　　我抓住信封，坦娜的手的温度依然留在纸张的折缝里。

7

～～

接下来的几个星期我过得很痛苦，凯特的去世沉甸甸地压着我，同时我还要接受她是我母亲的事实。对我的关心占据了坦娜的心灵，加上她想要安慰我的渴望，她一刻也不允许我独处，这让我感到恼火和烦闷。接下来的一周，我们吵得很凶，因此她连一分钟都不肯在我的住处多待。我没去找她，知道任何以爱为出发点的姿态都会不可避免地变成毒药；每一句动听的情话，每一句真诚的建议，都会夭折在空气中。我不断想到阿姆斯特丹，但我蒙蔽了自己；和索兰德先生交谈后过了整整一个星期，我才意识到自己有多么想写信给哈斯先生，想把他找出来——事实上我的烦恼就是因为我知道自己必须找到他。

就这样，一天晚上，在海洋馆工作了整整一个白天后，我在吱嘎作响的写字台前坐下，写了一封寻人的长信。第二天上午我把信寄了出去，但几周后都杳无音信。于是我又写了一封信，然后很快是第三封——依然石沉大海。我是多么失望，多么难过啊。我迫切地想找人聊一聊，但觉得没法向坦娜开口；我知道她会批评我花了这么大的工夫去寻找一个很可能是鬼魂的人。尽管她没见过蒂奇，但她对蒂奇的嫌弃是显而易见的。她对我想再次找到他的愿望感到

319

不悦，事实上她不悦的原因是她心目中我最糟糕的缺点：我习惯于把精力消耗在不值得我关注的人和事上，也就是除她本人和她父亲之外的所有人和事。她将我失魂落魄寻找蒂奇的行为视为我对接受自身力量的恐惧，那是一种缺乏头脑的投降。虽然她从不这么说，但她因此感到厌恶。

但随后，我和她之间的阴影奇迹般地开始逐渐消散。我们又可以像以前一样交谈了，带着极多的爱意和极少的算计。我们几乎每天都一起去城里，检验新的标本或设备。我们购买波特兰和罗马水泥来建造人工岩石，去石料码头购买泰晤士河的河沙，铺在水箱的底部。我们搜寻环节动物和螃蟹；我们经常讨论光线，特别是光线随着季节变化的性质。海洋馆的窗户非常大，玻璃吹制得不够好，我们担心夏季的光照会给植物带来蓬勃生机，却会给动物造成打击。

主场馆的水族箱终于造好了，我们受邀前往沃尔考特父子公司去验货。去那里的途中，我们经过路边潮湿的石砌建筑物，昨夜的雨水把外立面浇成黑色。拐进吉尔福德街，我终于提起了我未能联系到哈斯。

我鼓起勇气，准备迎接坦娜的责备。但她犹豫起来，看样子有些不情愿，像是隐藏了什么秘密，她说："父亲在阿姆斯特丹的约旦区有个联系不多的同事，名叫凯斯·维舍尔。几个月前，维舍尔先生写信说他认为有个物种非常适合海洋馆，但不敢通过邮政系统寄给我们。他离不开轮椅，因此没法亲自送来。但他说他会冷冻保存那个样本，希望父亲有机会能自己去取，"她警惕地看着我，"华什，我到现在才说，是因为父亲不打算去。我们和维舍尔先生不熟，不确定他值不值得信任。但就他主张的内容而言，听上去实在不太可能。你知道的，我们收到过无数类似的主张。"

我停下，消化这个消息。她紧张地站在我面前，就好像在等待我的斥责。我非常平静地说："他声称他有什么？"

"一条双头鲸。"

"活着生下来了？"

"死胎。"

"要是能有这么一件展品，肯定会非常风光。"

"我本人并不相信他。"

"坦娜，连体双胞胎在自然界中是存在的，但不得不承认，确实很罕见。"

"他声称那只动物有两个头，却只有一副大脑，而两者的脑边缘系统完全分离。"

"令人震惊。"

她没有回答，只是继续向前走。

我们又走了几步，天空中飘起了雨点。我并不因为她隐瞒这个消息而对她生气；我明白她告诉我是冒了多大的风险。因为我从内心深处就在等这么一个能说得通的切实理由，比一个失踪男人的传闻更靠得住的理由，这样我就可以去阿姆斯特丹了。

我们推开沃尔考特父子公司脏兮兮的大门，门铃发出微弱的铃声。地上到处都是刨花，仿佛海鸥羽毛一般洁白。桑德斯先生几乎立刻从黑色帘布背后走出来，头发里夹杂着车床的刨花，长着青春痘的脸上笑容可掬。他是沃尔考特先生的女婿，来自中洛锡安郡，红头发，高个子，身材瘦长，尽管他说话不带口音，但你能感觉到他有所不同。他像孩子似的招招手，请我们穿过帘布，他一边嘀嘀咕咕说话，一边领着我们走向后面的工坊。这个宽敞的房间里散发着刺鼻的烤胶水气味，台子上摆满了一瓶瓶黏合剂和大水泥盘，一个浑身肮脏的小个子男人系着黑色围裙，默默地眯着眼睛看他的作品。

"早上好，沃尔考特先生。"坦娜大声说。

沃尔考特嘟囔了一声，但没抬起头。我们都看见他的面颊涨得通红，我和坦娜小心翼翼地不看彼此。这位老先生疯狂地迷恋坦娜，只要她出现，他就会突然局促不安。我有一次看见他和几个男人在一起，那时候他非常活泼健谈。

"你们觉得怎么样？"桑德斯先生说，领着我们走向对面的墙边。我们的水缸整整齐齐地摆成一排，干净崭新，闪闪发亮。它们的尺寸从十六英寸到近八英尺不等，底部是石板，框架是钢铁。

"太美了！"坦娜说，跪下抚摸玻璃，裙摆铺在刨花上，"真希望我也能住在这里面。"

桑德斯先生笑了，一颗长歪的牙齿爬出下嘴唇。"这位沃尔考特先生说，桑德斯啊，咱们必须竭尽全力把活儿做好。那是给高弗小姐做的。"

沃尔考特皱着眉头看他的劳动成果，还是不肯抬起头。

"哎呀，你们做得这么格外用心，我真是感激不尽，"坦娜说，"我已经能看见它们将会容纳的小小世界了。"

"是啊，亲爱的，我们很高兴你能给我们生意做。而且我们也乐于接受挑战，"他轻轻一笑，"不得不说，你们的设计相当复杂。我看得出这非常先进，绝对不是半吊子的活儿，"桑德斯望向我，"你们打算星期三运走吗？"

"下周三，"我说，"我们必须安排合适的交通工具。"

"啊，对。正好能躲过新门监狱的破事儿。到时候街上会乌泱

322

泱地全是人。"

"又来一次？"坦娜皱眉道，"看他们打发穷人上路的速度，就好像想要节约粮食似的。"

"没错，"桑德斯说，"但你们不至于已经先进得忘记了他们是劫匪和杀人犯吧。"

"这次要吊死多少个？"坦娜问，"都是什么罪名？"

桑德斯犹豫片刻，像是不想在一位女士面前说某些话。他踩着滑脚的刨花走到一张扔着肮脏废纸的台子前，拿起一份报纸递给我。

"来，把这个交给高弗先生，"他哈哈一笑，"选择是否告诉女儿是父亲的特权。"

坦娜有礼貌地笑了笑，但我在黯淡的光线中看见沃尔考特抿紧嘴唇，他似乎不愿意让她接触这些污秽的事情。

坦娜祝他们日安，然后我领着她出去。走到外面灰蒙蒙的冰冷空气中，我觉得自己又能呼吸了，微风既新鲜又刺骨。

"你对那些水箱还满意吧？"坦娜仰视我，脸上浮现出温柔的焦虑，"你在想阿姆斯特丹。"

但我在扫视报纸，看见他的名字，我在马路上停下脚步，一时间不知道该说什么才好。

8

~~~

　　高弗那天一早宣布他想组织一场冬日野餐。尽管我们没有这个
情绪，但那天傍晚，我们还是不由自主地来到摄政公园吃饭了。

　　瞬息万变的光线已经把天空染成金色。今天下午的天气比前一
天温和，但依然很冷。白天剩下的时间里，坦娜和我漫无目标地在
城里乱转，每一个小时都比前一个小时更沉默。我们没有提到即将
到来的绞刑，但事情令人不安地悬在我们之间，就像一张罗网。我
安静而忧郁；我在恍惚中走来走去，几乎不知道该怎么控制身体。
见到他的名字平平常常地印在被指印涂污的报纸上，说他是罪犯还
是议会议员似乎没什么区别：这让我震惊得简直无法形容。我不想
去和高弗一起吃那顿简餐；我请坦娜求他取消。但她不愿让父亲失
望，于是我们就去了，我的内心充满了无法喷发的惊惧。

　　我们来到摄政公园，在桦树骨白色尸骸前的潮湿草地上铺开一
块格子花纹的毯子，摆上我们简单的野餐。有冷切肉、色拉和一个
分层不甚均匀的糖霜白蛋糕。见到他如此慷慨，我庆幸我们没有扔
下高弗一个人吃饭。他像一名罗马元老院议员似的侧躺在毯子上。
他已经开始吃了。

　　"这都是为了什么？"坦娜问，露出一个温和而疲惫的笑容，

"这些食物不可能是你一个人准备的吧？"

"艾丽莎下午在。她做饭，然后帮咱们送过来的。"

"我们迟到了，"我说，"请原谅，都怪我。"

"胡说什么，"高弗微笑道，"来，告诉我，水族箱怎么样了？沃尔考特成功了吗？"

坦娜坐在草地上，用披肩包住身体。"现在根本不是野餐的季节，"她摇摇头，"不过你当然听不进去，父亲。说真的，你喜欢冷天，觉得自己在这个天气里最有活力。"

高弗嘟囔道："哈，我反正老了。活不了多少年了。你们年轻人就容忍一下，让一位老人享受一点晚年的乐趣吧。可以吗？"

坦娜开始形容水箱，偶尔悲伤地瞥我一眼。我看得出她不得不在父亲面前表演，这么做让她感到疲惫。但她依然在配合父亲。我忽然想到，她的整个人生差不多就是这么一部戏：不惜一切代价保证高弗的喜悦。我心想，我是她唯一的反叛。

我挤出笑容："我看到您带来了好心情和好酒来温暖我们，先生，您真是体贴。"

"自己动手吧。"高弗说。

"我们沿着泰晤士河走了很久，"我继续道，"很抱歉我们没法及时回来。坦娜是世上最热心的向导。我猜伦敦没有一个景点的历史是她不知道的。真是一座了不起的城市。"

"也是一座丑陋的城市，"高弗耸耸肩，"但这儿的居民有足够多的良善，因此还值得拯救。至少其中的一部分人值得。"

我们端起盘子，开始吃东西。但我感觉味同嚼蜡，整个心思都在别处，我心不在焉，就好像是另一个人占据了我的身体。

"多么愉快啊，我亲爱的，对吧？"高弗说，"能够再来一次冬日野餐？"

"我非常想念亨丽埃塔，"坦娜转向我，"有时候我们在冬季外出吃饭，拉缪夫人，我最喜欢的姨妈，也会加入我们。"

"她是法国人？"我问。

"她嫁给了法国人。"坦娜说。

"她的**上一任**丈夫，"高弗咧嘴笑道，"已经四个了。"

"这么多？"我问。

"目前四个，"高弗说，"除了一个，全是法国人。亨丽埃塔这会儿在巴黎，多半正在物色第五个。否则我一定会介绍你认识的。"

"假如你想见识一下最非同寻常的英格兰性情，"坦娜说，但有点打不起精神，"那么拉缪夫人就是再合适不过的典范了。我敢说，你不可能遇到一个比她成就更大的女人了。"

"这一点有待商榷。"我微笑道。

"要是她在这儿，也会对你这么说的，"高弗说，"不过真正的问题是**哪方面**的成就。"

坦娜嗔怪地笑着瞪了父亲一眼："华什，拉缪夫人是一位可敬的女性，别让我父亲误导了你。她去过九十八次巴黎，曾经在东方骑骆驼，险些在纽约街头被飞出来的马蹄铁砸死。"

"去过九十八次巴黎？"我问。

"吃惊吧？"

"我吃惊的是她数得过来。"

坦娜疲惫地笑了笑："除了她的四次婚姻，她还拒绝过不下五次求婚。最近一次是一位姓霍恩的实业家——听过这个名字吗？霍恩糖果公司？她拒绝他是因为一天晚上，他在她在场的时候脱掉了鞋。"

"她非常遵守传统吗?"我问。

"亨丽埃塔大半辈子都嫁给了法国男人,华盛顿,"高弗说,"她当然一点也不遵守传统。她讨厌的是那个男人的脚。"

"你来说吧,父亲?"坦娜问,但高弗挥手示意她继续。她说了下去,"霍恩先生似乎在脱鞋时不小心也脱掉了袜子。她在明亮的烛光下发现,他的脚非常小,没有毛发,特别秀气而洁白。像个少女的脚。"

"你跟他说说多佛。"高弗说。

"多佛?"我问。

"我妹妹发誓绝对不会再踏上多佛的土地。"高弗说。

"上次她去那里的时候,她遇到的每一个女人似乎都姓拉缪。当然了,没有任何亲戚关系,"坦娜说,"纯粹巧合而已。阿黛尔·拉缪太太。玛莎·拉缪小姐。玛格丽特·拉缪太太……"

"没想到英格兰有这么多姓拉缪的。"我说。

"她也没想到,"高弗说,"有些拉缪是从欧洲大陆来度假的。但有些是彻头彻尾的英国人。我觉得她想再结一次婚,肯定只是为了去掉这个姓氏。"

"她以最快速度逃离了多佛,"坦娜说,"我们见到她的时候,她的脸色像是撞见了鬼魂。"

"她去了九十八次巴黎,这种事从没发生过?"我问。

"我的妹妹在逗我们开心,"高弗干巴巴地说,"我觉得她这么做是因为怜悯我们枯燥的生活。"

"她其实是个了不起的帮手,"坦娜过了一会儿说,"有段时间我们完全离不开她。她经常陪我们去海边——她用起小拖网来非常厉害。不过后来她更感兴趣的是吹玻璃。"

"还有她的丈夫们。"高弗说。

"吹玻璃是艺术和奇迹，"我说，依然心不在焉，我的大脑很疲惫，没精打采；我别无所求，只想好好洗个热水澡，然后让温暖的床铺安慰我，"我一直想要学习这门技艺。"

"拉缪夫人会制作小小的玻璃树，"坦娜说，"玻璃的冬季小树，没有叶子。美得让人惊叹。"

我们随后陷入沉默。她隔着毯子对我微笑，悲哀而疲惫，我松了一口气，因为我明白我们的表演终于告一段落了。高弗一直在微笑，喜滋滋地嚼他的食物。

9

~~~

时间慢得令人痛苦，星期三终于到了。直到这一天，坦娜和我才在沉默中最终下定决心，我们隔着盘子里的冷肉糜和腌胡瓜鱼望着彼此。我们要去看绞刑；我怎么能不去呢？要是我不亲眼看见，就永远也无法接受那个人的死亡。

我们默默地坐在去刑场的马车上，我们的呼吸声充满了身下晃动着的隆隆车厢。坦娜摘掉手套，用湿漉漉的巴掌抓住我的手。

我们先听见新门监狱的喧嚣，然后才看见人群。马车拐过一个转弯，人群像是从烂泥地里长了出来，仿佛某种狂野的幻象。人实在太多，因此马车离监狱还很远时车夫就吼叫着命令我们下车，我们也没有和他争辩。我的思想像是着了火，我的四肢像是泥巴做的，我艰难地默默走过被雨水泡湿的街道。坦娜紧张地打量我。我大致数了数，在烂泥地里搅动的活人至少也有四百个。

我个头相当高，尽管我很瘦，但肩膀宽阔，力气很大，因此我能在人群中为自己和坦娜挤出一条路。聚集在这里的人都很凶暴，若不是老天开恩，这些家伙自己也都该上绞架；有许多水手，有几个曾经是奴隶，但也有女人，她们戴着破烂的帽子，针脚被撕烂的裙装实在不太好看。空气中弥漫着洋葱和酸葡萄酒的气味。甚至还有孩子，许多孩子在人群中钻来钻去，划口袋，收割别人一整天的所得。

我在伦敦已经待了七个月，连一眼都没看过新门监狱。没有任何理由带我来到它的大门口。此刻我见到了一座丑陋的砖砌建筑物，高耸而阴郁，门前立起了一个宽阔的绞架平台。平台四周围着一道低矮的木围栏，但结实程度只怕都挡不住一条狗。人群在围栏的另一侧翻腾，怪叫大笑，仰望在半空中摇荡的绞索，就好像已经在欣赏奇景了。

我们继续向前挤。听着人群的低沉咆哮，我渐渐焦虑起来。我扭头看坦娜，见到她平静而紧张的脸蛋。我心想，我不该带她来的。随着我们靠近绞刑架，某种东西——强烈的反胃感——刺穿了我的身体。我明白自己正在走向一部恐怖戏剧的最后一幕，这部戏剧毁坏了我人生中过去的五年时光。会是真的吗？真的会这么结束吗？报纸说今天有两人要被绞死：一个是路易斯·哈扎德，黑人，罪名是盗窃和纵火；还有一个是约翰·弗朗西斯·维拉德，苏格兰人，罪名是谋杀了一名自由人。所以在中间的这些年月里，他究竟发生了什么事？他终于无法咽下复仇的欲望，把另一个人当作我，杀死了他？还是更加随机的犯罪，他觉得某个黑人的自由悖逆了自然，因此下了毒手？我站在寒风中，望着这一幕的莫大讽刺——他因为杀死我的替身而被起诉，而法律判他和另一个黑人一同上路。

小贩叫卖商品；男人用挂在脖子上的托盘盛着滚烫的栗子。一组提琴手跨过稀疏的围栏，开始调音准备奏乐。我们继续向前挤。

现在我能看清绞刑架了，那是个摇摇欲坠的灰色木结构台子，位于另一侧的台阶已经半弯半折。卫兵围着绞刑架站成一个松散的半圆形，手里拿着武器。人群很紧张，但并不愤怒。节日的气氛笼罩着这一切。

终于，随着正午的钟声，两个男人被带了出来。

我抻着脖子去看他们。先出来的是黑人，尽管他不像我认识的任何人，但我还是盯着他的身影，就好像我在看一个熟人。他既不年轻也不老，头发剃光，皱着一张脸，没穿鞋。他走得很慢，像是在用脚底享受湿乎乎的地砖——也可能是害怕自己会瘫倒在地。他有一瞬间似乎不知所措。

我望着第二个人，怒火油然而生。我们怎么会站在这道围栏相对的两侧，它就像是生与死之间的分界线？我开始颤抖；坦娜更用力地抓住我的胳膊。我在闪闪发亮的眼镜背后看见了那只受损的眼睛：乳白色，没有视力。我看见他的灰色囚服完美无瑕，像是刚刚熨烫过，我看见他金发的头颅，像个学者似的扫视人群，仿佛在找什么人。他看上去极其疲惫，疲惫得难以想象。

在报纸上看见他名字的那一刻，解脱感充满了我的内心。此时此刻，看见他昂首挺胸地站在那儿，像是还想维持早已失去的尊严，厌恶感吞没了我，我惊讶于自己内心的嗜血情绪。许多个月之前，我并没有在新斯科舍杀死他，因为我不想夺走别人的性命。对我来说，那是荣誉，是正派的胜利。此刻看着他，我明白了我的自我恭维、我所谓的道德高洁是多么虚假。我是害怕了，就这么简单。真正的慈悲应该是杀死他，赐予他那么多年孜孜以求的死亡。因为那才是他追猎我的那些年头的真正奖赏：由我的双手将死亡当作礼物送给他，那样的死亡才配得上他的理念，让他成为烈士。

我屏住呼吸，看着两个人被带向绞刑架。没有任何花哨的表演，年轻的刽子手上前，让罪犯就位，把绞索从木梁上拉下来，套在他们的脖子上，然后用麻袋盖住罪犯的脑袋。就在维拉德的头部被盖住前的那几秒钟，我在一瞬间看见了维拉德的面容。他在惊恐中畏缩，眼睛因为恐惧而瞪得露出了眼白。

一名神职人员上前，把圣经像张开的手似的举在身前。他抬起脸，我看见他下巴底下有一大块紫色的胎记。他说了几句话，我没听清楚，年轻的卫兵点点头。人群开始嘁哨叫骂，就好像他们是一整只动物，充满了利齿和恶毒的向往。

恐惧充满我的内心；我把坦娜的脸抱在胸口，不让她看见最后的景象。神父后退，刽子手站上他的位置；他狠狠一拉滑轮装置的把手；地面无声无息地打开。两个男人蹬腿挣扎，随后就一动不动了。人群陷入了可怖的寂静。从我站立的地方，我能听见绳索发出吱吱呀呀的声音。刽子手不紧不慢地走下台阶，钻到绞刑架底下去。他先抱住哈扎德的腿，然后是维拉德的腿，他用尽全力向下拽，每一个人足足两分钟，确保他们咽气。

人群爆发出欢呼、大笑和歌声。他们的注意力随即从奇景转向了自身：到处都有人打架，人们嘶喊和扭打。一名卫兵站在不远处，满脸厌倦。

这件事就这么结束了，真的过去了。

我站在人群中，朝着前后左右摇晃。坦娜抬起头，冷冷地看着失去生命的腿在半空中晃动，尿液染黑了裤子。我看着她目不转睛的模样，她的兴趣让我感到一丝恼怒，但那只是自然而然的。就在这时，就在她的头部上方，我瞥见了一抹显眼的颜色，我隔着她望向那里。

一个人站在那里，人群挡住了他的半个身影，他在仰望绞刑架。他很高，略微发胖，有一张马一般的长脸。他穿一身剪裁得体的蓝色礼服大衣，底下是向日葵黄的马甲。他没戴手套也没有任何饰物的手里抱着一顶黑色礼帽，他抓着帽檐一圈一圈地转动帽子。

所有的血液顿时离开了我的身体，我觉得我的整个人都变得冰冷。我望着那个人侧过头，重新戴上帽子。然后他开始转身。

我向前走进人群，一边向前挤，一边大喊。

"蒂奇！"我叫道。

我隐约听见坦娜在我背后喊我，但我没有停下，我扒开满脸是汗的人们向前挤，他们的呼吸里带着啤酒和腐肉的臭味。人海干净利落地吞没了那件鲜蓝色的大衣，但下一秒它又忽然出现。我在人群中推搡，逐渐靠近他了，我一遍又一遍喊他的名字。就在我以为要跟丢他的那一刻，他忽然停下转身，视线从我头顶掠过，投向上方的绞刑架。这时我看清了他的相貌：一个蒜头鼻，面颊圆鼓鼓的，因为喝酒而浮肿。我意识到他完全是另一个人，一个我不认识的陌生人。

10

~~~

　　接下来的好几天，我都没法把绞刑的情形赶出脑海——盖上头套那一瞬间维拉德眼中的恐惧；恶毒而凶暴的人群；哈扎德环顾四周的样子，就好像他不明白为什么所有人都无法接受他是无辜的。生与死之间只有一条线，他这个无辜者不小心跌进了不该去的那一侧。我同情他，也吃惊地发现我同样多么激烈地同情维拉德。他是个心灵扭曲的人，他是瘟疫，然而尽管他该死，他的悲惨结局依然让我高兴不起来。他也曾经是个少年，希望能够理解这个世界。他为什么会浪费他的所有天赋，他显而易见的学习才能，扭曲他遇到的所有新知，把它们变成毫无意义的残忍。他花了许多年试图培育文明的精神特质，然而尽管他显然很聪明，却在本来可以避免的野蛮中度过了一生。

　　浪费人生是多么容易啊。

　　我想到自己追赶的那个人，我以为是蒂奇的那个男人。实际上他并不是蒂奇。见到他鲁钝的面容，我惊诧于自己竟然会以为他就是蒂奇。话虽如此，但见到他的替身依然给我的思想留下了阴影——或者污染。

　　这时我明白了，前所未有地强烈地明白了，我必须去阿姆斯特丹。

天晓得我会在阿姆斯特丹发现什么。但我必须给自己一个交代，至少要去看一看。

我对坦娜说她不必陪我去，但她坚持要去，尽管我内心在颤抖，我还是感到喜出望外。阿姆斯特丹，我们经常听人提起这座城市，因为它有着异乎寻常的水生动物样本。想到能抛开高弗自己去，这趟旅程又多了一份额外的兴奋。我们开始偷偷称之为情人的假期。

当然了，我们没有告诉高弗，坦娜会和我一起去。坦娜对他说她想去探望茱蒂丝姑姑，也就是高弗除亨丽埃塔之外的另一个还在世的妹妹。坦娜对高弗说她已经写过信给茱蒂丝了，她的姑姑愉快地邀请她去乡间住宅待几天。和平时一样，茱蒂丝的男仆会去车站接她，那是一位潦倒的匈牙利伯爵，姑姑会让她享受一段最奢华和安全的时光。

事实上，坦娜根本没有写过信。她知道高弗和茱蒂丝彼此疏远，甚至没什么感情，两人有好几年不肯碰面了。

我无法理解这个谎话为什么会让坦娜如此高兴；但这个小秘密使得她又是大笑，又是叽里呱啦说话。阴沉的几个星期之后，见到好情绪终于又回到她的身上，我自然也非常愉快。

高弗准许她去乡间度假，我保证从阿姆斯特丹把双头鲸的标本带回来——只要它真的存在。坦娜和我会各自出发，然后在港口会合。

那是个下雨的午后。光线像油污似的聚集在王子运河的水面上，使得河水有了某种缺乏光泽的反光，就像茶汤那样。高大而狭窄的房屋林立于运河两侧，我们走在房屋前的卵石街道上，寻找彼

335

得·哈斯的地址。我一直没有收到他的回信，因此走在阿姆斯特丹的街头时我怀着巨大的恐惧，担心他已经去世。坦娜和我走在狭窄的小路上，打湿树木的雨水似乎吸走了眼前景象中的一切色彩。

这次旅程直到此刻都顺利得仿佛奇迹。前天我们去了凯斯·维舍尔的小实验室，那是一座位于港口边缘的棚屋，我们见到的男人坐在轮椅里，矮小而苍白，长着灰色的眉毛，视线锐利如鸟。他已经准备好了标本。我们走向被溶剂弄脏的光秃木桌，出于本能的沉默笼罩了我们。桌上，在闪烁油灯的苍白光线下，死产的黑色噩梦一览无遗：两条小鲸在子宫里合为一体，两个胎儿共用一个身体。它们难以置信地打破了生命的常态，就像一场突如其来的凶残谋杀。我们在震惊的寂静中望着那团橡皮般的黑色肉体反射幽光。维舍尔保存标本的手法无懈可击，因此这个怪物看上去和他发现它的那天一样生机盎然。我们把它装进一个专门为此制作的容器，花了很长时间讨论长期保存的问题，然后带着它回到旅馆放好。

然后，依然因为这个奇观而头晕目眩的我们再次出门，前去探索这座伟大的城市。

我心想，这就是阿姆斯特丹——阴影之城，前辈大师在这里设法捕捉光线，就好像光线是一个活物。我想起蒂奇描述那些人如何描绘皮肤，尤其是女性的皮肤——肌肤在他们笔下绽放光彩，仿佛凝聚了蜂蜜的色泽。我想到我自己的画法，想到我更喜欢用线条的力量而不是明暗的对比来表现事物。我想把这里所有的光线搜集起来，记住它们，描绘它们。

终于，就好像一张脸在人群中宣告自己的存在，彼得·哈斯的屋子陡然出现——高耸的屋顶，蓝色的墙壁，门前有个小花园。门前的楼梯又陡又窄，古老的黑色大门像是通往陵墓。我们紧张地对视一眼，拿起门环叩门。

一名男仆出来开门，他显然很不待见我们。他仰着脸用亮闪闪的黑眼睛扫视我们，盯着我的伤疤端详了好一会儿，看上去很想把门关上。

"请原谅我们的打扰，"我说，"我们在找一位彼得·哈斯先生。我猜他也许住在这里，或者曾经住过？"

男仆舔了舔他没有血色的嘴唇，皱起眉头。

一个男人从他背后走进门厅，他打扮得很时髦，找不出任何缺点：他无疑是屋子的主人，带着放松的自信气质。他很年轻，脸上没有皱纹，眼神有点茫然，赤褐色的头发梳成一座高山。显而易见，他不是我要找的彼得·豪斯。

我感到眩晕，无比尴尬和失望。既然我写给这个人的信石沉大海，我真不知道我来找他是想干什么。我们为此来到了这么遥远的地方。我挣扎着思考自己该如何解释来意，这时坦娜开口了。

"我们在找一位彼得·哈斯先生。我们猜想他曾经在这里居住。也许您知道他去了什么地方？"

年轻人一直在打量我的脸，盯着我的烧伤疤痕，此刻他望向坦娜，视线忽然被吸引住了。我能理解他这一刻的迷恋——我自己也体会过——她奇异的茶褐色皮肤、燧石般的双眼。他微不可察地笑了笑，但脸上故作毫无兴趣。

"我就是彼得·哈斯。"他说。他口音很重，声音浑厚、洪亮而低沉。

我们都犹豫了一瞬间，然后他又说："我父亲也叫彼得·哈斯。"

我望着他，他精致的面容和他炫目的衣着，但我依然无法相信自己找对了地方。"你知道——你父亲有没有和一位詹姆斯·王尔德先生共事过？"

男人立刻把视线转向了我，盯着我看了好一阵。他随口对男仆说了句什么，男仆侧过身，郑重其事地挥动一条手臂，邀请我们进去。

狭长的餐厅镶着桃花心木的墙板，岁月把窗户染得发黑。我吃惊地看见桌上摆着一顿盛宴，就好像准备要款待我们似的。这儿有野味馅饼、肉酱、罐焖肉、烤牛肉、鱼冻。一大盆尼加斯酒在餐桌中央反射光线。

"不好意思，看来你有客人，"我说，"我们不会待太久的。"

年轻人挥挥手："只是我们的一顿寻常午餐。来，请坐。"

我们还没来得及再说什么，年轻人就跟着男仆走出了房间。我紧张地望向坦娜，听着年轻人匆匆穿过走廊。外面的光线透过格子窗照进来，颜色发绿，像布匹一样有重量。墙上挂着没有画框的小幅肖像油画。其中最吸引视线的是一位老妇人，她穿白色丝绸的衣服，躺在灵柩里。她的面容看上去是那么严厉，像是和死神一直搏杀到了最后。从一扇侧门的方向传来响动，年轻人回来了，胳膊挽着一位老人。

老人的眼睛是纯粹的灰色，枯瘦的手背上遍布青筋，颜色黑得仿佛地下河流。他苍白的长脸上有一些难看的棕色肉痣，我们在寒冷的北极冰原共度一段时间，我对它们记忆犹新，在那个天地苍茫的地方，我有时候觉得这些肉痣是唯一有颜色的东西。

他把我搂进怀里，他的拥抱仿佛流动迟缓的河流，完全没有力量。他散发着湿羊毛的浓烈气味。我像是被带回了雪原，那能够湮灭一切的凶猛白色。

他退回去，开始疯狂地挥舞双手。

他的儿子像是得到了提示，吟诵道："你活下来了。我亲爱的好华盛顿·布莱克。"

我吓了一跳，因为我听见房间另一侧有人用浓厚的荷兰口音替彼得说话，就好像他的声音从身体里飘出来，在他有形的肉身之外生根发芽。

我盯着彼得的脸。"能找到你，我真是太吃惊了，"我说，我感觉几乎喘不上气来，盯着他熟悉但有着巨大区别的脸看了又看，"没料到会这样。"

"真高兴你能来，"他儿子说，视线每隔几秒钟就会离开父亲的双手，偷瞄一眼坦娜的脸，"就是不知道你是怎么找到我的？"

我解释了我断断续续的搜寻过程，最终又是如何找到他的。他时而点头，时而皱眉，他的面容属于一位老人、一尊雕像。他开始挥动双手。

"我没收到任何信件，"年轻的哈斯替父亲说，"真奇怪，怎么会全都寄丢了呢？"

我摇摇头；我当然也没法解释。

"蒂奇不在这儿，"他继续道，"他差不多一年半以前来过，待了几个星期。但他早就离开了。"

失望让我感到痛苦。"他去了哪儿呢？"我问。

彼得用他树根般的细长手指示意我们在餐桌前坐下。他瘦得让我震惊，脸色惨白，对比堆满餐桌的食物，他显得这么憔悴和饥饿就像是个巨大的讽刺了。他慢慢坐进铺着刺绣坐垫的木椅，我们其他人跟着落座。

"请原谅，我介绍一下，这位是坦娜·高弗，"我说，"她父亲是 G. M. 高弗。"

彼得脸上一亮，然后开始滔滔不绝地赞颂她父亲对海洋生物学的贡献，我遇到高弗的时候也曾这么做过。最后是她把话题拉回了我们登门拜访的原因：蒂奇。

彼得喟然长叹。我们在沉默中坐了一会儿，房间似乎开始变暗；他像是不愿抬起双手说话。

"他来的时候，不是原本的自己了，"他再次停下，"不，他有了新的自我，你恐怕很难认出他来。"

我从椅子里坐了起来；椅子在我屁股底下吱嘎作响，这个哀怨的声音像是从我身体里发出来的。"他母亲的管家也说了类似的话，他在伦敦废奴主义者协会的朋友罗伯特·索兰德也是这么说的。但他们都说不出来他究竟是**哪儿**变了。只知道他不一样了。"

"你为什么要找到他？"彼得说，皱起眉头。

我犹豫起来。我感觉到坦娜在盯着我，这让我更加紧张了。"我以为他死了。"

彼得舔了舔嘴唇，但过了好一阵才抬起双手。"那个蒂奇，你认识的蒂奇——"他停下，"就像我说过的，他变得完全不同了。"

"怎么个不同法，先生？"坦娜问，她的声音像是一扇窗户突然打开，温度忽然改变。

彼得转向她："很难用语言形容。"

又是一阵沉默，他儿子不加掩饰地望着坦娜。

"要我说……"彼得说，"要我说，他的心境从探究变成了毫不动摇的信念。"

我们等他解释下去，但他不愿再打破沉默。

340

"你的意思是他成了一个有信仰的人？"坦娜问。

彼得微笑："亲爱的，他向来是个有信仰的人——但他的信仰只存在于可衡量的事物之中。其中没有神的位置。"

"但现在他找到了一个，"我说，"一个神。"

彼得摇头道："不，我不是那个意思。"

坦娜探身想继续提问，但我温和地打断了她。

"那天在暴风雪里，蒂奇去了哪儿？"我说，"他说过他是怎么活下来的吗？"

"对，这正是我想说的，"彼得说，"十几个月之前他来到阿姆斯特丹，我们后来终于谈到这个。我问他这个问题，他说他就在那儿。"

我犹豫了："哪儿？"

"他说他回去找我们了，说他就在我们中间，在我们的营地里。"

坦娜轻轻地向我挑起眉毛。

"我不明白。"我说。

"他自己也不明白，但他说他就在营地里。就好像他回去了，但没有现身，就好像他和我们生活在一起，但在另一个空间里。"

随后的寂静浓厚如雾。我能闻到我们之间桌上的冷鲱鱼，那是海盐和莳萝的气味。

"荒谬。"坦娜嘟囔道。我们望向她，她轻轻耸肩。

"我自己也不相信，"彼得说，"当然不相信了。然而他能描述出他失踪后我们一天天的生活，精确得令人震惊——我们如何长时间地搜寻临近的营地，他父亲的健康如何逐渐恶化。"他转向我，灰色的眼睛，锐利的视线。"他说到了你，华盛顿。他说詹姆斯病倒之后，你每天下午都在他的病床边画画。他说詹姆斯最后咽气的

341

时候，你就陪在他身旁。"

我的身体开始微微颤抖，我能感觉到木椅卡住了我的大腿。我在座位上动了动，但怎么都坐不舒服。

"不可能，我知道。"彼得平静地说。

"我不明白，"我摇头道，"他信仰的是科学。"

"现在也还是。要我说，他现在比以前更投身于科学了。但他追求的事物超越了凡间的你我。"

我说不出话来，我不知道我能说什么。

"他哥哥的去世让事情变得更加复杂，"彼得靠他儿子低沉而清澈的声音诉说，"他父亲的去世他似乎还算能够接受，但伊拉斯谟……"他摇摇头。

"他现在去哪儿了？"坦娜说，我感觉到她的声音在微微颤抖，就好像她忽然从某个遥远的地方返回了现实。

彼得打量着她。"他后来痴迷于把图像捕捉在纸面上。他没完没了说光线，说什么用阳光把面部的图像烧在纸面上。他称之为显影术。他想利用这个过程来捕捉天体的影像，"他停下，露出一抹笑容，"说实话，我跟不上他说的那些内容的思路——他的想法非常狂热，我无法完全理解。我觉得他非常疲倦。"

"他说了他要去哪儿吗？"我问。

"最后一次我收到他的信，他在摩洛哥，马拉喀什城郊的某个地区。我有地址，你可以写信寄到那儿。我不知道他的精神状态能不能让他回信，但也许值得一试。"

"摩洛哥。"我惊叹道。

"你是多久以前收到那封信的？"坦娜问。

"八九个星期之前吧。我猜他应该还在那儿。他计算得非常精

342

确，那里是他实现自己计划的最佳地点。"

我认真地扫视整个房间，在这漫长的一个小时里，我似乎没有认出任何物品来；钟表，桌布——它们看上去是那么迥然不同。

"我有件东西要给你。"彼得说着，忽然起身。

他留下我们三个人在餐厅里坐立不安：坦娜看看小彼得，又看看我；彼得毫不掩饰地看着坦娜；我尽量不去看他们两个，盯着我皮肤皲裂的双手。

彼得捧着一个大木箱回来。他儿子跑过去接过木箱。"要是你运气好找到了他，请把这东西给他。尽管我了解得不多，但它也许能派上用场。"

"但我们当然不会去摩洛哥，"我不明所以地说，"先生，你还是自己留着吧。"

彼得微笑道："那就送给你了。请收下吧。这么精巧的仪器，留在我手里毫无用处。而我儿子，尽管他魅力出众，但不是研究科学的那种人。放在这儿纯属浪费。"

"是什么？"

他笑得愈加灿烂，我再次在他的脸上见到了那位热情的男人，他忠诚于王尔德先生，在那位伟人的爱护下度过了所有的日子，抛下年幼的儿子，跟随科学家穿过炽热的平原和冰寒的荒野，最后在尊贵的孤寂中默默生活，连迟到的宽恕也无法照亮那样的日子。

"我年轻时的第一次外出考察，"彼得说，"是在解救号上担任植物学家。我们远航到塔希提岛，观察金星凌日。我们需要记录金星的侧影进入和离开日轮的确切分秒。那是我们计算日地距离的最佳机会。这样的好事下次发生是一百年以后。

"唉，就在凌日前的那天夜里，我们的四分仪被偷了。没有它，我们就无法测量方位角度，这次考察将变得毫无价值。我决定立刻去搜寻窃贼。

"我必须承认，这是非常不明智的。仅仅在前一个星期，我们队伍的一名成员和塔希提岛的一名当地人还起了误会——有人拿走了一支步枪，我们的一名护卫差点杀死一名当地人。局势相当危险。我们双方都不明白彼此对物权的理解差异。

"就这样，我没带武器，沿着狭窄的小路慢慢上山，只有一名译员陪着我。天气热得让人眩晕和窒息。我们终于来到了树林中的一个小村庄，当地人像烟雾似的从两边冒出来，他们推搡我们，朝我们喊叫。我知道我们陷入了极大的危机。

"凭借本能，我在草地上飞快地画了个圈，人们开始聚拢过来，看着我。然后，译员替我发出声音，我开始和他们沟通，提问和解释。你能想象吗？慢慢地，从沉重的外壳开始，四分仪一个部件一个部件地回到了我的手里。"他拍了拍那个大木箱，咧嘴微笑，"我，那里唯一没法说话的人。我替所有人发言。结果这东西被拆散送了回来。"

11

哈勒姆[1]的旅馆房间里，坦娜和我躺在灰蒙蒙的光线中，听着车辆在敞开的窗户外经过。有马车车轮喀拉喀拉的声音，有老马低沉的嘶鸣声。远处有个孩子在哭，飘到我们这儿已经变得微弱。房间另一头的脸盆架上，冰块在水盆里融化碎裂。角落里，双头鲸的标本隐藏在它的箱子里。

我亲吻她依然潮湿的皮肤，她喉咙的凹陷处。她的皮肤带着咸味。她没穿衣服，头发披散在身体周围，因此显得更加娇小和脆弱。

"我爱你的自然而然。"我说，亲吻她的胸部。

她露出慵懒的笑容。"这是我很平淡的委婉说法吗？"

"我爱你的缺少装饰。"

"所以我**的确**很平淡。"

"你肯定注意到了彼得·哈斯盯着你看。你的美来自微小细节的慢慢积累，因此你真正的容貌变得愈加显眼。"

"看来你一直在读如何向女性示爱的指导手册。愿上帝拯救我们。"她浅浅一笑，"讽刺的地方在于，我年复一年恳求父亲允许我

---

1 荷兰西部城市。

佩戴珠宝、化妆和穿时髦的衣服。一直到那些事情对于我的同龄女孩们已经习以为常的时候，他也还是不允许。等他终于点头的那天，他给了我一袋钱币，说我可以买四件我最想要的东西：一条浅色棉纱布的裙子、一个单颗翡翠搭扣的手袋、一盒粉底和一根非常红的唇膏。我立刻就穿戴上了。"

"于是你看上去很艳丽，就像街头表演的演员。"

"我漂亮得惊人——像个活过来的娃娃。我父亲震惊于我的转变，他为他多年来一直拒绝我的要求而向我道歉。我认为他立刻看到我能成为一个完美的配偶，靠脸蛋吃饭我可以过得很轻松。然而，打扮成那个样子，令一些事情发生在了我的身上。我成了世人的焦点，变得醒目。我变得突出，感觉到其他人总在盯着我看。但是，人们越是看我，我就觉得我本身越是不被人注意，就好像我在逐渐消失。这是最奇特的一种感觉。倒不是说那些视线带走了我的某种精髓，当然有可能这也是一部分原因。更像是人们更高的期待使得我更深地缩回自己的壳里。我的感觉就好像自己是一道有形的屏障，我站在了我的自我前面——我必须推开这个第二自我，为真正的自我打开视野。华什，那几个月我迟钝得无以复加。每次交谈的时候，巨大的空虚就会充满我的眼睛，那是一种脱离的气氛，就好像我已经离开了房间。我慢慢有了脑子不好使的名声。漂亮但愚蠢。"

"坦娜，不会有人认为你愚蠢的。"

"那就是傻气吧。没什么区别。"

"很好，现在你既傻气又朴素了，"我开玩笑地说，亲吻她的头发，"你说这些是为了什么？"

"为了阻止你心血来潮做蠢事。"

我微笑，但感觉受到了温和的批评。我躺回枕头上。

"哈斯先生追回被盗仪器的故事在我心里激起的反响，我觉得，与他的意图恰恰相反，"她说，"我一直在想，那些可怜的塔希提岛人是怎么想的？奇怪的外来人朝他们开枪，带来了吓人的器具，居高临下对待他们。"她耸耸肩。

"摩洛哥，"我说，"我绝对不可能想到的地方。真不知道是什么吸引他去了那儿。"

"显影术，是这个词，对吧？"

"你为什么那个语气？"

"什么语气？"

"厌弃。"

她长长地吐出一口气。"你的痴迷变得过于严重，甚至开始在陌生人身上看见他了，"她翻身侧躺，"在新门监狱，你抛下我跑进人群——你以为自己看见了他，对不对？现在你起了再次跑掉的念头了。"

"跑掉？"我说。

她难过地轻轻摇头，几缕潮湿的发丝贴在额头上："咱们非得要演戏吗？非得这么躲躲闪闪吗？"

我没有说话，望着光线慢吞吞地爬过天花板。

"我曾经以为你只是想要找到自己的起源。蒂奇代表着你早年的生活，那其中有某些尚未解决的问题。但我们已经试过了，我们去了废奴主义者协会。凯特是你的母亲。可是你看咱们又来到了哪儿？阿姆斯特丹。"她抬起浑圆的大腿，用双臂环绕抱住。我望着她头发蓬乱的后脑勺，她的嘴里在说什么。她意识到我听不见，于是转过来面对我："你想杀了他？是这样吗？"

我瞪着她，受到了惊吓。

"不，你当然不想——我这么说只是想让你知道，一直以来，你在我眼中像是丧失了理智。在我看来，你的行为是多么令人困惑和奇怪。我无法理解——我试过，真的试过，但我做不到。你为什么非要找到他？你认为这样你就能变得更强大吗？"她摇摇头，"你会变得弱小。你会被摧毁。"

焦虑和哀伤淹没了我。我知道从某些角度来说她是正确的。但我内心有某些东西不肯平息：某种向前的磅礴冲力，深植于我内心的强烈斗志，就像一个人对水的渴望。为了寻找也许并不存在的真相，我已经走得这么远了；我只能继续下去。

"是因为你觉得我父亲窃取了你的点子吗？"坦娜说，她的声音透出痛苦，但她的面容依然平静，"所以你才要逃离我们？他抢走了你的海洋馆，现在你只想走得越远越好，就像是要剥离损失。"

我知道我该闭嘴，但我没有，而是用胳膊肘撑起身体，我说："咦，难道不是从我这儿抢走的吗？我花了一年多研究其中的科学，哪怕是现在我也还在思考。到最后会带给我什么呢？什么都不会。甚至不会提到我的名字。"

她微微颤抖："是因为你的名字吗？"

"不是。"我说，这是真的，但也不是。我只知道我曾经相信这个工程将会见证自己对世界的贡献，以某种方式确认我曾在世间走过，证明我的存在是有意义和有价值的。然而这种信念已经开始消退，我已经不知道该相信什么了。

"华盛顿。"她说。

"我累了。"我轻轻地说。

她犹豫了。

房间正在变暗变凉，潮湿的空气中能听见一只苍蝇在嗡嗡飞行。

"我父亲的哥哥，"坦娜再次开口，她的声音非常轻，我几乎听不见，"我们叫他阳光伯伯。他非常忧郁。他来看我父亲的时候，只要远远地看见他的马车，我就会开始逃跑。他一来就愁眉苦脸，唉声叹气。我猜这就是高弗家的脾气，连亨丽埃塔和茱蒂丝也常常会陷入忧郁。我父亲也一样。当然了，还有自杀的米兰达姑姑。但阳光伯伯，他似乎从痛苦中找到了快乐。我的笑声似乎只会让他更加哀伤——所有的孩子都会让他哀伤，就好像我们都在提醒他回想起他真正快乐的那个年纪。

"我祖母去世的时候，留给他一小笔钱——她给每个子女都留下了一笔钱，每人三百英镑。我父亲立刻用来买科学仪器了。我伯伯呢？他给自己买了一块豪华的墓碑，立在家族墓地留给他的位置上。

"每天他都会去看他自己的墓碑，把花束放在墓碑上。他偶尔会允许自己买点小玩意，扎上缎带，整整齐齐地摆在墓碑上。有一次我们去埃斯特雷拉山，带回来葡萄牙的黑无花果送给他，他也拿去献给自己。我多么希望他能尝一尝那些无花果啊。它们却被摆在了墓碑上。最后，他去看墓碑的次数比来看我们的都多。那儿成了他唯一的目的地。他最终去世的时候，感觉就像是回家去了。"

我悲哀地笑了笑："他真的存在过吗？"

坦娜把湿漉漉的脑袋搁在我的胸膛上："这个世界很大，有时候比我们希望的都大。"她的呼吸很浅，她的脸贴着我的皮肤。

我感到多么疲惫，多么枯竭。

"我要和你一起去。"她说。

我已经闭上了眼睛，正在坠入梦乡，我感到自己伸手去抓她的手指。

12

我们带着标本一起回到英格兰，我会不会再次离开不再是个问题。

我不想带她去摩洛哥，那个地方对她来说很可能并不友好，甚至危险。另外还有海洋馆的准备工作和她父亲的身体情况需要考虑。尽管高弗精神饱满，健康状况良好，但他毕竟已经六十六岁了，我们不想让他爬梯子又搬重物。他刚好老到了一个特殊的年龄，表面上的健壮似乎象征着内部的虚弱。就仿佛有什么东西正在潜伏，等待时机破茧而出，就好像衰老会在某个早晨突然爆发，他会变得满头白发，眼盲耳聋，步履蹒跚。

然而令我们吃惊的是，高弗给了我们他的祝福，甚至坚持如此。他几乎刚刚发现坦娜陪我去了阿姆斯特丹。一天下午为了换换脑子，他去新邦德街散步，一抬头却看见妹妹茱蒂丝走出萨沃里与摩尔药房。他上去质问她，他的愤怒吓坏了她，这位困惑的女士当街哭了起来。他跟着她走向她的马车，一路上骂得慷慨激昂，她像古希腊悲剧演员似的痛哭流涕，辩解称她对此事一无所知，甚至引来了一位路过的先生试图劝解，以为高弗是个在骚扰她的陌生人。高弗回到家里，正在盘算该怎么追捕我们的时候，我们带着那条双头鲸回来了，它在刚铺好的一层冰块上像缟玛瑙似的闪闪发亮。

这个怪物震撼了他的心灵，他甚至忘记了斥骂我们。他低头盯着那东西，脸色变得煞白，沉默了很长一段时间。他最后说："我从没在如此的丑陋中见过如此的美。"

我们因为撒谎而挨了一顿骂，但也就是这样了。接下来的几天，我们讨论该如何处理双头怪物，测试维舍尔提议的长期保存手段，商量最适合它的展示方法。假如我们从新斯科舍带来的章鱼无法康复，那么这东西也许可以成为我们的头号展品。

高弗开始说起他的另一位同事，马拉喀什的一位海洋动物学家。"他写信说发现了一种非常罕见的乌贼。"他花了一整个晚上绘制地图，指出我们也许能在哪儿找到他。

接下来的几个星期，我们一边辛苦工作，一边为行程做准备。沉默统治了海洋馆，外部世界离我们而去。大门紧闭，防腐剂、腐烂的植物和混浊的死水散发恶臭，空气都变成了绿色。阳光穿过肮脏的窗户照进来，灰尘在光线中打转。我转来转去，查看水族箱里的伊索大虾[1]、软体动物、螃蟹、海生蠕虫和水螅虫。几只招潮蟹默默地在角落里挥动钳子。

巡视的时候，我感觉到了无与伦比的自豪：因为这个奇异而精致的场所，人们可以来这里观赏他们认为是噩梦的生物，理解这些动物其实非常美丽，没有什么可害怕的。然而也有一部分的我感到愤怒、痛苦和受到折磨。因为我在每一件展品中见到的都是我费尽心思的计算、我发疯般的深夜劳作。我在每一个地方都看到了我的作为——水缸的尺寸和材料，动物品质的选择，甚至是水生植物的

---

1 即蒙氏长额虾。

排列。我流过汗，犯过后悔不迭的错误，到最后我的名字不会出现在任何地方。重要吗？我不知道重不重要。我只知道我必须想办法与自己的损失和解，否则就只能扔下这一整个摊子和与其相关的所有人了。

仿佛粉红色破布的水母漂浮在一个水族箱里，我看着它旁边装满裸鳃动物的另一个水族箱。我慢慢走向它，把我的手掌压在凉丝丝的玻璃上。

13

~~~

　　阳光让人目眩神迷；屋顶点缀着白色的平原，光线在气流中颤抖。阳光是多么磅礴，多么有力，光雾照得我们睁不开眼睛，不得不一次次举手遮挡。

　　这一趟从头到尾就是个巨大的错误。彼得安排了一名向导来接我们，然而在嘈杂而喧闹的港口，我们无论往哪儿看都找不到他。于是我们只好先在马拉喀什住下，然后写信向彼得说明情况，求他帮忙再雇佣一名向导。除了等待，我们无事可做。

　　炎热的日子一天天过得很慢，我们试了几次去找高弗的海洋生物学家同事。我们被领着穿过了许多条蜿蜒曲折的路线，最后一次的结局是一个男人与我们对质，索要一笔巨额赔偿。于是我们放弃了寻找，而是开始探寻这座城市，闻着小柑橘、干皮革和新鲜李子的香味，驴粪的臭味和市场畜栏里骆驼的汗味。我们经过一个人，他使劲拽一根从一头暴怒骆驼的鼻孔里穿过的缰绳，一股股深红色的鲜血从骆驼的头部向下滴淌。这只动物扬起下巴，姿态是多么狂野。它又踢又甩，从喉咙深处发出吼声，但熙熙攘攘的市场不为所动，喧闹声和轻快的笑声依然如故。坦娜转开脸，一名旁观者见到她转开脸，便拖着脚走过来，尝试解释什么。但我们听不懂他在说什么，最后他走开了，满脸深入骨髓的失望。

后来我们在市场乱逛，考虑要不要返回英格兰，但我觉得那是在承认失败。这里的货摊都很特别：有些挂满了漂亮的编织篮子，有些在卖积灰的红辣椒，有些迸发出染成鲜红色、黄色和蓝色的羊毛。在卖绳索的货摊上，编绳索的匠人一动不动地坐着干活，几个人的手在麻绳卷上飞快地移动。珠宝商有个属于他们自己的广场，宝石在遮阳篷底下闪烁，就像人类的眼神。

我发现有一名珠宝商会磕磕绊绊地说点英语。于是我向他询问一位住在沙漠里的奇怪英国人，问他知不知道有这么一个人。我也向他打听了高弗的同事。他从黑色的袍子里看我，面无表情得就像刚洗过的盘子。然后他忽然微笑，一边颤巍巍地耸肩，一边连声说不。

我们紧张地望着这一切，因为我们离开了熟悉的那个世界，盲目地迈向了前方。每一天我都比前一天更确信蒂奇已经不在这儿了。我们越来越疲惫，尽管我尽量不向坦娜表露我的担忧，但她无疑觉察到了。

一天上午，我在一个市场旁边停下，在水盆里洗手。我感觉到有人盯着我，于是抬起头来。

他像是受到召唤似的上前。我直起腰，不安地在裤腿上擦干双手。他个子很小，有个突出的方下巴，因此看上去总像在反对什么，但他的眼神很善良。

他在我面前站住，阳光从我背后照过来，给他棕色的眼睛镀上融化黄油的颜色。坦娜从层层叠叠的蓝色头巾底下紧张地望着我。

"华盛顿·布莱克？"他问，把 a 音发成了 e。

让我们惊讶的是，本来应该带我们去找蒂奇的正是他。他用磕磕绊绊的英语解释道，前几天他一直在生病。现在他病好了，于是来到城里，希望能侥幸找到我们。而他真的在路上撞见了我们，这是多么令人震惊啊。

就这样，他领我们坐进一辆吱嘎作响的小篷车，然后驶向似乎空无一物的地平线。沙漠里的道路辽阔而曲折，我们沿着黄沙漫漫的道路晃晃悠悠地前进，逐渐远离了马拉喀什的喧嚣，我感觉到自己变得越来越小，就好像我们要在炎热和强光中消失了。空气似乎非常憋闷，充满了盐粒。我的眼角开始发痒，时间一个小时一个小时过去，一股鲜血从我下嘴唇的裂口淌了出来。我用湿布捂住口鼻呼吸。

"我向你父亲保证过，一定会把你安安全全地带回去。"我说。

"所以你一定要守住你的承诺。"坦娜半梦半醒地嘟囔道。

我望向尘雾弥漫的荒野："你觉得达荷美离这儿有多远？"

但她已经不听我说了。她的蓝色头巾盖住了头部和脸部，阴影中她的眼睛闪闪发亮，清澈得难以想象，在阳光中几乎是橙黄色。我们缓慢地穿过沙漠，一切言语似乎都离开了我们，就好像连语言的本能都死去了。地形每一英里都有变化，时而明亮，时而阴暗，每一个小时我都比前一个小时更确定我们迷路了，变幻不定的光线甚至让车夫失去了方向。我望着荒野，筋疲力尽。又是这个结果，尽管不是出自蒂奇的意志，但他再次带我来到了一个我极为陌生的地方。

时间一小时一小时过去。我们停车吃东西和上厕所，但依然很少交谈。虽说几英里没见过任何活物了，但我开始在干燥的风中听见怪声。奇怪的是我无法确定声音的起源——从西面飘来的似乎来自东方，从南面飘来的像是来自北方。我的颅骨在脑袋里感到干枯；我大口喝水。炎热一时间令人窒息，一时间又层层剥落。

夜幕突然降临。就仿佛有人把盖子扣在了大地上——夜晚来得就有这么迅速。星辰陡然出现，像火花似的照亮荒野。就在这时，远处升起了一些矮小的建筑物；我太希望能见到它们了，因此在我真的看见的那个瞬间，我以为它们是我想象出来的。我们默默地驶向连绵不断的突兀墙壁；我过了一会儿才意识到那些墙壁其实是房屋。面对街道的窗户为数极少。从狭窄的建筑物的缝隙中，我勉强能辨认出一个暗沉沉的圆形庭院。我们下车，我们的腿都僵硬了，车夫把我们的东西卸下来，在地上溅起了一团尘土。

我觉得我们大概是走错了地方。这里不是彼得形容的小镇，只是几座散落的屋舍，修建在沙漠边缘，像是在建完城市后忽然想到又加盖的。你很难想象在这里该怎么生活，这里远离城市的富足，弥漫着与世隔绝和荒弃的气氛，让人感觉到幽暗的遥远距离。

这时，一个少年从院子里走了出来。他顶多不过九岁，骨头细得像是绳索，从皮肤底下戳出来。他有一张秀气的鸭蛋脸，眼窝深陷。他显得既疲惫又精神抖擞，就好像有人把惨痛的真相告诉了他，而他还没完全明白过来。他光滑的黑发里掺着尘土的颗粒。

向导大声叫住少年，两人交谈几句，我觉得他们的态度既坦诚又温柔，他们达成了某种共识，做出了某种安排。少年最后示意我们跟他走，我好奇地望向我们的向导，看着他满是尘土的脸上的滚滚汗珠。他露出友善的笑容，点点头。

我抓住绳子，拖着我们的行李走，因此奇特的声音回荡在墙壁之间。我们跟着少年走向庭院。在傍晚的阴影中，我只能看见前方的一小段距离，不安在我的内心渐渐升起，我意识到一个残酷的真相：我来到了一个陌生的国家，我甚至不知道该怎么要水喝，而我居然还带上了坦娜，既欠缺考虑也没有防备。我望向她裹着罩袍的身影，她显得娇小而脆弱。

庭院里像是有它自己的气候；空气忽然变得凝滞凉爽。我闻到了煮胡椒的气味，还有在风中晾干的干净衣物。这里的暮色像是刚降临，开阔的院子里铺着石板，颜色白得像是结冰的水塘，盖布下有个巨大的物体暗沉沉地悄然矗立。我们停下，黑影的庞然尺寸让我们震惊。星光灿烂的夜空勾勒出它的轮廓，建筑物的墙壁仿佛自然的障碍物，但任何人都看得出油布底下的东西绝对不是自然的造物。我的视线调整焦距，但我依然辨认不出那是什么。

院子侧面有了动静。一个男人走出一扇门，一只活鸡在他手里扑腾。他抓住鸡的双腿，黑暗中鸡的羽毛显得异常洁白，仿佛白蜡。男人显然打算杀鸡当晚饭；事实上，先把活鸡拿进房间的事实让我感到很奇怪。我们默默地看着他穿过院子，在鸡的身上捏捏戳戳，寻找肉最厚的部位。

他走了出来，我在黯淡的月光下看清了他，看清了他的脸。在我甚至能够理解之前，剧烈的疼痛忽然刺穿我的身体，我喊了出来："蒂奇。"

男人转过身，他在惊讶中松开了手里的鸡。鸡发疯般地拍打翅膀飞走，获得自由的两只脚跑过院子，钻进了暗处。

他盯着鸡的背影看了一会儿，刺耳的呼吸声充满了院子。

"你赶不上吃晚饭了。"他喊道，但我在稀薄的灰色光线中向前走去，看见他的身体在颤抖。

14

門是用四块饱经风霜的木板加上金属钉成的，他领着我们进门，来到前厅黄色的烛光下。室内感觉很凉爽，但比外面暖和，墙壁很厚，窗户又少又小。房间很小，异常干净，当地的挂毯和篮子之间摆着欧洲风格的桌椅，就好像他想通过熟悉的事物把秩序引入这个世界。

我们穿过前厅，来到后面更小的房间里，这儿的天花板更低，他不得不低头才能走动，这儿显然才是他真正生活的地方。有一张小床，颜色发灰的被单揉成一团，像一条正在睡觉的狗。唯一的窗户前堆着许多书；对面墙边有个刀痕累累的木墩，上面搁着切成两半的红辣椒，辣椒籽撒了出来。

他在房间中央站住，似乎并不想停下，就好像他希望能一直走下去，这样就能避免和我们对视了。他转向我们，露出疲乏的笑容；看见他的整个身躯，看见他的整张脸，我在他身上同时看见了巨大的相同与不同，眼睛里涌出了泪水。他的模样与以前相同，明亮的绿眼睛里充满好奇，两侧嘴角的白色伤疤仿佛一条线。他的衣着很随便，英国风格，皱巴巴的白色亚麻衬衫和浅色的长裤，尽管他穿上这些衣物显得和以前不一样了，看上去更老，但不同之处并不是这个。他的面容发生了一些难以说明的变化，尤其是他的眼睛——他的视线底下凝聚着巨大的痛苦，有一瞬间我心想：不，这不是他，我们找错了地方。他像是一个刚开始慢慢意识到恶疾正在身体里扎根的人，第一波袭来的疲惫感让他感到困惑。就好像在杳无音信的这四年里，他逐渐接近了对于黑暗的某种理解，接近了他的菲利普表弟早已接受的某些知识：毁灭就藏在我们的身体之内，我们在它面前无处可逃。

"华盛顿，"他用柔和而低沉的声音说，"我梦见你会来。你长得这么大了。"

我们失散了犹如一整个人生那么漫长的时间，这句话相比之下是何等空洞。我有强烈的冲动想上去拥抱他，但我克制住了，我做不到，我无法弥合自己与他之间那温暖而朦胧的一段距离。

我们坐在前厅闪烁的光影之中——蒂奇、坦娜、向导、少年和我——手里盛着炖蔬菜的碗热烘烘的。尽管我饥肠辘辘，却没法吃东西，我无法把视线从那张既熟悉又有所改变的脸上移开。在橙色的光线下，他的下巴显得像马脸一样长，他每一口都嚼得郑重其事。他似乎在用舌头感受每一块蔬菜。他注意到我在看他，可怜巴巴地笑了笑。

"牙疼，"他不好意思地说，"没勇气把它拔掉。"

"这儿没医生吗？"坦娜说。

蒂奇用半边脸嚼东西："我害怕他们的医药。"

我听着其他人吃东西，眼睛打量他的脸。他似乎不愿意看我，每次开口都是对着所有人说话，极少和我对视。尽管只是过去了四年，但我发现我看不懂他了；我不知道我们的突然到来是让他震惊、哀伤还是恼怒。他的举止很优雅，像是在他四周筑起了一道屏障。

"岂不是很凑巧？我们的出现刚好吓走了你的鸡，"坦娜微笑道，"蔬菜里没有了会硌牙的骨头。"

"老天非常仁慈。"

他的话不知为何让坦娜想起了那头流血的骆驼，她开始形容当时的景象。

"有可能发狂了，"蒂奇道，"要是骆驼发狂，那就必须杀死，否则它是会杀人的。"

"杀人？"

"它们会摸到睡觉的人身旁，跪在睡觉的人的胸口上，让他们窒息而死。"

坦娜用手捂住嘴巴，但这个可怕的故事显然勾起了她的兴趣。

这一切是多么奇异啊——许多个月以来，坦娜总在说蒂奇的坏话，然而在他面前她却既温和又有礼貌，与她对待其他人的态度没什么区别。我看着她的内心如何悄然转变——刚开始报上名字时她很冷淡，随后对他这个不可思议的人的兴趣越来越大，她似乎控制不住自己；最后她显然对他的流放环境产生了怜悯，就好像这不是出自蒂奇本人的选择。也许事情与他备受折磨的精神有关：她也看见了他眼睛里的痛苦，不想进一步折磨他，知道我们的突然到访已经带来了压力。另外她的友好也是合情合理的。然而我却觉得像是她抛弃了我，让我独自承受憎恨。我盯着蒂奇的脸，巨大的悲伤在内心升腾，但同时我也觉得受伤、生气和无所适从。

外面突然吹来一阵风，油布猎猎作响。

"你们来得不可能更是时候了，"蒂奇说，"我们知道要来风暴了。你们绝对不想被困在风暴里。"

"但先前好像没什么风。"坦娜说。

"这儿的天气说变就变。先是热得滚烫,然后变得冰冷。先是非常明亮,然后突然变暗。"

"我听别人说过非洲的气候独一无二。"

"地区和地区之间的差别很大。不过大体而言我觉得也没说错。"

我望向少年,看着他精瘦而聪明的小脸。他头发里的尘土让他显得像个老人,但他的年纪其实非常小,他无助而迷惘地听着我们用英语交谈。蒂奇没有正式介绍他和我们认识,似乎也没有这个打算。蒂奇偶尔会看他一眼,往往像导师似的皱起眉头;我感觉到他的态度里有某种温柔,痛苦不禁从我的喉咙里油然而生,我只好迅速转开视线。

"外面的油布底下是什么?"坦娜说,"吓了我们一跳。"

蒂奇在认真地咀嚼。我再次感觉到了他在努力克制自己不看我。"你说你们拜访了格兰伯恩。我母亲还好吗?"

"非常好,"坦娜说,"我们去的时候她刚骑马回来。"

"所以她的脾气又上来了。她是不是很让人害怕?"

坦娜犹豫片刻:"我觉得她非常疲倦。"

"她是我母亲,因此你们非常客气,不想驳我的面子。然而你们再怎么有礼貌,也不会让她的没礼貌变得讨人喜欢,"蒂奇叹了口气,"她至少留你们吃饭了吧?希望你们吃了顿好饭。"

坦娜绝望地耸耸肩:"还好没有。否则我们说不定会发现菜单上就是我们。"

蒂奇微笑:"唉,请允许我为她说的任何惹人生气的话向你道歉。"

他是多么迫不及待地想为他母亲的小小失误承担责任啊;但他

对我的悔恨、对我的愧疚在哪儿?

"至少她告诉了你们我的下落,因此我还是要感谢她的。"他说。

坦娜犹豫了一下,然后告诉他我们是如何找到他的。

蒂奇大笑:"哎,管他的,反正你们还是来了。真是不敢相信,你们居然找到这么遥远的地方来了。"自从我们来到这里,他第一次正视我。让我惊讶的是,在黯淡的烛光下,在他眼睛的反光中,我觉得我看见了一丝接近畏惧的不安。

"你说你梦见了我,"我突然说,这是我第一次开口,我感觉到其他人都惊讶地望向了我,"那是什么意思?"

"梦见了你?"蒂奇说。

"我刚到的时候。你说你梦见我会来。"

"是吗?"蒂奇摇摇头,像是非常困惑,"我想象不出我会是什么意思。"

15

~

　　时间晚了。蒂奇坚持让坦娜睡有床的里屋，请我睡在我们吃饭的前厅里的长沙发上。他和少年去院子里的帐篷睡觉。坦娜表示反对。蒂奇解释道："碰到这样的夜晚，我们本来就会这么安排。为了观测星空。"

　　"你说风暴要来了。"

　　"这儿很安全，能把坏天气挡在外面，"蒂奇说，"我更担心蝎子和毒蛇。"

　　"敬爱的上帝啊。"

　　"好好休息吧，"蒂奇疲惫地笑了笑，"当心地面。"

　　他搂着少年的肩膀出去了，车夫一言不发地跟着他们。

　　我感觉到我躺在蒂奇的身体日复一日所坐的地方，怎么都睡不安稳。我翻来覆去。另外，房间里很冷；真是让人惊讶，沙漠里居然会这么冷。最后我终于沉沉睡去，梦到了海洋馆。但那不是被烈火吞噬了一半的灰色木结构老楼，而是一座巨大的玻璃建筑物，一个无与伦比的温室，四面都是窗户，映照着周围肆意生长的树木。一切都在闪闪发亮。我站在那儿瞠目结舌，咔咔作响的窗玻璃反射的强光让我眯起眼睛。

大凯特突然出现在我身旁。我没有从她身上感觉到任何压力和痛苦——她似乎处于难以动摇的平静之中，就好像她那铠甲般披在身上的愤怒已经磨平。她的面颊在暮色中似乎向下凹陷，经过枝叶过滤的傍晚阳光在她脸上形成光斑。她默不作声，看上去半梦半醒、不死不活。她超越了那么多的界限，现在进入了某个更晦暗的场所。她橙黄色的眼睛里有着黄铜般的灼热亮光。但她没有看我。我觉得我应该伸出手，像过去一样握住她的手。但我只是悄无声息地站在她身旁，感觉热量从她的皮肤向外流淌，那是生命力的美好温暖。风里有雨和泥水的气味，但阳光久久停留。窗玻璃上映出我们的倒影，仿佛两个鬼魂。

然后我醒了。

我受过伤的肋骨隐隐作痛，因此我从长沙发上起来，在狭小的房间里踱步。我想出去呼吸点新鲜空气。寒冷比任何炎热都让人窒息。我把手掌贴在墙上，靠粗糙的灰泥引路，慢慢向外走。房间里依然有炖蔬菜的气味。

我迷路了，发现自己没有出去，而是来到了有小床的里屋。我怎么会在只有两个房间的居所里迷路呢？我自己也说不上来。黑暗中，我能看见坦娜沉睡的身躯因为呼吸而微微起伏。这是两个房间里比较小的一个，墙壁刷成纯白色，没有挂任何画像。灰泥中有些细小的缝隙，我能听见小动物跑进跑出这些裂口。

我摸索着走向门口，却听见坦娜喊道："是谁？"

"你醒了？"我说，过去坐在小床上，月光从一面比较大的窗户照进来，落在她仰卧的身体上方的墙上，"抱歉，我不是存心想吓你。"

我感觉到她轻轻抓住我的肩膀，我把嘴唇贴在她潮乎乎的手上。

"你睡不着？"她打个哈欠。

"我做了个梦。"我说。

"什么梦？"

我再次亲吻她的手，拍了拍她的手背。月光缓缓爬过斑斑点点的刷白墙壁，墙面看上去就像月球的表面。

"英格兰似乎非常遥远。"她喃喃道。

"确实如此。"

"海洋馆似乎非常遥远。"

是啊，感觉像是已经过了许多年，甚至像是上辈子的事情了。

"你对我生气了吗？"她轻声说，我在黑暗中转向她，不明白她是什么意思，"因为我对他很好？"

"当然不——你很善良，很仁慈。所以我才爱你。"

她犹豫了一下："他的眼睛——我这辈子都没在一个人的眼睛里见到那么多的痛苦。你没告诉过我他是这个样子。"

"他以前不是的。我认识他的时候，他完全不一样。"

"你一定很震惊吧？"

我没有说话，而是扫掉手上的沙粒。

"和你想象的一样吗？"她又打了个哈欠，"这里的一切？是你预想中的样子吗？"

"谁能想象到这些呢？"

"是啊。"她忽然沉默下去。

"怎么了？"

我感觉到她在黑暗中翻身。"没什么。"

但我觉得自己知道她想问我什么。我知道她想知道我有没有找到我想寻找的东西，这趟旅程有没有终于满足我对无法回答的真相的奇异追寻，有没有平息我内心没有根基的感觉，解决我的由来给我带来的混乱。她想知道我能不能放下我的执着，还是我们要继续一切在这个世界上漂泊，从一个地方去另一个地方，直到我把她变成我的样子，在任何地方都找不到立足之处，没有一个地方像是个家。

"来这儿是发疯，"我轻声说，"对不起。"

但她已经放松身体，睡着了。

这时我注意到她的小床背后有一扇门通往室外。我慢慢过去打开门，风吹了进来。低矮的屋顶之上，天空无比广袤，充满了明亮的星辰。我听见远处传来哗啦啦的声音，我知道肯定是前面院子里那块巨大的油布在强风中舞动。外面的空气比里面还冷，还稠密，我开始发抖。我仰望天空中辉煌的圆盘。

我看见我的正右方有一扇门，似乎通往另一个房间。门半开着，光线从里面洒出来，那景象像是在梦中。我不安地走向那里。

我进去，立刻退后几步。

房间里堆放着几十件科学仪器，还有许多纸张、量规和镜筒，门推开一半就会碰到摆放着蜡烛的写字台。一个执着的念头似乎在通过这些仪器显形；每一件钢铁器具都像是一个被抛开的点子，每一块玻璃镜片都仿佛一个可能的答案。

墙上钉着几张光面的黑纸；它们中央是一团团最纯粹的白色，就像融化在墨水里的一滴滴牛奶。它们诡异而怪诞，就像人类大脑的幻象。我站在它们前面，被迷住了，过了好一会儿，我的视线才移向钉在它们旁边的另一张图片。那是那个少年的肖像，黑色的睫毛下眼神清澈，定影剂的失误扭曲了他的右脸。就好像光线袭击了他的一侧面颊，就好像化学物质变得不复稳定。

"那些是月球。"

我转过身，看见蒂奇依然穿着晚上的那身衣服。他似乎没那么紧张了，但神态依旧不安。他走了过来。"我想用抛光的镀银铜板捕捉月球的图像，用烟熏处理，在深夜曝光。"他用戴着祖母绿戒指的修长手指从那些白色斑块摸向少年的面容。"如你所见，这个方法更擅长刻画人类的脸，而不是天体的细节。但我的目标是要做到相同的清晰程度。我认为关键在于距离。你与你的目标之间的距离。"

我在他的脸上搜寻，觉得我终于找到了一些比较熟悉的东西。

"但人类的脸是那么有意思。"我说。

"对，这是真的。然而你在看一张脸的时候，就没法看另一张了。你会给那张脸特权。你在决定谁更值得观察，而谁不值得。你在选择谁更值得保存下去。"他摇摇头，似乎过于疲惫，听不出自己话里的讽刺。

我指了指少年的肖像："他是你的助手？"

蒂奇犹豫了一下。"他在学习，"他转开视线，"他能学会的，只是很慢。"

我点点头。

"我并不——"他说，我扭过头，发现他涨红了脸，"我担心你会认为……我不希望你认为我随随便便找了个人替代你。"

寂静从我和他之间流过；墙外回荡起陌生的鸟叫声。

"你在这儿快乐吗？"我问。

他警觉地望向我："快乐有几种形式，华盛顿。有时候我们无

367

法选择，甚至无法理解自己得到的快乐。"

这话可以拿去当箴言了；它听上去像是他在只能听见风声和怪异鸟叫声的寒冷夜晚用来安慰自己的话。

我感觉到寒冷渗入了我的骨头。我瑟瑟发抖，裹紧了身上的衣服。

"咱们进去吧？"蒂奇说。

"你离开你父亲的营地后去了哪儿？"我问，"彼得说你说了一些疯话——什么你一直就在我们身边，你能看见我们。你实际上去了哪儿？"

他舔了舔嘴唇，但没有开口。

"他们组织了搜索队，从你父亲的营地出发去找你。你们怎么可能没有遇上？他们怎么可能一直没有找到你？"

他似乎又不愿开口了。

"我走了这么远的路来到这里。"我说。

他缓缓吐出一口长气，我以为他会开口，但他沉默了好一会儿。最后他说："我知道你永远不会离开我，"他停了停，"我没法轻易离开。"

"所以你只是耍了个花招？只是假装你离开了？"

"我真的离开了。"他皱起眉头，看着我们前方的空气，像是在其中见到了什么。但他没有再说什么。

"我说不定会死在雪地里。"我说。

"你有彼得，还有我父亲。否则我肯定不会扔下你的。我知道他们能照顾好你，"他转向我，"我父亲去世的时候，你陪在他身边吗？"

我盯着他，严肃地点点头。

"你在那里陪着他，这对我来说一直是个巨大的安慰。我哥哥也去世了，大概两年前。我以为他的去世会让我心碎，然而却没有。我自己也很震惊，因为我的无动于衷。我们是一起长大的，我们流着一样的血。但还是什么感觉都没有。"

他希望我听完这番话会说什么呢？他哥哥生前是个残忍而邪恶的男人，我觉得不可能会有人因为他的去世而流泪。我吃惊的是哈斯和索兰德的说法完全不同，他们说蒂奇受到了巨大的打击。

"几年前我去信念种植园做了些扫尾工作。如你所知，我把所有的档案都送去了伦敦，"他怜悯地看了我一眼，"我知道你的凯特在死者名单上。当时我并不知道她是你的母亲，"他轻轻皱起眉头，"据我所知，她是自然死亡的。"

我知道他想传达的是同情的情绪，他想在彼此之间感觉到的鸿沟上架起桥梁。然而我并不想和他分享这份创痛；我不想和任何人分享。

"有一次我画画的时候你对我说，'要忠实于你看见的东西，而不是你理应看见的东西'。"

"我说的吗？"蒂奇像是真的吃了一惊。

"是你说的。然而我一直觉得，你并没有按照这个准则生活。"

他停了停："什么意思？"

"你没有看见我——你没有看着我，然后看见我。你有这个想法，但你没有做到，你失败了。到头来，你看见的是每一个白人看着我的时候见到的东西。"

他微微皱眉："不，这不是真的。"

我舔了舔嘴唇，似乎终于能够提出我的问题了，扭曲并定义了我人生的那个问题。

但他想离开，而且已经开始向前走了，他说："来，我有东西想给你看。"

"蒂奇。"我厉声说，声音里的痛苦是那么深沉，甚至让我吃惊。

他停下了。他脸上露出哀伤而警觉的表情，像是希望能借此挡开我也许会说的话。

我向前走去，心脏在胸腔里怦怦直跳："你为什么会选中我？"

他面无表情地站在那里。

"第一个晚上，大凯特和我伺候你哥哥吃晚饭的时候。那天晚上你存心选中了我。我记得很清楚。你说我的个头刚好适合你的云船。你选中我是因为我是一个完美的压舱物。"

怪异的表情出现在他的脸上。

"你否认吗？"

他皱眉道："你为什么要问这个？"

"这就是你的回答吗？"

他摇摇头："我当时说得很明白了。你的个头确实就是我选择你的原因。我没有把这个当作秘密。"

我愤怒地笑了，既感觉我的想法得到了证实，又绝望地心痛。

"当时我又不认识你，否则还能是为了什么？那就是我选择你的原因，但不是我让你帮助我做实验的原因，也不是我和你交朋友的原因。你以为每一个人都有可能掌握那些复杂的公式吗？你是个罕见的东西。"

"东西？"

"人。一个罕见的人。"

"恐怕没那么罕见吧，否则你也不会抛弃我了，不会找人替代我了，"我在喉咙口感觉到了剧痛，说话的时候，我无法控制声音里的酸楚，"所以你收下了一个黑人少年，你教育他就像他是个英国少年。但那是为了他好吗？还是能让你有文章可以写？"

他像是受到了震撼："我从没写过任何文章。"

"你收留我是因为我有助于你的政治事业。因为我能协助你做实验。除此之外我对你没有任何用处，所以你抛弃了我，"我挣扎着吸入一口气，"我对你来说什么都不是。你眼中的我从来不是对等的。你更关注的是奴隶制对白人来说是个道德污点，而不是它对黑人造成的真实损害。"

即便在我说出这些话的时候，我都能听出来它们描绘出了一幅多么错误的景象，但同时又真实得令人痛苦。

他盯着我。他慢慢地摇了摇头，慢得不可能更慢了。他用那双深绿色的眼睛平静地望着我。

我站在那里，嘴巴发干，等待他开口。

他又摇了摇头："我对待你就像家人。"

多么奇怪啊，我心想，我看着他哀伤而友善的脸，这个男人曾经是我的整个世界，到最后我们却无法理解彼此。为了结束一族人的苦难，他比绝大多数人做得都多，而这些人受到的折磨正是他的力量来源。他冒着巨大的风险，代价是他自己的舒适生活、家人对他的爱和他的名声。他拯救了我的肉体，带我逃离了注定的死亡。他给我的伤害，我心想，是他无法理解他依然有能力伤害我。

"求你了，"他说，"就让我给你看一看吧。"

我感觉到血液在我的身体里涌动，炽热升向我冰冷的皮肤。

"华盛顿。"他说。

我抬头看他痛苦的面容，我跟着他走了。

16

~~~

他领着我重新走过我进来的那条通道，穿过曲折而芬芳的走廊，来到外面的院子里。

我的眼睛花了几秒钟才适应黑暗。我望向院子里暗沉沉地伸向天空的那团黑影，坦娜和我在刚到来时从它脚下经过。油布已经掀开了，我眯起眼睛，只能辨认出彼此纠缠的木头、布匹和金属杆。然后我突然陷入了沉默。

侧躺在白色地面上的是一艘优雅的双人小船。它结实的桅杆斜着伸向天空。我看见船壳两侧伸出史前比例的翅膀——那翅膀属于令人恐惧的神话生物。

我站在那里，惊呆了，桅杆在我头顶上的强风中呼呼作响。

"我从几年前就开始建造这东西了，"蒂奇说，皱着眉头仰望桅杆，"我依然想横跨大西洋。事实上，我打算把巴巴多斯当作终点。把这艘船开上那里的海滩似乎再合适不过了。"

我望着他，人们说他发疯的每一句话都涌入我的脑海。但我知道他没有发疯——我知道他只是想重演过去，以此安慰自己，方便他忘记往事中的一切缺憾和错误。我也知道他正在走向第二次失败，这艘船甚至无法带他走完去那个失落小岛的一半路程，他会不得不中途放弃，或者死在尝试的过程中。

　　我望着壮丽的白色桅杆、抛光的黑色木头船壳、向两侧展开的翅膀，我再次感觉到了从青绿色洋面吹来的潮湿海风、茂盛的王棕树树叶的触感、我脚跟下的枯草。我感觉到了被我攥在拳头里的甘蔗蟾蜍和脚如树叶的壁虎；我闻到了大砍刀在热浪中的灼热铁锈气味；生机勃勃的疼痛就在这时钻进我的脑袋，充满了它，疼得我龇牙咧嘴，闭上眼睛。

17

〰〰

我们坐在地板上相对的两头，在近乎黑暗的房间里喝薄荷茶。外面的风越来越大，卷起白垩般的尘粒打在窗户上。少年睡意盎然地走进房间，躺在远处角落的地上轻轻打鼾。

蒂奇默不作声，用弯曲的调羹搅动杯子里的薄荷叶。我们只点了一支蜡烛，烛光黯淡，只勉强照亮了我们的手和脸。我注意到他干瘦的白色手背上有个伤口，我能想象他一直在折磨自己的手背；伤口似乎没处理过，像是在哭泣。

"我们离达荷美有多远？"我问。

他打个哈欠，揉了揉一只眼睛。"达荷美？"他停下，扫视我的脸。

"怎么了？"

"你的脸受伤的时候，"他轻柔地说，"我记得你提过达荷美。你以为你在那里重生了。"他觉察到自己让我感到了尴尬，于是换个话题："离这儿并不近。哪怕是对你这么一个人，那段旅程也会非常危险。我不会去冒那个险的。"

我们沉默了一会儿。他打了个大大的哈欠。

"你该去睡觉了。"我说。

他睡眼惺忪地盯着我又看了一会儿："你记得埃德加·法罗先生吗？"

"记得。"

"他去世了。我刚收到消息。"

我努力回想那个古怪男人的面容。我记得他的慈爱，与他令人厌恶的阴森爱好毫无关系的慈爱。"我很难过。"

"他一直在生病。事实上，咱们最后一次见到他的时候，他还在世就已经让我很吃惊了。"

"他看上去确实不太好。"

"他是个伟大的人。他为别人做了那么多事。"

时间在寂静中过去。然后，我自己也很吃惊，我居然开始讲述海洋馆，说我希望它最终能建成什么样子。随着我自己的讲述，我明白了，我会返回伦敦，我要努力抗争，不能让我的名字被白白抹去，我要把全部身心投入这个项目，在其中留下自己的名字。

蒂奇听着我说话，我在他的脸上看见了他在信念种植园时有过的强烈兴趣，那会儿哪怕只是见到一只甲虫也会让他飞奔去拿放大镜，耗费一整天追踪它在铁木树叶中的足迹。"华什，我知道你并不渴望我的肯定，"他说，"但你在建造的东西，它听上去令人惊叹。"

我低头看了一会儿我的双手，然后抬起视线。

蒂奇欲言又止。"刚才我在外面说你是我的家人——"他停了停，"至少我对你的感觉一直是这样的。我没有任何想虐待你的念头。我尽量好好对你。"

我看着他疲惫而紧张的面容，没有说话。

他似乎还有话想说，但他沉默了下去。

"约翰·维拉德死了。"我说。

蒂奇警惕地抬起头:"我也听说了,而且不是善终。"

"你待在世界的边缘,听到的消息却不少。"

"是啊——我在这儿比在英格兰知道的事情都多。"

我想到他的父亲,王尔德先生,北极圈的前哨营地。那段人生似乎已经过去了很久。"约翰·维拉德被绞死的时候,我在现场。"

蒂奇像是吃了一惊:"华什,你可以不去看的。"

"命运似乎非要我去看,"我搅动我的茶,感受着薄荷叶的微弱阻力,我抬起视线,"我在那里以为自己看见了你。在人群中。我甚至追了上去。"

他疲惫地笑了笑。"也许是我的灵魂。"他说。我想到他对彼得·哈斯说的话,他对自己在雪野里去了哪儿的解释。

"彼得·哈斯把他的旧四分仪给了我,让我转交给你。"

"但那个仪器太大了,没法运输。你是怎么带来的?"

"我没带来。非常抱歉,它还在阿姆斯特丹。就像你说的,它实在太大了。我出钱把四分仪寄还给了他,"我耸耸肩,"再说了,从他那里拿走似乎不太对劲。就算他永远不会使用,它也标记了他的一段人生。"

蒂奇慢悠悠地喝了一小口茶:"他怎么样?"

"很好,"我犹豫片刻,又说,"我觉得他很担心你的精神状况。"

蒂奇像是很吃惊。

"罗伯特·索兰德也是。他说你的衣服显得太紧了。"

"我的衣服太紧了?这是什么意思?"

我把索兰德的话说给他听,说他如何像是穿着另一个人的衣服前往废奴主义者协会。蒂奇放声大笑。

"我打算去探望彼得，于是把行李提前送往阿姆斯特丹，"蒂奇说，"结果我身边只剩下了格兰伯恩的旧衣服。那是许多年前穿过的了，不怎么合身，但我也只能凑合。"

"你这么说也许只是个疯子想挽回颜面。"

蒂奇再次微笑，尽管眼睛里没有笑意："穿着那些旧衣服的时候，我一直在想，要是菲利普看见我穿成这样，不知道他会怎么说。他那人一直非常注重衣着。"

听见这个名字，一幕幕景象涌入我的脑海：迟钝的白色手指抓着猎枪；吃完一顿大餐，他会若有所思地舔那些手指，像是在回想每一种蔬菜、香料和调味品。他永远阴沉的面容在那个秋天的每个日子里都透着疲惫。我想起那天傍晚他在荒野里的表情。

我不知道蒂奇为什么会提到他——假如不是为了伤害我。但随后我在他脸上看见了想要解释的欲望。

"刚才在外面，你问在北极圈发生了什么，"他揉着手背上的伤口说，"走进暴风雪的时候，我并不是我自己，我完全没有感觉到自己的存在。我太——"他停下，像是不知道该从何说起，"伊拉斯谟、菲利普和我——我们小时候非常亲密。我们像三兄弟一样黏在一起玩耍。但伊拉斯谟和我，我们不怎么认为菲利普和我们是平等的。他家比我们家贫穷，他的举止不如我们优雅——总之全都是少年会用来彼此奚落的那种事。我们无情地嘲笑他，"他抬起视线，局促不安，"但后来事情超过了一般的界限。"

我默默地盯着他。

"刚开始只是小恶作剧。我们说格兰伯恩闹鬼，然后把他锁在一个没人用的房间里过夜。我们带他走进庄园里的森林，假装是去游玩，然后忽然针对他，命令他脱光衣服。他开始哭，我们扒光他，让他光着身子走回去，"他不安地看着我，"我对此并不感到自豪。

"然后情况变得更加可怕。我们开始打他，尤其是伊拉斯谟，他会一拳一拳没完没了地打他，菲利普倒在地上，伊拉斯谟会跪下继续打他。一直到菲利普失去知觉，他才会住手。

"我们体会到了快乐，就再也停不下来了。暴力的因子在我们的身体里。我有时候会想，伊拉斯谟的暴虐会不会就是从那么对待菲利普开始的。"

我在地板上换了个坐姿，没有说话。

"而我，我一直无法理解菲利普。他从小似乎就是从另一个世界来的。伴随着成长，大多数男人会变得越来越坚强，越来越像个男子汉。但菲利普不是这样。他似乎只是变得越来越乖僻。他身上的古怪之处太多了，有太多的小地方不符合逻辑。他去世后，我们惊讶地发现了许多事情，我们根本没想到过他会做的事情。他每个月都把一半收入捐给一个妇女救助协会，这个协会建立了一所孤儿院。为什么？我完全无法想象。但另一方面他在白教堂欠下了可观的赌债，用他的慈善捐款很容易就能填平那些债务。他为什么要那么做——他在什么地方偷偷生了孩子吗？我知道他经常吹嘘他在里斯本勾搭了一个寡妇，然而到头来她只是个幽灵——我们没找到她的任何记录。他喜欢美食和精致的衣服，但经常拜访最声名狼藉的俱乐部，人们不会在光天化日下提起的那种俱乐部。他喜欢社交，挥金如土。但他在世界上连一个朋友都没有。

"我们对他太糟糕了，"蒂奇望向我，但不允许自己的视线稍作停留，"他父亲过世的那天晚上，伊拉斯谟和我非要拉着菲利普和我们一起去一家酒馆，不顾他再三反对。他父亲病倒了几个星期，你明白吗，菲利普寸步不离他的床头。最后我们终于说服了他。那

378

天夜里，菲利普回到格罗夫纳时都醉得看不清路了，却得知他父亲已经去世。

"他在信念种植园自杀的时候——"蒂奇摇摇头，没有说完这句话。

我坐在黑暗中的石板地面上，觉得往事在我眼前变形分裂。我想起那天夜里我跑进蒂奇的书房，我说不出话，浑身鲜血，抖个不停，而蒂奇如何陷入沉默。我曾经觉得我要为菲利普的死亡负责，尽管我连一根手指都没碰过他。我为了自己不可能阻止的事情而感到那么绝望。

"那天夜里在野地里给他收尸，"蒂奇说，"我做不到，我没法去碰他。我只是在想，这些碎块，这个身体，这不是菲利普，"他微微耸肩，"忽然间，这个世界的物理性质不再是一切，还存在超越这些的东西。"

男孩在角落里翻身。我没去看他，而是盯着自己的双手，回想我在菲利普去世后东奔西逃的那些岁月。我想到我其实想逃避的是什么，要是我落在伊拉斯谟的手里就必死无疑。我想到我在蒂奇到来前的生活，每天在灼人烈日下的田地里痛苦地工作许多个小时，惨叫声，屠刀悬在每一个奴隶的头顶上，每一天都有可能是我们的最后一天。在我看来，这显然是更加显而易见的痛苦——生命根本不属于我们任何一个人，即便我们想通过结束生命来夺回它也还是一样。我们被迫疏远了我们自己身体里的潜力，疏远了每个人的身体和心灵能够达到的一切启示。

"你听到了我是多么糟糕的一个人，肯定很讨厌我吧，"蒂奇说，"你应该讨厌我的。"他望着我，面容消失在黑暗中。

我默默地注视他。

"我们对他是那么残忍。"

我盯着积灰的地面看了一会儿。"蒂奇，任何一个人生的真相是什么呢？我猜连活在人生里的人也说不上来，"我抬起脸，"你不可能真的理解其他人的苦难。"

"是啊，但你可以尽可能不去加深别人的痛苦。"

我们都沉默下去。然后，我站起身，几乎没有发出声音。蒂奇没有抬起头。我走到他身旁，然后非常缓慢、非常轻柔地把一只手放在他的肩膀上。

狂风拍打房屋。我走开一步，让手臂垂落。蒂奇默默地坐了一会儿。我和他都一言不发。最后他站起身，把杯子放在窗前的一摞书的最上面，然后过去在少年旁边躺下睡觉。我静静地坐在黑暗中，脑袋里一片茫然。没过几分钟，蒂奇就睡着了，发出筋疲力尽的呼吸声。外面的黑暗中，沙粒嘶嘶摩擦窗户，声音就像人们的耳语。

我以为自己听见了坦娜在隔壁房间里翻身，但随后意识到那只是风声。我起来蹲在地上。窗户发出柔和的橘红色光芒，像是太阳企图从咆哮的黄沙中升起。我望着阴影像黑鸟似的拍打窗格。东方传来一声悠长的嚎叫，随后是一阵哒哒声，像是有人在朝玻璃扔石子。

在这里找到蒂奇是多么出乎意料啊，他活在这些贫乏的财产之中，唯一的伴侣是那个少年。他的负罪感与我无关——这么多年来我一直对他的良知耿耿于怀。但现在还有什么关系呢？他因为其他的原因而受到折磨。还有他童年时受到的全部创伤，为此他竭尽全力试图重建我们在信念种植园的那段时光，罔顾其中的残忍与无情。换另一个人回顾他在这里的生活，看到的也许只是情况与以前相比是多么不同。而我只看见了保持不变的东西：破旧的家具，就好像从来没有人把这里当作家；杂乱无章的仪器，它们只会测量，永远不会得出任何结论；他和一个少年的友情，不知道多少天、多少月、多少年之后，少年会发现自己被抛弃在一个无比远离起点的地方，他会连自己都认不出来，他会挣扎着建立第二段人生。我想象那个无名少年，恐惧地手脚并用爬过冰雪的世界。

隔壁房间传来响动，我觉得自己听见了坦娜起床，听见她少女般的轻柔脚步声。我站在那里，等待她走出房门，但她一直没来。我从窗口能看见辽阔的天空变得空无一物，就好像它再也无法承载任何东西——无论是鸟还是云。

风穿过用木板随便钉成的门，嘶嘶声仿佛人在说话。我筋疲力尽地起身，脑袋里没有任何念头。我把手掌贴在门上，感受它的震颤。然后我拉开门，黄色的磅礴天空在我面前升腾，轰轰作响。一根树枝从面前掠过，打在坚硬的石墙上四分五裂。狂风呼啸着歌唱，刮过苍白的地面，把一股股黄沙吹向开始发白的东方。四下里看不见人类的踪迹，没有车辙也没有脚印。外面很冷，我觉得我能看见自己的呼吸。

我跨过门槛，沙粒咬我的皮肤，遮蔽我的视线。我觉得坦娜在背后喊我的名字，但我没有转身，我无法从地平线上橙黄色的混沌中移开视线。我用双臂抱住身体，向前走了几步。风刮过我的额头，感觉像是活物。

致谢

~~~

感谢三叉戟传媒集团的爱伦·莱文、哈珀柯林斯出版集团的帕特里克·克林和艾丽丝·图弗尔米、蛇尾出版社的丽贝卡·格雷和汉娜·韦斯特兰、克诺夫出版集团的戴安娜·米勒、约翰·斯威特、RCW 的彼得·斯特劳斯、诺埃勒·齐泽和阿萨巴斯卡大学驻校作家项目。

同样感谢佩吉与鲍勃·普莱斯、杰奎琳·贝克尔、杰夫·米罗和伊多格彦一家，特别感谢斯蒂芬·普莱斯，我在这个疯狂世界中最亲密的伙伴。